장편소설 『밥과 사랑』의 창작 실제
The Creation Practice of the Novel *Meal & Love*

청동거울

박사학위 논문

장편소설 『밥과 사랑』의 창작 실제
The Creation Practice of the Novel *Meal & Love*

제 출 자 : 박 덕 규
지도 교수 : 김 수 복

2004

문예창작학과
문예창작전공
단국대학교 대학원

장편소설 『밥과 사랑』의 창작 실제
The Creation Practice of the Novel *Meal & Love*

이 논문을 박사학위 논문으로 제출함

단국대학교 대학원
문예창작학과
문예창작전공

박 덕 규

박덕규의 박사학위 논문을

<u>合格</u> 으로 판정함

심 사 일 : 2003. 12. 17.

심사위원장　宋 夏 璟　(인)

심사위원　전상국　(인)

심사위원　조해룡　(인)

심사위원　강상대　(인)

심사위원　김 수 복　(인)

단국대학교 대학원

장편소설 『밥과 사랑』의 창작 실제

단국대학교 대학원 문예창작학과

박 덕 규

지도교수 : 김 수 복

이 논문은, 장편소설 『밥과 사랑』의 창작 작품과, 그 작품이 어떤 원리와 배경에서 창작되었는지를 밝히는 창작방법론으로 구성되어 있다. 장편소설 『밥과 사랑』은 지속되는 경제 불황과 미래에 대한 불확신으로 삶의 좌표를 잃은 21세기 한국인들의 구체적인 실상을 제시하면서 전개된다. 소설을 중심에서 이끄는 세 사람의 주인공은 이를 상징하는 인물들이다.

그 중에서 가장 중심적인 인물(유소은)은, 남편의 병사(病死)를 방임한 채 자신의 편안한 미래를 미리부터 준비해 유산을 챙긴 상태다. 그녀는 성장 과정에서 이미 '돈'이 매개되는 관계만을 중시해서 돈 많은 사내를 택해 스스로 귀족이 되고자 결혼했다. 막상 남편이 죽고, 시동생으로부터 남편의 죽음과 재산 도피에 대해 추궁을 당하는 처지가 되자 그녀는 위기에 몰린다. 도피를 거듭하면서 심적 고통을 받던 중 심리치료를 받기까지 하는 상태가 되었다. 유소은을 추격하는 시동생(이철식)은 이복형(유소은의 남편 이철우)을 제왕으로 받들면서 후계자를 꿈꾸어온 건달이다. 그는 유소은이 도피시킨 재산을 되찾고 형의 옛 회사를 부흥시키고자 폭력과 협박을 행사하며 돈을 모으고 한편으로 유소은을 추적한다. 그는 돈과 주먹의 위력만을 믿고 그것을 위해 실천하는 사람인 반면, 언제나 제대로된 사랑을 하지 못하고 정신적인 공허감에 허덕이며 방탕한 사생활을 영

위한다. 여기에, 현실적으로 군 복무 중 부모가 부도나고 애인이 변심하는 아픔을 겪으면서도, 삶의 진정한 가치는 물질에 있지 않고 정신에 있다고 믿게 된 사내(주강욱)가 또 하나의 주인공으로 보태진다. 그는 우연히 만난 유소은에게 연정을 느끼게 되고, 그 일로 이철식에 납치되는 유소은을 헌신적으로 구하게 되는 과정에서, '나'만을 위한 삶보다 '남'과 함께하는 삶의 진정한 가치를 이 소설의 주제로 상기시키는 인물로 활약한다.

이 소설은, 남자(주강욱)와 여자(유소은)의 사랑의 과정을 그리는 연애소설 형식이면서, 한 사람(유소은)의 부도덕한 행위를 밝혀서 복수하려는 또 한 사람(이철식)의 추적 과정이 담긴 추리소설 형식이 되고 있다. 삶의 참다운 지향점을 상실한 채 방황하고 있는 여 주인공(유소은)은 오늘의 자기 삶에 충실하고 감사하며 살아가는 한 청년(주강욱)을 통해 사랑의 의미를 깨우쳐 간다. 그 과정에서 현실적 욕망을 초탈하면서 얻는 정신적 세계나 생태주의적 가치관이 부각된다. 쫓기는 자와 쫓는 자의 관계가 설정되고, 달리고 쫓고 할 때의 '길' 이미지가 채색되면서 이 소설은 또한 '로드로망'의 성격을 띠게 된다. 더욱 특이한 점은, 이 소설이 오늘날의 문화를 해명하는 가장 중심적인 코드의 하나인 '페미니즘'과 관련된다는 점이다. 페미니즘 옹호론자들이 신뢰하는 것과는 달리, 우리의 실제적인 삶 속에서 발견되는 페미니즘은 표면적으로는 페미니즘이되 그 이면에서 가부장제적 인습을 상당 부분 편의적으로 수용하는 것으로 나타난다. 이 소설의 여주인공은 바로 그런 가부장 의존적인, 유사 페미니즘에 젖은 인물로 그려진다.

1980년대 전후의 한국 소설은 지나치게 현실만을 인식해서 분단 주제나, 민중주의, 또는 소시민적 일상성에 대한 비판 등에만 주력해서 소재주의 성향에 빠졌다는 비난을 받은 바 있다. 그에 비해 1990년대 이후 한국 소설은, 분단 문제에서 통일 주제로 전환되는 민족사적 변모나, 탈냉전 시대 이후의 급격한 세계화 과정 또는 정보통신의 전폭적인 보급 과정에서 나타나는 삶의 다양한 양상에 대해 탄력적으로 대처하지 못하고 있다는 비판을 받고 있다.

이 점에서 우리 소설이 시급히 회복해야 할 내용은, 지금 한국 사회가 안고 있는 중층의 모순 상황에 대한 총체적인 이해와 그것의 구체적 형상화다. 장편소설 『밥과 사랑』은 그 실제로써 시도된 리얼리즘적인 소설로, 두 인물(유소은과 이철식)을 통해 지금-여기의 삶의 모순을 그리고, 그들에 상반되는 한 인물(주강욱)을 통해 그 극복의 가능성을 타진하고 있다. 부록으로, 「20세기 비 오는 날」 등의 단편소설 3편과 그 각각의 창작론을 함께 실어, 이 한 편의 창작 장편소설이 실험하고 주장하는 여러 가지 내용과 형식이 어떤 변모 과정을 겪으며 얻어진 것인지에 대해 대비적으로 설명되도록 했다.

차 례

Ⅰ. 작품 창작의 배경과 창작방법론

1. 창작의 배경과 동기

1) 주제적 배경

어떻게 사는 것이 참다운 삶일까? 이런 질문이란 떠올리지 않고 그냥 사는 게 더 편하겠다. 그 질문은 대개 자신을 향하기 마련이고, 그리되면 대답하기 싫어진다. 답을 제시할 수 없어서가 아닐 것이다. 그 질문 앞에서는 거의 언제나, 지금 살고 있는 내 삶이 '참다운 삶'이 아닌 게 분명하다는 자각이 생겨나기 때문이다. 교양을 갖춘 일반적인 인간이라면 또한 대개 그런 질문을 떠올리지 않을 수도, 피해갈 수도 없다. 현대인이 유례없는 물질적 풍요를 누리고 살면서도 정신적으로 더없이 고통을 겪고 있는 것도, 자신의 삶이 자신이 원래 생각하던 '참다운 삶'과는 다르게 전개되고 있다는 자각이 잦아진 때문일 것이다.

'문학은 삶을 자각하고 반성하게 하기 위해 있다'는 명제에 모순이 없다면, 문학은 언제나 '어떻게 사는 것이 참다운 삶일까' 하는 질문을 고스란히 주제로 떠안고 인간과 더불어 있어온 셈이다.[1] 문학이, 인간이 살면서 '참답게 살아야 할 그 삶'과 '그렇게 살지 못하는 현실의 삶'의 차이 때문에 고통받고 절망하는 사연을 제시하는 데 익숙한 까닭도 이런 데 있다. 특히 우리가 '근대'라고 말하는 산업사회를 복합적으로 경험하고 있는 이 지점에서 그 '참다운 삶'과 '실제 삶'의 괴리감 때문에 고통받는 인간들의 모습은 아주 익숙하되 더욱 중요한 문학적 캐릭터로 부각될 수 있을 것이다.[2]

이런 캐릭터의 부각을 위해서는 필연적으로 그 '참다운 삶'과 '실제 삶'의 괴

---

1) 이를, 김현의 논법으로 말할 수도 있겠다. 김현은 문학은 문학을 "읽는 자에게 반성을 요구하며, 인간을 억압하는 것과 싸울 것을 요구한다"고 썼다. 김현, 『한국문학의 위상』(문학과지성사, 1977) p.22.

리 때문에 생기는 고통에 대응하는 여러 가지 구체적인 삶의 내용을 문제삼게 된다. 참답게 살기 위해, 인간답게 살기 위해 현대인들은 어떤 내용으로 삶을 채우고 있는가. 그 내용은 사람마다 다르겠지만, 현대 사회에서 그것은 대개 일정한 패턴으로 나타나게 된다.

현대인들은 생산 행위를 통해 재화를 얻고 그 재화의 힘으로 자기 삶의 기본적인 축을 유지한다. 남에게 재화를 무상으로 제공받을 수 없는 일반적인 사람이면 누구든 스스로 재화를 벌어야 산다. 즉, 재화를 벌어야 살 수 있는 삶이 현대인의 삶의 주된 내용이 되는 것이다. 거칠게 말하면, 현대인은 돈을 버는 것을 삶의 주된 내용으로 삼고 있다. 그들은, 돈이 있어야 삶을 유지할 수 있는 사람들이다. 삶의 미래를 설계하는 일도 돈이 없으면 절대로 구체화할 수 없다. 이 점에서 현대사회는 결국 돈 제일주의, 자본 만능 풍조가 보편화된다. 돈의 위력을 믿지 않는 사람은 이 세상에 없다. 현대인의 더 큰 고통은 여기서 시작된다. 자신의 삶을 위해 돈을 바라던 사람들이 어느새 돈을 위해 자기 삶을 바친다. 이 가치 혼란의 고리에 현대인의 삶의 내용이 놓여 있다.

자본주의 체제의 세계적인 확산이 우리에게 약속한 것은 물질적인 풍요 그 이상이었다. 그것은 물질의 배분에서도 세계를 평등하게 하나로 묶을 수 있다고 믿게 했고, 나아가 그런 물질의 팽창이 삶의 질을 향상시킨다고 믿게 했다. 그 약속, 그 믿음은 일견 여전히 지속적인 범주를 형성하고 있지만, 한편으로 자본 강국 중심으로 일방적으로 전개되는 자본주의의 세계화는 인류 사회에 또다른 심각한 분열상을 낳고 있다. 세계 자본주의의 관리자를 자처하고 있는 미국에 대한 회교 국가의 반발로 비롯된 각종 재앙이 그 극단적인 예다. 이런 대립은 결국 국제 관계에 있어 자국 이기주의를 최상의 가치관으로 밀어올리는 결과를 빚

___

2) 이런 캐릭터는 일찍이 골드만의 설명에서 만날 수 있었다. 골드만은, "사람들이 질적 가치 또는 사용 가치를 추구할 때 그 모든 사용 가치가 수량화와 교환 가치라는 매개현상에 의한 타락한 형태로써 표현되는 사회" 속에서는 "'직접적으로' 사용 가치를 지향하는 모든 노력"이 타락한 개인들, 바꿔 말하면 '문제적 개인'을 만들어 내는 것이 "일상적 삶의 양식"이기 때문에, 소설 또한 외형적으로 "지극히 복잡한 형식"이 되었으며, 따라서 "소설 구조와 교환 구조는 상이한 두 차원 위에 나타나는 동일구조라고 할 수 있을 정도로 아주 빈틈없이 대응하는 것을 보여 주고 있다"고 설명한다. 이 글에서 말하는 캐릭터는 그 점에서 '타락한 개인들' 또는 '문제적 개인들'과 같고, 나아가 이 소설의 주요 인물들도 같은 맥락에서 이해할 만한 인물들이다. L. Goldman, 조경숙 역, 『소설사회학을 위하여』(청하, 1982) p.23.

게 한다. 자국의 이익을 극대화하려는 노력 속에서 국제 질서가 유지되고 있는 것이 인류의 현실이다. 이는 국내 형편으로도 마찬가지다. 국가의 정책을 직접 수립하고 주도적으로 추진하는 정치 집단과 국가의 제도에 영향 아래 생산성을 추구하는 기업은 서로 연대해서 이익을 나눠 가진다. 그 과정에 참여되지 않은 집단은 그 이익에서 소외될 수밖에 없다. 정치권과 기업이, 지방자치단체와 지역 주민이, 아파트 단지 관리업체와 아파트 주민이, 학교와 학부모가 각자 자신의 이익을 위해 서로 화합하고, 그 밖의 집단이나 개인은 배제한다. 한 개인에게도 마찬가지다. '잘 사는 삶'을 향한 우리의 욕망은 끝없는 자기복제를 낳고, 그 결과 '남'의 들어설 곳 없는 '나'만의 유토피아를 최상의 삶으로 여기는 인식이 팽배하게 되었다.

가부장 중심의 전통으로 가정과 사회를 구성해온 한국 사회는 본격적으로 근대를 경험하면서 이러한 자본의 논리에 부응한 자기 중심주의적 인식과 생활 패턴이 보편화되기에 이른다. 봉건적 의식과 자본주의적 패턴의 이같은 결합은 특히나 오늘날 한국 사회에서 전에 없이 가족, 계층, 지역, 학력층, 성별 간의 불협화음을 급진적으로 양산시켰다. 이혼율의 상승과 출산율의 저하, 성 개방 풍조와 낙태의 확산, 성비의 불균형, 노인 소외, 농촌 총각과 도시 독신녀의 증가, 지역 이기주의의 팽배, 노조의 잦은 파업, 원조 교제와 청소년 성매매 등의 문제들은 그 구체적인 모순들이며, 이 모순들은 이미 사회 표면에서 심각한 갈등 내용으로 부각되어 있다.

이렇듯, 한국 자본주의의 현실에서 극단적인 가치 혼란을 겪게 된 한국인의 모습은 지극히 낯익은 것이고, 따라서 마땅히 소설문학의 한복판에 들어차야 할 것들이다. 이는 '인물과 환경 사이의 상호작용'[3]을 문제삼는 루카치적 소설 견해의 일단이기도 하거니와, 삶을 각성시킨다는 의미에서의 문학의 본질적 과제를 수행하는 첨병으로서 소설이 담당해야 할 몫이기도 하다. 이 소설은 1990년

---

3) 루카치는 "현실의 충실한 반영을 목표로 하는 리얼리즘 문학"은 "인간의 구체적 가능성과 추상적 가능성을 모두 설명할 수 있어야 한다"고 역설하면서 "등장인물과 환경 사이의 상호작용을 통해서만" 그것이 가능하다고 말하고 있다. G. Luk cs, 황석천 역, 「모더니즘과 이데올로기」(『현대 리얼리즘론』, 열음사. 1986) pp.24~25.

대 이후 변화무쌍한 한국의 사회 현실에 대해 구체적이고 직접적으로 대응하는 리얼리즘 정신을 바탕으로, 지금-여기의 자본주의적 모순 속에서 삶의 정체성을 찾지 못하고 살아가는 이러한 사람들의 갈등을 전형적으로 제시하면서, 그들 삶의 진정성 회복의 가능성을 모색해 본다는 의미에서 창작되었다.

2) 동시대적 사조와 창작의 배경

1980년대 전후의 한국 소설은 분단의 테마나 민중주의, 또는 소시민적 일상성에 대한 반성 등 표면적으로 쉽게 유형화할 수 있는 몇 가지 측면에 주력한 탓에 한편에서 소재주의의 함정에 빠져 있었다는 비난을 받은 바 있다. 그에 비해 1990년대 이후 한국 소설은 지난 시절의 소위 '거대담론 문화'의 공적·사회적 주제로부터 벗어나 사적·내면적 주제에 천착하는 면모가 두드러져 있다.

이 선명한 변화 속에 한국 소설이 전반적으로, 국제사회의 정치적, 경제적 역학 관계에 부응해 세계화를 표방할 수밖에 없는 국가적 현실과 그런 현실을 살아가는 개인의 관계에 대해서 별로 문제삼고 있지 않고 있다는 점은 매우 안타까운 일이다.[4] 문학이 세태의 변화에 일일이 직접적으로 대응할 필요는 없다. 문제는 세태 변화를 배태하고 야기하는 사회의 구조적 기반에 대해서 얼마나 깊이 있게 인식하느냐에 있다. 가령, 남북 분단 이후 우리 소설의 중추적인 주제를 형성해온 분단 문제만 하더라도, 그것을 식상한 주제로 치부해 버리기보다 오히려 '분단에서 통일로'라는 주제 전환의 상황으로 인식해야 옳을 것이다. 이는 단순히 남북 통일 문제를 반드시 문학적 주제로 삼아야 한다거나, 소위 분단문학의 한계를 동시대적으로 극복해야 한다는 등의 차원에 그치지 않고, 탈냉전 시대 이후 급격한 세계화 과정에 놓인 한국 사회의 실상에 우리 소설이 근접해 있어야 한다는 의미를 포괄한다.

---

4) 한 비평가는 이 점에 대해 '현장'의 논법을 빌려 이렇게 진단하고 질문한 바 있다. "분단 문제, 5월의 광주, 노사문제 등은 70년대에서 80년대까지 무려 20여년에 걸쳐 하늘의 별자리처럼 수놓아져 지도 노릇을 해왔지 않았던가. 따라서 모두가 땅짚고 헤엄치는 꼴이 아니었던가. 적어도 90년대를 여는 신인군이라면 '지도는 없다'에서 출발하는 것. 그렇지 않으면 자기 세대의 몫을 포기하는 돼지 또는 노예일 따름. 그런데 과연 어떤 길이 있는가." 김윤식, 「소설적 진실, 작가적 진실」(『현대소설과의 대화』, 고려원, 1992) p.147.

소설에는 물론 이런 시대적 과제를 넘어 더 본질적인 정신적 영역을 탐색하는 문학정신이 요구되기도 한다. 그러나 우리 소설의 한켠에는 시대의 흐름과 세태의 변화가 무색하게, 삶의 구체성과 현장성을 벗어난 미문(美文)들이 문학 본령의 문체로 옹호되고[5] 한편으로는 복고적인 향토적 서정성[6]이나 유형화된 내면화 경향[7]이 여전히 문학적 정통성의 주요 내용으로 취급되고 있다.

이에 반해 다른 한켠에서는, 문자문화 시대의 정통적인 소설 작법과 시청각 세대의 감수성이 어우러지는 가운데 나타나는 발랄한 감각의 서사 양식들도, 인터넷을 거점으로 만개하고 있는 판타지 소설이나 영상물 대본형 소설의 일회성에 비추어 미루어 짐작할 수 있듯이 삶의 표피적 현상에 민감할 뿐 진지하게 삶 전반을 파악하려고 하지 않는다.

소설문학이 감당해야 할 몫은 무엇보다 지금 한국 사회가 안고 있는 중층적인 모순 상황에 대한 총체적인 이해와 그것의 구체적 형상화다. 이 소설은 위법과 편법으로 얻은 돈으로 부를 축적하고 권력을 행사해온 국가 지도층의 전면적인 균열과, 경제적 궁핍과 미래에 대한 불확신 속에서 겪는 사회 각층의 정신적 공황 상태로 대변되는 한국의 현실을 배경으로 한다. 이런 현실에서 삶의 가치를 찾지 못하고 방황하는 사람들을 주인공으로 내세워 진정한 삶의 길을 모색해 보고 있다. 이 주인공들은 돈과 권력을 향해 맹목적으로 전진하는 한국인들의 전

---

5) 한국 현대소설의 미문에 대한 지나친 집착에 대해서는 그 정도에 비해 부분적이고 지엽적으로 지적되고 있는 상황이다. 한 지면은 '미문(美文)의 환상'이라는 현장기획을 통해 한국문학 전반에 나타나는 "미문의 악취"에 대해 비판하고(정민, 「미문의 악취」), 특히 "1990년대 이후 소설에서의 문제점"으로 "화사한 미문과 그에 따르는 기교로 세공된 소설들이 문학적 글쓰기의 본질을 흐리고 있다"는 점을 지적하고 있다(송은영, 「〈지금 여기〉의 바깥을 상상하는 문학」). 『작가세계』, 2003, 겨울호, pp.124~165 참조.

6) 박헌호는 한국인들이 애독하는 대표적인 소설 유형을 '향토적 서정소설'이라 명명하고 이런 유형의 소설이 "구체적인 현실 세계를 그려내기보다 작가가 파악한 미적 상황"을 중시하는 풍토에 대해 지적하고 있다. 박헌호, 『한국인의 애독작품 - 향토적 서정소설의 미학』(책세상, 2001) p.48.

7) 방민호는 1990년대에서 2000년을 전후한 시기의 대표적인 문학 현상을 '문학의 내면화 경향'으로 파악하고 그 위험성을 아래와 같이 경계하고 있다.
"더 심각한 것은 내면을 그린다는 것이 하나의 유행이 됨으로써 내면이라는 이름의 가상을 그리고 추구하는 일이 쉽게 가능해졌다는 점이다. 이는 그야말로 내면의 외면화 표피화라고 말할 수 있는 성질의 것이다. 이러한 문학이 유행을 이룰 때 문학은 육체가 없는 문학, 쇄말적이고 사소한 문학으로 전락해 버린다." 방민호, 「냉정한 세계 위에 얹힌 위태로운 꿈」(『납함 아래의 침묵』, 소명출판, 2001) pp.270~271.

형으로 자리한다.

　리얼리즘 소설은 삶의 구체성을 바탕으로 개인의 삶의 세부적 실상을 통해 그것의 총체성을 지향하는 양식을 취한다. 일단은 리얼리즘 양식을 표방하고 있는 이 소설은 따라서 지금-여기를 살아가는 사람들의 삶의 구체적인 실상을 제시하면서 '리얼리티'를 확보해 가려 했다. 주인공 격인 세 사람은 모두 자신의 생을 유지하기 위해 애쓰는 현실 속의 구체적인 존재로 설정되고 있다. 예를 들어, 폭력배 출신으로 등장하는 이철식은 구체적으로 어떤 폭력적인 방식으로 돈을 벌고 어떤 방식으로 소비하는지 세세하게 삶의 실상으로 모습을 드러낸다. 분식집 배달원으로 일하는 또다른 주인공은 철가방에 넣은 라면과 김밥을 담은 그릇이 놓인 자리를 고려해서 자전거를 본다. 그리고 그 모든 세목은 소설의 전체적인 윤곽을 결정짓는 요소로 작용한다. 등장인물의 체험 공간을 실제적으로 내세워 자본주의적 현실의 구체적 실상으로 반영하게 된 이 소설은 그런 구체적인 삶의 내용이 현실에서 어느 정도로 정체성을 잃고 뿌리뽑힌 자의 것이며 또한 얼마나 처절하게 뿌리내리려 애쓰는 자의 것인지를 총체적으로 진단하려고 했다.

　그런 과정에서 이 소설은 20세기 종반부터 한국 문화의 지형도를 읽는 핵심적인 키워드로 작용해온 페미니즘을 일부 문제삼는다. 한국 여성들은 가부장 의식과 페미니즘이 혼재되는 이중적 양상 속에서 더욱 심각한 가치 혼란을 겪고 있으며, 이 가치 혼란은 남성의 성적 역할 인식에 상당한 영향을 주고 있다. 가령, 가부장제 아래 여성이 우선해서 담당해 오던 일은 방치되고 오늘날 페미니즘적인 인식에서 요구하는 여성적 권리 주장은 뚜렷이 확보되는 일면은 사회 전반에 걸쳐 다양한 형태의 실제적 인식적 갈등을 낳게 한다. 이는 가부장제의 와해와 페미니즘의 실제화 과정에서 나타나는 과도기적 현상일 것이다. 이 소설 속의 한 인물은, 그러한 갈등에 대한 인식에서, 그리고 그것의 해소 또는 극복 과정에서 정작 여성이 자의든 타의든 소외되어 있다고 강변한다. 즉, 가부장제의 와해와 페미니즘의 실제화가 불러온 갈등의 근원과 내용이 다양한 만큼이나 그 해결 과정은 복잡하고 지난한 형편인데, 그 일에 대부분의 여성이 참여하고 있지 않음으로써, 삶의 전반에 걸쳐 혼란이 가중되고 있다는 것이다. 그 인물은 그런 여성적 인식에 대해 아예 '유사 페미니즘'이라는 우회적인 표현으로 비판하고 있다.

이 사실을 입증하기 위해 한 명의 여자 주인공을 구체적인 조건 위에서 제시했다. 이 주인공은 돈 많은 미망인으로, 그 돈을 지녔던 남편의 생전에 주부인 자신의 재산권을 이미 확보해 둔 상태다. 남편 사후에 남편의 유업을 정리할 뜻이 없는 대신, 자신의 미래를 위해 남편의 유산을 최대한 활용하는데 일상을 바친다. 그는 성장 과정에서도 돈 있는 남자 외에는 꿈꾼 적이 없다. 그는 따라서 사랑하는 방법도 모른다. 이 소설의 제목 '밥과 사랑'은 돈[밥] 없는 사랑을 꿈꾸어 보지 못한 사람의 진정한 사랑 찾기 과정이라는 실제적인 뜻을 담고 있기도 한 바, 이 여자 주인공이야말로 남자로부터 독립은 했으나 자아의 주체성 확보에는 실패한 채 그 실패의 원인 규명을 제대로 행하지 못하고 있다.

가부장 의식에 대해 비판적이면서도 문제 해결에 있어 남성의존적인 시각을 놓지 못하는 이런 현상 또한 이 사회의 오랜 가부장제의 구조가 낳은 것으로, 가부장제의 인식과 유습이 대단히 전면적으로 진행되고 있다는 한 증명이기도 하다. 즉, 우리 사회는 가부장제적 인식의 급격한 해체 과정에서, 여전한 봉건적 유습과 '유사 페미니즘'이 사회 곳곳에서 충돌하고 갈등하는 복합적인 면모를 보이고 있다.[8] 이 속에서, 삶의 지향점을 잃고 방황하고 있는 주인공들의 모습을 구체적 일상을 통해 제시하고 그 극복의 가능성을 모색하려 한다.

3) 창작 동기와 집필 과정

모든 창작이 주제부터 먼저 설정되는 것은 아니다. 소재나 착상에서부터 창작

---

8) 물론 이 '유사 페미니즘'이라는 용어는 지극히 자의적인 것이고, 이런 현상 또한 오랜 가부장제에 원인이 있다. 즉, 여성들은 남성들과는 달리 "사회에서 실질적인 정치권력을 가져보지 못했을 뿐만 아니라, 그들의 삶을 형성하는 리얼리티를 스스로 컨드롤해 오지도 못했"(J. Donovan, 김익두·이월영 역, 『페미니즘 이론』, 문예출판사, 1993. p.316)기 때문에, 페미니즘의 부분적인 실천으로 비롯될 수 있는 실제적인 혼란에 대해 여성 스스로 선도적으로 해결해 나갈 수 없다. 우리 사회의 '페미니즘적인 갈등'이 실은 이런 면모 때문에 더 복잡한데, 그 원인이야 어떻든 그 해결에 여성 또한 주체적으로 동참하지 않으면 그 혼란은 가중될 수밖에 없을 것이다. 이 소설이 채택한 '유사 페미니즘'이란 용어는 그런 원망을 내포하고 있는 셈이다.

이 시작되는 경우도 많다. 오래 전에 생각해 둔 주제가 최근 갑자기 떠올린 소재와 어울림을 가지면서 창작이 진행될 수도 있고, 오래 묵혀둔 어떤 이야기가 주제적 방향성을 확보하면서 창작이 시작되는 수도 있다. 착상과 더불어 주제적 측면과 내용적 측면을 동시에 아우르게 되면서 집필에 들어가는 수도 있을 것이다.

장편소설 『밥과 사랑』은 이전의 창작 작업과 관련해서 지속적으로 추구하던 주제의 연장선에 있는 작품이다. 즉 이 소설의 주제는 이 소설에 대한 본격적인 구상 이전에도 줄곧 취급한 것이라고 할 수 있다. 이를 등장인물의 성격을 빌려 설명할 수 있겠다. 지금까지 필자의 소설에서 다룬 인물을 크게 보아 두 부류의 구체적인 사람들로 나눌 수 있겠는데, 그 중 한 부류가 출판, 매스 미디어, 교육 등에서 일하는 일종의 '문화산업' 종사자들이고, 또 한 부류는 북한을 탈출에서 남한에 정착한 세칭 '탈북자'들이다. 이 두 종류의 인물군은 소설의 주제적 측면과 관련해서 한국 자본주의의 변화를 짚는 매개로 활용되었다.[9] 이들은, 탈냉전 시대의 개막을 기점으로 자본주의의 원리가 국제적인 교역 코드로 완벽하게 굳어지는 시대를 배경으로 다양하고 극단적인 양상을 보이는 물신주의의 직접적인 실천자로 등장한다. 이는 인간의 이성과 지식의 기호인 책이 판매량으로 가치가 결정되는 상품으로 전락했고, 마찬가지로 민족의 숙원이던 통일 문제마저도 돈의 거래로 풀어 나갈 수밖에 없는 현실이 더욱 공고화될 것이라는 판단 때문이었다.

이런 과정에서 보다 다양하게, 대표적으로는 문화계 종사자나 탈북자라는 인물을 넘어서 21세기 현실을 살아가는 다양한 생활인을 직접 소설 속의 인물로 삼아야 더욱 강력한 리얼리티를 확보할 수 있다는 생각을 하게 되었다. 특히 불안정한 한국 자본주의 현실을 구체적으로 지적하기 위해 '돈' 문제에 시달리는 인물들을 다채롭게 설정했다. 여기에, 그런 인물들이 결국은 자본주의 논리 앞에서 굴복당하던 이전의 소설 내용에 비해, 보다 미래지향적인 장면을 연출할

---

9) 필자가 창작한 소설 중에서, 이른바 '문화생산' 종사자들이 주인물로 등장하는 소설은 주로 소설집 『날아라 거북이!』에 게재되어 있고, 탈북자들이 주인물 또는 주요 매개인물로 등장하는 소설로는 「노루사냥」 「함께 있어도 외로움에 떠는 당신들」 「기러기 공화국」 「청둥오리」 「세 사람」 「끝이 없는 길」 「동화 읽는 여자」 등이 있다. 부록 참조.

수 있는 인물이어야 한다는 점에서 색다른 조건을 부여하기도 했다. 그리하여, 자본주의의 모순을 전형적으로 보여주는 여주인공에 대해 한 순박한 남성이 무구한 사랑의 감정을 품게 되고 여주인공 역시 그 사랑에 감복하는 사연으로써 인간답게 사는 가치 있는 삶의 가능성을 열어 보이고자 했다.

이 소설이 연애담 형식을 띠게 되는 것은 그런 이유인데, 한편에서는 이보다 앞서 연애소설에 대한 본원적인 창작 욕구를 말하지 않을 수 없다. 이 소설을 완전한 연애담으로 보기는 어렵지만, 어떤 창작가이든 연애담을 구상하고 쓰는 일만큼이나 흔쾌한 일도 드물 것이다. 여자 주인공은 30대 초반의 미망인으로, 웬만큼 미모도 갖추었고 재산도 적지 않다. 우연히 그 여자를 만난 인연으로 그 여자를 사랑하게 된 청년이 이 소설의 두 번째 주인공이다. 이에 따라 이 소설은 돈 없는 청년과 돈 많은 미망인과의 연애관계를 큰 축으로 삼게 된다.전통적인 관점에서 이들의 사랑은 금기의 사랑이고, 그 때문에 세태적인 관점에서는 다분히 호기심을 끌 만한 소재인 셈인데, 그러나 또한 두 사람의 사랑은 끝까지 순결성을 견지함으로써 통속소설에서 흔히 예측할 수 있는 결말에서 벗어난다.

여기에 중단편에 그치지 않는 한 편의 장편소설을 구축해 나가기 위해 흥미로운 스토리라인을 구성해야 한다는 생각을 보탰다. 그래서 이 소설은 쫓기는 자와 쫓는 자의 관계가 스토리의 중심축을 이룸으로써, 일견 추리소설적인 구조를 이루게 되었다. 실제로 여자 주인공은 남편의 병사에 대한 도덕적인 책무를 감당하기보다 남편의 유산을 차지하는 데 재빠르게 행동한 사람으로 적어도 도덕적으로는 범죄자이다. 이 범죄를 아는 세 번째 주인공은 실제로는 자신이 탈법과 폭력을 일삼는 범죄자나 다름없으면서, 주어진 배역상 자연스럽게 탐정의 역할을 맡게 된다. 범인은 달아나고, 탐정은 이를 추적한다. 그들은 쫓고 쫓기고, 달리고 숨는다. 그 때문에 이 소설은 속도감 있는 문체를 필요로 한다.

탐정이 범인을 쫓고 범인은 이를 피해가는 과정에서 필연적으로 발생하는 '추리(推理)' 양상을 문제삼아 이런 소설을 추리소설로 명명한다. 추리소설이란 자본주의 사회를 토대로 확산된 장르인바 추리소설의 양식을 닮아 있는 이 소설 또한 자본주의 사회의 욕망을 드러내고 비판하는 데 주력하는 편이다. 일찍이 움베르트 에코가 탐정소설을 일컬어 "가장 형이상학적이고 철학적인 구조"[10]라고 지적한 대로, 이 소설에서 쫓기는 범인과 쫓는 탐정간에 발생하는 긴장은 단순히 극적 긴장만을 위해 취한 것이 아니라 나아가 형이상학적 질문을 만드는 내적 구조가 되어야 한다는 생각을 유지하려고 애썼다.

그 질문은 다시 삶의 지향성을 잃은 자들의 정체성 회복의 문제와 만난다. 어떻게 사는 것이 참다운 삶일까? 소설은 질문 자체로 이미 의미가 되지만, 이 소설의 경우 나름대로 그 답을 구체적으로 제시하는 데까지 나아간다. 두 번째 주인공의 무욕의 일상이 그 답 구실을 한다. 그는 군 입대 중에 부모가 경제적으로 파멸하고 애인이 떠나는 아픔을 겪었다. 그러고 나서 아무 것도 없는 삶을 몸소 실천에 옮기며 산다. 이는 오늘날 전지구적인 생태 위기를 겪으면서도 자국 이기주의와 지역 이기주의와 자기 편의주의에 이끌려 세속적인 탐욕을 버리지 않는 현대인들에게 금욕과 절제와 자연성을 강조하는 소위 생명주의에 대한 가능성을 입증하는 인물로 발휘된다.

2. 창작방법론

1) 스토리

이 소설의 스토리는 주로 세 명의 주인공이 각각의 일상을 유지하면서 서로의 삶에 연계되는 가운데 전개된다.

첫 번째 주인공은 회사 사장인 남편이 죽고 그 유산을 차지하게 된 젊은 미망인 유소은이다. 유소은은 군대에 입대한 남동생을 면회하러 간다. 공무로 출장 나간 남동생은 만나지 못하고 우연하게 서울로 외출을 나가게 된 말년 병장 주강욱을 차에 태워 동행하게 된다.

---

10) 에코는 "독자들로 하여금, 우리를 전율케 하는 것(말하자면 형이상학적인 전율)을 기쁨으로 받아들일 수 있게 하고 싶었기 때문에 나는 (무수한 플롯 중에서) 가장 형이상학적이고 철학적인 구조를 선택하지 않을 수 없었다."라고 쓰고 있다. U. Eco, 이윤기 역, 『'장미의 이름' 창작노트』(열린책들, 1992) pp.81~82.

주강욱은 군 생활 중 집안이 몰락하고 제대를 앞두고 변심한 애인 지혜와 연락이 두절된 상태에서 크게 상심해 있던 처지다. 주강욱은 얼떨결에 유소은의 차를 탔다가, 위기에 빠진 유소은을 구해 주게 되고, 이 일로 유소은에게 자신도 알 수 없는 이성적 감정을 느끼게 된다.

　이철식은 유소은이 주강욱과 함께 차를 타고 가는 것을 보고 급하게 추격하지만 놓치고 만다. 이철식은 이복형이 죽은 뒤 그 재산을 미리 가로챈 형수 유소은에게 보복하고자 유소은의 행적을 추적해 오던 중이었다. 추적 끝에 유소은의 차를 놓치고, 당초 행선지인 저수지의 별장을 폭력으로 접수한다.

　유소은은 친구 영애와 함께 유치원을 운영하면서 한편으로는 이철식의 추적을 피해 거주지를 숨기고 지낸다. 군 부대 근처에서 유소은의 차를 놓친 이철식은 부하 직원의 기지로 유소은의 거주지를 알아내 유소은을 납치하려고 한다. 이때 유소은은 유치원 학부모의 도움으로 간신히 도주에 성공한다.

　제대 후에, 낙향한 아버지를 만나고 걸어서 상경하던 주강욱은 어느 산골에서 기인을 만나 몇 주간 생식요법과 복식호흡을 중심으로 운기조식하는 법을 배운다. 이를 계기로, 세속적인 욕망을 절제하고 남을 위해 자신을 낮추는 삶을 사는 사람으로 거듭난다. 그는 누나의 우리밀 분식센터에서 배달원으로 있으면서 세든 건물의 탈북 어린이를 위한 학교 일을 돕게 된다.

　불안증과 불면증에 시달리던 유소은은 정신과 치료를 받던 중 의사인 오박사와 연인 관계가 된다. 그러나 이내 오박사는 유소은가 지닌 신데렐라 콤플렉스를 지적하며 결별을 선언한다. 이때 유소은이 지닌 것과 같은 자기 중심적인 사고방식이 유사 페미니즘이란 말로 비판되기도 한다. 충격을 받은 유소은에게, 음식 배달 일을 하며 소박하면서도 긍정적으로 살아가고 있는 주강욱이 큰 위안이 되고 둘은 점점 가까워진다. 주강욱도 이 일로 유소은에게 마음이 기운다.

　형의 사업을 이어받아 불법과 편법으로 돈을 끌어모으고 사업을 확장해 나가던 이철식은 마침내 유소은의 행적을 재추적해 유소은을 납치하는데 성공하고, 이를 알게 된 주강욱이 자전거로 달려가 구출작전을 펼친다.

　이철식이 유소은을 납치해 숨은 곳은 예의 저수지의 별장이다. 그곳에서 유소은은 반라의 몸으로 결박당한 채 이철식에게 협박을 당하고 있다. 주강욱은 이

철식 패거리를 하나씩 제압하고 별장 잠입에 성공해서 유소은을 빼내 달아난다. 유소은은 주강욱의 자전거 뒤에 타고 가다 정신을 잃는다. 두 사람은 어느 왕과 왕비(공양왕 부부)의 무덤 사이에서 정신을 차리게 된다. 유소은은, 자신을 구하는 과정에서 다친 주강욱의 눈을 보듬으며 진정한 사랑의 의미를 깨달으며 눈물을 흘리게 된다.

2) 서사의 심층

이러한 내용의 스토리를 가진 이 소설은 그러나 사건의 전개 과정에서 보다 복잡한 얼개를 구축하게 된다.[11] 이를 설명하기 위해서는 다시, 스토리의 중심에 서 있는 세 명의 주인공을 얘기할 수밖에 없다. 세 인물은 각각 한 개 장에서 주로 자신이 중심이 되는 사건을 겪고 있다.

스토리의 핵심에 있는 여자 주인공 유소은은 남편 사후 많은 돈을 쓸 수 있고 많은 사람을 만날 수 있는 자유를 얻은 상태다. 그러나 그는 불면증과 불안증에 시달린다. 그 증세가 악화되어서 병원에 통원치료를 받다가 의사와 가까워지기도 한다.

이 유소은을 축으로 두 명의 주인공의 인생이 개입된다. 한쪽은 유소은에게 다시 재산을 앗고 보복하기 위해 추적하는 이철식이 있고, 다른 쪽에는 유소은의 마음 속에 깃들어 있는 순수한 마음과 대화하려는 주강욱이 있다. 유소은을 에

---

11) 스토리와 그것의 복잡한 얼개를 흔히, 스토리(story)와 플롯(plot)의 관계로 대비하는 것이 전통적인 소설론의 견해다. 대표적으로는 포스터는 스토리를 "시간의 연속에 따라 정리된 사건의 서술", 이에 반해 플롯을 "사건의 서술이지만 인과 관계를 강조하는 기술"이라고 설명한다(E. M. Foster, 이성호 역, 『소설의 이해』, 문예출판사, 1996. p.96). 이 견해는 러시아형식주의에서도 유사하게 나타나는데, 대표적으로 토마셰프스키는 스토리는 "사건이 실제로 일어났던 시간적, 인과적 순서"에 따른 것이고 플롯은 "작품 속에 묘사되는 순서대로 사건"을 "배열"한 것이라 밝히고 있다(B. Tomashevsky, 한기찬 역, 「주제론」, 『러시아 형식주의 문학이론』, 월인재, 1980. pp.103~104). 그러나, 소설의 스토리에도 플롯과 마찬가지로 필연적으로 '인과 관계'가 수반된다는 점(S. Chatman, 김경수 역, 『영화와 소설의 서사구조』, 민음사, 1990)을 강조하여, 스토리와 플롯의 용어적 구분은 다만 관례라는 견해를 보이기도 한다(S. Rimmon-Kenan, 최상규 역, 『소설의 시학』, 문학과지성사, 1992). 이 글에서 굳이 플롯이라는 용어를 피하는 이유가 이런 데 있다.

워싼 이 두 인물은, 실제적으로 유소은의 삶과 관련을 맺고, 유소은은 두 사람과의 관련을 통해 의식의 변화를 경험하게 된다.

프로이트는 인간의 마음을 의식(意識, conscious)과 비의식(非意識, unconscious)으로 나누어 고찰하고 있다. 이 중에서 비의식은 다시 두 종류로 나뉘는데, 비의식과 전의식(前意識, preconscious)이 그것이다. 비의식은 정신분석(精神分析) 등의 수법에 의해서 비로소 의식화되는 반면, 전의식은 "현재는 의식에 어떤 내용이 없지만 주의를 기울이면 쉽게 의식으로 떠오르는 내용들이 있는 의식의 장소"이다.[12]

이 소설에서 유소은은 실제로 신경증을 앓고 있고, 또 정신과 의사의 치료를 받기도 한다. 프로이트 식으로 생각하면 유소은의 신경증은 비의식에서 그 원인을 찾을 수 있다. 작중의 의사는 유소은에 대해 전문적으로 치료하는 상태가 아니기 때문에 유소은의 비의식을 모두 설명할 수 없는 처지다. 이에 비해 이철식은 스토리 전개상 유소은의 신경증을 악화시키는 요인이 되고 있지만, 그 점 때문에 그 병인을 밝혀내는 기능을 수행하는 결과를 빚는다.

유소은은 이철식이 주장하는 대로 죽어가는 남편을 간병하는 일에 소홀했으며 남편의 재산을 미리부터 명의변경해서 사후를 대비했는데, 그런 자신의 부도덕성을 인정하지 않으려는 심리적 작용 때문에 그 사실은 자신의 비의식 세계로 은폐되어졌다. 그러나 이철식이 유소은을 위협해 올 때마다 그 사실은 유소은의 의식으로 떠올려질 듯한 느낌을 갖게 된다. 이를테면, 비의식에 은폐된 진실이 비의식 중에서도 전의식에 머물러 있다가 의식에서 받아들일 가능성이 높아져 있는 상태가 된 셈이다.

전의식과 의식 사이에는 검열 절차가 있게 되는데[13], 이철식은 유소은에게 그 검열을 생략하고 전의식을 바로 의식에 떠오르게 하려고 강요하고 있고, 유소은은 스스로 검열 기능을 강화해 그것을 방지하려고 몸부림치고 있다. 유소은의 일차적인 병인은 여기에 있다. 즉, 이철식이 유소은에게 다가갈수록, 유소은의 전의식에 자리한 부도덕과 죄의식이 의식으로 받아들여질 가능성이 높아지고,

---

12) 이무식, 『정신분석에로의 초대』(이유, 2003) p.72.
13) 윗 책, pp.73~74.

그만큼 검열 과정의 갈등이 깊어지기 때문에 불안증과 불면증이 생겨난 것이다.

한편 주강욱은 유소은의 더 깊은 비의식의 세계를 짚어주는 존재다. 프로이트에 따르면 비의식의 세계는 합리적이지 않고 의식으로 떠오르기 어렵다. 그러나 주강욱은 유소은의 비의식의 일부를 읽는다. 유소은은 돈에 집착할 수밖에 없는 성장 과정을 겪었다. 그 돈 집착의 증세는 한편으로는 지위와 권력이 높은 사람에게 집착하는 증세로 나타났다. 궁극적으로 그 결핍은 경제적 몰락으로 가족이 해체된 데서 온 애정 결핍에 근원을 두고 있다. 유소은의 안정감 없는 태도에서 주강욱의 비의식이, 유소은의 사랑받고 싶어하는 비의식에 절로 대응하게 된 것이다. 한편으로는 주강욱 스스로가 절제와 극기의 나날을 딛고 있어서 더욱 그 심층의 비의식에 좀더 가까이 갈 수 있었다고 볼 수 있다. 유소은은 주강욱이 주는 사랑의 의미를 제대로 파악하지 못한다. 자신의 비의식의 세계를 스스로 알지 못하는 까닭이다. 그러나, 주강욱이 온몸을 다치면서까지 자신을 지켜주는 것을 보고 하염없이 눈물을 쏟으며 자기 내면의 순결한 사랑의 감정을 깨닫게 된다. 즉, 비의식이 의식으로 떠오르는 것을 경험하는 셈이다.

3) 시간 구조

이 소설은 계절적으로 2월부터 6월까지 4,5개월 동안을 배경으로 펼쳐진다. 표면적으로 현재적 시간의 순차적 흐름에 따라 2월(1,2,3,4장), 3월(5,6장), 4월(7,8,9장), 5월(10,11,12,13,14장), 6월(15,16,17,18,19,20장)로 이어져 간다. 그런데, 각 장별로는 일정한 시간대에 그것에 관련된 과거 시간의 경험 내용을 집약함으로써 정보의 밀도를 높이려 했다. 가령, 제1장 '첫사랑의 눈동자'와 제2장 '이상한 전율'은 유소은이 동생(유정섭)을 면회가다 주강욱을 처음 만난 사건(제1장)과, 주강욱이 유소은의 차를 타고 외출을 나오다 이철식 일행에게 쫓기는 사건(제2장)은 현재적인 시간상으로는 자연적 흐름에 의존해 전개되어 있다. 그러나 이 두 개 장은 각각 다른 초점화자의 역할에 힘입어, 남편과 면회 오던 때의 일, 지혜와 나누던 사랑 등의 과거 일들을 내재한다. 이처럼 이 소설은 각 장별로 현재 시간을 제한해서 제시하고 있지만, 그 현재 시간에 지나온 과거 시간의 경험이 다각적으로 집약되는 형태를 취하고 있다.

　　커튼이 가려진 방안, 한 모서리 가운데 놓인 높은 탁자, 그 위에 놓인 꽃병, 그 속에 꽂힌 한 송이의 붉은 장미꽃, 그 꽃을 소은은 보고 있다. 비스듬히 뒤로 젖혀진 카우치에 누워서 흔들림 없이, 꽃을 바라보기를 얼마였나. 지루하고도 혼란스러운 잡념을 따라다니던 어느 순간, 아무런 생각도 없고 감각도 없어진 듯한 그때부터, 갑자기 눈앞의 장미꽃이 시야를 피범벅처럼 붉게 물들이는 듯하더니, 미지근하게 볼을 적시며 흐르고 있는 눈물이 느껴졌고, 그것이 지금 영원히 마르지 않을 샘처럼 하염없이 흐르고 있다.
　　장미꽃을 바라보는 시간.
　　삼 주 만이다. 눈알이 빠질 듯 아플 때도 있었고, 허리가 뒤틀릴 정도로 지루할 때도 있었고, 잡념 때문에 일찌감치 시선을 내린 적도 있었고, 괜히 답답하다는 기분에 몇 분도 되지 않아 일어나 앉은 때도 있었다. 어쨌든 용케 참아 냈고, 드디어 눈물이 흘렀다. 소은은 마음 속 깊은 데서 이는 알 수 없는 희열을 입술 끝에서 막아낸다.
　　"어떠세요?"
　　조금 톤이 높은, 그러나 조용한 남자의 목소리가 뒤에 와 서 있다. 소은은 그제서야 천천히 몸을 일으켜 더듬거리는 몸짓으로 핸드백을 열어 손수건을 꺼낸다. (pp.89~90)

　　위 장면은 제8장 '장미꽃을 바라보는 시간'의 한 대목이다. 불안증과 불면증에 시달리는 유소은은 친구 영애 삼촌의 권유로 오박사에게 정신과 치료를 받고 있다. 오박사는 최면요법(실제로는 자유연상법)과 응시요법으로써 유소은에게 카타르시스를 제공해 신경증을 치료한다. 이 병원에 다니기 시작한 것은 3주전이다. 그 3주 동안의 유소은의 행적은 현재적으로 제시하지 않는다. 유소은이 이 소설의 이 이전 현재적 시간 상황에서 등장한 것은 제5장 '위험한 방문객' 편에서다. '위험한 방문객'에서 유소은은 이철식에게 납치당할 뻔하다 위기를 모면한다. 그러고 그 이후의 상황, 즉 급히 이사를 하고 영애 삼촌에게 오박사를 추천받아서 병원에 다니게 된 사건 등은 이미 한 달이라는 시일이 경과한 뒤인 바로 위 장면에서부터 현재적 시간 상황이 전개되는 가운데 회상 기법을 통해 드러난다.
　　소설에는 두 가지 시간이 내재한다. 그 시간은 소설이론가들에 의해 '스토리 전개 시간과 '독서 시간', 또는 '이야기 시간'과 '서술 시간'으로 구분되고 있다.[14] 이 소설의 제5장과 제8장의 사건을 예를 들면, 이야기 시간에 해당하는 줄거리는 '납치 위기 → 이사 → 3주 동안의 통원 치료 → 위 장면' 등의 내용이다. 이에 반해 실제 소설은 '납치 위기 → 위 장면'의 서술시간으로 펼쳐져 있다. 소설은 이렇듯 이야기 시간과 서술 시간의 적절한 조화 속에서 시간 구조를 형성해 가게 되는데, 이 소설은 마땅히 전체적으로도 그렇지만 각 주인공이 초점화자로 활약하는 각 장마다 그런 시간의 이중적 관계가 설정되어 있다.

한편 이 소설은, 스토리 전개상 쫓고 쫓기는 자의 추격전이 거듭되기도 하고, 면회 가는 길(제1장), 도망 가는 길(제2장), 배달 가는 길(제9장), 답사 기행 가는 길(제16장) 등등으로 이동 자체를 주요한 소설적 모티브로 삼게 되면서, 현재적 시공간의 이동이 매우 뚜렷한 형식이 되고 있다. 반면에 각 장마다 초점화자에게 회상의 기회를 제공해서 지금의 상황에 연관되는 과거 시간의 개입 또한 뚜렷하게 하였다. 특히, 성장과정에서 왜곡된 성적 가치관을 익혀온 유소은의 성장사를 비롯, 중심 사건에 관계되는 남편과의 관계사 등의 개입이 유효적절하게 이루어질 수 있게 했다.

4) 인물의 개성과 전형성

이 소설의 대표적인 주인공인 30대 초반의 유소은은 그 삶의 목표를 '귀족적인 삶'에 두고 있는 인물로 설정되어 있다. 유소은은 자신의 삶을 만족시켜 줄 대상으로 택한 열두 살 연상의 남자(이철우)와 결혼해서 왕비 대접을 받고 살다가, 어느날 남편의 불치병(구강암)과 그것에 따른 경제적 몰락 앞에서, 남편의 건강 회복보다 자신의 재산 확보에 더욱 열을 올리다, 결국은 남편의 죽음을 방임했다. 소설의 현재는, 생명을 연장시킬 수도 있는 남편을 쉽게 죽게 만든 일, 그러

---

14) 스토리 전개 시간은 "스토리가 전개되는 시간은 사건 발생에 소요되는 시간", 독서 시간은 '작품을 읽는데(또는 장면을 보는 데) 소요되는 시간'을 말한다(B. Tomashevsky, 앞글. p.118). 채트먼은 각각 이에 대응하는 개념으로 '이야기-시간'과 '담화-시간'이라는 말을 쓰고 있다(S. Chatman, 앞책). 이 글에서는 채트먼의 개념을 원용하고 있는 『소설이란 무엇인가』에서 채택한 '이야기 시간'과 '서술 시간'의 용어를 그대로 썼다(조정래·나병철, 『소설이란 무엇인가』, 평민사, 1991).

면서 남편의 재산을 미리 빼돌린 일 등으로 남편의 이복동생(이철식)에게서 추적을 받고 있는 상태에 놓인다. 돈은 가졌으되 스스로 불안에 떠는 독신에다 그런 탓에 더욱 살아가는 진정한 의미를 추구하지 못하고 방황하고 갈등하는 존재로 그려졌다.

남편의 이복동생 이철식은 깡패 두목으로, 사업가인 형 이철우에게 맹목적인 존경을 표해온 인물로 설정된다. 가족의 보살핌을 받지 못하고 살아온 그는 자신을 등용해준 이철우를 아예 자기 나라의 왕이었다고 믿고 있다. 왕의 갑작스런 불치병으로 그 왕국은 쉽게 무너졌다. 이철식은 그 이유가 유소은에게 있다고 믿고 있다. 실제로 이철우가 죽었을 때, 확실한 재산은 모두 유소은 쪽 사람 명의로 바뀌어져 있었다. 이철식은, 유소은이 형이 발병한 이후에도 간병에 적극적이지 않았고 결국에는 사망까지도 방임했다고 알고 있다. 이철식은 유소은을 찾아내 복수를 하려고 한다.

제대를 앞둔 어느날 우연히 이 둘 사이의 쫓고 쫓기는 추격전에 끼어들게 된 20대 중반의 주강욱은 군 복무 중 애인이 변심한 것에 삶의 목표를 잃은 상태다. 설상가상으로 집안이 몰락해서 대학 복학을 할 수 없는 상태가 되었다. 제대 후 무기력과 무욕의 시간을 경험하면서 자연 속에서 섭생하는 한 도인에게 특별한 기 수련법을 배우고 도시로 돌아와 변두리에서 허드렛일을 하며 지낸다. 때로는 위기에 처한 사람을 간단히 구하는 능력을 발휘하면서도, 욕심을 비우고 남을 돕는 삶을 실천에 옮기고 있다. 주강욱은 우연히 누나의 분식센터가 세든 건물에서 지내는 탈북 아이들까지 돌보게 되고, 이를 본 유소은은 서서히 주강욱을 편안하게 느낀다. 유소은은 주강욱의 순수한 말과 행동을 접하면서 내면에 숨어 있던 사랑의 감정을 느끼게 되고 드디어 참다운 사랑의 의미를 깨닫게 된다.

유소은은 한국의 가부장적 자본주의 구조 아래 '돈 많은 남자'와의 결혼을 지상 목표로 삼고 성장한 사람이다. 그 지상목표는 이루었지만, 지금은 전혀 삶의 목표를 설정할 수 없는 복잡한 내면 속에서 방황하고 있다. 이철식은 돈과 권력에 힘입어 제왕으로 군림한 자신의 형을 삶의 이상형으로 삼고 그에게 충성하며 살아온 사람이다. 역시 그 이상형을 잃고 방황하는 대신, 유소은에 대한 복수로 자신의 지향점을 대체한 상태다. 이렇게 보면, 이철식에 비해 유소은은 매우 입체적인 인물로 보인다. 그의 내면은 복잡하고 미래에 대해 갈피를 잡을 수 없다. 그렇다고 이철식을 단순한 캐릭터라고 말할 수 없다. 유소은에 대해 복수심을 불태우고 있지만, 그가 꿈꾸는 복수는 재산을 되찾고 상대를 파멸로 빠뜨리는 복수가 아니다. 그는 유소은에게 계층적인 모욕을 당한 사람으로, 그의 복수는 현실적으로 유소은의 부도덕(형의 죽음에 대한 방임과 과도한 재산 도피)에 대한 보복(물리적 폭력과 재산 회수)이지만, 실은 그것만으로 끝나지 않고 상대와의 관계에서 계급적으로 동등해져야만 해소되는 보복이다. 게다가 그 복수에는 '신데렐라'(유소은)를 자기 것으로 만들어 형의 지위에 오르려는 욕망이 내재되어 있다. 따라서 그 역시 "언제든지 등장만 하면 쉽게 알아볼 수 있는" 그런 평면적 인물[15]이 아니다.

이에 반해 주강욱은 포스터가 말한바 바로 평면적 인물에 해당한다고 볼 수 있다. 애인을 잃고 상심하고, 그것마저 극복해서 자신의 욕망을 버리려고 애쓰면서 덜 먹고 덜 마시고 말도 덜하고 산다. 탈북 어린이를 대하건, 건물 주인 회사 사장님을 대하건, 유소은을 대하건 그는 성심을 다한다. 어쩌면 리얼리티가 떨어져 보일 이 인물은 그러나 매우 상징적이다. 왜냐하면, 이 인물이야말로 앞의 두 인물의 가치 상실에 대한 하나의 대안으로 자리하고 있기 때문이다.

유소은과 이철식은 한국적 자본주의가 형성한 가치관에 함몰된 인물이다. 이들은 오늘날 자기 중심에 돈을 두고 있지 않으면 못 사는 사람들을 그대로 닮아 있다. 극단적으로 말하면, 변화무쌍한 세계화의 조류에 탄력적으로 대응해 나가지 못한 채 복잡한 내적 모순 속에서 갈등하고 있는 한국 사회의 현주소를 알려주는 인물로 내세워진 것이다. 반면, 이들은 반대로 각각의 일상에서 외부 조건에 적응하지 못하고 갈등하는 인물이기도 하다. 즉, 이들은 개별자로서의 개성을 부여받고 있으면서 시대적 정황과 조건을 반영하고 있는 전형적인 인물이다.

---

15) 포스터는 소설의 작중인물을 평면적 인물과 입체적 인물로 나누어 설명하고 있다. 평면적 인물은 "언제든지 등장만 하면 쉽게 알아볼 수" 있으며, "독자가 나중에도 쉽게 이해할 수" 있는 데 반해, 입체적 인물은 "작품 속에 무궁한 인생을 갖고" 있는 인물로 "믿음직스러운 방법으로 독자를 놀라게" 할 때 가치가 있다. 소설은 "입체적인 인물뿐 아니라 평면적인 인물을 종종 필요로 하고, 두 인물의 충돌"을 통해 "더 정확하게 인생을 묘사"할 수 있다고 설명된다. E. M. Foster, 앞책, pp.76~88.

그러나 여기서 말하는 전형적 인물의 경우가 더 구체적으로 리얼리즘 논자들이 말하는 전형적 인물인가에 대해서는 이론의 여지가 있을 것이다. 어느『소설학 사전』에서는 전형성(典型性, type, typicality)이란, "특정한 역사적 단계에 처해 있는 어떤 특정한 사회의 성격과 내부적 모순을 가장 잘 드러내 보여 주는 대표적인 성질들, 혹은 그런 성질을 가지고 있는 요소들이 소설 속에 잘 반영된" 것이라 한다.[16] 이런 경우라면, 구체적으로 자신의 생존 조건 속에서 겪는 갈등을 통해 자신이 속해 있는 계층이나 집단의 모순 상황을 드러내고 있는 이 소설의 인물들이 '전형적 인물'로 자리잡고 있다고 볼 수 있겠다.

한편, 루카치가 여러 평문에서 다채롭게 말한 전형 이론을 원용해서, "인물이 전형성을 구비하기 위해서"는 첫째는 "개인으로서의 개체성을 가져야" 하고, 둘째는 "인물이 분명한 사회적 위치를 가져야" 하며, 셋째는 소설의 "플롯상으로도 분명한 기능을 하여야" 한다는 설명[17]에 대해서는 이 소설의 인물들이 전면적으로 호응한다고 보기에는 어려움이 있다고 볼 수도 있다. 이 인물들은, 자본주의 현실의 모순을 비판하려는 의도 속에 창출되기는 했지만, 스스로 그러한 인식을 부여받지 못하고, 또한 뒤늦게나마 온전하게 각성했다고 보기에도 어렵기 때문이다.

5) 시점과 서술 방법

이 소설의 인물들은 모두 3인칭으로 지칭된다. 이 사실은 이 소설이 3인칭 서술로 전개된다는 것을 의미한다. 3인칭 서술의 소설은, 서술이 인물 중심에서 이루어지느냐 화자 중심에서 이루어지느냐에 따라 그 서술 양상이 달라지는데, 이 소설의 경우는 전자에 해당하는 소설이다. 아래 두 상황을 보자.

ⓐ 소은은 시동을 걸다 말고 조수석 쪽으로 몸을 옮겨 창 밖으로 소리를 지른다.
"같은 방면이면 타고 가지 그래요."

---

16) 한용환,『소설학 사전』, 고려원, 1992. p.381.
17) 조정래 · 나병철, 앞책, p.57.

"……예?"

병장은 룸미러 속에서, 전혀 예상하지 않았다는 표정으로 잠깐 소은의 얼굴을 쳐다본다.

"타세요."

소은이 차 문을 열어 주고도 한참 만에야 병장이 올라온다. 주강욱. 노련한 고참병이라는 걸 분명히 해 두겠다는 듯이, 빛이 바래 흐릿해진 녹색 명찰이다. 그러나 주강욱은 전혀 노련하지 않은 신참 병사처럼 굳은 얼굴이다. (p.28)

ⓑ 소은은 시동을 걸다 말고 조수석 쪽으로 몸을 옮겨 창 밖으로 소리를 지른다.

"같은 방면이면 타고 가지 그래요."

"……예?"

주 병장은 전혀 예상하지 못한 말을 듣고 놀란 표정으로 소은의 얼굴 쪽을 쳐다본다.

"타세요."

소은이 차 문을 열어 두어서 주 병장은 하는 수 없이 차에 올랐다. 주강욱이라 써진, 빛이 바래 흐릿해진 녹색 명찰을 보고 소은은 그가 노련한 고참병이라 짐작한다. 그러나 주강욱은 고참병답지 않게 굳은 표정을 지었다.

부대로 면회를 가던 소은이 주강욱이라는 이름의 병장에게 길 안내를 받고는 차에 동승하게 된 상황을 실제 소설에서의 내용(ⓐ)과 의도적으로 고친 내용(ⓑ)으로 제시해 보았다. ⓐ의 서술은 소은의 중심에서 이루어지는 반면 ⓑ의 서술은 소은, 주 병장, 어느 한쪽에서 이루어진다고 볼 수 없다. ⓐ는 소은이 보고 경험한 일만을 서술했고, ⓑ는 둘 모두 보고 경험한 일을 서술했다. 이때 그 서술하는 자를 화자라 이름하는데, 화자가 자신의 역할을, ⓐ의 경우처럼 특정한 한 인물(유소은)에 완전히 위임하는 경우가 있고, ⓑ의 경우처럼 직접 두 인물의 내면과 외부 상황을 아울러 살펴서 드러내는 경우도 있다. S. 리먼-케넌은 전자를 내적 초점화라 이르고, 후자를 외적 초점화라 일렀다. 전자의 경우 내적 초점화의 대상자가 된 이를 초점화자라 한다.[18] 3인칭 초점화자에 의해 서술되는 양상을 보이는 이런 상황을 조정래과 나병철은 S. 리먼-케넌의 개념을 빌려, 3인칭 인물시점 서술상황이라 불렀다. 그에 반해 ⓑ의 경우처럼 외적 초점화가 이루어

지는 소설을 3인칭 화자시점 서술상황이라 불렀다.[19]

이 3인칭 인물시점 서술 상황에서는 초점화자 역할을 하는 특정한 인물의 내면에서 보고 겪은 일이 말해진다. 채택된 특정한 인물은 대개 소설의 주인공이고, 소설의 거의 모든 장면에 등장해야 한다. 이 소설은 주인공이 셋인 셈이라, 각 주인공이 분절된 단위의 장면(각 장을 의미함)에서 초점화자의 기능을 하게 된다.

이 소설이 이러한 3인칭 인물 시점 서술 상황을 선택하게 된 이유는 분명하다. 첫째, 각 주인공들은 서로를 잘 알지 못하는 사이라고 할 수 있다. 따라서 특정 인물의 내면에서 사건을 서술하게 되면, 다른 인물의 내면으로 틈입할 계기를 마련하기 힘들다. 둘째, 이 소설은 외부에서 잘 관찰할 수 없는 주인공의 내면적 갈등 상황을 밀도 있게 제시해야 할 상황이 많았다.

어릴 때 캄캄한 방에서 전기 코드를 콘센트에 꽂다가 감전된 적이 있었다. 손끝에서 심장까지 파동이 와 닿던 일순간의 전율. 바로 그 느낌이 자신의 몸을 훑고 지나간 게 아닌가 싶어 강욱은 고개를 갸웃해 본다.

---

18) 리몬-케넌은 "화자에 의해 언표화되는 일종의 '프리즘', '관점(perspective)' 또는 '시각(angle of vision)'의 중재를 통하여" 스토리가 "텍스트 속에 제시"될 수 있다고 설명하고 "이 중재를" 쥬네트의 말을 빌려 "'초점화(focalization)'라고" 불렀으며, 이 초점화를 수행하는 주체를 초점화자(narrator-focalizer)라 불렀다. S. Rimmon-Kenan, 앞책.

19) 조정래 · 나병철, 앞의 책, pp. 149~187. 반면, 정한숙의 『현대소설창작법』(웅동, 2000) 등 많은 국내의 소설론 책들은 브룩스(C. Brooks)와 워렌(R. P. Warren)의 『소설의 이해』의 시점 분류를 아래와 같은 도표로 원용하고 있다.

	사건의 내적 분석	사건의 외적 관찰
화자가 소설의 등장인물임	① 주인물이 자신의 이야기를 말한다	② 부인물이 등장인물의 이야기를 한다
화자가 소설의 등장인물이 아님	④ 분석적이며 전지적 작가가 이야기한다	③ 작가가 관찰자로서 이야기를 한다

이 소설의 3인칭 인물시점 서술 상황에 해당하는 시점 내용은 이 도표의 분류에서는 쉽게 추출해 낼 수 없다. 한편, 슈탄첼은 이 3인칭 인물시점 서술 상황을 '인물시각적 소설'로, 3인칭 화자시점 서술 상황을 '주석적 서술'로, 그 외 일인칭 서술 상황의 여러 국면을 묶어 '일인칭 소설'로 분류하고 있다(F. K. Stanzel, 안삼환 역, 『소설형식의 기본유형』, 탐구당, 1990).

알 수 없다.

정훈과 소속 유정섭 상병의 누나라는 유소은. 그녀가 "주강욱씨!" 하고 불렀을 때, 왠지 모르게 귀에 아주 익은 듯한 그 소리에 뒤를 돌아볼 때, 일과 끝 나팔 소리가 막 영내에 울려 퍼지고 있을 때, PX 앞에 서 있던 측백나무 가지가 제 몸에 묻은 눈가루를 거칠게 떨어내고 있을 때, 그런 느낌이 든 게 아니었을까.

하지만 그럴 만한 이유가 도무지 없다. 주민등록증에서 본 그녀의 나이가 만 서른이었고, 게다가 유부녀인 게 틀림없다. 아니, 그런 건 생각할 필요도 없는 일이다.

지난 몇 달 동안 강욱은 줄곧 한 여자만 생각했다.

품에 안으면 어린 참새처럼 바르르 떠는 여자. 이마를 가린 머리칼을 쓸어 올려 주려고 손을 갖다대면 벌써 눈을 감고서 이편의 손길을 가만히 음미하는 여자. 눈을 들어 나를 바라볼 때의 눈빛, 오히려 나를 감싸주는 그윽함. 그 사랑의 눈동자만으로 강욱은 내내 열에 들뜰 수 있었다. (pp.32~33)

위 인용문은 처음 만난 연상의 여자에게 받은 묘한 느낌을 표현하고 있는 대목이다. 이 장면 이전(정확히 말하면 제1장의 상황이 끝난 직후)에, 유소은은 강욱의 도움을 받아 동생 면회 신청을 했고, 동생이 영내에 없어 면회를 포기해야 할 상황이 되었으며, 유소은이 그 사실을 강욱에게 알려주어야 한다는 생각에서(사실은 그럴 의무는 없는데도) 강욱을 소리쳐 불렀다. 그리고 그 소리를 듣는 순간 알 수 없는 전율을 느꼈다. 그 알 수 없는 전율이란 지극히 순간적인 일이어서 초점화자가 자신의 내면을 미세하게 들추어 내는 방식이 아니면 묘사하기 곤란한 정보다. 이어 그가 떠올리는 옛 애인과의 감미로운 시간 역시 지극히 내면적이며, 특히나 다른 누구의 시각에서 구체화시키기 힘든 장면이다. 이처럼 이 소설은 요소요소에서 각 주인공의 은밀하고 복잡한 내면이 그 주인공〔초점화자〕의 경험적 발화로 서술되는 경향을 보인다.

이 소설은 개별 주인공의 내면 심리에 대해 3인칭 인물 시점 서술 상황으로 배려하고는 있지만, 문체상으로 전반적으로 내면 심리 묘사에 치중하는 소설은 아니다. 게다가 한국의 뛰어난 소설들이 인물의 심리를 다룰 때 즐겨 쓰는 미문체로부터 이 소설은 상당한 거리를 둔다. 이 점 앞에서 지적한 바[20]와 같이 미문에 경도되어 있는 한국소설 전반에 대한 비판적인 의도를 드러낸 경우라고 하겠다.

이 소설은 다시 말하거니와 주인공 각각의 내면을 드러내면서 서로 얽히고 설키는 사건을 풀어가고 있는 소설로서, 문체에 민감한 한국소설의 관성을 따를 수도 있었다. 그러나, 이 소설은 비록 주인공의 내면을 자주 드러내는 한편으로 인물들의 공간이동이 많고 따라서 사건도 빠르게 전개된다는 특징이 있다. 더구나 주인공은 모두 자주 '달려야' 하는 사람들이다. 이철식은 쫓고 싸우고 빼앗는 사람이고, 유소은은 불안한 일상 속에서 언제 납치될지 모르는 사람이며, 주강욱은 마음은 여유롭지만 자전거 배달을 다니는 사람이다. 그러한 신분과 심리적 정황에 맞게 각 장마다 일정한 톤(tone)을 다르게 유지하는 가운데, 시공간의 이동이 잦고 사건 전개가 빠른 소설적 상황에 맞추어, 수식어가 적은 간결체나 현재적 시간성이 부각되는 현재시제 문장을 즐겨 구사하게 되었다.

---

20) 주 5) 참조.

II. 장편소설 「밥과 사랑」의 창작 실제

1. 첫사랑의 눈동자

길가의 나무들이 하나 둘 움을 틔우는 중인가 싶어 소은은 문득 속도를 줄인다. 그러고는 후, 하고 웃음을 날려본다. 봄이 북쪽에서부터 찾아들 리 없는 것을. 나무들이 움을 틔운 게 아니라, 겨우내 맞은 눈을 미처 녹이지 못한 채로 희끗희끗한 기운을 알몸인 그대로 안고 있다는 사실을 이제야 깨닫다니. 그래도 소은은 오늘만은 자신의 둔한 감각을 나무랄 생각이 없다.

모처럼 만의 해방이다. 그 옛날 첫사랑 애인의 연락을 받고 옷을 갈아입을 때 심정이다. 원래 정섭을 면회하기로 한 게 이 주일 전인데, 그때 엉뚱하게 영애 집에 일이 생겨 미뤄지고 말았다. 영애를 대신해 이리저리 뛰어다니면서 절로 조바심을 내고 있었던 모양이다. 오늘 아침 눈뜨자마자 전화로 "오늘은 나 없어도 되지?" 하고 영애에게 확인했다.

그 사이에 엔진에서 이상한 소리가 나는 승용차를 정비공장에 맡기는 일도 생겼다. 덕분에 아무 준비도 못했다. 이 주일 전에 오려고 했을 때는 새벽에 일어나 김밥을 싸고 통닭과 도넛을 튀기고, 솜씨도 없으면서 요리책을 들고서 얼마나 야단법석이었는데. 오늘은 겨우 밀감 한 봉지라니. 게다가 이 차를 보면 얼마나 웃을까. 십이인승에다 유치원 홍보용으로 도색까지 한 승합차다. 요즘 연습 겸해서 타고 다니고 있다고 설명하는 걸 채 듣지도 않고 당장 푸카카카, 웬 장난감이야? 하고 어이없어할 정섭의 익살스런 표정이 떠오른다. 녀석, 막 상병으로 진급했다던가, 한 달 전 전화 통화 때는

"이젠 정말 살기 편해졌어. 면회 올 거 없어. 서너 달 있으면 또 휴간데 뭘. 나 편해, 아직 돈도 남았고."

하고 허세부리듯이 큰소리쳤다.

라디오에서는 아까부터 어떤 책 한 권을 소개하고 있다. 며칠 전부터 그 책에 실린 글을 한 편씩 들려주고 있었던 것 같다. 오늘은 어떤 시인이 쓴 첫사랑 얘기다. 중년 여배우와 젊은 남자 개그맨이 함께 진행하는 이 방송은 신혼 때 많이 들었는데, 오랜만에 들으니 새삼스럽다.

"어제는 중견시인 한 분의 첫사랑 이야기를 전해 드렸죠? 기억나죠?"

"예, 나다마다요. 전 까마귀가 아니거든요, 까악까악. 하하하, 유리창을 사이에 두고 사촌누이와 키스를 나누는 얘기가 정말 재미있었지요. 어린 시절 가까운 이성 친척 때문에 처음으로 성에 눈뜨는 순간의 경험을 절묘하게 드러낸 게 아닌가 싶어요."

"시인의 글이라 그런지 역시 감각이 대단했지요? 오늘은 또 색다른, 한 시인의 첫사랑 얘기를 들려드릴게요. 제목이 〈첫사랑의 눈동자〉인데, 들으시면서 옛날에 여러분을 그윽이 바라보던 첫사랑의 눈동자를 한번 떠올려보세요."

이건 그저께 영애한테 훔치듯이 얻은 CD로 들은 가곡인데……. 아마, 슈베르트의 〈눈물의 가곡〉, 그런 제목의 노래 아닌가 싶은 가곡이 두 소절 깔린 뒤, 곧 중저음의 남자 성우의 목소리가 얹어진다.

"한 여자가 나를 보고 있다. 모처럼 만의 일이다.

정말 모처럼 만에 나는 자세를 가다듬는다. 포개고 앉은 다리를 풀어내린다. 내 눈은 눈꺼풀 안에서 가늘게 뜬다. 여자는 새까만 눈동자에 투명한 빛을 담고 내 눈과 마주치기를 기다린다. 부드럽고 여린 살결이 느껴져오는, 젊고 탄력적인 여자다. 거기 코를 묻고 싶은 향기가 전해온다. 여자는 행여 누가 알까 부끄럽다는 표정으로 그러나 은근하고도 줄기차게 시선의 끈을 내게서 놓지 않고 있다.

나는 더욱 사색적인 체한다. 가방 속에 시집이라도 한 권 넣어두지 않은 것을 후회한다. 내면에서 밖으로 은근하게 이지적인 분위기가 뿜어지도록 애쓴다. 아침에 머리를 감고는 채 마르지 않은 머리를 쓸어올려 본다. 턱을 가볍게 쓰다듬는다. 입술을 살짝 깨물면서 침을 바른다. 하나, 둘, 셋. 수를 헤면서 나는 마침내 눈꺼풀을 힘차게 밀어내고 여자를 본다.

아!

여자가 얼른 고개를 딴 데로 돌리는 사이, 내 입에서는 탄성이 뿜어진다. 안타깝게도 여자는 내가 기대하던 여자가 아니다. 부드럽고 여린 살결도 아닌 게 분명하고, 무엇보다 그 눈동자는 구겨진 신문지처럼 죽어 있다.

나는 또 한번 절망하고 만다.

그 눈동자, 그 눈동자를 겨우 찾는가 했더니, 또 얼마나 더 기다려야 하는가."

소은은 자기 손이 절로 차창을 열고 있는 걸 안다. 바람이 아직 이렇게 찬 걸, 이게 봄 내음인 양 후각으로 음미하려고까지 해 본다. 다시 얼른 차창을 올린다. 소은은 어깨를 웅크리고 가볍게 목운동을 한다. 기분은 상쾌했지만 사실 오래도록 묵은 피로에다, 두 시간을 쉬지 않고 달려온 몸이다.

몇 개의 군부대를 지나고 낯이 익은 작은 마을을 통과하는 중이다. 갓길에서 열 맞춰 행군을 하고 있는 어린 병사들의 얼굴에 겨울 빛이 발갛게 올라 있다. 군가 같은 걸 부르는지 허연 김을 한 옴큼씩 급하게 쏟아낸다. 첫 면회 때 정섭이 앉은 자리에서 한 통이나 다 먹어치우던 링 도넛이 이제 와 또 생각났다.

헌병 복장을 한 병사가 수신호로 자동차의 흐름을 조정하고 있는 삼거리에 멈춰선 소은은 제과점을 찾기 위해 목을 길게 뻗어본다. 토요일이지만 아직 오전이어선지 면회객이나 행락객 차량이 그리 많아 보이지 않는다. 첫 면회와 두 번째 면회 때는 남편과 같이 왔다가 차가 밀려 고생이 여간 아니었다. 그땐 시종 무슨 큰 은혜라도 베푸는 듯한 남편의 태도 때문에 더욱 피곤한 여행이었다.

삼거리에서 좌회전을 하자마자 제과점을 발견한다. 정섭이 먹던 도넛은 아니었지만 금방 구워냈다는 꽈배기 도넛을 열 개 샀다. 그제서야 묻어두었던 공복감이 일시에 밀려든다. 막 문을 연 집 앞 가게에서 밀감을 사 차에 오르면서 겨우 밀감 한 개를 먹은 게 전부다. 피자 빵이라도 하나 데워 달라고 하려다가 만다.

"기린부대, 이리로 올라가면 되죠?"

두 번이나 면회 온 적이 있고, 이 주일 전에 오려고 했을 때 인터넷에서 검색한 지도로 여러 번 확인을 해 둔 바이지만 또 확인을 해 둔다. 제과점 남자 주인의 반응이 의외로 시큰둥하다.

"글쎄요. 부대가 하도 많아서……. 이 길로 그냥 쭉 가시다가 군인들한테 물어

보세요."

소은은 어쩔 수 없이 빵 하나를 꺼내 입에 물고 차에 올라 교통안내 책을 꺼낸
다. 정섭의 부대는 이 삼거리에서 공양왕릉 가는 방향으로 접어들어 얼마를 가
야 했으니, 방향상으로는 틀림이 없다. 소은은 다시 시동을 건다. 제과점 주인이
진열장 유리창 너머에서 소은의 차를 물끄러미 보고 있는 게 보인다. 그래, 앞으
로 영애의 유치원 사업이 잘 되면 이곳에 분원을 낼 수도 있을 것이다.

라디오에서는 예의 중저음의 사내가 한 시인의 첫사랑의 눈동자에 얽힌 사연
을 회한적인 정조를 실어 마감해 가고 있다.

"세월은 가고, 나이가 들고, 늘어나는 흰머리가 나를 고민에 젖게 하는 시간 속
에서 나는 지치고 잠들다가도, 어느 순간 누군가 나를 보고 있다는 느낌이 들면,
신경은 예민해지고 근육은 팽팽해진다. 지하철 안에서, 버스 안에서, 횡단보도
위에서, 강의실에서, 극장에서, 사이버공간에서, 주점에서, 노래방에서 나는 나
를 보고 있을지도 모를 그 눈빛과 만나기 위해 생기를 토해낼 수밖에 없다.

생기발랄하지 않으면 안 되게 만드는 눈빛, 그 첫사랑의 눈동자가 나를 진정
살아 있게 한다."

진행자 두 사람이 그 얘기를 받아 서로의 재치를 다투듯 빛내기 시작한다.

시인의 사연은 대강 이런 것 같다. 초등학교 때 대학부속병원에 입원을 한 같
은 반 여자아이가 있었는데, 우연히 문병을 가게 되었다. 가서는 막상 한 마디
말도 못했다. 그러는 그를 병원 침대 위의 그 여자아이가 호기심 어린 눈으로 얼
핏얼핏 쳐다보았는데, 그 눈빛이 너무나 인상적이었다. 동화에서 자주 만나던
그런 눈동자였다. 일기에도 써보고 그림으로도 그려보았다. 나중에 어른이 되어
서도 그 눈동자를 찾아 헤매게 되었다. 어디선가 그 사랑의 눈동자가 자신을 보
고 있을지도 모른다는 생각 때문에, 그는 스스로 생기를 발하며 살고 있다. 첫사
랑의 느낌이란 이토록 사람을 생기발랄하게 할 수 있는 것이다.

소은은 길가로 차를 붙여 세워놓고 다시 책을 펼친다. 기억으로는, 삼거리에서
공양왕릉 방면으로 꺾어서 조그만 마을 하나를 관통해 마지막으로 지나게 되는
우체국 건물을 끼고 우회전을 했다. 그러고는 곧장 들길을 달려가면 닿는 산기
슭에 정섭의 부대가 있었다. 그런데 지도에 표시된 '초정리'라는 조그만 마을을

거쳐온 지 꽤 된 것 같은데 그 우체국이 보이지 않는다. 그냥 들판 사이로 난 기나긴 아스팔트길만이 펼쳐졌다.

"저기, 잠깐만요."

소은은 자신의 차를 둘러 앞서 지나가는 군인 한 사람을 발견한다. 차문을 열고 내려서자 들판에서 몰아쳐온 바람이 머리칼을 헝클어놓는다.

"저기 앞에 솟대 보이지요?"

병장 계급이면, 정섭보다는 제대를 빨리 할 사람 같은데 어딘지 어색해 보이는 동작이다. 소은은 병장의 손끝을 따라 멀리 눈길을 뻗어본다. 하늘이 눈 시리다. 그 하늘 한 켠을 도로변에 서 있는 겨울나무들의 가시 같은 가지가 첩첩이 가릴 뿐, 병장이 말하는 솟대를 발견할 수 없다.

"여기서 일 킬로쯤? 그 정도만 가면 돼요. 거기서 우회전을 해서 곧장 가면 위병소가 있어요."

이제 보니 병장은 남의 시선에 마주쳐 바라보는 성격이 아닌 것 같다. 고맙다는 인사를 외면한 채 그냥 무표정하게 서서는 이쪽 차가 먼저 떠나는 것을 볼 태세다.

소은은 시동을 걸다 말고 조수석 쪽으로 몸을 옮겨 창밖으로 소리를 지른다.

"같은 방면이면 타고 가지 그래요."

"……예?"

병장은 룸미러 속에서, 전혀 예상하지 않았다는 표정으로 잠깐 소은의 얼굴을 쳐다본다.

"타세요."

소은이 차 문을 열어주고도 한참 만에야 병장이 올라온다. 주강욱. 노련한 고참병이라는 걸 분명히 해 두겠다는 듯이, 빛이 바래 흐릿해진 녹색 명찰이다. 그러나 주강욱은 전혀 노련하지 않은 신참 병사처럼 굳은 얼굴이다.

소은은 다시 주강욱이 입고 있는 야전 상의의 어깨 쪽을 본다. 검은 계급장 위에 붙은 마크에 그려진 것이 철모 쓴 기린이 분명하다.

"혹시 유정섭이라고 모르세요?"

주강욱은 돌아보지 않고 대답한다.

"글쎄요, 모르겠습니다."

"같은 부대 표시 같은데……."

라디오에서는 다시 겨울을 주제로 한 것이 분명한 클래식 음악이 흐른다. 그 고통스런 나날을 CD를 들으며 견뎌와 놓고도 곡명을 알아두지 않는 버릇은 고치지 못했다.

"아, 저 새 모양 보니까 생각나네!"

소은은 주강욱 병장이 방금 전에 말하던 솟대를 발견하고 소리쳤다. 라디오에서 흐르던 사랑의 선율도 끝이 나고 늘 눈물과 웃음을 번갈아 유발시키려 애쓰는 듯한 진행자들의 다소 수다스런 멘트가 이어지는데도 주 병장은 안전 벨트를 맨 위에다 팔짱을 낀 채 아무 대꾸도 하지 않는다.

지난해 초 한 달 걸려 두 번 연이어 면회 오던 때, 남편이 이 솟대 앞에서 우회전하면서부터 시작된 비포장도로에서 트림하는 소리를 내며 "어허, 이거 참! 차 다 버려놓는군." 하고 투덜댄 것이 그 중 어느 한 번이었다. 그러고도 한참 동안 가로수도 없는 들길을 달려가서 정섭의 부대에 닿았다는 기억이 다시 난다.

이제 그 길이 시멘트 길로 포장되어 있어선지 금세 목적지가 눈앞에 나타날 것 같은 기분이다. 멀리서 콩 볶는 소리가 일시에 들려왔다. 저 눈 덮인 산속 어딘가에서 사격연습을 하고 있는 병사들이 있다는 사실이 소은은 갑자기 생경하게 느껴진다. 그 소리 사이로 가까운 앞쪽에서 "다악다악!" 하고 외치는 사내들의 소리가 끼어든다. 잠시 후 군용 지프 한 대가 모습을 드러내 소은의 차를 마주보고 달려오는 게 보인다.

"어, 일호차네?"

솟대가 서 있는 마을 어귀에서도 말 한 마디 않던 주강욱 병장이 혼잣소리를 내면서, 스쳐 지나가는 지프를 돌아다본다. 지프 안에 탄 사람을 확인해 보는 눈치다. 소은은 저도 모르게 코웃음소리를 냈다. 정섭이 휴가 나와서 거수경례를 하며 "닥닥!" 하고 내지른 구호가 부대로 돌아간 뒤에야 '단결'이라는 소리였다는 것을 깨닫고 혼자 배를 움켜쥐고 웃은 일이 있었던 것이다.

주 병장은 막 시야에 들어온 부대 위병소를 손으로 가리키며 겨우 이편에 신경을 쓰는 눈치다.

"본부중대 유정섭이라고 했지요? 저쪽으로 주차를 하시고 오세요."

그러고는 어느 결에 민첩한 군인의 동작으로 차 문을 열고 뛰어내렸다.

위병소 한쪽 옆으로 철책과 철조망으로 엮은 담장이 연이어졌고, '작전용'이라 써 놓은 낡은 군용 트럭 두 대가 양쪽 끝을 경계 잡아 놓은 주차장 터가 마련되어 있다. 민간인의 것으로 보이는 차가 넉 대나 주차해 있는 걸 보니 먼저 온 부지런한 면회객이 꽤 되는 모양이다. 누군가 집에서 준비해 온 음식을 차에서 꺼내다 그랬는지 커다란 배 하나가 땅에 굴러떨어져 있는 게 보인다.

주 병장이 가리키는 대로 차를 옮겨 주차를 마친 소은은 차에서 내리려다 말고 핸드백을 열어본다. 지갑 옆에 따로 준비한 봉투를 확인하고 나서도 잠시 머뭇거린다. 왠지 돈을 좀 더 넣어주어야 할 것 같은 생각에 지갑에서 지폐 두 장을 꺼내 봉투에 보태 넣었다.

옷섶을 파고드는 찬 기운을 목도리를 꺼내 둘러막은 소은은 봉지 두 개를 밀감 봉지 하나로 합해서 들고 위병소로 다가간다. 총을 든 위병 하나가 부대 안으로 진입하려는 군용 트럭을 검문하고 있는 중이다. 검문을 끝내고 트럭을 들여보낸 위병은 소은보다 소은이 몰고 온 자동차가 이상하다는 듯이 주차장 쪽을 굽어보았다. 소은이 무슨 말인가를 하려는데, 위병소 쪽에서 "여기요." 하는 소리가 들린다. 먼저 위병소 문안으로 들어갔던 주 병장이 문을 반쯤 연 채 소은에게 오라는 손짓을 보내고 있다.

"신분증 있으시죠?"

위병소 군인들과 평소 잘 알고 지내는 모양인지 주 병장의 태도는 차 안에서와는 달리 썩 자연스럽다. "본부중대 유정섭이 누나라는군요." 하고서 소은에게서 건네 받은 주민등록증을 위병소장에게 전하는 주 병장이 왠지 듬직해 보였다. "유정섭? 정훈과 있는 친구 아냐?" 하면서 위병소장은 둘이 어떤 관계냐는 듯이 소은과 주 병장을 번갈아 본다.

"자, 이건 여기 맡겨두시고 저기 앞에 피엑스에 가서 기다리세요."

주민등록증 대신 방문객이라 쓴 패찰을 넘겨준 위병소장이 창 너머 부대 안쪽으로 십여 미터 떨어져 있는 흰색 건물을 가리킨다. 문을 열고 그 건물로 앞서 가는 사람이 주 병장이다.

참 이상한 일이다.

두 번이나 면회를 와서 오늘과 비슷한 절차로 정섭을 만나서 밖으로 데리고 나갔을 법한데, 어떤 절차가 더 남아 있는지 전혀 기억이 나지 않는다. 남편이 하는 걸 보기만 했기 때문일 것이다. 그때도 주강욱과 같은 병사에게 안내를 받은 것 같은 느낌이 든다.

주강욱은 PX 안에 마련된 면회소에서 '안내' 완장을 두른 담당 병사에게 소은의 목적을 다시 설명해 주는 눈치다. 먼저 온 면회객들 일부가 석유 스토브 옆에 서서 몸을 녹이고 있다. 한쪽 PX 매장 앞쪽에서는 몇몇 군인들이 선 채로 호빵을 먹으면서 서로의 몸에 주먹질을 해대는 장난을 친다.

소은은 밖이 내다보이는 창가 쪽으로 가서 햇볕이 잘 드는 자리에 섰다. 옆에서, 면회객을 따라온 어린애 둘이 창문을 두들기며 "삼촌, 삼촌, 빨리 나와!" 소리지르다가 자기 엄마한테 꾸중을 듣는다.

커다란 군인 막사 몇 동이 막고 있어서 부대 전경은 볼 수가 없다. 먼 하늘 높이 국기게양대에서 태극기가 펄럭이고 있고, 부대를 에워싼 산 중턱에서 군인들인지 군 차량들인지가 어른거리는 게 보인다. 면회소에서 내다보이는 가장 가까운 막사 한 동 위로는 연기가 치약같이 뿜어져 올라간다. 군인들의 군가소리가 먼 풍금소리처럼 다가오고 있다.

큰 고목 아래 멈춰 서는 트럭으로 몰려든 병사들이 쌀 포대로 보이는 포대자루를 하나씩 내려 막사 안으로 옮기기 시작하고 있다. 젊고 어린 병사들의 입에서 하얀 김이 마구 내뿜어졌다. 그런 중에도 어떤 군인은 금세 러닝 차림이 된다. 찬 기운에 내맡겨진 군인의 팔뚝에서 굳은 힘줄이 시퍼렇게 드러난다.

정섭에게서도 느껴졌지만, 군인의 목에서 찰랑대는 군인 목걸이는 여자의 마음을 정말 이상하게 만들곤 했다. 웃통을 벗은 알몸으로 짧은 머리와 거무튀튀한 얼굴에 하얗게 비누칠을 하다말고 돌아서서 이쪽을 보고 있는 군인의 모습은 언제나 멋진 영화의 한 장면처럼 소은에게 남아 있다.

"아이 참 유치하게, 군인 목걸이가 뭐야. 인식표라니까 이건. 인식표!"

정섭이 그렇게 알려주었던 것 같다. 혹시 저 안에 정섭이 있는 것이 아닐까 뒤꿈치를 조금 쳐들면서 둘러보았다. 그때 뒤에서 주 병장의 목소리가 들렸다.

"그럼, 면회 잘 하고 가십시오. 지금 연락을 취하는 중이니까 기다려 보세요."

얼핏, 좀전에 라디오에서 첫사랑의 이야기를 전하던 성우의 중저음 음성 같았다.

"아, 예. 고맙습니다. 여기 이거 빵이라도 들고 가시지요."

들고 있던 봉지를 열면서 내미는 걸 주 병장은 손을 내젓는다.

"아니요, 괜찮습니다. 저, 그럼……."

주강욱 병장은 면회소 안내병한테 손을 흔들어 보인 다음 부대 안 방향으로 난 문을 열고 나갔다. 앉아서 전화를 받고 있던 안내병도 송수화기를 든 채로 한쪽 손을 흔들어 보인다. 그러더니, 송수화기를 한 손으로 막으면서 자리에서 일어나 소리쳤다.

"잠깐, 저기요, 주 병장님!"

면회객들의 시선들이 일제히, 문 밖으로 나간 주 병장의 뒤를 쫓고 있다. 소은은 들고 있던 봉지를 탁자에 놓고 달려갔다.

2. 이상한 전율

어릴 때 캄캄한 방에서 전기 코드를 콘센트에 꽂다가 감전된 적이 있었다. 손끝에서 심장까지 파동이 와 닿던 일순간의 전율. 바로 그 느낌이 자신의 몸을 훑고 지나간 게 아닌가 싶어 강욱은 고개를 갸웃해 본다.

알 수 없다.

정훈과 소속 유정섭 상병의 누나라는 유소은. 그녀가 "주강욱씨!" 하고 불렀을 때, 왠지 모르게 귀에 아주 익은 듯한 그 소리에 뒤를 돌아볼 때, 일과 끝 나팔 소리가 막 영내에 울려퍼지고 있을 때, PX 앞에 서 있던 측백나무 가지가 제 몸에 묻은 눈가루를 거칠게 떨어내고 있을 때, 그런 느낌이 든 게 아니었을까.

하지만 그럴 만한 이유가 도무지 없다. 주민등록증에서 본 그녀의 나이가 만 서른이었고, 게다가 유부녀인 게 틀림없다. 아니, 그런 건 생각할 필요도 없는 일이다.

지난 몇 달 동안 강욱은 줄곧 한 여자만 생각했다.

품에 안으면 어린 참새처럼 바르르 떠는 여자. 이마를 가린 머리칼을 쓸어올려 주려고 손을 갖다대면 벌써 눈을 감고서 이편의 손길을 가만히 음미하는 여자. 눈을 들어 나를 바라볼 때의 눈빛, 오히려 나를 감싸주는 그윽함. 그 사랑의 눈동자만으로 강욱은 내내 열에 들뜰 수 있었다.

그러나 이제는 내 것이 아닌 사랑. "더이상 날 찾지 말라니까." 하고, 그 속에 어떻게 저런 날카로운 목소리를 품고 있었을까 싶은 소리로 강욱을 밀어내버린 여자. 그러나 그런 음성에도 애잔하고도 싱싱한 향기를 묻혀오는 여자. 그 여자 생각에 어떤 사람 어떤 움직임에도 관심을 가질 수 없는 세월이 가고 있었다.

강욱은 유소은의 승합차에 다시 올라앉아 눈을 깊게 감았다 뜨고 있었다. 또 한번 "단결!"이라는 구호 소리가 들렸다.

오전에는 휴가 간 중대 보급계를 대신해 사단 보수대로 공용 외출을 다녀온 길이었다. "너 좀 웃기는 애다." 일박이일의 특박 휴가증을 받아 놓고도 공용 외출을 자청하는 말년 병장을 보고 선임하사가 한쪽 눈썹을 치켜올리며 이마를 일그러뜨렸다.

보수대까지 걸어서 갔다 걸어서 왔다. 가는 길에 제과점에 앉아서 지혜의 휴대폰에 전화해 달라는 음성 메시지를 남겼다. 더운 우유 한 잔을 천천히 마시는 동안 제과점 전화기는 한 번도 울어주지 않았다. 돌아오는 길에 찻집에 앉아서 다시 지혜를 불러보았다. 영화 《첨밀밀》의 주제가를 부르는 가수 덩리쥔의 CD 한 장이 온전히 쓰이는 동안 지혜로부터는 아무런 기척이 없었다.

강욱은 정처없는 사람처럼 걸었다. 네거리 횡단보도를 신호등도 무시하고 건너는 자신을 발견했을 때는 달리던 자동차 한 대가 신경질적으로 경적을 울려댄 뒤였다. 죄송하다는 손짓도 해 보이기 싫었다.

지난해 여름 아버지가 부도를 내서 집안이 풍비박산났다는 소식을 들었을 때도 기분이 이렇진 않았다. 집이 경매에 부쳐졌다는 얘기를 들었을 때도, 광주로 내려가 새 사업 준비를 하고 있다는 아버지의 건강이며 식구들의 안전을 염려하기는 했지만, 밥도 잘 먹고 잠도 잘 잤다. 제대 후 등록금을 어떻게 마련할지에 대해서는 고민도 안 했다. 지혜가 있었기 때문이었다.

그 지혜가 떠난 것이다. 대학원에 진학하고 나서 학원 강사를 하고 있다는 남자를 알게 되었고, 그 남자와 여러 차례 여행을 했으며, 그 남자에게 생일 선물을 받았으며, 네가 보낸 선물은 돌려보냈다는 지혜의 말을 강욱은 두 달 전에 들었다. 그 후로 강욱은 얼굴이 하얗게 변했다. 평소 근무를 잘해 준 공을 특박으로 보상해 주겠다는 자신의 언질에도 무표정하게 서 있는 강욱을 보고 중대장은 "아쭈, 일박이일 정도는 싫다 이거지?" 하고서 이상한 녀석 다 봤다는 듯한 표정을 지었다.

지혜를 만나지 못한다면, 특박은 무의미했다. 정말이다. 제대하는 일도 관심 밖이다.

유소은을 면회소까지 안내하고 PX 문을 열고 막사로 가는 첫 발걸음을 내딛는 순간 특박을 나가지 않기로 마음먹은 일은 참으로 뒤늦은 결정에 속했다. 유소은이 뒤에서 "주강욱씨!" 하고 부른 일은 자신의 결심과는 아무런 관계가 없었다.

"제가 같이 갈 테니까, 잠깐만 기다려 주세요."

유소은이라는 여자에게 그렇게 말해 놓고도 강욱은 자신이 무슨 말을 했는지 처음에는 신경을 쓰지 못했다.

유소은이 면회 와서 찾는 유정섭 상병은 부대에 있지 않았다. 그걸 뒤늦은 전화로 알아낸 면회소 안내병이 강욱을 불렀고, 그러자 유소은이 재빨리 뛰어나와 강욱을 불러세운 것이라는 걸 비로소 깨달으면서 강욱은 조금씩 마음이 급해지기 시작했다.

유소은의 차를 타고 위병소 쪽으로 올 때 옆을 스쳐 지나가던 연대 일호차도 생각났다. 부대 밖으로 나가던 그 차에 연대장과 정훈과장과 그리고 한 사람의 사병이 있었는데, 그게 정훈병 유정섭이었다. 면회소에서 다시 전화로 확인한 결과, 연대장이 서울로 출장을 나가면서 정훈과 사람들을 대동한 것임이 밝혀졌다. 강욱은 엉뚱하게도, 차로 뒤쫓으면 그 차를 붙들 수도 있을 거라는 생각을 얼핏 했던지도 몰랐다.

유소은을 기다리게 해놓고 강욱은 갑자기 긴한 볼일이 생긴 사람이 되어 내무반으로 달려가 짐 정리를 했다. 옷을 갈아입고, 복학을 대비한답시고 사다 모아 놓고 통 읽지 않은 책들을 쑤셔넣은 가방을 들고, 행정반에 들러 특박 신고를 했다.

"지름길이 있어요."

유소은이 모는 차가 솟대가 서 있는 길목까지 나갔을 때 강욱은 오래 잊은 기억을 되찾은 사람처럼 또 말했다.

"만나면 다행이고 그렇지 않아도 괜찮아요. 면회는 또 오면 되지요, 뭐."

유소은의 말을 듣는 그때부터였다. 그 느낌, 감전되듯 한 그 전율스런 느낌을, 좀전에 유소은에게 이름이 불려질 때 받은 것 같다는 생각이 들었고, 그래서 자신이 유소은을 처음 보고나서 어떤 특별한 마음의 움직임이 있었는지 가늠해 보게 되었다.

애 엄마로 볼 수 있는 몸매, 조금은 바보스러운 눈빛, 중키 정도, 여자로서는 탁한 음성, 근기가 적당히 풀린 퍼머 머리, 운전대를 꽉 잡고 있는 모습에서 느껴지는 뭔가에 쫓기는 듯한 기색…….

지혜와는 딴판인 이 여자에게서 전해져오는 느낌이 어째서 자신의 심장을 바삐 뛰게 하고 있는지 여전히 알 수 없는 일이다. 공무로 나들이를 하는 연대장의 차를 추적해서 면회를 시킬 생각을 자신이 했다는 것도 믿어지지 않았다.

"같은 부댄데도 서로 잘 모르나 보죠?"

강욱이 가리킨 고갯길을 넘어갔을 때 유소은이 물었다.

"아, 예. 같은 연대고 같은 영내에 있지만, 제 부대는 동생분 부대보다는 하급 부대에 속하지요."

그래요, 하고 고개를 끄덕이는 소은을 곁눈으로 느끼며, 말이 절로 풀려 나온다.

"제가 또 머리가 둔해서 사람을 잘 기억 못하거든요. 지금 생각하니까 동생분이 우리 부대에 여러 번 교육을 나온 것 같아요."

정훈교육 때 정훈과장의 지시대로 비디오 테이프를 장착하거나 교육 내용이 적힌 인쇄물을 나눠주고 하던 키 큰 정훈병의 모습이 떠올랐다.

"정섭이가 교육을 해요?"

유소은은 오디오의 음악을 껐다. 별일 아닌 것에 놀라는 그런 바보스런 눈빛이 느껴져와서 강욱은 가볍게 웃음을 흘리다가 스스로 놀란다. 웃음도 말도 별로 어색하지 않다니…….

"장교가 교육을 하러 올 때 동행하는 때가 있지요. 지난달인가도 우리 부대에 정훈장교랑 같이 와서 멀티미디어로 비디오를 보여주는 것 같던데……."

그 시간, 교육용 비디오였지만 드라마 형식으로 되어 있어서 제법 재미있게들 보는 눈치였다. 반라의 여배우라도 등장했는지 도중에 여기저기서 환호와 탄성이 발해지고 있는 걸 강욱은 한쪽 귀퉁이에 앉아 무연하게 바라보았었다.

그러던 자신이 오늘처럼 말을 많이 한 날이 언제인가 싶다.

차가 공양왕릉 입구를 지나도 내처 시골길이다 싶더니 점차 도시 색깔이 완연해진다. '초계탕'이라 써놓은 간판 몇 개를 스쳐 지나면서, 초년병 시절 지혜가 선배 언니 차로 함께 면회 왔을 때, 외출 나가 사먹은 이름도 모를 이상한 찌개를 떠올리는데, 유소은이 가로막는다.

"배고프지 않아요?"

그러자 신기하게도 허기가 밀려온다. 아침 밥맛을 잃은 지 꽤 된다. 점심도 밥을 적게 타려고만 애쓰는 중이었다. 차에 다시 오르면서 유소은이 건네준 걸 그대로 들고 있던 밀감 한 개를 그제서야 까며 말한다.

"저기 보이는 사차선 길까지만 나가 보지요. 운 좋으면 발견할지도 모르니까요."

밀감 몇 쪽을 유소은에게 주려다가 그냥 참는다. 밀감 두 개만 남기고 나머지 빵과 밀감을 위병소 친구들에게 억지로 떠넘기는 유소은을 만류하지 않은 게 잘못이라면 잘못이었다.

"제 차 속도로 어떻게 군인 차를 따라잡겠어요. 여기서 점심 먹고 가지요. 드시고 싶은 거 있으면 말씀하세요. 저는 아무거나 다 잘 먹어요."

강욱도 식사를 하고 가기로 마음을 고쳐먹는다. 밀려든 공복감을 편하게 받아들인 것이다. 하지만 막상 차를 세울 만한 집을 찾지 못했다. 강욱으로서도 얻어먹을 처지라, 나서서 음식점을 선정하기가 곤란했다.

"초계탕이 뭐죠? 저런 집이 많네?"

유소은의 물음에 강욱은 하마터면 웃음을 터뜨릴 뻔했다. 부대에서 서울 나오는 중간쯤에 초계탕 집이 자주 눈에 띈다. 그런데 그게 뭐냐고 묻는 사람은 많은데 먹어봤다는 사람은 한 사람도 본 적이 없었다.

"식초를 많이 넣은 닭고기탕, 닭볶음탕, 그쯤 되겠네."

유소은은 혼잣말처럼 어림짐작으로 설명해 놓고는, "혹시 저 차 아닌가?" 하면서 어느 한정식 집 앞에 서 있는 군용 지프 뒤로 차를 옮겨간다. 기대하지 않은 그대로 그 차는 다른 부대 차였다.

"선 김에 여기 들어가서 뭐라도 먹고 가지요."

동의를 구한 유소은이 시동을 껐다. 강욱은 자신이 타고 있었던 차가 유치원용 승합차라는 걸 새삼 깨닫고 차 꽁무니께로 가서 모양을 살핀다.

까치 유치원. 이름을 뇌어 보다가 강욱은 올해부터 유치원에 다닐 거라던 조카의 앙증맞은 손동작을 떠올린다. 왠지 눈물이 날 것 같다. 손수건을 꺼내 코를 훔치는 강욱을 유소은이 바라보았다.

유소은이 차림표를 짚은 대로 청한 것이 돼지고기 보쌈에 된장찌개 백반이었다. 첫술은 좀 싱거운 맛이었다. 곧 그 맛에 미각이 길들어갔다. 또 지혜를 떠올리다가, 내가 지금 어디에서 누구와 무얼 하는지 잊어버린 것 같다는 생각에 언뜻 고개를 들고 보니, 유소은도 먹는 일에만 열중해 있는 모습이다.

토요일 오후, 군 부대 소속으로 보이는 군인들도 더러 눈에 띄어서 유소은도 좀전까지 밥 먹는 틈틈이 그들 사이를 두리번거리며 살펴보는 기색이었다.

"어머, 내가 식충이처럼 밥만 먹고 있잖아."

유소은이 이쪽 시선을 느끼고는 젓가락을 든 손으로 입을 가리고 웃으며 말했다. 맛있게 먹느라 충혈된 입술이다. 그제서야 강욱도 자신이 실은 지혜 생각보다도 밥맛에 더 취해 있었다는 걸 깨달았다.

"아, 예. 제가 더하죠, 뭐."

군인이어서가 아니다. 이렇게 잘 먹는 날은 설사 오늘처럼 외식을 하는 날이더라도 적어도 지혜가 떠난 이후에는 하루도 없었다. 게다가 적당히 훈훈한 식당 열기가 집에 와 있는 듯 편하게 한다. 머리에서 땀이 흐른다.

"곧 제대하시나 봐요?"

"예."

제대, 여전히 낯선 말이다.

유소은은 동치미 국물을 뜨고 있다. 숟가락에 묻은 찌개 기름이 동치미 그릇에 살짝 번진다.

"좋으시겠어요."

"그냥……."

대화가 끊어진다. 어색한 침묵을 그냥 밥 먹는 일로만 메꿀 수 없는 난처한 분위기가 되어 간다. 음식을 썹으면서 괜시리 두리번거려 본다. 또 한 떼의 사람들이 들어오고 있다.

"제대하고는 무얼 하게 되나요?"

"복학……."

하다가 강욱은 입을 다문다.

등록금을 대줄 가족도 없고, 스스로도 그런 계획을 세운 적이 없는데도, 그저 무감각해져 있는 자신을 스스로도 잘 이해할 수 없다. 지혜와 이렇게 되기 전까지는 복학 대비용으로 가져다 놓은 책을, 마치 집안에 아무 문제도 없는 군인처럼 근무하는 틈틈이 읽고 지낼 정도였다. 이제 보름 후면 전역식, 그 후에는 도대체 무슨 일을 어떻게 할 수 있을 것인가. 강욱은 마지막으로 찌개를 한 숟가락 더 먹어보려던 의지가 저절로 꺾였다.

"우리 정섭이는 제대하면 복학 포기하고 장사를 하겠대요, 글쎄."

유소은의 설명에 강욱은 그냥 웃어 보일 수 있을 뿐이다.

"밖에서 제멋대로 살다가 군대 생활을 해 보더니 세상 보는 눈이 확 달라졌나 봐요."

확, 하던 그 입을 휴지로 살짝 막으면서 입술을 훔치는 유소은의 눈가에 그늘이 진다. 이어 그런 그늘을 지우려는 본능적인 여자의 미소가 얼굴에 번진다. 이상한 일이다. 강욱은 가슴 한곳에 바람이 스치는 소리를 듣고 있다.

"어머!"

순간, 유소은은 짧게 소리치며 고개를 꺾는다. 강욱의 등 너머에서 누굴 본 모양이다. 강욱이 뒤를 돌아보려는 것을 유소은이 얼른 막는다.

"돌아보지 마세요!"

강욱은 어느새, 몸을 사린 유소은을 상대의 시선에서 막아주려고 몸을 부풀렸다. 오랜만에 제 몸을 크게 펴본다는 느낌이다. 유소은은 몸을 잔뜩 구부려 핸드백에서 꺼낸 지폐 몇 장을 탁자 위로 올려둔다.

"자, 여기요. 제가 나간 뒤에 계산하고서 얼른 따라나오세요. 차에 가 있을게요."

계산을 마치고 고스란히 남은 지폐 한 장에다 거스름돈까지를 손에 든 채 걸어 나갔다. 언제 식당에 손님이 많이 들어와 있었나 싶게, 주차장에는 아까보다 훨씬 많은 차가 주차되어 있다. 유소은의 유치원 승합차가 있던 자리로 막 소형 승용차 한 대가 들어온다. 주행 위치로 쉽게 끼어들기 위해 주차장 한쪽 구석으로 밀려나 있던 유소은의 차가 강욱 앞으로 달려오면서 "빵빵" 하고 경적을 울린다.

그때다. 강욱 뒤를 뛰듯이 달려나온 한 사내가 있었다.

"야, 야 거기 서! 얘들아, 전부들 나와, 어서!"

사내의 우악스럽지만 날렵한 몸놀림이 느껴진 순간이다. 그의 검은 점퍼가 움직이는 소리가 크게 들린다. 강욱은 유소은이 문을 열어주는 승합차로 뛰어올라 쾅, 하고 문을 닫았다. 사내가 뭐라고 상스런 말을 내지르며 몇 걸음 뒤따라오다가, 식당 안에서 몰려나온 일행 사내들 중 하나에게 발길질을 하듯이 재촉하고 있다. 차를 몰아 추격해올 태세인 게 분명하다.

"어, 어디죠, 어디 쪽으로 가죠?"

유소은은 핸들을 꽉 움켜쥐고 마구 길을 내질러간다. 그 길이 온 곳으로 되돌아가는 길인 걸 알면서도 강욱은 어쩌지 못한다. 이리저리 손가락질을 해대며 방향을 조종해 줄 뿐이다. 중앙차선 상대편에서 오던 차들이 경적을 울리며 경고하는 소리에 유소은은 몇 번이고 당황한다.

강욱은 부지런히 길 방향을 가리켜주는 한편으로 사이드 미러를 통해 추격자들의 움직임을 살펴본다. 추격자로 보이는 폭주 차량 한 대가 막 거울 속으로 들어온다. 강욱은 자신도 모르게 소리쳤다.

"제가, 제가 운전해 볼게요."

"예? 그럴 수 있겠어요?"

유소은의 좁혀진 미간에서 어떤 빛이 뿜어지는 것 같다.

"저기, 저기, 우회전, 산길로 우회전!"

소리가 너무 컸다. 유소은은 가파른 둔덕 길로 우회전을 하자마자 브레이크를 밟는다. 끼익 하는 소리가 끝나기도 전에 강욱은 차에서 뛰어내려 운전석 쪽으로 차를 둘러 뛴다. 강욱이 앉았던 자리로 옮겨가는 유소은의 엉덩이를 밀칠 때의 야릇한 감각을 떠올렸을 때는 이미 차가 언덕배기에 오른 뒤였다.

어떻게 차를 몰았는지 알 수 없다. 핸들을 부술 듯이 잡고 있었던 것 같다. 그 손에서 흐른 땀을 닦느라 처음으로 핸들에서 손을 뗀다. 모자 안에서 열이 나고 있다.

"미안, 미안해요, 정말, 정말."

연신 뒤를 돌아보던 유소은은 한참 만에, 마치 이제야 단거리 경주를 끝내고 걸음을 멈추려 애쓰는 사람처럼 가쁘게 숨을 내쉬기 시작했다.

"저 때문에, 특별 외박을 다 망치시네. 미안해서 어쩌죠?"?

호젓한 일차선 길이다. 길 양옆으로 헐벗은 야산이 눈을 뒤집어쓰고 웅크리고 있다. 신병 시절 야간행군을 나왔다가 졸음에 겨워 아차 하는 순간에 밭두렁으로 구른 게 이 길이다. 강욱도 그제서야 긴장을 푼다.

그러다 다시 깜짝 놀라 핸들을 굳게 잡는다. 차가 기우뚱거린다.

"왜 그러세요?'

유소은은 추격자들이 다시 나타난 줄로 알았는지 화들짝 놀라 뒤를 돌아본다. 강욱은 속력을 줄이면서 갓길 쪽으로 붙여 차를 몰아간다.

"왜요, 차가 이상해요?"

때마침 뒤따라오는 군용 트럭을 피하려 구석으로 더욱 몰렸다가 하마터면 그대로 두렁에 들이받을 뻔한다.

"어머머, 왜 이러지?"

강욱은 브레이크를 밟고 멈춰 서서 잠시 핸들 위로 엎드렸다.

"아니, 왜 그래요?"

유소은이 강욱의 팔을 잡고 흔든다.

3. 왕을 위하여

"허, 이 영악한 것!"

철식은 왕릉 앞에 서서 이를 간다. "에잇!" 하면서, 조그맣게 몸을 웅크린 석수(石獸)를 발로 걷어찼다. 개 모양을 한 뭉툭한 석수에서 더께가 벗겨져 허연 자국이 난다.

"어쩐지 입구에서부터 차바퀴 흔적 하나 없다 싶었지."

고선배가 반대편 석수를 가죽 장갑 낀 주먹으로 몇 번 치다가 돌아봤다. 두 개의 능 뒤로 각각 흩어져 사방을 훑어보고 있던 다른 두 사내도 능 앞쪽으로 모여든다. 그들은 여전히, 능 뒤로 향나무들이 듬성듬성 줄을 이어 담을 이룬 쪽으로 시선을 두어 본다.

고선배가 이때껏 숨가쁘게 차를 몰아온 길을 향해 허리를 편다.

"숨을 데가 없어, 여긴."

"그래 고선배 말이 맞다. 내가 눈에 뭐가 씐 거야. 그 삼거리에서 그냥 직진을 했어야 했는데 말이야."

철식도 어쩔 수 없이 수긍을 하고 만다. 고선배가 지도책을 믿고 한 말을 순간적으로 무시한 게 잘못이었다. 철식은 묘역과 그 아래로 층이 져 있는 땅의 경계를 한쪽 발로 짓이겼다.

이곳은 고려의 마지막 왕 공양왕이 묻혔다는 곳이다. 능이 아예 없다면 모를까, 이렇게 을씨년스런 느낌을 주는 왕릉은 처음 보았다. 왕과 왕비가 나란히 누워 있는 쌍릉(雙陵)인데, 복원을 해서 제법 위용이 있는 크기가 되기는 한 듯한데, 왠지 철식이 어릴 때 성묘 가곤 하던 외할아버지 부부의 묘보다도 초라하게 느껴졌다. 희미한 겨울 빛을 받아 더 그런지 몰랐다.

왕이든 누구든 살아서 힘이 있었던 자만이 죽어서도 무덤을 푸르게 빛낼 수 있는 법. 진정으로 왕인 자만이, 진정으로 힘 있는 자만이 역사의 주인일 수 있는 법.

입 안에서 몇 개의 격언을 굴려 보다가 철식은 다시 한번 이를 갈고 만다. 그럴리가 없을 텐데도 유소은, 그년이 자신을 이런 데로 유인한 것만 같다.

봐라, 너의 왕은 죽었지 않니, 하고 유소은이 숲 어딘가에 숨어서 혀를 날름거리고 있는 환영을 느끼면서, 철식은 차에 오르면서도 상을 펴지 못한다.

"그 여자가 틀림없어?"

고선배가 잊지 않고 확인한다.

"또 당했어, 또."

철식은 혼잣말처럼 내뱉었다.

"그 여자가 이런 데는 웬일이지?"

"왕비마마께서 봄나들이 오셨나 봐."

체념 섞은 투로 말을 하면서도 철식의 표정은 더욱 굳어 있다. 그러다 철식은 잊었다는 듯이 주먹을 꽉 쥐어 보였다.

"고선배 고향에도 무슨 왕릉이 있다고 하지 않았어?"

"기억하고 있네? 내 고향에 있는 것도 공양왕릉이지."

"그럼 여긴 뭐야?"

"죽어서 흔적조차 남아서는 곤란해진 왕의 운명이지."

고선배 말에 앞의 녀석들이 호기심이 동하는 모양이다. 운전석의 굼벵이마저 오른쪽 귀를 이쪽으로 슬쩍 향한 채다.

"잘 보면서 가. 그 차 발견하면 즉시 따라잡고."

고선배는 버릇처럼 주의를 주었다.

고려나 조선 때의 임금은 대부분 조(祖)나 종(宗)으로 불렸다. 고려 후반에 조나 종으로 불리지 않고 왕으로 불린 임금이 많았는데, 충렬왕이나 공민왕 같은 임금이 그런 사람인데, 그 무렵 고려가 원나라에 굴복해 왕의 지위가 격하된 것이다. 조선 때는 조나 종으로 불리지 않은 임금이 둘이었는데, 뒤에 단종으로 지위를 되찾는 노산군이 그렇고, 인조반정 때 쫓겨난 광해군이 그렇다.

이 중에서 고려의 마지막 왕인 공양왕의 운명은 정말 기구한 것이라고 볼 수 있다. 공민왕, 우왕, 창왕으로 이어지고 있던 왕조의 적손 혈통을 두고 다른 계보의 왕손인 그를 왕으로 추대한 것은 당시의 실세 이성계였다. 즉, 이성계가 새로운 나라의 창업을 준비하는 동안 임시로 임금 자리를 지켜주는 역할을 공양왕이 한 셈이었다. 이미 예정된 대로 조선 건국 때 폐위된 공양왕은 원주로, 간성으로, 삼척으로 옮겨지다가 삼척의 한 마을에서 살해되는데, 살해된 그곳을 살해재, 일명 사라재라 부르고 있고, 그 근처에 공양왕릉이 하나 남아 있다.

그런 대로 알아들을 만한 역사 이야기가 고선배의 입에서 흘러나오는 동안 철식은 내내 화를 삭여냈다.

"그럼, 여기 있는 게 가짜야?"

"우리가 자랄 때는 우리 고향에 있는 능이 진짜라고 알았는데, 능 앞에 서 있는 안내판을 보니까 역사학계에서 여기 고양의 걸 진짜로 인정을 했다나 봐."

"어떻게 된 거야?"

"죽은 흔적마저도 새 왕조에 방해가 되니까, 누군가 시신을 묻어 두고도 밝히지 못한 거겠지. 진짜 묘를 은폐시키기 위해서 가묘까지 만들어둔 거고."

고선배가 하는 역사 얘기에 줄곧 흥미를 보이던 앞 조수석의 절구통이 불쑥 내뱉는다.

"힘없는 놈은 죽어서까지도 욕보게 되어 있는 게 인간사 아닙니까. 힘 있는 놈이 남아서 이게 진짜다, 하면 그게 진짜가 되는 거죠, 뭐."

"어쭈, 절구통! 한 문자 쓰시네."

굼벵이가 맞받아 놓고 철식의 눈치를 살핀다.

"그 사람들 더 찾아볼까요?"

다들 맥이 빠진 기색이란 걸 철식이 놓칠 리 없다. 식당에 들러서 밥을 주문해 놓았다가 취소한단 말도 없이 달려나온 길이다. 철식도 그제서야 심한 허기가 느껴졌다.

"근데, 그 여자하고 같이 달아나던 게 군인 아니었어?"

고선배가 철식의 기분을 안다는 듯이 물어준다. 철식은 한참 만에 소리쳤다.

"맞아. 형님이 언젠가 그 여자 동생한테 면회 간다고 그랬어. 이 근처 어디라고 그랬던 것 같아."

그러나, 유소은의 군 복무중인 동생의 소속 부대를 알아낼 방도는 당장 없었다. 그때, 차를 이차선 길로 올리던 굼벵이가 차창을 내리며 고개를 밖으로 내밀었다.

요행이었다.

평소 동작이 굼떠서 굼벵이라는 별명을 갖고 있던 이 친구가 이번에는 그 대신 눈썰미가 있다는 칭찬을 듣게 되었다. 굼벵이는 길을 가던 군인 한 사람을 차창 밖으로 불러세웠다. 기린, 어쩌구 하면서 군인의 어깨에 붙은 부대 마크를 몇 번 툭툭 쳤다. 그러더니 가까운 곳에 주둔해 있는 기린부대의 예하 부대 몇 군데를 알아냈다.

"틀림없어, 달아나던 그 친구, 기린부대 소속이야. 내가 이 근처에서 군대 생활을 해서 잘 알거든."

굼벵이는 자신만만하게 말했다.

유정섭. 유소은의 동생 이름을, 철식은 일행들과 늦은 점심 식사를 함께 하면서 기억해냈다. 유소은이 하나밖에 없는 동생이라고 끔찍이 생각하더라는 형님의 말을 들은 적이 있다. 그 동생을 면회 왔다가 같이 식사를 하게 된 것이리라. 그러다 갑자기 쫓기게 된 것이라면…….

"으음……"

철식은 식사 후에 방문한 두 번째 부대에 유정섭이라는 군인이 복무중이라는 사실을 알아내고도 서두르지 않았다. 게다가 유정섭 상병이 지금 외출 나갔다가 귀대하지 않은 것도 밝혀낸 상황이었다.

"그냥 가게?"

고선배가 의아스럽다는 듯이 눈치를 살피는데도 철식은 고개를 끄덕였다.

"우리가 오늘 해야 할 일이 따로 있잖아?"

"그렇지요, 그건."

절구통이 기다리고 있었다는 듯이 자기 손바닥에 주먹을 쳤다. 밖에서 기다리던 굼벵이도 무얼 느꼈는지 재빨리 시동을 켰다.

지혜가 모자라는 자는 지혜가 없어서 실패하는 것이 아니라 자신의 지혜 없음을 서두름으로 만회하려다가 실패한다. 그것이 유소은이 모처럼 만에 자신에게 준 교훈이라면 교훈인 셈이다. 그 가르침이 떠오른 것은 오늘 유소은을 만나기 이전에 이미 예정되어 있던 대로 고초골 쪽으로 길을 잡았을 때였다.

그러자 이번에는 신기하게도 유소은이 타고 달아나던 노란병아리 같던 승합차가 떠올랐다.

"그 여자 타고 가던 거 무슨 차였지?"

"무슨 유치원 차 아니었나?"

절구통의 답에 굼벵이가 또 한번 눈썰미를 빛낸다.

"까마귀? 아니 유치원 이름이 까마귀일리 없지. 그래, 까치유치원이었어!"

까치유치원 승합차……. 따라 중얼거리면서 철식은 절로 어금니가 악물어졌다. 심호흡을 하면서 흥분을 가라앉혔다.

"지독한 년! 유치원 사업을 하겠다고 하는 걸 형님이 끝까지 반대했거든. 그런데 형님이 돌아가시고 나서 형님 돈으로 결국 유치원을 차렸어?"

"그 여자가 유치원을 경영한다고?"

철식은 입을 다문다. 그 동안 설명해 준 말만으로는 고선배가 다 이해할 수는 없다.

이제, 좀더 냉정해질 일이다. 아니, 아주 잔혹해져야 한다. 그리하여, 그 여자를 참혹한 몸으로 만들어주어야 할 일이다. 오래고 오랜 빙하기가 그녀의 침실을 뒤덮게 해야 할 일이다.

"서울 올라가는 대로 수소문을 해봐, 고선배!"

"까치유치원이 흔한 이름이라 해도 몇 개나 되겠어요. 제가 당장 찾아낼게요."

고선배 대신 앞자리의 굼벵이가 오늘 자신의 민첩함을 거듭 자랑하려 들더니 불쑥 끼어든다.

"근데, 그 여자 정체가 도대체 뭔데요?"

"임마, 너무 알려고 하지 마. 다쳐!"

철식의 변화무쌍한 성격을 감안한 절구통이 대신 얼버무려준다.

"불여우, 물귀신, 요부, 장희빈……."

중얼거리는 소리가 철식의 입밖으로 새 나갔다.

앞에서 킥킥 웃는 소리가 났다. 두 녀석이, 장희빈이라는 말에 드라마에서 목욕 신을 연기하는 장희빈 역의 여배우 얘기를 속삭거린 것이다.

"이제부터 정신차려야 해! 지금 전쟁터로 가는 거야, 우리!"

고선배가 철식을 대신해서 일침을 놓았다.

"그래, 일단 오늘은 한바탕 전쟁이나 치르고 보자!"

철식이 주먹 쥔 손 마디를 꺾어 우두둑 소리를 내본다.

"염려 마십시오, 형님! 요즘 전쟁이 없어서 근질근질하던 참이었습니다."

절구통이 충성을 표했다. 그랬다. 전쟁이라면, 어떤 전쟁이고 간에 자신이 있었다. 절구통이 돌격대였다. 그 뒤를 굼벵이가 이었다. 고선배는 참모, 그리고 철식은 장수였다. 그리고 그 뒤에 바로 왕이 있었다. 바로 철식의 형, 이철우였다. 그 왕의 이름으로 철식은 장수답게 싸우고 장수답게 이기고 장수답게 개선해 왕이 주는 상을 받았다.

지금 그 왕은 죽고 없다. 그 왕의 뒤를 철식이 이으려 했는데, 알고 보니 왕은 젊은 왕비에게 그 영토를 다 주고 빈 몸으로 비참하게 떠나갔다. 젊은 왕비는 기다리고 있었다는 듯이, 왕의 혈족과 부하들을 뿌리쳤다. 왕비의 주변에 외척들과 정체를 알 수 없는 남자들이 몰려다녔다. 왕비는 왕의 영토를 제 마음대로 이리저리 나누고 뿌리고 했다. 왕은 죽었지만, 젊은 왕비에게 빼앗긴 왕의 모든 것은 되찾아야 한다. 그것만이 죽은 왕을 왕의 이름으로 다시 살려낼 수 있다. 그래야 철식은 그 왕의 이름과 지위를 계승할 수 있다.

아직 얼음이 풀리지 않은 저수지 여기저기에 겨울 낚시꾼들이 웅크리고 앉아 있는 게 보인다. 차에서 먼저 내린 철식은 저수지 둑길을 한참 걸었다. 어느 지점에선가 갑자기 눈이 부셔 걸음을 멈추어야 했다. 기우는 햇빛을 받은 저수지가 몸 전체로 찬란하게 빛을 발하기 시작한 것이다. 아이들 몇이 얼음판 위에서 썰매를 타다 말고 제 아버지인 듯한 낚시꾼 곁에 다가가 망태 안에서 퍼덕대는 고기를 들춰보곤 한다. 그 아이 중의 하나는 아버지가 초고추장에 찍어서 입에 넣어주는 빙어를 먹으려다 빙어가 몸부림을 치는 통에 놀라 질겁을 한다. 그 아이의 볼에 묻은 초고추장을 가리키며 누나인 듯한 여자아이가 깔깔거리고 웃는다.

사람들이 말없이 길기만 한 그림자가 되어 빙판 위에 선을 그어댄다. 썰매 타는 아이들, 빙어를 잡아올리는 사내들, 소주 한 잔에 빙어 한 마리를 곁들이는 사내들, 얼음 속을 들여다보며 항아리처럼 웅크리고 앉은 사내들……. 그 낯익은 풍경 속으로 걸어들어가려는데 도무지 들어갈 수 없는 안타까움이 가슴에서 요동쳤다.

잠시 아뜩한 느낌에 휘말리던 철식은 잊었다는 듯이 주머니에서 담배를 꺼내 물었다. 며칠 전 윤희라는 애하고 함께 미국영화《사랑이 머무는 풍경》을 볼 때의 느낌이 이랬다. 이상하게도 눈시울이 젖어서 행여 그걸 윤희가 눈치챌까봐 애써 눈을 감고 조는 척했다. 그리고 그날 화풀이를 하듯이 윤희의 몸을 유린해 버렸다. 감격해서인지 아니면 억울해서인지 울면서 매달리는 윤희를 외면하고 돌아서면서 다시는 영화 따위를 보면서 마음이 약해지는 일은 없을 것이라 여겼다. 그런데 이제 황혼녘의 낚시터 풍경에 감상에 빠지다니…….

철식은 담배를 깨문 채 돌아섰다. 저수지를 굽어볼 수 있는 곳에 위치한 별장의 모습이 담배연기에 가려진다. 얼마 전까지 재벌 소리를 듣던 사람의 별장은 규모는 작았지만 겉을 한옥식으로 꾸민 세련된 건축물이었다. 게다가 뒤로 바위산을 깎아 병풍으로 삼고 앞으로 펼쳐진 넓은 저수지를 한눈에 볼 수 있는 우아하고 운치 있는 집이다. 아마도 그 재벌은 자기 회사는 망해도 마지막까지 이 별장만은 포기하고 싶지 않았으리라. 그러기에 형한테 돈을 빌리면서 겨우 해준 게 돈을 갚을 때까지 별장을 삼 년간 무료로 이용할 수 있게 한다는 각서 한 장이었다. 한 달 전에야 그 각서를 발견하고 알아보니 별장은 경매 법정에서 한번 유찰된 상태로 남아 있었다.

어쨌든, 이제 이 집은 내 집이고, 저 저수지는 내 정원 연못이다.

내 왕국 내 별궁이 바로 이곳이다.

철식은 입에서 담배를 뽑아 신경질적으로 바닥에다 뿌리고는 구둣발로 짓이겼다. 그때 별장 속에서 발걸음 소리가 들려온다. 별장 안으로 들어가 있던 고선배가 걸어나오고 있는 중이다.

"어떡하지? 아무래도 힘을 한번 써야 할 것 같은데?"

고선배는 자신의 주먹을 꽉 쥐었다가 풀어 보이며 걸어와 철식 앞에서 멈춰 섰다.

"말이 안 통해?"

"세 놈뿐인데, 너무 어려. 이것들이 완전 배 째라밖에 아는 게 없어."

뻔한 노릇이다. 경매 처분된 집에 먼저 가서 전세 살던 것처럼 서류를 꾸며 눌러앉은 사내들이 무엇을 노리고 있는지는 처음부터 분명했다. 경매로 집을 터무니없이 싸게 샀으니까 전세값 일부는 내놓을 수 있지 않느냐는 논리였다. 그걸 모를 리 없었다. 원래 그런 일은 철식 패가 전문이었으니까.

"얼마를 달래?"

"얼마 주면 되겠느냐고 했더니, 전세금이 일억 오천이니까 알아서 내놓으래."

"허어, 어이없네."

철식은 주머니에서 장갑을 꺼낸다. 고선배가 얼핏 한 걸음 물러서면서 손사래를 쳤다. 철식은 자신의 눈에 잠시나마 살기가 뿜어졌으리라 생각한다. 고선배가 그걸 눈치챈 것이다.

"아니, 직접 나설 것까지는 없어. 녀석들 입만 까불지, 약해 보이는 놈들이야."

적어도 철식의 손에 피를 묻히게 하지 않으려는 배려다. 철식은 마음이 또 조급해진다. 유소은의 얼굴이 떠오른다.

"빨리 처리해!"

"알았어. 오분 만에 해결할게."

고선배는 서둘 필요 없다는 듯이 천천히 별장 현관 쪽으로 걸어갔다.

잠시 뒤, 별장 안에서 몇 차례 함성 소리가 났다. 뒷문으로 누가 달아나는지 후닥닥 하고 사람 뛰는 소리가 들렸다. 항아리 깨지는 소리가 났고, 사내들의 비명 소리가 여러 차례 이어지더니 곧 잠잠해졌다. "무릎 꿇어, 이 새끼야!" 절구통이 우렁차게 위협하는 소리가 잠깐 들리더니 또 금세 침묵이었다. 삼사 분도 안 될 만큼의 짧은 시간인 듯했다.

웃기는 것들!

철식은 혼잣말로 내뱉으며 다시 저수지 쪽으로 몸을 돌렸다.

그 순간, 철식은 갑자기 자신의 몸을 옆으로 뉘어야 했다. 오른쪽 다리가 허공으로 힘차게 뻗어나갔고, 뒤이어 남은 다리가 더 높은 허공을 차올렸다.

읍!

뒤에서 철식을 덮치던 그림자 하나가 비명을 지르며 꼬꾸라졌다.

다른 그림자 하나는 손에 낫을 들고 있다. 낫으로 허공을 가르며 철식을 공격해 온다.

"이 새끼, 어디라고 와서 까불어!"

목소리만 들어도 상대의 수준을 알 수 있다. 철식은 가볍게 몸을 비켜 그림자의 공격을 피하고는 다시 발을 내질러 상대의 손목을 쳤다. 낫은 이내 땅에 떨어진다. 동작이 둔하다 싶었더니 나이가 사십대 초반은 돼 보이는 두 사내가 멀찌감치 떨어져서 씩씩거리기만 할 뿐 다시 공격해 올 엄두를 못 내고 있다. 철식이 한 걸음 다가서며 공격 자세를 갖추자 두 사내는 슬몃 뒷걸음질치다 달아나버린다.

"들어오쇼, 형님."

별장 안에서 굼벵이가 고개를 내밀고 철식을 부른다. 푸, 하는 웃음이 절로 났다.

"대표만 남기고 다 내보내."

철식은 별장 안으로 들어서자마자 간단히 말했다. 얼른 보기에도 애송이처럼 생긴 사내 둘이 문신을 한 상체를 드러낸 채 꿇어앉아 있다가 힐끔 철식을 쳐다보았다. 뭘 봐! 하고 절구통이 그들의 뒤통수를 한 대씩 때려준다.

거실 안은 대리석으로 바닥을 깐 듯 반들거린다. 소파와 탁자는 새로 어디서 갖다 놓은 듯 윤기가 흘렀지만, 그만큼이나 천박스럽게 보인다. 반면, 벽에 전시된 커다란 호피는 전 주인이 미처 챙겨가지 못한 것일 터이다. 모르긴 해도 이 집을 별장으로 쓰던 사장도 한때는 이 지역에 와서 더욱 제왕처럼 굴었을 것이다. 제 앞에 어떤 일이 닥칠지 모르고 천년만년 자신의 왕국이 유지될 것이라고 착각했음에 틀림이 없다. 벌써 도적이 궐내까지 침투해 있었건만 그것도 모르고 별채를 짓고 시를 짓고 풍악을 울리고 있었던 어리석은 제왕……

별장 안에 있던 애송이 사내들 대신에 늙수그레한 남자가 철식 앞으로 내세워졌다. 별장 밖에서 철식을 낫으로 치려던 그 자다. 엉거주춤 서 있는 그를 절구통이 윽박질러 무릎을 꿇게 했다. 철식은 남자의 손을 잡아 일으키며 소파에 앉혔다.

"노형께서 여길 좀 잘 맡아주시오."

사내가 놀랍다는 듯이 쳐다본다. 철식은 사내가 앉은 뒤로 걸음을 옮겨간다.

"그 대신."

철식은 창밖으로 황혼빛에 물들어 장관을 이루는 저수지를 바라본다. 사내가

음, 하고 신음소리를 냈다.

철식은 준비하고 있은 듯이 말했다.

"겨울 두 달, 여름 두 달은 매달 삼백만 원, 나머지는 매달 백만 원씩 송금하시고, 가끔 우리 식구들이 여기 오면 뒷바라지 좀 잘 해주시고……."

"너무 하십니다!"

철식은 재빨리 말을 잇는다.

"저 저수지 낚시꾼들한테 얼마씩 걷고 있죠?"

"그건, 저기……."

사내는 풀이 죽었다.

"이름이 뭐라고 그랬죠?"

"전, 전상태입니다."

"아, 전상태 형. 그 동안 여길 지키려고 애를 많이 썼는데 오늘 우리가 무례를 범한 것 같네요. 내가 오늘 한 잔 사지요."

"괜찮습니다."

"멀리 갈 것 없이 여기서 중화요리나 시켜 먹는 게 어때요?"

전상태가 다시 무슨 말인가를 하려고 손을 드는데 이번에는 고선배가 또 가로막는다.

"전화로 주문하면 되지요?"

"아, 예."

사내는 마침내 승복하고 만다.

술 마시고 노래하는 밤이 시작된다. 별장을 지키던 사내들은 예상 밖으로 순박한 친구들이었다. 시켜놓은 요리만으로 풍족한데도, 즉석 요리라면서 빙어튀김을 직접 만들어 내놓기도 했고, 자기 집에 담가 놓은 술을 일부러 가져오기도 했다. 조무래기 한 녀석은 티켓 다방 애들 정도는 괜찮은 것들로 당장 불러올 수 있는데 왜 막으시냐고 아쉬워하기도 했다.

"사실, 저희는 이번이 처음이거든요."

분위기가 화기애애해지자 전상태가 말했다. 경매로 집을 사서 들어가 살려다가 불한당들한테 걸려 혼이 난 전상태의 친척이 있었다. 그때는 참 분개했었는데, 평소 동네에서 눈꼴사나워하고 있던 재벌 별장이 경매로 넘어갔다는 얘기를 들고 동네 조무래기 깡패를 동원해서 처음 나선 거라는 얘기였다.

"낚시터라는 게 들어오는 거 못지 않게 관리비가 만만치 않다는 걸 아셔야 하는데……."

철식이 정해 준 월 상납 금액을 어떻게든 낮추어보려는 전상태의 안쓰러운 노력이 느껴지기도 했다. 그러나 철식은 일찌감치 그런 걸 외면한 채, 조무래기들까지 일일이 한 잔씩 돌리고 격려하는 호기를 보였다. 조무래기 한 녀석이 "형님, 제가 노래 한 마디 해도 되겠습니까?" 하더니 제 격에 어울리지 않는 옛노래를 부르기 시작했다.

"별을 보고 점을 치는 페르샤 왕자. 눈감으면 찾아드는 검은 그림자. 가슴에다 불을 놓고 재를 뿌리는 아라비아 공주는 꿈속의 공주. 오늘밤도 외로운 밤 촛불이 켜진다."

4. 길 위의 남자

강욱은 자신의 신체에 이상한 변화가 와 있음을 알았다. 유소은이 자신의 팔을 잡고 "괜찮아요?" 하면서 몇 번이나 흔들었을 때였다.

강욱은 달리던 차의 브레이크를 밟고 핸들 위로 몸을 엎드려 있었다. 운전 면허도 없는 자신이 갑작스럽게 차를 몰았다는 사실에 뒤늦게 스스로 놀라 기운이 쭉 빠져버린 탓이었다. 아니 그보다는, 그 옛날 아버지 차에 지혜를 태우고 다니던 일을 떠올리다 퍼뜩 정신을 차린 때문이었다. 한번은 사람을 칠 뻔했다가 마치 누가 뒤를 추격하고 있는 것 같은 느낌에 뺑소니차처럼 온 동네를 마구 질주한 적이 있었다. 그날, 밤중까지 차를 몰고 이 길 저 길 뚫린 대로 다니다가 어느 골목길로 잘못 접어들었다. 어둠이 짙어지고 있는 때였고, 귀가하는 다른 차량이 골목길을 막아서 주차되고 있었기 때문에 골목에서 꼼짝없이 갇혀버렸다. 그날 밤 그 골목길 차 안에 갇혀, 지혜의 입술이 늦겨울 강물에 얇게 낀 살얼음 같다는 사실을 알았다.

짧은 시간이었지만 강욱은 차를 거칠게 몰면서 어느 결에 지혜와의 감미로운 추억을 떠올리면서 몸이 달아 있었던 것이다. 한참 만에 정신을 차리고는 오히려 당황해서 더 차를 몰지 못하고 브레이크를 급하게 밟아버렸다. "아니, 왜 그래요?" 유소은의 그 말을 지혜의 목소리로 알아들은 게 틀림없다. "괜찮아요?" 하면서 팔을 흔드는 그 감촉에 강욱은, 지혜의 달디단 몸과 향기로운 체취에 취해 버렸다. 그러자 바로, 전기에 감전되는 그 느낌으로, 터질 듯한 성욕이 그의 신체를 자극해 놓았다. 얼굴이 화끈거려 왔다.

정말 터질 것 같은 몸을 어쩌지 못해 강욱은 일단 고개를 뒤로 젖혔다가, 운전석 문을 열어 밖으로 나왔다. 에워싸는 찬바람 속으로 걸어가 고랑을 건너 논둑 길 위에 섰다. 모자를 벗어 땀을 씻었다. 아아, 하고 소리를 가볍게 질러냈다. 헐 벗은 허수아비 하나가 멀리 보였다. 그 위로 겨울 철새로 보이는 새떼들이 날아 갔다. 강욱은 피티 체조라도 하듯이 쪼그려 앉았다 일어서기를 몇 차례 해 보았 다.

어쩌는 수 없다. 강욱은 그렇게 생각했다. 그리고는 가로수 옆에 붙어 서서 허 리띠를 풀고 오줌을 누었다. 카악, 하고 가래침을 돋우어 뱉었다. 한기가 더욱 싸늘하게 느껴졌지만 툭툭 털어내듯 구둣발 바닥으로 땅을 쳤다.

"제가 계속 운전할까요?"

강욱은 운전석을 열고는, 아무런 것에도 시달림이 없었던 투박한 남자 목소리 로 물었다. 유소은이 빤히 쳐다보았다.

"사실, 저는……."

"뭐라구요?"

한동안 대화가 이루어지지 않았다.

그리고 두 사람은 웃었다. 잠시 멀뚱한 표정을 짓다가 서로 눈이 마주치자 또 웃었다.

강욱은 밖에 서 있었고, 유소은은 승합차 안에 앉은 채였다. 강욱의 입가에서 허연 입김이 허공으로 날리는 것을 유소은이 보고 있었다. 어이없어하는, 그러 면서도 모처럼 신나는 모험을 즐기고 난 듯한 유소은의 표정을 강욱은 시선을 피하지 않고 바라보았다. 강욱은 얼핏 유소은과의 나이차를 생각했다. 시집간 누나가 잠깐 떠올랐고, 눈을 치켜 뜰 때 유소은의 눈가에 조금씩 잡혀가는 주름이 결코 나이 탓이 아닐 거라고 생각해 주고 있는 자신을 발견했다. 그러자 유소은의 많은 것이 궁금해졌다.

"그냥 그러고 있을 거예요?"

유소은이 눈을 흘기는 시늉을 했다. 강욱은 장난기 많은 사내가 되었다.

"이 차 어디까지 가지요?"

유소은은 상체를 수그리고 운전석으로 자리를 옮겨 앉으면서도 머금은 웃음기를 지우지 못했다.

"운전면허도 없는 사람이 어떻게 차를 몰 생각을 다했죠?"

차를 차도에 올리고 나서 유소은이 물었다.

"지금 전쟁중이다. 긴급히 수송해야 할 물건이 있는데 운전병이 다쳤다. 동행한 병사는 운전면허증이 없는데, 차를 몰아본 경험은 꽤 있다. 그럴 때 운전을 해서 물건을 수송하는 것이 낫겠어요, 아니면 운전면허증이 없다고 포기하는 편이 낫겠어요?"

강욱은 말이 많아진 자신을 아주 자연스러워한다.

"전쟁영화를 많이 보셨나 보네."

"영화가 아니라 실제 상황이었지요."

"실제 상황이니까 더더욱 위험하잖아요."

"영화도 어차피 실제 상황에서 일어난 특별한 일을 흉내내는 것 아닌가요?"

"우와, 이젠 영화평론가처럼 말까지 잘해."

환하다. 환하게 웃는다.

"이래봬도 저는 대한민국 육군 병장이라고요. 적군들이 추격해 왔고, 당황해서 운전을 제대로 못하셨잖아요, 아까?"

유소은은 잠시 찔끔 하는 표정을 지으며 룸미러로 차 뒤편의 동태를 몇 번 살핀다.

"안심하세요. 급하면 제가 또 몰죠, 뭐."

강욱이 운전대에 손을 대는 시늉을 하자 유소은이 과장되게 어깨를 으쓱한다.

"그런데 아까는 무면허로 운전 잘 해놓고 왜 그렇게 당황했어요?"

이번에는 강욱이 찔끔했다. 또 얼굴이 붉어진다. 보란 듯이 거친 사내처럼 길에서 소변을 보고 가래침을 돋우어 뱉은 게 허사였다.

"그게, 그러니까……."

차라리 감정을 들키고 싶다. 그런 생각을 해보는데, 유소은은 이미 강욱의 대답을 기다리는 눈치가 아니다.

"저기 검문소 아녜요?"

서울로 들어가는 첫 관문이다. 아무 죄도 없는데 검문소만 보면 가슴이 떨린다는 사람들이 많다. 강욱도 예외는 아니지만, 유소은이 오히려 더 긴장하는 기색이다. 핸들을 꽉 잡고 있는 표정이 우스꽝스럽다 못해 애처롭다.

"그 사람들, 누군지 물어봐도 됩니까?"

검문소를 통과한 뒤, 한참을 말없이 있다가 강욱이 조심스럽게 물어본다. 언제 달았을까, 유소은의 오른쪽 귀 끝에서 물고기 모양을 한 귀고리가 떨리는 게 보인다.

"부대에는 언제 들어가게 되죠?"

유소은이 말머리를 돌려 반문했다. 하지만 물음에 대답하기 싫은 뜻이 아니라는 걸 강욱은 느낀다.

"정섭이 만나면요, 혹시 누가 면회 와서 저를 찾거든 절대로 제가 어디 있는지 알려주면 안 된다고 해 주세요."

그러다가 다시 말을 고쳐 말했다.

"제 휴대폰 번호도 알려주면 안 된다고 해 주세요. 저한테 전화가 먼저 오면 저도 일러놓겠지만."

주말 오후라 도시를 빠져 나오는 길에 비하면 도시 입성길이 낫겠다 싶었더니 그게 아니었다. 이 세계적인 인구 밀집 도시는 이렇듯, 언제나 입성하는 사람의 숨통부터 죄어놓는다. 휴가 때마다 느끼는 일이었다. 더구나 이번에는 기다려주는 가족도 애인도 없는 길이다. 스물다섯, 이것도 나이랄 수 있는 것인지, 날이 갈수록 서울의 활기에 기운이 치솟던 어린 시절의 느낌은 자꾸 줄어든다.

"어디쯤 내려드릴까요?"

다시 기운이 쭉 빠져서, 간신히 대답만 한다.

"지하철 탈 수 있는 데 아무 데나……."

"배 안 고프세요? 점심 땐 저 때문에 식사도 다 못하셨을 텐데."

"아니, 괜찮습니다. 저는 그래도 거의 다 먹고 나왔는데요."

그렇게 대답해 놓고 강욱은 막 스쳐지나는 지하철역 입구 표지판을 보고 그냥 지나쳐버린다. 어디로 갈 것인가. 일단 아무 데나 내려서 누나한테 전화를 걸어보는 길밖에는 달리 방도가 없다. 강욱은 휴가 나올 때 버스를 내려 공중전화를 걸던 시장 앞 육교가 보이는 곳을 가리킨다.

"저는 저기 시장 입구 육교 밑에서 세워주세요. 일단 여기저기 전화를 걸어보고 행동을 개시해야겠어요."

"시장? 우와, 여기는 옛날에 재래시장이었는데 너무 세련돼져서 몰라볼 뻔했네!"

육교를 중심으로 길게 노변주차장이 형성되어 있다. 차를 세울 공간이 마땅치 않은 데다 유소은의 주차 솜씨도 능숙한 편이 못된다. "제가 주차할까요?" 하고, 강욱의 입에서 농담이 또 나온다. 무엇이 나를 이렇게 편하게 했을까 강욱은 생각해 본다. 그 여자에게서, 사랑의 향기 같은 걸 내가 느끼고 있는 것일까, 강욱은 그런 생각을 하고 조금 놀란다.

유소은은 간신히 주차를 한다. 강욱이 먼저 내려 주먹을 쥐었다 폈다 하며 빈 공간을 일러준 덕이다.

"이걸로, 차 안에서 그냥 걸고 계세요. 전화 걸 데가 많을 거잖아요. 한 10분, 아니 15분쯤이면 돼요."

차에서 내린 유소은이 핸드백을 열어 휴대폰을 꺼내 건네준다. 텔레비전 광고에서 본, 분첩 같은 게 두 개 맞붙어 있는 듯한 폴더형이다.

이런 휴대폰 탓이다. 얼른 보기에도 육교 아래 자리한 공중전화 부스는 쓸 수 없이 오래 방치되어 있은 듯했다. 장바구니를 든 할머니 하나가 공중전화 부스 앞에서 기웃거리다가 입을 삐죽거리며 물러난다. 세상이 이렇게 달라졌으니 애인이고 가족이고 달라지지 않을 게 없지 않은가.

"유치원 개원 때 쓸 걸 생각난 김에 사 가지고 가려고요." 하고 시장 골목길 쪽으로 걸어가는 유소은의 뒷모습을 한참 보고 난 강욱은 차에 기대 서서 누나집으로 전화를 건다. 여러 차례 신호음이 난 뒤, "저는 신다랜데요, 삐 소리가 난 뒤에 말씀 남겨 주세요." 하는 조카딸 다래의 앙증맞은 녹음 음성이 들린다. 강욱은 잠시 망설이다가 불쑥 말해 둔다.

"다래야, 삼촌인데. 이따가 또 전화할게."

그 다음은 전화를 걸 곳이 없다. 아직 제대 전인 몸으로, 광주로 내려가 계신다는 아버지의 연락처를 알아내 전화를 거는 일은 크게 의미 있는 일이 아니다. 집에 있던 옷가지며 책이며 오디오 세트 따위는 지금까지도 별로 궁금해지지 않는다.

집이 경매 처분되었다. 아버지는 새어머니와 함께 재기를 노리며 지방으로 내려갔다. 그 사이 집에 있던 물건들은 동으로 서로 뿔뿔이 흩어졌다. 그 모든 것이 내가 없는 사이에 이루어진 것이어서 나는 누구에게도 그 연유나 책임 따위를 물을 까닭이 없다. 강욱은 자신의 집에 갑자기 찾아든 비극을 그렇게 정리하고 있다. 적어도 그 비극은 이렇게 제대를 겨우 이 주일 앞둔 휴가병의 진로를 난감하게 해 놓는 데는 부족함이 없다는 걸 이제는 확실히 안다.

차들이 빽빽거리는 소리를 내고 사람들과 짐 실은 오토바이가 뒤엉키고 있는 시장의 풍경이 마치 추억 속의 일인 양 아득하게 보인다. 옷가지를 쌓은 리어카 위에 올라서서 "골라, 골라."를 외치는 사내의 모습이 흐릿한 창밖 풍경이나 어항 속 물고기의 몸놀림처럼 느껴진다. 강욱은 무슨 추억을 일깨우듯 입 안에서 무슨 말인가를 되뇌어본다. 그게 알고 보니 지혜의 휴대폰 번호다.

강욱은 버릇처럼 휴대폰의 샌드 버튼을 길게 누른다. 방금 전에 건 누나 집 전화번호가 화면에 찍혀 나오고 곧 발신 신호음이 이어졌다. 네 번의 신호, 여전히 부재중이라는 느낌이다 싶더니 조카딸의 녹음 목소리가 도중에 끊기고 누나의 서두는 음성이 들린다.

"애, 너 제대했니?"

이런 걸 핏줄이라고 하는 것 같다. 밖에서 뛰어들어온 양 숨차게 송수화기 안으로 들어선 누나의 음성에 그런 감정이 실려 있고, 일부러 퉁명스러움을 과장하는 자신의 목소리에도 그렇다.

"제대는 무슨 제대, 아직 십년은 더 남았는데."

진짜 제대하고 나와서 농담을 하는 걸로 알아차린 누나다.

"애, 일단 여기 와 있어. 너 일 시켜먹을 게 한두 가지가 아니야."

아버지가 새어머니를 얻은 이후, 새어머니가 남매에게 잘 베풀려고 무던히 애썼음에도 남매는 속내를 잘 드러내지 않았다. 새어머니는 강욱이 자신을 두고 누나한테 모성을 기대하는 걸 못마땅해했다. 그 일로 남매는 집에서는 별로 말이 없는 사람들이 되었다. 누나가 출가한 이후에 강욱은 새어머니의 말에 더욱 잘 순종하는 아들이 되어주기는 했지만, 무슨 일을 할 때건 먼저 상의를 해서 준비를 시키거나 한 적이 없었다. "강욱이 잰 도대체 정을 줄 수가 없는 아이예요." 새어머니가 아버지한테 그런 말을 하는 걸 듣기도 했다.

아직 제대 전이라는 걸 알아챈 누나는 말을 바꾼다.

"그래도 오늘 일단 우리 집부터 들러. 네 책상하고 침대는 집도 좁고 또 그럴 겨를도 없어서 못 갖다 놓았고, 책이랑 옷은 눈에 띄는 대로 여기 갖다 뒀다."

누나 역시 형편이 썩 나빠졌다는 걸 강욱은 알고 있다. 게다가 결혼 초부터 매형하고 그리 화목하지 못한 누나다. 괜히 가슴속이 뭉클해 오는 걸 강욱은 애써 누른다. 이러다가 휴대폰 이용료가 너무 많이 나오는 게 아닌가 싶어 서둘러 전화를 끊으려는데 누나가 급히 말한다.

"애, 강욱아. 너 진짜로 할 일 많아. 몇 달 일하면 복학할 돈 충분히 모을 수 있어. 이따가 얘기해 줄게 꼭 들러. 집 알지?"

지혜에게 버림받았다는 걸 누나도 벌써 눈치채고 있는 듯 안심시키려는 뜻이 역력하다. 그러나 복학이니 일이니 하는 모든 것이 강욱에게는 아직 현실감이 없다.

강욱은 전화를 끊고 하늘을 본다. 멀리 보이는 달동네 집들을 배경으로 태양이 서둘러 내려가고 있다. 지금쯤 내무반 앞에서는 식당으로 이동할 행렬이 짜여 있을 것이다. 지난 주 전입 온 신참 병사 둘이 군기가 바짝 든 어깨를 펴지 못하고 맨 앞줄에서 부동 자세를 취하고 있는 모습이 눈에 선하다. 열 뒤에서 얼쩡거리고 있을 동기생 노병장의 꺼부정한 어깨도 생각난다. "보람찬 하루 일을 끝내고 나면……." 군가소리가 들린다.

어디선가 군대 식당에서 맡던 밥 찌는 냄새 비슷한 게 풍겨 온다. 강욱은 허기와 한기를 함께 느끼면서 공중전화 부스 쪽을 왔다갔다 해본다. 육교 아래로 액세서리를 늘어놓고 파는 리어카가 한 대 놓여 있다.

이 많은 귀고리와 목걸이와 팔찌와 반지와 머리핀과……. "제국주의는 남자 때문에 팽창하고 자본주의는 여자와 아이들 때문에 확장한다." 강의 시간에 불쑥 그런 말을 해놓고는, 길거리 가판대에 놓인 액세서리 상품을 볼 때마다 그런 생각을 한다는 시간강사가 생각난다. 그 말을 전해 들은 지혜는 "그건 남근 중심주의의 실상을 호도하는 말이야" 하고 유식한 말로 비판했지만, 강욱은 지금 생각해도 그 강사의 말이 참 맞는 말 같다. 왜 필요한지도 모르는 채로 생산돼 나오는 이 개미알 같은 물건들, 그걸 찾는 게 여자들이고 소녀들 아닌가. 그리고 무수한 장난감과 게임기들, 그걸 찾는 건 아이들이다. 넘쳐나는 물건을 두고 또 그것들과 유사한 물건을 사는 사람들……. 끝없이 새로운 물건을 기다리는 그런 사람들이 있는 이상 자본주의는 인류가 망하는 순간까지 지속될 것이다.

강욱은 그 시간강사처럼 좀 멋있는 말을 찾으려 애써 본다. 다들 불황이라는 이 힘든 때에, 시장 골목을 드나들고 있는 저 무수한 인파, 눈앞에 있는 저 많은 사람들은 다 무엇인가. 저들은 누구를 위해 저리 많은 물건을 만들어내고 무슨 돈으로 무엇 때문에 저런 물건을 사고 있는 것일까……. 강욱은 그러나 자신의 논리가 어딘가에서부터 이미 일그러져 아무 대책도 없는 허무주의로 흘렀음을 알았다. 군화발로 허공을 찼다. 강욱은 잠시 자신이 어디서 무엇을 하고 있는지를 잊고 주위를 두리번거려본다.

시장 골목 안에는 여전히 들어가는 사람 나오는 사람이 마구 섞인다. 그 속에서 유소은인 듯싶은 여자의 옷깃이 보이는 듯하다. 무거운 짐을 사 든 모습이더니, 점점 모습이 분명해지는데, 유소은이 아니다.

키가 크지 않다고 생각했는데, 그 뒤에서 유소은의 머리가 사람들 위로 드러나는 게 그때서야 보인다. 유소은은 한쪽 어깨에 핸드백을 매고, 양손에 뭔가 들고 있다. 그 한쪽 짐은 의외로 무거워 보인다. 힘겨워하는 유소은의 이마가 저녁 햇빛을 받아 잠깐 동안 반짝거렸다. 유소은은 아랫입술을 삐죽 내밀어, 볼을 가린 머리카락을 입김으로 밀어낸다. 강욱은 자신도 모르게 휴대폰을 열고 번호를 눌러갔다. 내내 입안에서 되뇌어지던 그 번호.

"지혜! 마지막이다. 특박 나왔다. 이번이 끝이라도 좋다. 한번만 만나자. 너희 학교 앞 로터리 빈터에서 내일 열한 시에……"

여전히 수신하지 않는 지혜의 휴대폰에 대고 서둘러 음성을 남겨 본다.

빈터가 아니라 빈터 카페라고 수정해야 하나 하고 망설이다가, 지혜에게는 이처럼 강력하게 말을 한 적이 한 번도 없었다는 걸 막 깨닫는다. 미처 말을 다 마치지 못한 채, 강욱은 발신 버튼을 누르면서 시장 골목으로 달려가고 있다. 유소은이 지나던 짐자전거를 피하려다 한쪽 짐을 떨어뜨리고 있는 걸 본 것이다. 커다란 비닐 봉지에 싸져 있던 물건들이 시장 바닥으로 굴러 떨어지고 있었다.

"아이, 참. 이게 다 뭐야."

유소은은 억센 주부의 몸짓으로, 자전거 탄 사내를 힐난하면서 떨어뜨려진 물건을 줍고 있다. 그 물건이 감자, 고구마, 귤, 채소 따위여서 다행이다. 강욱은 사람들 사이를 비집고 들어가 유소은을 일으켜 세우듯이 하고는 그것들을 대신 집어 모으기 시작했다.

"아저씨, 조심을 해야지. 이거 애들 먹을 건데 이러면 어떡해……."

자전거에서 내려 엉거주춤 서 있는 사내에게 또 한 번 편잔을 주던 유소은이 웬일인지 갑자기 입을 다물고, "어서 가요." 하면서 강욱의 손을 끌어당긴다. 강욱은 마지막 남은 감자 한 알을 주워 담으며 유소은에게 끌려가듯 육교 쪽으로 갔다.

"어서 타세요. 저 아저씨 왠지 느낌이 이상해요."

낮에 추격하던 사내들을 떠올린 모양이었다. 유소은은 낯선 표정을 지으며 거칠게 차를 몰기 시작했다. 강욱은 어디서 내려달란 소리를 해야 할지 몰라 그냥 입을 다물었다. 강욱 역시도 다시 불한당들에게 쫓기는 기분이 되어야 할 것 같다.

유소은은 한참 운전대만 움켜쥐고 있더니 네거리 신호등 앞에서 손을 뻗어 카 스테레오를 켜서 몇 번 다이얼을 조정했다. 그 손이, 아, 지혜 손 같다. 아니, 더 흰 것도 같고, 더 붉은 빛도 난다. 유소은은 라디오를 끄고 강욱 앞의 글로브 박스를 열고 녹음 테이프 하나를 꺼내 장착시켜 놓는다. 찌직거리는 소리를 내기 시작한 카 스테레오에서는 의외로 어린애들의 합창소리가 흘러나왔다.

"하늘 보며 꿈꾸고 크게 높게 자라는 우리. 사랑 속에 기쁨 싣고 곱게 밝게 자라는 우리……."

갑자기 유소은의 웃음소리가 크게 터져나왔다. "친구가 어디서 유치원 원가를 녹음해 온 게 있다더니 여기 있었네." 하고 중얼거리고 나서 다시 소리내어 웃는다.

이번에는 유소은의 가식 없는 웃음 때문에 철식은 어디에선가 내려야 할 그곳을 또 생각해 내지 못한다.

5. 위험한 방문객

이 노래는, 이 노래는, 솔밭 사이로……. 존 바에즈가 부르는 〈솔밭 사이로 강물이 흐르고〉가 틀림없는데……. 이 노래가 배경음악으로 깔리는 영화가 무얼까? 겉으로는 잔잔하게, 서서히 애잔하게, 오래 전부터 물 속에서 보글거리던 보풀들이 모이면서 수면으로 파장을 일으켜 가는 그 위로 돛단배 한 척이 물살을 가르고 가는 듯한……. 그 배를 타고 가던 장화를 실은 기사가 어느 성 앞에 이르고……. 이건 뜻밖에도 중세 프랑스 귀족들의 성적 부패를 다루고 있는 영화야. 얼마 전 텔레비전 영화로 본 《위험한 관계》의 한 장면 같아.

성안으로 스며든 바람둥이 남자가 어린 처녀 방 앞에서 문을 두드리며 사랑을 고백하지. 처녀는 문을 열어준 걸 후회하지만 소리를 지르지는 못해. 사내는 말하지. "한 번만 키스해 주면 방을 나갈게요." 둘은 키스를 하지. 처녀는 당연히 요구하지. "이젠 나가 주세요." 사내는 당당하게도 대답한다. "당신이 내게 키스를 한 게 아니라 내가 키스를 한 것이니까, 당신이 정식으로 내게 키스해 줘야 해."

이상한 일이야. 여자는 두 번 키스하는 사이 사내의 손이 치마 안으로 침투하는 걸 허락하게 된다. 남자의 다른 손 하나가 가슴 섶을 헤집을 때 여자는 몸을 가볍게 꼬며 신음소리를 낸다. 그 순간, 여자는 또 하나의 신음소리에 놀란다. 침대 옆에 누군가 꼼짝도 않고 누워서 여자와 사내가 하는 짓을 보고 있었던 것이다. 여자는 화들짝 놀라 몸 위의 남자를 힘껏 밀친다.

악!

옆에 식물인간이 된 남편이 누워 있는데, 그 옆에서 여자는 웬 낯선 남자의 몸을 받아내고 있었다. 그 여자는 영화 속 처녀가 아니라 바로 나였다. 낯선 남자는 여고 때 첫 키스의 추억을 안겨준 이웃 학교 선배였다. 나는 남편의 시선과 마주치지 않으려고 애쓰면서 사내의 몸을 받아내고 있었다. 사내의 억세고 힘찬 동작에 연신 고통스럽고도 쾌락에 떠는 몸짓으로 맞서고 있는 여자는, 때마침 울리는 전화벨 소리에 온몸으로 소름이 끼치는 걸 느낀다. 그때다, 몸 위 사내를 그 위에서 도끼로 내리찍는 검은 그림자를 본 것은.

악!

소은은 눈을 뜨기 위해 비명을 질러본다. 그러나 꼼짝도 할 수 없다. 갑작스런 가위눌림이다. 다시 신경안정제를 복용해서 겨우 되찾은 숙면이 며칠간 이어졌는데, 웬 가위눌림이란 말인가. 한걸음 한걸음, 봄내음 속으로 경쾌한 발걸음으로 걸어가려는 내게 도대체 어떤 자가 돌을 던지고 있다는 말인가. 아, 안 돼. 여기서 꺾일 수는 없는 일이야.

소은은 입술을 깨물며 몸을 약간 뒤틀어본다. 입술에 핏물이 배는가 싶더니, 마침내 눈이 떠진다.

날이 밝아오고 있다. 소은은 한기를 느끼면서도 창문을 열어젖혔다. 어제 늘어놓은 베란다의 빨래가 말끔한 기운을 빛낸다. 등뒤에서 잠시 쉬고 있었다는 듯이 전화벨이 울린다.

"이제 일어났어? 애들 태워 오면서 출근하는 게 낫겠지?"

역시 부지런한 영애다. 한 번도 빠짐없는 확인 전화다. 소은의 습관을 잘 아는 영애는 처음부터 원거리 아이들 통원을 소은이 맡는 걸 반대했다. 매일 아침 일단 유아원에 출근을 했다가 원아들을 태우러 나가기로 한 소은의 약속도 무리라며 손사래를 쳤다. 유치원 개학 일주일, 영애 말대로 쉬운 일이 아니었다.

"원장님, 누굴 유아원 애로 아시우?"

소은은 나갈 준비가 다 되어 있는데 무얼 그러느냐는 듯이 맞장구쳤다. 곧 출발한다는 소리를 덧붙이려는데 영애가 목소리를 낮추어 온다.

"얘, 그러지 말고 오늘은 아침에 애들만 한 차 실어주고 어디 멀리 가 있으렴."

"무슨 일 있어?"

좀전에 꾸던 꿈이 있었음을 소은은 기억해냈다. 어디선가 쿵 하고 큰 물건 하나가 떨어지는 소리가 났다. 순간, 죽은 남편이 방 어딘가에서 자신을 보고 있는 듯한 착각에 빠졌다.

"어제 니가 먼저 들어간 뒤에 웬 손님들이 찾아왔어. 뒤늦게라도 입학금을 내면 자기 애를 받아줄 거냐고 묻더라. 저녁에 전화하려다가 너 잠 못 자게 할 것 같아서 지금 전화를 건 거야."

"누가 왔는데?"

어리석은 질문이었다. 엉덩이에서 싸늘한 기운이 올라왔다.

"그러겠다고 최 선생이 먼저 대답할 때까지는 나도 이상하다는 느낌을 안 가졌는데……. 유치원 통원 차는 없느냐고 묻는 거야."

유치원 버스를 몰고다니는 나를 본 사람이 누구누구일까, 소은은 미간을 좁히며 기억을 더듬는다.

"통원 버스가 없으니까 가까운 데 살지 않는 아이들은 못 다닙니다. 내가 그래 버렸어."

원아 한 명이라도 더 받으려 했던 영애였다.

소은은 머릿속으로, 터진 봉지에서 와르르 쏟아져 흐르는 감자며 고구마며 밀감이며 채소들을 본다. 자신이 잘못해 놓고도 자전거를 탄 채 이상하게 냉소를 띠고 있던 사내의 얼굴이 떠올랐다.

"조심해, 조심. 오늘은 그냥 애들 태워주고 얼른 집에 가 있어, 응?"

영애는 다짐을 받아두듯 말했다.

길고긴 악몽에 깨어나듯 충격과 혼란 속에서 정신을 차렸을 때 곁에 있던 친구가 영애였다.

이태 전, 졸업한 그 해 첫 동기회 때 한 번 만난 영애를 어느 아파트촌에서 우연히 만났다. 영애는 그 아파트 단지에 있는 선배의 미술학원을 돕고 있었는데, 선배와 사이가 벌어져 그만둘 날만 손꼽고 있는 중이었다. 둘은 대학 시절 유치원 실습을 함께 하면서 나누던 대화를 기억했다. 둘이 유치원 차릴 곳을 알아보던 중에 소은의 남편이 구강암 진단을 받고 병석에 눕게 되었다.

"그런 것 안 해도 원하는 대로 호강하면서 사는데 뭐가 불만이어서 그래?" 이것이 남편이 입으로 제대로 표현한 마지막 말이었다. 충치 하나를 뽑고 의치를 해 넣은 뒤 입안이 허는 증세가 자주 나타나고, 술 담배를 줄이는 동안에도 헌 입안이 아물지 않게 되자 어쩔 수 없이 병원에 다니게 된 어느 날이었다. 남편은 암 확정 진단을 받고, 수술대에 오르지도 못하고 항암 치료를 받다가 정확하게 오개월 만에 죽었다. 그것이 지난해 6월이었다.

그러는 동안에도 유치원 개업 준비를 할 수 있었던 것은, 공인회계사로 일하는 영애의 삼촌 덕분이었다. 영애 삼촌은 남편이 관리하고 있는 재산 중에서 소은 명의로 된 것을 확인했다. 우선 결혼 전에 남편이 소은에게 선물한 벤처기업 주식을 처분했다. 그 중 일부를 유치원 인수 준비자금으로 활용했다. 영애는 생각한 것보다 더 야무지고 분명했다. 남편 장례 치르고 유산을 정리하고 집 옮기는 일부터 유치원 개원까지 영애가 아니었으면 어쨌을까 싶었다.

유치원 사업에 관해서는 더욱 야멸찼다.

"통원 차도 몰고 애들도 가르치고 그럴 거야."라는 소은의 의견에 영애는 "애, 정신차려. 이건 사업이야. 너 학교 때 유치원 교생 실습 한 번 나가 본 것 가지고 이 일 우습게 알면 큰코 다쳐." 하고 일침을 가하기도 했다.

이를테면 소은은 이사장 겸 통원 차량 운전기사였고, 영애는 원장이었으며, 유아교육과 출신의 경력 교사가 둘, 실습을 겸한 대학생 아르바이트생이 둘이었다. 처음 개원해서 서른 명만 등록해도 성공이다 했는데, 입학식 날 등록생까지 스물둘이었다. 다행히 오후 교육까지 맡아주어야 할 원생이 열 명이 넘는 덕분에 손실은 최소화할 수 있다는 게 영애의 설명이었다. "너랑 나랑은 한 학기 동안 봉급 없이 지내는 거다. 이학기 때는 확실히 할게. 올 한 해는 큰 기대 않고 기다릴 수 있지? 내년에는 조금이라도 이익을 낼 수 있게 될 거야."

소은은 말끔히 씻은 얼굴에 크림을 바르다가 거울에 묻은 티를 뜯어낸다. 가만 보니 그건 거울에 묻은 티가 아니다. 얼굴에 낀 기미다. 슬금, 한기가 느껴진다. 나의 길을 내가 간다, 무슨 주문처럼 그렇게 욀 때마다 조금씩 깊어지는 외로움의 감정은 어쩔 수 없다.

소은은 잠시, 브래지어를 착용하지 않은 알몸이 들여다보이는 가슴팍을 거울 속에서 본다. 가슴 골에 붉은 점 몇 개가 새로 생겨나 있지만, 뽀얗고 두툼한 살결은 변함없다. 아직은, 아직은⋯⋯. 누군가의 은은한 눈길, 누군가의 잔잔한 손길이 필요하다. 갑자기 영화 속인 듯, 거칠고 억센 사내의 동작을 느끼고 있는 여인의 몸이 떠올라 소은은 고개를 가로젓는다.

트르르르 하고, 화장대 위에 놓인 휴대폰에서 진동음이 울린다. 소은은 숨을 죽인다. 정섭 부대에 다녀온 이후, 낯선 사내에게서 몇 번 휴대폰 전화가 걸려왔다. 두 번인가는 전혀 알 수 없는 여자 목소리가 나기도 했다.

진동음이 여섯 번을 울리면 휴대폰은 자동으로 통화 상태가 된다.

"여보세요⋯⋯. 여보세요."

소리가 끊어진다. 다시 이어진다. 정섭일 것 같다.

"여보세요, 거기 유소은씨 휴대폰 아닙니까?"

정섭이다. 소은은 휴대폰을 집어들고 소리친다.

"정섭이니? 나 누나야."

면회를 다녀온 지 이주 만에야 전화라니⋯⋯.

"누나? 잘 안 들려. 휴대폰 말고 전화 없어?"

안부 전화지만, 눈물 고이도록 반가운 감정이 인다. 소은은 집 전화번호로 다시 정섭의 전화를 받는다.

"나야 뭐 걱정할 게 뭐 있어. 이 전화번호 절대로, 누구한테도 알려주면 안 돼, 알았지? 휴대폰 번호도 바뀔 거야."

"도대체 무슨 일이 있어? 주강욱 병장이란 사람도 찾아와서 이상한 소릴 하던데."

아직 혼란의 연속이다. 창밖에는 아침이 완전히 열려 있다.

침착해지자, 침착해지자.

정섭이 말하는 동안 소은은 자꾸 자신의 명치를 쓸어내린다.

누가 면회를 신청했다길래 나가서 만났더니 젊은 신사 한 사람이 소은의 연락처를 묻더라는 것이다. 전날 자기 동생 면회를 오는 길에 자기네 차가 논두렁 쪽으로 빠져 처박혔는데, 소은의 승합차가 지나다 구해 주었다. 사례를 해야 하는

데 그만 연락처를 안 적어두고 그냥 보냈으니, 연락처 아는 곳 있으면 알려 달라. 그러더라는 거였다. 집 연락처를 알려주기가 뭣해서 휴대폰 번호만 알려주었다는 정섭의 설명이 덧붙여졌다.

"누나야 원래부터 따라다니는 남자가 많지, 그럼. 일부러라도 차가 와서 부딪칠 정도 아냐? 근데, 누나가 무슨 차를 구해 주었다고 그래?"

다소 이기적이고 얼마간 낙천적인 데가 있는 정섭인데도 혼자 있는 누나가 걱정은 되는 모양이다. 그것도 군대 가서 달라진 어른스러움이다.

"괜찮아, 누나? 누군데 그 남자?"

이어 주강욱이라는 친구는 누구냐고 물을 때는 소리가 가물가물 멀어졌다.

그날 소은이 면회 갔을 때 정섭은 연대장하고 서울 나가서 연대장 친구가 경영하는 출판사에서 기증하는 소설책 만 권을 트럭에 실어왔다. 그걸 각 예하부대에 진중문고로 싸서 내려보내느라 거의 보름간 정신없이 지냈고 그 통에 전화 걸 짬도 못 냈다. 아침 일찍 연대장 관사에 신간 잡지를 전해 주러 나온 길에 전화를 거는 것이다……. 정섭은 그런그런 얘기를 늘어놓다가 불쑥 "참, 유치원 사업 시작한대더니 잘 돼?" 하고 물었다. 그제서야 대답 들을 시간까지는 안 되겠다 싶었는지, "누나는 너무 예뻐서 안 돼. 조심해, 조심." 하고는 전화를 끊었다.

침착해지자, 침착해지자.

유치원에 먼저 들르지 않는다면 시간은 충분하다.

소은은 어제 먹던 국을 데우고 냉장고에서 김치와 미나리를 꺼내 간단히 아침을 해치우다가 마음이 급해져서 후닥닥 거실로 뛰어가 오디오를 켠다. 늘 고정돼 있는 고전음악 시간이다. 처음부터 귀에 익숙한 음악이 흘러나와 기분이 금세 맑아지는 듯하다. 하프 선율에 관현악이 어우러지는 헨델의 〈하프 협주곡 B장조〉.

음악소리를 듣고 단번에 제목을 떠올릴 수 있게 된 자신을 대견스러워하기로 결정한다. 소은은 하프 선율을 따라 고개를 가볍게 좌우로 흔들면서 아침 식사를 한다. 젓가락으로 미나리 한 점을 집어서 왼손에 든 숟가락 밥 위로 올려놓는 동안은 일부러 흥얼흥얼 콧노래까지 했다. 포개 앉은 발끝으로, 까딱까딱 실내화 소리도 냈다.

톡톡 튀는 듯한 경쾌한 하프 소리가 연이어지더니 바이올린이 주축이 된 걸로 들리는 현악기 소리가 곡을 마지막으로 이끌고 있었다.

이어지는 음악은 역시 너무나 귀에 익은 요한 스트라우스의 〈봄의 소리 왈츠〉. 춤을 추고 싶게 만드는 곡. 누군가가 새롭게 편곡을 했다고 나직한 음성의 여성 앵커가 설명해 주는데, 듣고 보니 과연 좀 색다른 분위기였다. 그렇게 생각하고 있는 사이 소은은, 애써 흥겨운 체하고 있던 자신의 동작이 어느새 멎어버렸음을 깨닫고 있다. 밥알 하나가 식도 중간에 꼿꼿하게 서서 내려가지 않고 있었다는 것도 그제야 깨닫는다.

소은은 또 명치를 두들기듯 쓸어내려 본다.

참, 이게 아니지.

소은은 약간 쉰 듯한 보리차를 한 모금 마시고 또 황급히 달려가 오디오를 끈다. 오디오와 스피커 사이의 빈 공간에 쌓인 수십 개의 카세트 테이프를 거실 탁자로 옮겨간다. 유치원 개원 전부터 통원 차안에서 들려줄 음악을 따로 골라 음질을 확인해 오던 중이었다. 봄의 소리 왈츠는 음질이 좋지 않아 내다버리기로 했고, 장난감 교향곡이나 아기코끼리 걸음마 따위는 우선적으로 뽑아 놓았다. 뭔가 부족한 듯해서 일부러 오디오 가게에 가서 슈베르트, 파가니니, 차이코프스키, 비발디 같은 이름이 적힌 녹음 테이프를 두서없이 열 개나 샀다.

그것들을 잘 정리해서 요일별로 한 개씩 틀어주겠다고 생각한 소은이었다. 나름대로 효과가 있으면 교육 시간에도 클래식 음악을 감상하는 시간을 넣어보라고 권할 참이었다. 바로 개원 전날까지도 그렇게 준비하고 있었는데, 어찌된 영문인지 차를 몰고 나가서 라디오를 틀거나 아니면 차안에 둔 신곡 테이프만 틀게 되면서도 그걸 어색하게 여기지 않고 있었다. 그마저도, 아이들의 승하차에 신경을 쓰다가 무슨 음악을 틀어 듣고 있는지 모르고 지나가기가 대부분이었다.

소은은 우선 오늘의 음악으로 슈베르트의 피아노 협주곡 〈송어〉를 선택하고 나서는 지나치게 허둥대며 출근 차비를 갖춘다. 절대로 안 잊어먹겠다는 듯이, 차에 오르자마자 〈송어〉를 카 스테레오에 밀어넣었다. 그러고는 글로브 박스 안에 든 것을 비닐에 담아 내고 대신 새로 가지고 내려간 다른 테이프를 차곡차곡

세워둔다. 스테레오에서는 피아노와 바이올린이 주조음을 이루고 비올라, 첼로, 콘트라베이스가 살짝살짝 또는 슬몃슬몃 화합하면서 마치 동반자가 된 친구 몇이 서로 대화하는 듯한 선율을 연출해 간다. 처음에 느릿느릿 유영하던 송어가 조금씩 속도를 더해 물살을 빠르게 헤쳐가는 모습이 눈에 그려진다.

저 송어처럼 가뿐하게, 이 세상의 물살을 걷고 헤엄쳐나갈 수만 있다면……

소은은 운전대를 꽉 잡고 있던 오른손을 풀어 허공에다 힘차게 뿌려본다. 허공의 공기가 의외로 뻑뻑하게 저항을 한다. 소은은 버릇처럼 백미러로 뒷차량을 확인해 본다.

소은은 이웃 아파트 단지 안 수퍼마켓 앞에서 남자아이 하나를 태우게 된다. 늘 따라나와 있던 뚱뚱한 진구엄마 대신 할머니인 듯한 여자가 서 있다. 진구가 꾸벅 인사를 하며 달려온다.

"안녕하세요?"

"그래, 진구구나. 어머나 오늘은 할머니께서 바래다주셨구나. 안녕하세요, 할머니?"

"예, 애 엄마가 아침에 볼일이 있어서 일찍 나갔어요. 우리 진구가 아직 변을 안 봤는데 어쩌지요?"

"네, 할머니, 염려 마세요. 화장실 가는 공부가 따로 있어요."

"어머, 그래요. 잘 부탁해요, 선생님."

진구엄마 친정어머니인 듯, 말투도 몸짓도 비슷하다.

소은이 태워야 할 아이는 열 명이다. 이 중 매일 한 명 정도가 때를 못 맞추어 뒤늦게 개인 자가용으로 오거나 아파서 결석을 한다. 따라서 소은은 매일 아침 저녁으로 운전석에서 급히 뛰어내려, 아이들의 승하차를 위해 문을 여닫는 운동을 대체로 아홉 회씩 하고 있는 셈이다.

생각했던 것보다 더 힘들었다. 유치원이나 유아원 통원 차에는 운전기사 말고 보통 동승하는 교사 한 사람이 있게 마련이다. 영애도 당연히 그렇게 하겠다고 하는 것을, 소은이 부득불 혼자 다 할 수 있다고 우겼다. 처음 며칠 하고는 잠시 후회하기도 했었다.

"그것 봐라. 내가 처음부터 무리라고 하지 않았어."

겉으로 힘들다는 표를 내지 않았는데도 영애가 눈치를 채고 말했다.

그러나 실제로 더 힘든 건 따로 있었다. 아무리 만면에 웃음을 띠고 인사를 해도 학부모들은, 어째서 나이든 여선생이 아이들 등하원 지도를 하고 있느냐는 듯한 표정을 풀지 않는다. "어머, 여긴 젊은 선생님이 없나봐." 처음에 그렇게 말한 엄마도 있었다. 내가 이 유치원의 실제 주인이에요, 할 수도 없는 일, 등하원 때 안전사고를 낸 유치원들이 많아서 우리 유치원은 운전 잘 하는 노련한 여교사가 이 일을 도맡기로 한 것이라는 듯이 아주 당당하게 행동해 보일 수밖에 없었다.

"얘가 어젯밤에 가위눌려서 잠을 설치고 아침에 아무것도 못 먹었어요. 신경 좀 써주세요, 선생님."

아침에 과식을 해서 체기가 있다, 오늘 조퇴를 해야 하는데 중간에 데리러 가도 되느냐, 제 좋아하는 간식을 안 싸줬다고 울지도 모른다……. 매일 걱정 하나를 실어 태워주는 은미 엄마를 만나는 것으로 등원 길은 서서히 마감된다.

그동안 슈베르트의 〈송어〉는 두 번 들려졌다. 아이들 마음이 차분하게 가라앉는 가운데 그 속에서 봄의 기운이 요동치고 있었으리라, 소은은 애써 믿어본다.

그러는 동안에도 누군가 줄곧 뒤를 따르고 있다는 느낌에 시달린 것이, 결국 현실을 그렇게 만들고 만 것일까.

"잠깐 실례하겠습니다."

한 사내가 검은 썬글라스를 그대로 쓴 채, 그렇게 말했다. 소은이 차에서 내린 아이들을 2층의 유치원까지 인솔해 갔다가 혼자 상가 밖으로 나온 것을 줄곧 보고 있었던 게 틀림이 없었다. 차에 오르려던 소은은 태연하게 차 트렁크 문을 열어 먼지떨이를 꺼내 차를 닦기 시작했다. 바로 어제 세차장에 가서 세차를 한 차였으니 건성일 수밖에 없다.

"까치유치원 차 맞죠?"

"그런데요?"

소은은 사내에게 눈길을 주지 않고 되물었다. 사내가 걸어나온 곳은 상가 건물의 경비실 안이었다.

"제 아이를 유치원에 보내고 싶은데, 원장님 말씀이 차가 없다고 안 된다고 그러시더군요."

어제 다녀갔다는 그 사내.

"차가 없는 게 아니라 정원이 다 차서 아이를 태울 자리가 없는데요."

"네에, 그래요?"

소은은 사내가 선 반대편으로 자리를 옮겨 걸레질을 한다. 그런데도 사내는 소은 쪽으로 따라오는 기색이 아니다. 어쩌면 실제로 갑작스레 아이를 혼자 키우게 된 아빠일지도 모른다. 그러나 누굴 두고 측은하다고 여기고 있을 여유가 소은에게는 없다. 소은은 슬몃 트렁크 안으로 먼지떨이를 던져넣고 승차 문을 점검하는 시늉을 하다 깜짝 놀란다. 어느새 사내의 그림자가 소은의 등뒤에 와 있다.

"좀전에 보니까, 아이들이 아홉이더군요. 십이인승이니까, 어린애가 아니더라도 몇 사람 더 태울 수 있는 거 아닐까요?"

부드럽던 사내의 음성이 얼핏 격앙되었다 낮아졌다. 썬글라스 밖으로 눈망울이 굵은 눈이 느껴져 왔다.

"어디 사는데⋯⋯?"

하다가 소은은 더 말을 잇지 못한다. 사내의 눈빛은 명백했다. 정장차림의 양복 겉으로 뿜어내는 기운도 또한 그랬다. 사내는 주위를 두리번거리고 있었고, 그 중 한번의 눈길이 수퍼마켓 뒤편에 주차된 검은 승용차에 가 닿고 있는 것을 소은은 알아차렸다. 그 차 운전석에, 단번에 차 발진이 가능하도록 앉은 기사가 있었다.

소은은 간신히 차 문에 붙어 서서 말했다.

"글쎄, 자리가 있어도⋯⋯. 입학 기간이 끝났기 때문에⋯⋯."

신사는 입을 다문 채 소은을 내려다본다. 짐작한 대로였지만, 사내가 낯이 익은 사람이라는 걸 이제야 깨닫는다.

"좋아요. 제가 원장님을 설득해 보고 나올게요."

소은은 침착해지려 애쓰면서 냉정한 태도로 맞서보았다. 곧 그게 부질없는 일이 될 것 같은 예감이었다.

"아니, 아니⋯⋯. 그러실 건 없고."

사내가 경비실 쪽 눈치를 보면서 소은을 막아섰다. 소은은 자신도 모르게 몇 걸음 뒤로 물러나다가 소스라치게 놀란다. 어느새 와 있었는지, 소은의 뒤를 다른 한 사내가 막고 있었던 것이다.

"아!"

소은은 뒤를 돌아보다 말고 외마디 소리를 낸다. 철식이었다.

철식은 소은의 양 겨드랑이에 손을 집어넣고 소은을 앞으로 떠민다. 소은의 몸은 밑으로 축 쳐져버렸다. 건너편 주차장에 대기중이던 승용차가 눈앞으로 다가온다. 소은은 "안돼!" 하는 소리를 겨우 내뱉으며, 가위눌린 꿈속에서처럼 허공으로 손을 내저어본다.

그 순간이다. 가까운 곳에서 요란한 차 경적 소리가 나기 시작했다. 철식에게 차안으로 떠밀려 들어가던 소은의 눈에, 막 주차 구역 내로 들어온 빨간 경승용차 한 대가 사내들의 승용차를 막고 멈춰 서 있는 게 보였다. 경승용차 운전자는 거의 의도적으로 머리를 핸들에 밀착시킨 자세로, 철없는 아이의 장난 같은 걸로 보기에는 너무 필사적으로 길게 짧게 마구 경적을 울리고 있다. 얼핏 뒷자리에 낯익은 꼬마 아이가 보였다.

삑삑! 그제야 경비실에서 뛰쳐나온 경비원이 호각소리를 내며 다가왔다. 철식차 앞에 앉은 운전기사와 처음에 소은을 막아섰던 신사가 나가서 빨간 경승용차안의 동태를 살펴보는 눈치다. 소은은 그제서야 철식의 손아귀에서 벗어나려고 힘껏 팔을 휘둘렀다.

상가에서 몇 사람이 모여들고 있었다. 어느새 경적은 멎었고, 소은은 밖의 사람들이 봐주기를 기대하며 차창을 주먹으로 여러 번 쳤다. 그걸 철식이 막지 않았다. 경비원이 다가왔던 것이다. 순순히 차 문이 열렸고, 소은의 몸이 차안을 빠져나간다. 그 몸이 갑자기 뒤로 확 당겨졌고, 철식의 이갈린 소리가 들렸다.

"내일 유치원 우체통에 편지를 넣어 두겠어. 시키는 대로 하지 않으면 유치원은 박살이 난다. 알아?"

6. 나를 찾아서

나는 지금 봄을 몰고 북상중이다. 개나리들은 내가 옮기는 발걸음을 따라 한 이파리씩 노랗게 노랗게 물들고 있다. 마주치는 사람들마다 두터운 겨울옷을 벗어낸다. 성급한 여인네들은 그 안이 반소매 차림이다. 소매 끝과 맨살 사이의 경계가 하얗게 빛나고 있는 걸 보니까 미친 듯이 네가 보고 싶어진다. 그 경계에다 코를 대고 쿵쿵거리며 냄새 맡고 있는 내 모습이 상상되기도 한다.

그러나 나는 지금 너에게 가고 있는 것은 아니다. 네가 있는 곳으로 한걸음 한 걸음 걸음을 옮기지만, 이건 너를 향한 발걸음이 아니다. 그 누구를 위한 보행도 아니다. 너 외에는 아무도 생각해 오지 않았기 때문에 버릇처럼 너를 생각하고, 너 이외의 여인의 몸을 그린 적이 없기 때문에 버릇처럼 너의 하얀 살을 기억해 내고, 너 이외의 누구에게도 편지를 쓴 적이 없기 때문에 버릇처럼 너에게 쓰는 편지투를 흉내내고 있을 뿐이다.

지혜, 나는 너 있는 곳으로 가고 있지만, 내가 그곳에 닿는 순간이면 너를 아주 잊게 될 것이다. 너의 얼굴을, 너의 몸을, 너와 함께 한 무수한 시간들을 잊게 될 것이다. 그리고 내 안에서는 새로운 기억, 새로운 계획이 차곡차곡 높이를 쌓아 갈 것이다. 다만, 그 기억, 그 계획이 어떤 것이 될지 알 수 없어서 이렇게 천천히 북상중인 것일 뿐이다.

그래, 참 오래 걸었다. 처음에는 구두를 신고 걷다가 발에 물집이 잡혀 고생했다. 구두 밑창도 의외로 빨리 닳았다. 며칠 지나고부터는 아예 군화를 신고 걸었다. 모두 버리고 마지막 남기는 소지품 중에 군화를 포함시킨 게 얼마나 다행이었는지 모른다. 예비군 훈련 때가 아니고는 다시 신지 않게 될 거라고 생각했던 군화를 이렇게 빨리 신게 될 줄은 나도 몰랐다. 그래도 먹고 잘 때 외에는 거의 걷기만 한 내 발은 오래 목욕탕 안에서 산 사람처럼 퉁퉁 불어 있다. 일찍이 군대에서도 거의 맡아본 적 없는 독한 냄새가 내 군화 속에서 제 방 아랫목에서처럼 자리를 잡아 가끔씩 구수한 향내로 뿜어지곤 한다.

수염이 자라나 머지 않아 땅을 쓸고 다닐 것 같은 예감이 마치 나무처럼 공중으로 가지를 뻗어 가는 때도 있다. 씻지 않은 몸도 자주 나를 편하게 해주는데,

혹시 어쩌다 나를 동행하게 되는 사람들에게 악취를 풍기게 될지 몰라 가끔 개울가에서 씻곤 한다. 막 얼음이 풀린 얕은 개울물로 몸을 씻는 나를, 지나던 산토끼와 다람쥐가 훔쳐보곤 한다.

쿡쿡, 내 벗은 몸을 보고 네가 언젠가 토끼 같다고 말한 적이 있다. 아직도 그 이유를 모르겠지만, 아니, 내 몸이 다른 사람들에 비해 붉은 편이어서 그랬겠지만, 이제 와서는 별로 알고 싶지도 않다. 헤어지려는 마당에 내 벗은 몸 얘기를 자꾸 하는 것도 예의에 어긋나는 일 아니겠니? 아, 이러는 순간에는 그래, 미안하지만, 너의 봉긋한 젖가슴, 부끄러움 무릅쓰고 딱딱하게 튀어나오던 젖꼭지, 그 감촉, 생각한다, 생각해. 어쩔 수 없이 나는, 폭발하도록 그걸 연상해온 남자니까.

날이 저물고 있다. 저녁 기운은 쌀쌀하지만, 내 몸으로 더운 김이 밥솥처럼 피어난다. 때로 그런 밥솥에서 뜬 밥을 먹고 싶어, 돈이 별로 남아 있지 않은 호주머니를 뒤적거리기도 한다. 그러나 나는 주로 참는다. 조금 먹고 조금 자고, 그리고 많이 걷는 일을 나는 지난 일주일 동안 했다.

처음부터 걸어서 상경할 생각은 아니었다. 아버지에게 제대 인사를 하러 광주를 찾았을 때 아버지는 대구 쪽으로 급히 자리를 옮겨가신 후였고 새어머니 혼자 남아 남은 짐을 꾸리고 있었다.

광주에서 목재상에 손을 댔다가 빌린 돈마저 다 소모하고는 실의에 빠져 있던 아버지에게 또다른 기회가 온 게 바로 그 얼마 전이었다. 대구 근교 팔공산에서 온천을 개발하고 있는 아버지 후배가 아버지의 건설업 현장 경험을 사려고 했던 것이다. 이 경제 위기에 온천은 무슨 온천이냐 할지 모르지만, 그게 그렇지 않다고 한다. 경상도 말로 "거 억수로 물 좋대." 하는 소문이 나기 시작하면 벌떼처럼 손님이 몰려오게 되어 있다는 것이다. 아버지는 그곳 온천 개발지의 현장 자문 역을 맡으셨다.

"저는 걸어서 갈게요."

짐을 정리한 어머니가 같이 대구로 가자고 했을 때 무심코 한 대답이 그랬다. 결국 그때는 걷지 못했고, 무거운 짐이 내 차지가 되었지만, 광주에서 대구로 가는 버스 안에서 내내 길가를 걷는 사람 표정이나 가로수만 보았다.

저렇게 걸어야 해. 걸어서 나 자신을 저 가로수들처럼 아주 존재도 없는 것처럼 만들어 버려야 한다구.

나는 이런 말을 혼자 중얼거리고 있었다.

아버지는 많이 늙어 계셨다. 문제는 그 늙은 모양이었다. 나무그늘에 앉아 누런 이를 드러내고 웃으며 한담을 즐기는 촌로(村老) 같은 모양을 하게 되리라고는 아버지 스스로도 생각하지 못했을 것이다. 그것은 내가 집 없이 살게 되는 것을 예상하지 못하고 산 일과도 같다. 단 한 순간도 내 수중에 돈을 떨어지게 한 일이 없었던 아버지에게는 제대하고 나온 아들에게 줄 몇 만 원의 돈도 남아 있지 않았다. 아버지의 후배라는 사장이 그걸 알았는지, 내가 떠나올 때 봉투 한 장을 내밀었다.

"자네도 여기서 나를 도와주면서 용돈도 벌고 학비도 벌어가면 좋겠지만, 서울 가서 일해 보겠다니까 할 수 없군."

나는 복학도 꿈꿀 수 없게 된 나 자신을 걱정하는 대신에, 후배 덕에 재기를 꿈꿀 수 있게 된 아버지를 다행스러워했다.

가방을 배낭식으로 만들어 메고 팔공산을 타넘어 버렸다. 대구 근교에서 유명하다는 동화사나 갓바위 쪽이 아니어서 유적지는 기대하지 않았는데, 한티재라는 가파른 고개를 넘어가다 제2석굴암 삼존불을 만나기도 했다. 그게 경주 토함산에 있는 석굴암보다 250년이나 앞서 세워진 것이란다. 그 근처에서 민박을 했다. 이번 도보행의 시작이 그랬다.

이후로는 더욱 초행이라 지명도 지형도 알 수 없는 경북 지방의 산길을 따라, 그저 서울 가는 북상길이겠거니 하고 걸었다. 두 번째 밤을, 경상북도 선산 근교의 아무도 없는 텅빈 마을의 빈 집에서 잤다. 하늘의 선물인지, 이불장에 이불과 요가 마치 사람 사는 집처럼 남아 있었고, 석유 곤로도 석유를 채운 채 그대로였다. 농사를 지을 줄만 안다면 이런 집에서 혼자 사는 것도 사는 방법이 되겠구나 생각했다.

그랬다. 나는 정말 아무것도 할 줄 아는 게 없는 사람이라는 사실을 처참하게 확인하고 있었다. 그러다가 갑자기 그 사실을 깨달은 내가 너무 반가워 혼자 미친 듯이 웃었다. 그 후로는 하루 종일 말없이 지내다가 가끔 비실비실 웃는 버릇이 생겨났다.

"무슨 좋은 일이 있나 보네?"

그런 버릇을 알아보고 말을 걸어온 사람을 만난 건 또 다른 행운이랄 수 있다. 문경새재를 넘어 속리산 기슭을 훑어가다가 보니 충북 괴산 방면이었다. 작은 계곡을 지나다 버릇처럼 개울 쪽으로 걸어 내려가 보았다. 발을 씻고 적당히 사타구니까지 씻을 수 있겠구나 싶은 자리가 눈에 띄었는데, 그곳을 향해 내려가다 보니 이미 누군가가 개울물에 발을 깊이 담근 채 작은 바위에 앉아 있었다. 여자 목소리로 들렸었는데, 등이 구부정한 중년으로 보였다. 게다가 내게 말을 걸어온 사람으로 보이지도 않았다. 나는 어쩔 수 없이 사내와 멀찍이 떨어져 앉아 군화를 벗고 발과 군화를 함께 햇빛에 말려 보았다.

이른 봄 햇살이 바위에 남겨놓은 온기가 그대로 엉덩이로 올라왔다. 오래 물소리만 흘렀다. 개울물이 돌아나오는 바위병풍 위로 석양빛이 어른거리며 잠깐 동안 무지개색을 내고 사라졌다. 얼핏 잠이 든 듯했다. 누가 자장가를 불러주는 듯도 했다.

눈을 떠보니 날이 조금 흐려졌을 뿐 달라진 건 아무것도 없었다. 자장가 소리가 다시 들렸다. 멀찍이 떨어진 곳에 앉은 중년 사내의 흥얼거림이 자장가를 만들어낸 모양이었다. 그러고 보니 사내는 찬 개울물에 발을 담근 그 모습 그대로였다. 바로 며칠 전까지만 해도 얼음 밑을 흐르던 물일 터였다. 그 물에 발을 담그고 있다는 건 그 발이 녹아 없어져도 좋다는 얘기다.

"물이 차지 않아요?"

무심코 던져본 질문에 사내는 뒤도 돌아보지 않고 말한다.

"배고프지 않으신가?"

나는 말문이 막혔다.

"이리 와서 식사를 같이 하세."

사내는 보퉁이에서 비닐봉투 하나를 꺼낸다. 나는 나도 모르게 사내 옆으로 다가가 앉았다. 사내가 물 속에다 무슨 약품이라도 푼 것이 아닌가 하고 발을 저어 개울물을 흐트려 보았다. 과연 물은 차갑지 않았다.

사내는 비닐봉투에 든 검정콩처럼 생긴 환 두 개를 내 손에 넘겨주며 말했다.

"자네는 그 웃음까지 아끼도록 하게."

그때서야 알았지. 내가 너무 자주 이유 없는 웃음을 흘리고 있다는 사실을.

그는 말이 없었고, 나 역시 부는 바람과 흐르는 냇물에 몸을 맡기고 있었다. 간간이 냇물이 살을 엘 것처럼 하다가 이내 따뜻해진다. 사내의 흥얼거리는 소리가 끊어지다가 이어진다. 그와 그렇게 무슨 말인가를 한참 주고받고 있었다는 느낌이다. 어디선가 우는 짐승소리 쪽을 찾다가 우리 둘은 잠시 시선이 마주치기도 했다. 그의 뒤에서 어스름이 색을 더하며 번져나고 있다.

나는, 내게서 시선을 거두어버린 그의 얼굴을 옆에서 물끄러미 본다. 먹는 것도 줄이고 말하는 것도 줄이고, 그리고 표정 짓는 것도 줄일 것. 숲의 나무들처럼, 길 위의 돌들처럼 바람에 흔들리는 그대로 숨쉴 것. 너무나도 자연스럽게 나는 그런 다짐을 해보았다.

"하지만……."

한참만에, 물소리가 잠시 높이를 줄인 틈을 타 나는 말한다.

"먹어야 살 수 있는데, 그 먹이를 구하자면 부지런히 움직이고 표정 짓고 해야 할 게 아닙니까?"

"허어……."

하며 수염을 쓰다듬어본 사내는 말을 잇지도 않고, 바위에 늘어 말리던 양말을 집어 툭툭 털었다. 양말을 다 신고나면 무슨 대답이 있겠지, 하고 기다리는 나를 그가 힐끗 돌아보는 듯했다. 그의 얼굴에 실제로 아무런 감정이 실려 있지 않았다고 느낀 건 그가 보퉁이를 어깨에 매고 일어서서는 결코 한걸음에 건널 수 없는 너비의 개울물을 단번에 뛰어넘어간 뒤였다. 그 사이

"엽!"

하고, 그의 입에서 가벼운 기합이 울려나와서는 계곡 아래로 메아리쳐 흘렀다. 그러나 개울물을 건너뛰는 그의 동작은 전혀 재빨라 보이지 않았다. 허공에 뜬 그의 모습이 내 눈에 잔상으로 남아 있다가 슬며시 사라져갈 정도였다. 그는 이후, 끊긴 영화 필름처럼 틈을 두었다가 숲길 입구에서야 모습을 드러냈다. 그러고는 이내 숲속으로 자취를 감추었다. 어둠이 밀려와 그의 그림자를 잽싸게 덮어 버렸다.

나는 비상 신호를 들은 출동대기조 대원처럼 후닥닥 일어나 양말을 신고 군화를 신었다. 사내가 뛰어간 대로, 홀쩍 하고 개울을 건너뛰었다. 유격훈련을 제대로 받은 덕이랄 수도 있었다. 적어도 내 몸 길이의 두 배나 되는 너비를 아무런 도구도 없이 건너뛰었다. 아니, 구두 뒤축이 개울물 끝을 밟아 조금 젖기는 했다.

　　어쨌든, 나는 사내가 사라진 숲길로 그렇게 들어가고 있다. 별들이 머리 위로 퍼붓듯이 쏟아질 것 같은 하늘이지만, 별빛은 숲속으로는 내려오는 일이 없다.

　　하늘에서는 별들 나름대로 약속들이 많아서 바쁘겠지.

　　언젠가 너랑 안면도 앞바다를 찾았다가 어두운 밤하늘을 보며 하던 말이 그랬지. 내 말에 네가 얼마나 웃었던지. 나더러 가끔 어딘가 모자라는 사람이 아니냐고 놀리곤 하던 너였다. 그게 어떤 전조였던 것 같구나. 나중에는 너는 날 놀리지도 않게 되었고, 오히려 내 바보 같은 말과 행동을 짜증스러워했지. 하긴 이 알 수 없는 도보행을 네가 알게 되면 무슨 표정을 지을까.

　　나는 하염없이 걷는다. 걸어갈수록 앞은 칠흑. 시간도 공간도 잊고서 길이 생긴 대로 걷기만 한다. 가끔 두런두런 사람 지나는 소리와 불빛이 내 옆구리를 따뜻하게 하면서 지나곤 했지만, 내 쪽의 인기척에 귀기울이는 이 없고, 다시 곧 어둠이었다.

　　거칠고 메마른 나뭇가지들이 마구 눈을 찔러대는데, 그때마다 내 팔이 그것을 걸어냈다. 몇 번 돌부리에 걸려 넘어질 뻔한 위기 때는 몸이 절로 공중으로 사뿐 날아올랐다가 다시 사뿐 바닥에 착지되곤 했다.

　　알 수 없는 일이었다. 며칠간 걸었는지도 모를 지친 몸이 이처럼 가뿐할 수 있다니. 사내가 준 알약 같은 그것이 그렇듯 신비한 효험이 있는 약이었을까. 저녁에 그걸 두 개 받아먹었을 뿐인데 전혀 허기가 지지 않는 게 이상했다.

　　완만한 오르막으로만 이어지는 숲길은 참 깊기도 했다. 처음 계곡에 들어설 때 장곡(長谷)이라는 팻말을 본 듯했는데, 이제야 장곡이라는 의미를 알 것도 같았다. 아니, 이 숲은 한번 들어서면 영원히 빠져 나가지 못하는 미로 숲인지도 몰라. 아니면, 걸었던 길을 다시 걷게 되는 원형으로 된 계곡이 있다던데 바로 여기가 거길까. 험한 야간행군 때도 끄떡하지 않은 군화가 어쩌면 여기서 다 해질

지 모르겠다. 내가 가진 신발이 다 해어지면 나는 맨발로 걸을 작정이다.

사내를 좇는 일도 잊어버리고 무수한 잡념에 시달리던 나는 갑자기 길 한 쪽이 탁 트이는 느낌에 걸음을 멈춘다. 발 아래로 키낮은 나무들이 넓게 내려다보이면서 그 먼 아래쪽으로 드문드문 불빛이 켜진 게 드러난다.

나는 비로소 산 능선에 앉아 한쪽으로 탁 트인 공간으로 멀리 마을을 내려다볼 수 있게 된 것이다. 단지 불빛 몇 개만 머리끝에 밝혀 두고 적막과 고요 속에 잠긴 인간의 마을을 나는 오래오래 내려다본다.

그때다.

"허 참, 용케 따라왔구만."

사내의 음성이 뒤에서 들린다. 나는 놀라지 않는다. 와락 반기고픈 마음이 일긴 했지만, 금세 진정된다. 나는 사내를 돌아보지 않고 묻는다.

"내일 저는 어느 길로 가야 하지요?"

사내는 헛, 하고 웃음을 날리면서 모습을 드러낸다.

"그야 해가 뜨면 보이는 길로 가는 거지."

좀전과는 달리 머리는 산발을 했고, 옷은 스님들처럼 장삼차림이다. 얼핏 얼굴이 미소년처럼 하얗게 드러나서 섬뜩한 느낌을 주더니, 손에 든 도사풍으로 흰 지팡이가 오히려 웃음을 자아내게 만든다.

"내일 뜨는 해를 보려면 오늘 잠을 자 두어야지."

사내가 다시 말하고는 오르막길 쪽으로 지팡이를 내질렀다.

나는 사내의 뒤꽁무니를 따라 능선을 걸어간다. 아까와는 다르게 별들이 하나둘 숲으로 내려와 길 위에 깔리고 있다. 하늘이 가까워졌다는 증거가 아닐까 싶다. 발 아래로 뽀득뽀득 별들이 밟히는 소리가 난다. 한참을 그렇게 걷다보니, 내가 걷는 이 길은 별밭이 아니라 눈길이다. 눈을 밟을수록 군화 밑창이 미끄러워진다.

어이쿠, 하며 눈길에 한번 미끄러진 나에게 그가 지팡이를 내민다. 그 지팡이 끝을 잡고, 이번에는 얼음이 얼어 미끈거리는 바위들 위를 군화로 찍듯이 걸어 올라 간다. 농구화 같은 걸 신고도 사내의 걸음걸이는 흐트러짐이 없다. 태연함을 가장하느라 내 입에서는 헛기침 소리가 자주 난다. 허연 입김이 입가로 얼어

붙는다. 숨을 헉헉거리며 위로 위로 지팡이에 매달려 올라가는 내 모습이, 에베레스트를 오르는 등반가를 닮지 않았을까 몰라.

사투(死鬪)라고도 할 수 있겠지, 나로서는. 온몸이 땀으로 흠뻑 젖었으니까. 오줌을 싼 건지도 몰라. 퓨, 하고 숨을 내뱉으며 편편한 땅바닥에 쓰러지는 순간, 내가 오른 바위산 끝에 하늘에 붙어 있는 것처럼 보이는 암자 하나가 있는 걸 알았지. 정말 가깝다는 듯이 하늘에서 별들을 내려보내 불을 밝혀 놓은 곳이야.

둥글고 넙적한 바위들이 등을 맞대며 엎드려 마당을 만들고, 한칸 방을 툇마루가 받치고 그것을 댓돌이 에워싸고 있는 작은 암자. 사방은 허공으로 트여 있고, 여차하면 내려갈 길을 스스로 차단해 버릴 수 있다는 듯이 단호하게 외딴 집. 암자 뒤켠에 하늘의 구름이 직접 빚어 내리는 약수가 흐르는 샘터가 있고, 그 옆에 사람들의 아득한 머리 위로 가루를 만들어 뿜어대도 좋을 변소가 있는 곳. 그게 사내의 집이라는 거겠지.

나는 그 방 안에서 담요 한 장 깔고 잤다. 추운 줄도 배고픈 줄도 해가 뜨는 줄도 모르고, 하늘을 이불 삼아 잤다. 때로 사내가 흥얼거리는 소리가 났고, 산짐승소리도 났고, 발 아래 별이 밟히는 소리, 그 아래 땅벌레들이 우는 소리, 새소리, 나비날개짓 소리, 얼음 깨지는 소리가 났다. 그 속에서 내내 말이 없는 사내. 그 사내는 실은 내게 많은 얘기를 들려주고 있었다.

그 날 나를 하늘의 암자로 데려간 중년 사내가 내게 들려준 얘기를 나는 뭐라고 설명해낼 길이 없다. 그는 결코 입을 크게 벌려서 내게 말하지 않았으므로. 사흘, 아니면 나흘, 혹은 그보다 더 많은 날을 나는 그곳에서 잠을 자고 있었는지도 모른다. 내가 깨어났을 때, 그가 내게 남겨 놓은 것은 아무 것도 없었다. 물론 그도 모습을 감추고 없었다.

하지만, 나는 그에게 이미 많은 말을 들었으므로, 그 집에 오래 머문 사람처럼 일어나 약수터에서 세수를 했고 해우소에 앉아 그 아래 공중으로 변을 날려 보냈으며 다시 방으로 돌아와 자그마한 찬장을 열어 음식을 조리해 먹었다. 음식을 조리해 먹었다는 말, 네가 들으면 놀라겠지? 내가 조리할 수 있는 음식이란 너무 빤했지. 라면, 라볶이, 김치볶음밥, 참치덮밥…… 이런 정도였잖아. 김밥은, 집어 들기도 전에 옆구리가 터져 버렸고, 내가 그곳에서 조리한 음식이란 건 좀 특별했지만 조리 방법은 그런 것들보다 더욱 간단한 것이었지.

찬장에는 이런 게 들어 있었지. 검정콩, 감자, 율무 가루, 옥수수, 수수 가루, 검은설탕, 현미……. 그 중 미처 가루가 되지 못한 것들을 툇마루에 놓여 있던 절구에다 넣고 열심히 빻아댔지. 마구 뒤섞여 가루가 된 것들에다 원래 있던 가루를 넣어 비볐어. 거기다가 물을 부어도 좋고 그냥도 좋지. 조리 끝.

그게 이른바 생식이라는 거야. 그 사내가 지니고 다니며 먹는 환이라는 게 결국 그 생식을 뭉쳐 만든 거지. 내가 그걸 어떻게 알고 조리를 했느냐고 묻고 싶겠지. 나도 사실은 그게 궁금했어. 그런데 생식을 씹고 있다 보니, 내가 잠자는 동안 있었던 일들이 조금씩 떠오르더군. 사내는 내 머리맡에서 내게 많은 얘기를 들려준 게 틀림이 없어.

사내는 원래 음식점을 경영해서 돈을 많이 벌던 사람이었대. 무슨 사연인지, 그 사업을 걷어치우고 혼자 무작정 산천으로 떠돌기 시작했대. 욕망을 최소화해라. 사내는 그런 말을 했어. 가장 적게 먹고 가장 적게 말하고 사는 법을 혼자서 깨우쳐가기 시작했대. 생식이란 것도 그 스스로 자연 속에서 찾아낸 조리법이었다군. 정말 알 수 없는 말이었다.

"인간은 자연과 닮으려 애쓸 때 가장 인간다워지는 법……."

이런 말도 중얼거리듯 했어.

사내는 내게 그런 말을 하는 동안 일어나 춤을 추기도 했다. 손과 발을 천천히 휘저으면서 허리를 빙글빙글 돌리는 춤이었는데, 사내의 말이 그게 춤이 아니라 운동이라는 거야. 어느 순간에는 나도 일어나 함께 춤을 춘 것 같아. 아니 운동을 한 것이지.

"흠흠……. 푸……."

간간이 그런 구호도 외쳤지만 그마저도 숨소리처럼 작았지.

흠흠…… 푸…….

그건 들숨을 길게 하고 날숨을 짧게 하는 호흡이었지. 자연의 많은 것을, 대지의 모든 기운을 되도록 길고 깊게 받아들이라는 거지. 들이쉰 숨은 폐로 가는 것이 아니라, 배꼽 아래로, 흔히 단전이라고 말하는 그곳으로 몰아가지. 희한하지. 단전이 타조알처럼 둥글고 딱딱해지는 듯했어. 총알이 날아와도 그냥 퉁겨 나갈 것 같아.

그런 호흡을 하면서, 마치 중국 사람들이 즐겨 하는 태극권처럼, 양 손으로 커다란 공을 안고 허공에다 굴리는 듯한 자세, 그러는 사이 탈춤을 추듯이 발을 들어 공을 차올리는 동작을 되풀이, 되풀이……

얼마나 춤추었을까.

온몸에서 땀이 나기 시작했어. 열기가 허벅지에서 몸의 중심부로 그리고 가슴으로 머리로 솟아나고 있었다. 한 마리 커다란 새가 내 눈앞에서 춤추는 모양 그대로 내 몸은 공중에 떠서 날개짓을 하고 있었어. 내가 꿈속에서 들은 소리가 바로 그런 날개짓 소리가 아닌가 싶어. 아니. 나는 꿈을 꾼 것인지도 모르지. 애초부터 사내도, 하늘의 암자도, 생식도, 춤도, 어떤 열기 속에서 추운 방에서 담요 한 장으로 깊이 든 내 잠도, 그 모든 게 꿈속의 일인지도 모르지.

어쨌든, 나는 충청북도 괴산의 어느 개울, 황혼이 물든 단애(斷崖) 아래를 걸어 들어간 계곡에서 한 사내를 만났고, 그 사내를 따라가, 하늘자락에 매달린 암자에서 잠을 자게 되었으며, 그리고는 다시 내려와 길을 걷고 있었다. 별일이 없었다. 아무일도 아니었다.

지혜, 나는 다시 길을 걷고 있다. 너를 향해 서울 쪽으로 향하는 길을 걷고 있다. 그러나 나는 지금 너에게 가고 있는 것은 아니다. 네가 있는 곳으로 한걸음 한걸음 걸음을 옮기지만, 이건 너를 향한 발걸음이 아니다. 그 누구를 위한 보행도 아니다. 너 외에는 아무도 생각해 오지 않았기 때문에 버릇처럼 너를 생각하고, 너 이외의 여인의 몸을 그린 적이 없기 때문에 버릇처럼 너의 하얀 살을 기억해내고, 너 이외의 누구에게도 편지를 쓴 적이 없기 때문에 버릇처럼 너에게 쓰는 편지투를 흉내내고 있을 뿐이었다.

지혜, 그래서 나는 너를 점점 잊어간다. 너의 손길, 너의 얼굴이 내게서 가물가물 멀어져 간다. 너 대신에 봄 기운이 물씬 풍기는 들길이 눈에 들어찬다. 나는 그 길로 걸어가고 있다. 노란 개나리는 이미 흔한 풍경이 되었고, 진달래가 만발한 봄 동산으로 봄맞이 나온 연인들이 걸어 올라가고 있다. 그 중에 너와 내가 없어도 나는 어색하지 않다.

도자기 가마가 유난히 많이 띄는 마을을 지나 나는 작은 도시로 입성한다. 그곳에서 목욕탕을 찾아들어가 몸을 씻어낸다. 욕탕 바닥에 마구 버려져 있는 면도칼 여러 개를 주워 깨끗이 면도를 한다. 그리고 다시 길을 나와 걸어서 시외버스 정류장에 닿는다.

나는 서울 가는 버스에 몸을 싣는다.

지혜, 이제 나는, 너의 이름을 내게서 지우려 애쓰지도 않겠다.

7. 사랑의 덫

여자가 직장 일을 마치고 귀가한 모양이다. "밥 먹었어?" 하고 묻는 여자는 그 여자의 동생쯤 되는 것 같다. 여자가 되묻는다. "할머니는?" 동생은 방 쪽을 턱짓으로 가리키며 입을 벙긋 한다. "우셔."

철식은 휴대폰 벨소리가 울리는 걸 내버려 둔다.

밥상을 두고 마주앉은 사람은 노파와 그 딸이다. 딸은, 밥을 먹다 말고 우는 노파를 쳐다보며 난감해 하는 중이다. 여자는 방으로 들어서자마자 "할머니!" 하면서 달려든다. 할머니의 울음소리가 더욱 커진다. "그 어린 것이, 함니 함니 하면서 응석을 피우는데, 그 어린 것한테 변변한 장난감 하나 못 사주고, 그 어린 것한테……." 울음에 뒤섞인 말소리가 명확하지 않다. "이그, 참. 그만 하슈, 좀." 노파의 딸이 혀를 차다 말고 함께 울음을 터뜨린다. 한바탕 울음바다다.

휴대폰이 몇 번을 더 울다가 잠잠해진다. 욕탕 쪽에서 인기척이 들리자 철식은 고개를 소파 등받이 뒤로 확 젖혀 텔레비전 화면을 외면해 버린다.

"전화 소리 아니었어요?"

윤희가 한쪽으로 몸을 기울여, 방금 감은 긴 머리를 마른 수건으로 비벼 닦으면서 걸어나왔다. 두툼한 하얀 가운 가슴 섶에서 알몸 그대로인 유방이 출렁 떨어져 나올 듯했다.

"하하, 드라마 같은 건 유치해서 싫대더니?"

잠시 화장대 앞에 앉았다가 다시 일어나 욕탕 앞 벽장에서 헤어드라이어를 꺼내오던 윤희가 재미있다는 듯이 소리내어 웃었다.

"《청춘의 덫》이잖아, 이거. 심은하, 그때 인기 짱이었는데, 방송 또 하네."

지역 텔레비전 방송국에서 재방영하고 있는 인기 드라마 정도는 단번에 알아보는 여자다. 언젠가 영화를 같이 보다가 "어, 오빠도 울어?"라며 철식을 놀린 이후 윤희는 철식 앞에서 더욱 대담해졌다.

철식은 또 울리는 휴대폰을 집기 위해 탁자 곁으로 손을 뻗다가 리모콘으로 텔레비전을 껐다.

"놔 두지, 왜. 저거 얼마나 재밌는데. 저 남자가 심은하를 차고 사장딸하고 결혼하려다가 나중에 큰코 다치지."

윤희가 아쉬움을 고선배의 음성이 빼앗는다.

"방금 절구통한테 전화 왔어. 그 여자 집 찾았대!"

기다리던 소식을 전하는 고선배의 어조가 의외로 담담하다.

"어디래, 거기가?"

철식은 상체를 일으켜 앉았다.

"그 동네 경찰서 뒤에 있는 아파트래."

"경찰서 뒤?"

철식의 검은 얼굴을 윤희가 거울 속에서 물끄러미 보고 있다.

경찰서라는 말 때문이다.

"고선배는 지금 어딨어?"

"지금 집이야. 방금 전화 받고 곧바로 하는 거야. 절구통이 또 전화하는 보고 그때 움직이려고. 일단 보고부터 하는 거야."

"뭘, 경찰서 뒤에 그년 아파트가 있대면서?"

하는 철식의 말을 고선배가 가로챈다.

"아니아니, 그 여자가 살기는 산 모양인데, 좀 이상해. 전화 받아 봐야 무슨 소린지 알겠어."

"허, 참. 열흘 만에 겨우 찾아 놓고 뭐가 또 이상하다는 거야."

불쾌한 잡음이 일더니 전화가 끊긴다. 철식은 거칠게 숨을 내쉰다.

"왜, 끊어졌어요?"

윤희는 꺼두었던 헤어드라이어를 켰다. 철식은 담배를 문다. 손이 떨린다. 경찰서 뒤. 일부러 그런 곳에 아파트를 얻었을 것이다. 그 여자, 그 여우 같은 년이라면, 충분히 그럴 수 있을 것이다.

"휴대폰 걸려오면 나 갖다 줘."

철식은 더 기다리지 못하고 담배를 부벼 껐다. 욕실로 들어가면서 가운을 집어던졌다. 알몸을 다 드러낸 철식을 윤희가 힐끔 돌아본다. 윤희가 욕실에서 나올 때 다시 정욕이 몸 끝에서 돋아났었다. 철식은 거칠게, 윤희가 적당히 수온을 조절해 놓은 샤워기를 작동시켰다. 따갑도록 힘찬 물살이었다. 온몸의 근육들이 푸르게 힘줄을 드러냈다.

도대체 그 여자는 얼마만큼 용의주도한 사람일까.

어찌 보면 백치 같은 그 여자가, 어설프고 연약하게 생긴 그 여자가, 도와 달라는 표정으로, 금세 눈물을 쏟아낼 것 같은 그 여자가…….

물론 형은 이혼 경력이 있는 사람이었고, 그 여자보다 열두 살이 많았다. 그래도 재산을 보고, 풍채를 보고 따르는 여자들이 한둘이 아니었다. 어쩌다 형을 상대한 접대부들은 말할 것도 없고, 점잖은 자리에 동석한 여류 명사들 중에도 형에게 노골적으로 프로포즈해오는 사람이 있었다. 형은 그 중에 몇 여자하고 제법 깊은 관계를 유지하기까지 했다. 누가 봐도 상당한 수준의 여자가 호감을 표해 오는데 오히려 형 쪽에서 끝까지 냉담했던 경우도 있었다.

형 회사 건물에 한때 잘 나가던 배우 출신 여자가 미용실을 임대해서 쓰고 있었는데, 그 여자가 그랬다. 업종이 미용실이라 그렇지 주로는 연예인들이나 스타 정치인들이 자주 찾는 고급 헤어숍이었고, 여주인은 마흔 나이지만 어디 내놓아도 우아함이 떨어져 보이지 않았다. 그런 여자가 매일 아침 형이 출근하기 전 직접 싱싱한 꽃을 들고 와 형 책상의 꽃병에다 꽂았다. 꽃병 청소도 스스로 했다. "이제 곧 격무에 시달리실 텐데, 꽃향기를 맡고 맑은 기분으로 일을 시작하셔야지요." 그 여자가 아침마다 형의 여비서에게 한 말이 한때 본사에서 크게 유행한 적이 있었다.

"이제 곧 격무에 시달리실 텐데…….." 남자들은 킥킥거리면서 이 말을 되뇌곤 했다.

그 꽃을 뿌리치지도 않으면서도 그 여자에게는 빈 틈을 주지 않던 형이었다.

반면에, 어느 허름한 카페에서 친구를 대신해 며칠 서빙 아르바이트를 하던 한 여대생한테 반해서 완전히 정신이 나가 버렸다.

아르바이트 비를 곱절로 줄 테니 저녁 시간을 나와 함께 보내자. 매일 만나는 것도 아니고, 일주일 동안 주중에 두 번 주말에 한 번이면 된다. 밤에는 집까지 승용차로 모셔다 주겠다.

처음에는 이런 정도였을 것이다. 그 다음, 만나게 되든 만나지 않게 되든 매일 같이 여대생의 학교에 차를 보내 귀가 편의를 봐주게 했다. 그때 철식도 몇 차례 형의 차에 여대생을 태우고 다닌 적이 있었다. 그 다음, 선물 공세. 꽃다발부터 보석에 이르는 수순. 그 다음 여자 쪽 식구들한테 선심 공세. 학비 제공…….

"몇 번 따먹다 마시겠죠, 뭐."

본사 전무가 형의 행동이 좀 지나친 것 같다고 걱정할 때 철식은 그런 말로 넘겼다.

설마 결혼까지야……. 이런 말, 이런 생각을 해 보기도 전이었다. 형은 여대생의 원하는 대로 대학원 학비까지 대 주더니, 결국 한 학기를 넘기지 않았다. 불혹에 이른 실업가와 방년 스물넷 처녀의 결혼식의 안전을 위해 철식 일행이 곳곳에 배치되었다. 이혼한 형의 전처 쪽에서 무슨 행패나 부리지 않을까 대비한 것이기도 했는데, 요행히 별일은 일어나지 않았다.

대신, 결혼 이후 형은 폭음하는 일이 잦았다. 원래 카리스마가 있는 사람이긴 했지만, 부하 직원들을 함부로 다룰 때가 많아졌다. 별일 아닌 일로 철식도 몇 차례 야단을 맞았다. 그 무렵부터 찾아든 불황 탓도 있었다. 하지만 더 큰 이유가 그 여자에게 있었다. 그 여자는 형의 덫이었다.

결혼 생활 6년. 그 여자는 천하를 호령하고도 남을 한 남자를 병들게 했다. 병석에 누운 형을 두고 그 여자는 자기 사는 일에 더 열중했다. 형이 죽기도 전에, 형의 모든 것을 자기 것으로 만들어 놓았다. 한 남자의 육체를 뺏고 영혼을 뺏고, 생명을 뺏고, 재산까지 다 뺏어간 그 여자는 놀랍게도, 전혀 그런 일이 없었던 사람처럼 울고 애원하고 고통스러워하고 외로워하고 있다. 사람들은 모두 그 여자에게 속았다.

그 여자의 정체를 아는 유일한 사람, 철식마저도 그 여자 앞에서 자신도 모르게 방심을 하곤 했다. 그날만 해도 그랬다. 유치원 앞에서 그 여자를 붙잡았을 때, 그 여자는 참으로 당황했다. 이미 다리에서 맥이 풀린 채 비명도 못 지르고 땅바닥에 질질 끌리는 형국이었다. 그걸 연극이라고 여길 사람은 없을 터였다. 그 여자의 연기는 그렇듯 완벽했다.

한 치도 틈을 주지 말고, 서둘러 차에 밀어넣고 무조건 차를 달리게 했어야 했다. 다른 차를 치거나 박거나 상관 없이, 마치 영화의 한 장면처럼 일단 그 여자를 납치하고 봐야 옳았다. 더 잔혹해야 했다.

"안돼!" 하는 소리를 겨우 내뱉으며, 가위눌린 사람처럼 허공에다 손을 내젓고 있는 여자. 그렇게, 유괴범이나 납치범에게 끌려가는 한 가엾은 여인을 보고서 경악해 하지 않을 사람은 없을 것이다. 그 여자가 노린 것이 바로 그 점이었다.

끌려가는 여자를 본 사람들 중에 뜻밖의 행동을 취한 사람이 있었다. 늦게서야 자가용으로 아이를 유치원에 데려다 주던 한 엄마가 바로 그 사람이었다. 그 여자를 구해야겠다는 생각에서 핸들에 고개를 처박고 미친 듯이 경적기를 울린 그 엄마의 재치와 용기를, 결국 그 여자가 이끌어낸 것이라고 볼 수밖에 없다.

그런 걸, 그 다음 날 유치원 우편함에 편지를 넣어 둘 때까지만 해도 알아차리지 못했다. "유치원을 박살내겠다"는 협박이면 통할 줄 알았다. 그 여자는 다른 사람을 시켜 전화를 걸어왔었다. "몸이 너무 아파서 나가기 힘들다고 그러는데, 며칠 뒤에 만나는 게 어떨까요?" 그런 내용이었다. 그때 철식은 냉혹하게 소리 지르긴 했다. "헛수작 말라고 전해. 내일 낮 열두 시까지 같은 장소로 나오지 않으면 그땐 정말 더 기다리지 않는다."

다음날 실제로 더 기다린 시간은 한 시간이었다. 그 여자가 한 시가 다 되어서야 또 다른 남자의 전화로 몸 아프다는 핑계를 댄 것이다. 철식은 더 참을 수 없었다. 곧바로 유치원으로 쳐들어갔다. 그때 이미 늦은 일이란 걸 알았어야 했다. 경비실에서 나와 앞을 막은 사람은 아파트 경비원이 아니었다. 놀랍게도 정복 차림의 경관이었다. 머리끝까지 화가 치밀어올랐다.

그러나 정중해질 수밖에 없었다. 철식은 고선배를 시켜 유치원 원장이라는 사람을 만나고 오게 했다. 유소은이라는 여자는 우리 돈을 떼먹고 달아난 사람인데 찾도록 협조를 해달라. 그 여자를 숨기거나 하면 좋지 않을 것이다. 정복 경관 입회 하에서 할 수 있는 한 협박을 했다. 그러나 원장이라는 여자의 대답은 이랬다.

"소은이가 제 친구인 건 사실이지만, 제 유치원에다 돈을 대거나 한 게 없어요. 걔가 운전이라도 해서 돕겠다길래, 차 한 대 내주고 그러라고 했을 뿐이에요. 이렇게 복잡한 앤 줄 알았으면, 아예 시키지도 않았지요. 여기가 어떤 덴데요. 코흘리개 아이들이 드나드는 덴데 불순한 사람들이 왔다갔다 해서 되겠어요?"

불순한 사람들이 왔다갔다 해서는 안 된다는 말이 유소은을 두고 한 말이 아니라는 걸 고선배도 잘 알아들었다.

"유소은이 이 유치원 주인인 걸 다 알고 있어. 딱 하루를 더 주지. 오늘과 같은 장소, 같은 시간. 이번에도 나오지 않으면 원장 당신이 알아서 하시오."

고선배마저도 흥분해서 또 한번 협박을 하고 나왔지만, 그게 끝이었다.

"전화 왔어, 오빠."

노크 소리도 없이 욕실 문이 열린다. 윤희의 하얀 손이 검은 휴대폰을 들이밀고 있다. 벨 소리는 욕실 안에서 더 작게 울린다. 철식은 대형 타월로 몸을 감싸면서 밖으로 나서서 휴대폰을 열었다. 머리카락에서 물이 떨어져 휴대폰에 방울을 만들어 놓았다.

"그 여자, 집을 뜬 지 꽤 되는 모양이야."

고선배였다. 철식의 입에서 절로 한숨이 났다.

"경비원 말이, 지난주에 그 여자가 승용차로 몇 차례 짐을 실어 나가는 것 같더래. 그 다음날부터는 잘 보이지 않더라는 거야. 관리소 쪽에서는 그 집에 원래 입주한 사람이 김복순이라는 할머니 혼자였다는데……. 나중에 이종자라는 여자가 같이 사는 걸로 등록했대."

윤희가 다시 조심스럽게 헤어드라이어를 켜고 있다.

"이종자?"

김복순, 김복순은 그 여자가 친정 이모쯤 되는 이름 같은데, 이종자, 이건 틀림없이 가명이다. 아파트 관리실에 가짜 입주자 이름을 갖다대는 정도는 아무것도 아닌 여자다.

"그 집에서 쓰는 차는, 유치원 승합차하고, 중형 승용차 한 대가 있는데, 그게 며칠 전부터 안 보이더란 거야. 그래도 절구통한테 동사무소도 들러보고, 알아볼 것은 다 알아보라고 일러 두었어."

철식을 상대하는 고선배의 대답에는 일단 빈틈이 없다. 철식이 담배를 물고 라이터를 찾자, 윤희가 마치 못한 듯 불을 갖다 대 준다.

"그런데, 고초골 낚시터 별장 말이야."

송수신감이 떨어져 철식은 절로 언성이 높아졌다.

"그새끼들, 어제 겨우 오십 만원 입금했다는 거 알지?"

고선배가 뭐라고 말하려는 걸 이번에는 더 듣지 않았다.

"싸가지없는 새끼들이야, 그새끼들!"

윤희가 찔끔 놀라며 헤어드라이어를 껐다. 눈을 내리까는 표정에 슬픈 기운이 어린다. 그게 언제나 묘하게도 성감을 자극시킨다. 윤희의 머리 너머 거울 속에서 자신의 얼굴이 일그러져 보였다.

"아, 아. 애들 시키지 말고 고선배가 직접 처리해!"

철식은 신경질적으로 소리지르고 전화를 끊는다. 윤희가 로션을 손바닥에 부으면서 말했다.

"오빠, 소리 좀 지르지 마 제발. 오빠 소리 지를 때마다 내 간이 오그라드는 것 같단 말이야."

윤희는 소리 지르고 때리고 부수는 아버지 밑에서 자라다가 도망쳐 온 지 5년이다. 윤희가 손끝으로 얼굴을 톡톡 치면서 로션을 바르다 말고 돌아보았다. 없는 줄 알았던 목걸이 줄이 금빛을 냈다.

윤희는 눈물을 질금거리면서 철식에게 다가왔다.

"오빠는 다 좋은데, 소리지르는 게 싫어. 자다가도 오빠 소리지르는 거 생각하고서 깜짝깜짝 놀란다니까."

철식의 몸을 허술하게 감싼 타월이 침대 위로 흘러내린다. 가슴 위로 쏟아지는 윤희의 젖은 머리를 안고 철식은 뒤로 몸을 눕혔다. 간밤에 윤희가 모텔 방으로 들어서자마자 급하게 욕탕으로 끌어들여 한 차례 일을 치르고는 뻗듯이 잠들었다가, 새벽에 눈을 뜨자마자 또 한 차례 윤희의 몸 속에 혈기를 방사했다. 그러고도 아직 철식에게는 힘이 남아 있다.

그 힘은 단순히 여자에게 쏟아낼 정력이나 정욕 따위인 것만은 아니다. 남자가 여자의 알몸에 몸을 파묻고 거칠게 거칠게 쏟아내는 그 힘에는 근원을 알 수 없는 슬픔과 분노가 섞여 있다고 철식은 생각하곤 한다. 여자를 사랑하고 사랑하지 않고는 상관이 없다. 또는 쾌락이 있고 없고는 상관이 없다. 단지, 남자들에게는 젊고 싱싱한 여자의 육체라야 겨우 조금 풀리는 어떤 웅어리진 감정이 있어서, 그걸 조금이라도 푸는 거라고 철식은 생각했다. 윤희를 만나고부터는 더욱 그런 생각이 들었다.

철식은 윤희의 가운 속으로 두 손을 넣어 허리에서 엉덩이 쪽으로 쓰다듬어 내려가면서 가운을 벗겨간다. 그러는 사이 윤희의 혀가 철식의 귓볼에서부터 목덜미까지 훑어내려오고 있다. "오빠, 그러지 마, 응? 소리지르지 마, 응?" 하고 그 혀는 같은 말을 되풀이하고 있었다. 처음에는 울먹이면서였고, 점점 콧소리에 섞이면서 기묘한 음향으로 변해갔다.

"오빠, 그런데……."

철식의 젖꼭지께까지 내려와 아프도록 혀와 이를 놀리던 윤희는 갑자기 고개를 번쩍 치켜든다. 머리를 뒤로 한 번 젖혀 머리카락을 걷어내고 말을 잇는다.

"오빠, 한 가지 물어봐도 돼?"

철식은 어느새 급해진 몸으로 윤희의 허리를 힘껏 감았다.

"아이, 가만 있어 봐."

"뭔데 그래?"

철식은 대충 응대하고 넘어갈 심산이었다.

"오빠, 그 여자……."

철식은 뭔가 차가운 기운을 느낀다.

"누구?"

"아이, 그 여자 말이야."

"그 여잘 니가 어떻게 알아?"

"아이, 오빠하고 오빠 친구들 얘기 듣고 알지. 내가 어떻게 알겠어? 나 있는 데서 이런 거 저런 거 다 얘기해 놓고선."

"시끄러!"

철식은 몸은 차가워졌다. 윤희도 그걸 느끼면서도 멈추지 않았다.

"오빠, 혹시 그 여자 사랑하는 거 아냐? ……아, 왜 이래!"

윤희는 말을 미처 끝내지 못한다. 철식은 윤희를 밀어내며 몸을 일으켰다. 밀려나는 윤희의 젖무덤이 어이없다는 듯이 출렁거렸다.

"이게 어디서……! 말이면 다 하는 줄 알아!"

철식의 손이 윤희의 뺨을 후려친다.

8. 장미꽃을 바라보는 시간

눈물이 볼을 타고 흘러내린다. 우는 게 아니다. 눈이 아파서도 아니다. 감격해서도 아니다. 아무 소리도 내지 않는다. 눈물 때문에 눈만 깜빡거려질 뿐, 아무런 움직임도 없다. 숨소리만 길게 한 번 짧게 한 번 번갈아 들린다. 눈물이 턱을 타고 내려와 목덜미를 적시고, 목 울대 옆으로 가느다란 물길을 열어간다.

커튼이 가려진 방안, 한 모서리 가운데 놓인 높은 탁자, 그 위에 놓인 꽃병, 그 속에 꽂힌 한 송이의 붉은 장미꽃, 그 꽃을 소은은 보고 있다. 비스듬히 뒤로 젖혀진 카우치에 누워서 흔들림 없이, 꽃을 바라보기를 얼마였나. 지루하고도 혼란스러운 잡념을 따라다니던 어느 순간, 아무런 생각도 없고 감각도 없어진 듯한 그때부터, 갑자기 눈앞의 장미꽃이 시야를 피범벅처럼 붉게 물들이는 듯하더니, 미지근하게 볼을 적시며 흐르고 있는 눈물이 느껴졌고, 그것이 지금 영원히 마르지 않을 샘처럼 하염없이 흐르고 있다.

장미꽃을 바라보는 시간.

삼 주 만이다. 눈알이 빠질 듯 아플 때도 있었고, 허리가 뒤틀릴 정도로 지루할 때도 있었고, 잡념 때문에 일찌감치 시선을 내린 적도 있었고, 괜히 답답하다는 기분에 몇 분도 되지 않아 일어나 앉은 때도 있었다. 어쨌든 용케 참아냈고, 드디어 눈물이 흘렀다. 소은은 마음 속 깊은 데서 이는 알 수 없는 희열을 입술 끝에서 막아낸다.

"어떠세요?"

조금 톤이 높은, 그러나 조용한 남자의 목소리가 뒤에 와 서 있다. 소은은 그제서야 천천히 몸을 일으켜 더듬거리는 몸짓으로 핸드백을 열어 손수건을 꺼낸다.

"그냥 앉아 계세요. 눈물을 흘리는 모습이 고혹적인데요."

습관처럼 하는, 격에 어울리지 않는 농담인데도 부담이 없다. 오박사의 장점인지도 모르지만, 아무튼 그런 덕분에 이 지루한 꽃보기 시간을 견뎌낼 수 있었던지 모른다.

"기분 어때요?"

분명 뭔가 달라진 게 있을 거라는 기대가 가득 섞인 물음이다. 뭐가 어떻게 달라졌을까. 조용한 희열? 산 정상에 올라 땀을 식힐 때의 평온? 격렬한 정사 뒤에 찾아드는 기분 좋은 졸음기? 그러나, 그게 말로 잘 표현되지 않는다.

"글쎄요, 울고 나니 좀 시원하다는 느낌?"

눈물을 막느라 코를 훌쩍일 수밖에 없다. 손수건을 꺼내 코를 막았다.

"그리고 또, 어떤 느낌이 드세요?"

"글쎄……."

내가 무슨 고민이 있어 이곳에 들르게 됐는지, 그걸 잘 알 수 없어졌다. 그게 달라진 점 같다. 순간 소은은 뭔가 조금은 크게 깨친 게 있다는 느낌이 든다.

"여기, 가슴에 응어리져 있는 게 탁 뚫리는 느낌……. 그런 거 같아요."

"네, 좋아요."

오박사는 창가로 걸어가 커튼을 걷었다. 봄빛이 방안 가득 몰려 들어온다. 벚꽃잎 몇 개가 바람에 떨어져 날리는 것이 창밖으로 보인다. 누가 뭐래도 이젠 봄은 절정을 향해 간다. 슬몃 미소가 피어날 듯하다. 소은은 손수건으로 목덜미며 턱이며 얼굴에서 마르고 있는 눈물을 닦아낸다.

오박사는 들고 있는 체크리스트 판에다 몇 자 적는 시늉을 하고 나서 말했다.

"며칠 쉬어 볼까요? 나도 다음주에 연거푸 세미나에 참석해서 발표할 일도 있고……."

쉬어 보라면……. 약 복용을 중단하라는 얘기인가, 통원 상담을 중단하라는 얘기인가. 약도 상담도 없이 단 하루라도 잠을 잘 수 있을까. 소은은 자신의 의지를 속으로 가늠해 본다.

"다음 주 월, 수……. 두 번을 쉬면 일주일이나 못 뵙게 되는 거네요. 시험 삼아 가까운 데로 여행을 해보시는 것도 좋겠는데, 어때요?"

"여행을요?"

여행, 말을 따라 해 보니까 왠지 모르게 자신감이 생기는 것도 같다.

"장기간은 무리일 테고, 당일 코스도 좋고 지금 같아서는 일박이일 정도도 크게 무리는 아닐 듯한데……."

소은은 얼핏 정섭 부대로 면회 가던 날을 떠올린다. 추격자들을 따돌리며 마구 헤쳐 달리던, 아직 눈이 드문드문 남아 있던 산길이 생각난다. 정섭이 부대에 근무한다는 그 군인 아저씨 이름이 뭐였더라? 곧 그 후로 찾아온 살 떨리는 위기의 순간들이 미간에 어른거린다. 그 표정을 오박사가 읽어낸 눈치다.

"물론 혼자 가지 말고 마음 맞는 사람들하고 함께 가는 게 좋구요."

소은은 후, 하고 웃어 보였다. 마음 맞는 사람……. 그런 사람들이 없을 리는 없지만, 자신과 더불어 마음 편하게 여행을 할 만큼 한가한 사람들이 있을까. 잠시 온몸에 한기가 밀려든다.

"제가 마음에 맞을 사람을 추천해 볼까요?"

의외다. 소은이 오박사 상대하는 무수한 환자 중에 특별히 사적인 인연이 있는 사람이긴 할 테지만, 그동안 의도적으로 보이는 농담 섞인 말 말고는 오박사 스스로 사적인 얘기를 털어놓은 적은 없다.

"문화센터 같은 데 다녀 보신 적이 있다고 했지요?"

"그냥 여기저기……."

결혼 이후 이곳저곳 참 많이도 기웃거렸다. 붓글씨도 썼고 문예창작 강의도 들었다. 영어 회화도 했고, 노래 부르기 반에도 나갔다. 그 중 어떤 강좌에도 제대로 결석 없이 끝까지 다닌 적은 없었다. 특히 노래 부르기 반은 두 번인가 나가 보다가 질려 버렸다. 백 명이 넘는 수강생들을 놀리고 어르고 부추기고 윽박지르는 강사의 재치와 리더쉽에 탄복하기도 했지만 한편으로는 "골라, 골라!"를 외치는 장사꾼 앞에 몰려들어 뒤죽박죽 물건을 고르고 있는 군중들 속에 있는 듯한 기분이었던 것이다.

오박사는 오늘 따라 소은에게 관심이 아주 많은 사내처럼 얼굴에 미소를 담으려 애쓰는 게 역력하다. 영애의 삼촌에게 소개받은 오명환이라는 정신과 의사. 오래 전에 영애 삼촌을 만나러 갔다가 같이 식사를 한 적이 있는, 무척 호감이 갔던 남자. 지금은 30대 후반의, 적당히 몸이 불고 있는, 부티가 나는, 그래도 남자 특유의 쓸쓸함이랄까, 그런 게 느껴지는 남자. 유부남. 영애한테 듣기로는 부인이 미국에 있다고 했던가 그랬던 남자. 그 남자의 시선이 어쩌면 오늘, 환자의 몸을 유난히 살피고 있는 것만 같다.

"이런 건 해 보셨나요?"

오박사의 눈길이 소은의 입술을 향하고 있다.

아하, 이런 식으로 환자는 자신을 보살펴 주는 이성(異性)의 의사한테 연정을 품게 되는구나, 하고 소은은 생각해 본다. 오박사의 하얀 가운 한쪽 소매에 묻은 잡티를 떼 주고 싶다는 생각이 들다가 팬시리 오박사와의 나이 차를 따지고 있는 자신의 야릇한 심리가 바로 그런 것이리라.

"문화유산답사."

으흠, 하고 오박사는 헛기침을 한다. 입에다 주먹을 쥐어 댄 손이 유난히 하얗다.

문화유산답사라는 강좌가 있긴 했다. 언젠가 어느 백화점 문화센터에서, 개설했다가 폐강하게 된 문화유산답사 과목을 게시판에 붙여 놓은 걸 본 기억이 있다.

"제 여동생이 백화점 문화센터에서 하는 그 강좌를 몇 번째 듣고 있는데, 교양 삼아 역사 공부도 되고 기분 전환에도 그만이라는 거예요. 회비도 싸고 품위도 유지할 수 있으니 괜찮겠더라고요."

오박사는 체크리스트 판을 든 손으로 등짐을 지고 방을 이리저리 오갔다. 여동생이 그 강좌의 수강생 반장이라 강사의 명을 받아서 차를 대절하는 것부터 여행의 코스를 살피고 숙박 장소를 예약하는 일까지 자주 도맡아 왔다는 설명을 한다.

"동생 말이 지난달에 서해안 태안 일대로 일박이일 여행을 다녀왔다는데 전세

버스 한 대로 썩 괜찮았다고 들었어요. 그 전달에는 멀리 전라남도 강진인가 해남인가 하는 데까지 간다고 그랬던 것 같네요. 백화점 문화센터 측에서 재정 후원을 하기 때문에 회비도 싸고 꽤 유명한 답사 전문가를 모시고 가면서 해설도 듣고 그런대요. 저보고도 같이 가보자고 그러는데, 그건 좀 그렇고, 소은씨가 가고 싶다고만 하면 언제고 알아봐 드릴 수 있지요."

갑갑한 병실로 출근하는 신세보다야 야외로 나들이 가는 일이 백번 천번 좋다. 어릴 적 소풍 가는 날이 이랬다. 괜스레 한쪽 겨드랑이에 땀이 찬다. 그 기분도 오박사가 다 알아차리는 듯하다.

"서서히 마을 주변부터 산책해 보세요. 여기가 신도시 치고는 주변에 유적이 좀 있지요. 병원 뒷산에 어떤 장군이 꽂은 지팡이가 나무가 되었다는 데도 있고. 좀 더 나가면 인공호수도 하나 있고."

인공호수는 차 몰고 지나다 본 적이 있다고 말하려다 그만 둔다. 저 남자는 지금 뭔가 소개하고 안내하는 데 즐거움을 느끼고 있다고 소은은 생각한다.

"문화유산답사도 괜찮겠다 싶으면 얘기하세요. 제 여동생이 워낙 활달하고 싹싹한 애라서 소은씨가 믿고 의지해도 좋을 성싶은데……. 아, 그러고 보니 지난번에 나한테 들렀다가 소은씨하고 마주친 적도 있지요, 그 애가. 그때 참, 내 방에서 인터넷으로 자기가 운영하는 홈페이지에 올려 놓은 답사여행 소식도 보여 주던데……. 지금은 기억을 못하겠네."

만났을 수도 있지만 기억에는 없다. 오박사 말대로 오박사 여동생이라면 당장 함께 해도 괜찮겠다 싶다. 어차피 집에서 음악 듣고 오후에 쇼핑하고, 가끔 영애하고 영애 삼촌을 만나 사업 얘기를 하는 것 외에는 별 하는 일 없는 세월만 벌써 한 달 아닌가.

"네, 저야 뭐 놀고먹는 사람이니까, 문화유산답사라면 도리어 너무 수준이 높아서 탈이죠, 뭐……."

소은은 오랜만에 당당해져서 오박사의 얼굴을 정면에서 마주 보았다.

"그런데, 이것도 다 치료 과정인가요?"

"이건……."

오박사가 얼핏 얼굴을 붉히는 듯하더니 갑자기 얼굴을 활짝 펴며 웃었다.

"다시 말할까요? 소은씨 병은 궁극적으로 누가 치료하고 말고가 없는 병이니까, 모든 걸 스스로 알아서 판단해야 합니다. 언제나 그랬듯이 제가 필요하다 싶으면 제가 권하는 방법을 되도록이면 따르는 편이 좋다는 것일 뿐이지요. 그렇지 않겠어요?"

"그렇겠네요."

아, 한 순간, 나는 왜 새침한 표정을 짓고 있는 것일까. 이것도 자신감이 생긴 탓인 것 같다. 의사 앞의 환자가 아니라, 남자 앞에서 콧날 당당히 세우는 여자의 자태를 내보이고 말았다.

장미꽃 한 송이를 바라보다 흘린 무한한 눈물이 이처럼 나를 정화시킨 것일까. 적어도 피로에 젖어 있다가 사우나를 하고 난 개운한 기분과는 질적으로 다른 그 어떤 변화가 있었던 게 틀림이 없다.

"자, 그러면 됐지요? 문화유산답사를 원하시면 언제든 얘기를 하시고……. 아, 오늘은 저하고 같이 점심식사를 하는 걸로 하지요."

오박사는 강압적인, 그러나 듣기 싫지 않은 어조로 말하고 있다. 그래도 소은은 저절로, 의외의 프로포즈로 다가오는 남자를, 마치 무슨 습관이라도 되는 듯이 경계하는 눈빛으로 맞서본다.

"자, 나가 계시다가, 30분 뒤에 주차장으로 나오세요. 오늘은 환자 하나만 더 받으면 오후 강의 때까지 시간이 비게 돼요. 제 차로 나가서 점심을 먹고 오는 걸로 하는 겁니다."

소은은 오박사가 나간 뒤에 혼자서 옷매무새를 가다듬고 화장을 고친다. 창가에 서서 호흡을 가다듬는다. 길게 들이쉬고, 짧게 내뱉는 복식호흡을, 이젠 제법이나 자연스럽게 하고 있는 셈이다.

창밖은 병원의 후원이다. 키 낮은 회양목들이 잔디밭을 둘러싸고 있고, 그 밖으로는 벚꽃과 목련이 두서없이 만발하는 중이다. 잔디밭 위로 비둘기떼들이 모여들어 있다. 오박사의 선배들이 만든 것을 수 년 전에 재건해서 오박사와 다른 동료 세 사람이 동업으로 꾸리고 있는 정신과 병원이다.

소은은 철식의 습격을 받은 직후부터 거주지를 멀리 옮겨 살았다. 낯선 신도시의 새로운 아파트에 적응하는 일이 쉽지 않았다. 겨우 잠드는 밤이면 악몽에 시달리고, 의식이 명료해 있는 동안에는 누군가에게 쫓기는 듯한 불안감을 견딜 수 없어 술과 약으로 견뎌내던 중에 영애 삼촌에게 추천받은 곳이 집에서 자동차로 십분 거리에 있는 이 병원이다. 정신병자 취급하는 이상한 설문이나, 혈압 측정이나 혈액검사 같은 일반적인 검사를 제외하고는 모든 것을 개인 상담으로 해결한다는 조건으로 이곳을 드나들기 시작한 것이 한 달이다.

오전 열 시에 병원에 도착해서 혈압과 체중을 재고 곧바로 심리치료실 카우치에 누워 오박사를 기다리게 된다. "잠 잘 잤어요?" 하는 의례적인 질문에 "못 견디겠어요, 잠이 들었다 하면 가위눌려서 금세 깨고 그래요." 하는 역시 의례적인 대답. 불면에 시달리다 억지로 눈을 붙여 잠에 빠졌다 싶은 그 순간에 악, 하고 소리지르려고 몸을 비틀게 되는데, 실제로는 소리도 지르지 못하고 몸도 꼼짝 못하는 가위눌림에 시달리는 나날이 계속되고 있었다. 겨우 잠이 들면 다시 곧바로 맞게 되는 가위눌림…… 이 연속적인 고통에 대해 오박사는 묵묵히 들어주었다.

소은은 오박사에게 두 가지 종류의 치료를 받았다. 첫 번째가 최면요법이었다.

"흔히 최면요법이라고 알고 있는데, 이건 사실 최면요법이 아니라 자유연상법이라는 건데요, 환자들을 자유롭게 연상하게 해서 아픈 원인을 찾아내는 방법입니다. 편안하게 누워서 의사가 이끄는 얘기를 따라가다가 이것저것 자유롭게 연상하는 방법이지요. 이 연상을 지속적으로 하면 병의 근원이 어디에 있는지 알 수 있게 되지요. 소은씨 경우는 꼭 병의 근원을 알아야 할 정도는 아니니까, 자유연상 시간을 이용해서 잠을 자도 좋아요."

소은은 오박사가 이끄는 비의식의 공간으로 쉽게 들어가는 듯한 기분이었다.

"친구들과 공원으로 산책을 나갑니다. 분수가 있고 풀밭이 있습니다. 친구들은 간 곳이 없고 혼자 떨어져 나와 풀밭에 앉습니다. 사람들이 지나가고 있습니다. 무엇이 보이나요? 아는 사람도 있고 모르는 사람도 있습니다……"

오박사는 매번 산책이나 여행 얘기로 분위기를 조성해서 소은을 그 속으로 이끌어 갔다. 부드럽고 푸근한 음성이었다. 어릴 적 듣던 엄마의 자장가 같기도 했다. 풀밭 위에 앉은 푹신한 느낌 속에 있다가 깨어나 보면 어느새 반 시간이 흘러 있기도 했다. 지난 번에는 부끄럽게도 입가로 침까지 흘리고 갔다.

"꿈에 무슨 일이 있었나요?"

"그냥, 제가 풀밭에 앉아 있었어요. 누군가를 기다리고 있었던 것 같아요. 사촌언니들이 내게 손가락질을 했어요. 남자들은 지나가면서 저를 유심히 보고 있었어요. 군인들도 있었고……."

수많은 남자들이 이상한 표정을 짓고 지나가는 꿈. 그 중에는 죽은 남편 얼굴도 있고, 아버지나, 큰아버지, 아파트 경비원, 군인들, 정섭이 얼굴도 있고, 사촌언니들이 서로 얼굴과 몸을 바꿔 나타나기도 했고, 또 잘 알 수 없는 거무튀튀한 사내들도 있었다. 웃는가 하면 고통에 일그러진 얼굴도 있고, 음흉한 웃음을 지으며 소은의 몸 가까이로 코를 들이밀다 쑥 뒤로 물러서는 얼굴도 있다. 어떤 남자는 소은의 몸 위에 올라타고 씩씩거리다가 갑자기 백열등 꺼지듯 꺼졌고, 그런 모양을 보면서 혼자 자기 머리를 쥐어뜯고 있었던 것 같은 남자도 보였다.

"꿈에 남편 얼굴도 봤어요?"

"……네, 그랬던 것 같아요."

"어떤 표정이던가요?"

"가슴에 책을 쌓아놓고 누워서 웃고 있었어요."

그런 얘기를 하다가 소은은 갑자기, 소중한 것을 손에서 놓치는 듯한 느낌을 받곤 했다. 아기를 안고 베란다에서 밖을 내다보다가 그만 창밖으로 아기를 놓쳐버린 듯한 아찔한 그런 느낌……. 그런 느낌 뒤에는 희한하게도 기분이 상쾌해졌다.

오박사는 매번 소은 앞으로 붉은 장미꽃 한 송이를 내밀었다.

"자유연상법은 신경정신과에서 흔히 쓰는 방법이죠. 반면에 꽃을 집중해서 보게 하는 이 시선집중요법은……. 제가 한때 대학 시절에 노이로제 증세로 시달릴 때 책을 뒤져 공부하면서 혼자 터득한 방법이에요. 어떻게 보면 별 것 아닐 수도 있는데, 스님들이 참선하는 것 있죠, 그 방법을 끌어온 겁니다. 임상 실험을 해 보니까, 의외로 효과가 있어요. 다음주 세미나 때 이 꽃보기요법을 보고하게 되어 있지요."

"그러니까, 일종의 카타르시스요법?"

소은은 대학 시절 유아 심리학을 배울 때를 기억했다.

그런데 오박사가 얘기하는 것은, 눈물을 흘려서 슬픈 감정을 씻어내는 카타르시스 효과와 좀 달랐다. 슬픈 영화를 보고 하염없이 눈물을 흘리고도 기분이 좋아지는 게 바로 비극이라는 예술이 가져다주는 카타르시스 효과다. 공포 영화를 보거나 아니면 위험천만한 놀이기구를 타면서 무섭다고 비명을 질러대고 나오면 뭔가 속이 후련해지는 그런 효과 말이다. 소은이 아는 정도가 그 수준이었다. 대학 때 공부한 것을 기억하는 게 아니라, 그것도 문화센터에서 들은 강의를 기억하는 거다.

"카타르시스 요법은 같은 종류의 감정을 순간적으로 경험해서 먼저 응어리져 있던 그 감정을 푸는 방법이죠. 이걸 동종요법(同種療法)이라 하는데, 한방에서 흔히 말하는 이열치열 같은 거지요. 시선을 한곳으로 오래 몰아서 눈이 아프게 되고 눈물을 흘려서 그 눈물로 슬픔의 감정을 몰아내는 동종요법의 효과를 얻게 되는 겁니다. 그런데 더 중요한 것이 있어요. 꽃을 보고 있다 보면 무수한 잡념이 생기지요. 그 잡념을 쫓으려 하지 않고 그냥 방임해 버림으로써 절로 잡념에 익숙해지고, 그래서 결과적으로 잡념이 희석되는 효과를 얻게 됩니다. 희석요법이라고 말할 수 있겠어요. 놀라운 게 말이지요, 이 요법으로 근시를 치료한 사람도 있어요."

최면과 꽃 보기, 그 사이의 상담……. 일주일에 두세 번, 이런 차례로 열 번쯤 반복했을 때 꽃 보기를 끝내고 오박사와 간단히 차를 마시면서 들은 설명이었다.

그러는 사이, 자유연상법 도중 꿈 속에서 등장하는 남자들의 수가 점점 줄어들어 있었다. 가끔 아는 여자 얼굴이 새로 끼여들기도 했지만, 남자 얼굴은 대개 아버지의 젊을 때 얼굴, 병든 남편의 얼굴이 주로 지속적으로 나타나는 경향을 보였다. 그만큼 소은의 정신적인 고통도 줄어든 게 확실했다. 밤에 일찍 잠이 들어 새벽에 깨는 때도 생겼다. 오랜만에 남편과 몸을 섞는 꿈을 꾸다가 화들짝 놀라 일어나기도 했다. 그런 날이면 누가 계속해서 보고 있는 것 같아 하루 종일 얼굴이 화끈거려왔다.

한번은 그런 때를 놓치지 않고 질문해 왔다.

"남편이 어땠어요?"

어느덧 오박사 앞에서는 죽은 남편 애기가 나와도 거리낌이 없어졌다. 그러나 아직, 남편에 대해서는 뭐라고 설명할 길이 없다.

"남편이 평소에 힘들게 하는 일은 없었나요?"

"보통 남자들⋯⋯. 다 그렇잖아요. 무뚝뚝하고, 일찍 온다고 해 놓고서는 자정 넘겨 들어올 때가 많고⋯⋯. 내가 돈 잘 벌어다 주는데 무얼 더 바라느냐⋯⋯. 이런 식이기도 하고. 제가 짜증을 좀 내면 아주 지나칠 정도 절 챙겨주고, 그러다가 며칠 동안 집에 들어와도 마음 상한 사람처럼 말이 없고⋯⋯. 제 남편은 사업하던 사람이니까 더했죠."

"아이는⋯⋯?"

오박사는 한걸음씩, 뭔가 모를 핵심으로 다가오고 있는 듯했다. 그럼에도, 이젠 아픈 감정이 다 아문 건지, 아니면 오박사가 그만큼 용의주도해서인지, 결혼 후 이 년 만에 얻은 아이를 유산하고 나서는 다시 태기가 없었다는 말을 하는데도 거리낌이 없어졌다.

"남편은 제게 참 잘 해주었지요. 돈 문제도 그렇고, 여자 문제도 그렇고, 시집 식구 문제 때문에 제가 특별히 힘들었던 것도 없고. 제가 신경질을 많이 부렸죠. 지금 생각하면 남편한테 그게 좀 죄송스럽기는 해요. 이렇게 빨리 갈 줄 알았으면, 좀더 챙겨주는 건데 싶고요."

소은은 갑자기 울음이 복받쳐와서 손수건을 입을 막았다.

"행복했군요."

오박사는 왜 갑자기 한숨을 쉬듯 그런 말을 하고 고개를 떨구었을까. 아니 그 순간, 그게 아니었다고, 행복이란 말, 단 한 순간도 떠올려 본 적이 없었다고, 미친 사람처럼 소리치고 싶어진 이유는 참으로 또 무엇이었을까.

또 며칠이 흘렀고, 소은의 불면증은 소강상태에 들어가 있었다, 그러고는 오늘 아침에도 오박사의 최면요법 덕분에 부족한 수면을 보충할 수 있었고, 꽃을 바라보고는 더없는 눈물까지 흘려 처음으로 답답하던 가슴이 일시에 후련해진 느낌을 맛보았다.

소은은 치료실을 나와 계단을 내려가 밖으로 나가기 전에 화장실에 들러 다시 한번 화장을 고친다. 약간의 설레임마저 있다. 그동안 오박사한테 줄곧 질문만 받았으니까, 오늘은 몇 마디 물어볼까. 물어볼 말이 없는 것도 아니다. "부인이 미국 계시면, 아이는 어떻게……?" 하고 물어보고도 싶다. 아니, 짓궂게 "남자가 매일 혼자서 잠을 잘 수는 없을 텐데요?" 하고 물어볼까. 입가로 웃음이 번져 가는 것을 거울 속에서 본다.

내가 그런 걸 묻고 있는 걸 영애가 보게 되는 날이면 아마도 영애가 그냥 그 자리에서 까무러칠지도 모른다. 어쩌면 영애는 아직 숫처녀일 거야. 대학 시절 캠퍼스 커플도 있었고, 한때 심각하게 결혼 말이 오가던 애인이 있었다던데, 그래도 그렇게 몰아버리고 싶다. 그런데 어쩌면, 영애와 나는 그런 성에 관한 얘기를 한 번도 나눈 적이 없을까. 오박사가 듣고 싶어하는 것은 어쩌면 그런 얘기가 아닐까.

"호호……."

소은은 자신이 너무 음란해지고 있는 게 아닌가 싶어 애써 웃음을 거두어 들인다. 수돗물을 틀어 손을 씻고 젖은 손으로 머리칼을 살짝 쓰다듬어 올린다. 그때다. 거울 속, 등 뒤에 선 낯익은 사내의 얼굴을 본 것은. "악!" 꿈속에서 가위 눌린 때 못 지르던 그 소리처럼 입에서 외마디 소리가 뱉어지다 만다. 어디선가 쿵쿵쿵, 쇳덩이가 계단을 굴러떨어지는 소리가 들린다. 몸이 공중으로 떠오른다. 둥둥, 떠서 어딘가로 밀려가고 있는 느낌이다.

얼마나 시간이 흘렀을까?

"왜 그러세요?"

누군가가 소은의 팔을 붙들고 있다.

눈을 뜬다. 아주 잠깐이었던 듯하다. 아무 일이 없었다. 그냥 서서 잠깐 동안 잠이 든 게 아니었을까. 곁에 서서 소은을 부축하고 있는 사람은 이 병원에서 가장 나이가 들어 보이는 여자 간호사다. 소은이 잠시 전 무슨 일이 있었나 생각해 본다. 눈을 감고 있었다. 눈을 감기 전에 입을 막고 소리를 질렀다. 꿈에서인듯, 누군가가 나를 엿보고 있었는데…….

"괜찮으시겠어요?"

소은은 몇 번의 심호흡으로 정신을 차린다. 간호사가 소은의 몸에서 손을 떼면서 화장실 안으로 들어간다. 소은은 그제서야 오박사가 밖에서 기다리고 있을 거라는 생각을 하고 다시 옷매무새를 고친다.

누구일까?

거울 속의, 아니 등뒤에 서 있던 남자. 운동모자 같은 걸 쓰고 있었고, 옷차림도 일꾼 같은 복장이었다. 그런데도 어딘지 낯이 익은, 그러고 보니 해치려 하는 뜻이 전혀 없었던 것 같은 그런 사내, 조금은 젊고, 그래도 조금은 거칠어 보이기도 한……

병원 건물을 밖으로 빠져 나가면서 소은은 눈쌀을 찌푸린다. 주차장에 세워진 자동차 위에서 햇살은 눈부시게 빛을 뿜는다. 그 빛을 후광처럼 하고, 오박사가 서 있다가 손을 흔들고 있다. 소은은 자기도 모르게 낯을 활짝 펴고 웃었다.

9. 자전거 곡예

아, 그렇구나!

강욱은 세 번째 배달을 나갔다가 서둘러 자전거에 오르면서, 탄성을 발한다. 음식값을 제대로 챙기지 못한 거나 아닌지 자전거 위에서 전대를 툭툭 건드려 보았다. 아예 양팔을 벌린다. 다리에 힘을 가해 속력을 높여간다. 훈훈한 봄바람을 힘차게 가른다.

두 손을 핸들에서 놓고 달리는 위험한 곡예다. 실은 한두 번이 아니다. 처음에는 인도의 보도 블록의 문양을 따라 에스 자 형으로 달리는 일에서 시작했다. 몇 차례 두 손을 놓아 보니, 속력을 더 내는 편이 편리하다는 걸 알았다. 이제는 자전거 위에서 물구나무서기를 하고 달릴 수 있다. 정신과 병원에서 자동차공장 뒤로 내려오는 언덕길에서는 가속이 붙으면 자동차보다 더 빨리 달려올 수 있다. 위험해서 이제는 아예 그러지 않지만, 자전거를 타고 가면서 신문을 읽은 적도 있다.

오늘은 더욱 못할 게 없다. 자전거를 탄 채로 빌딩 옥상에서 한길 건너편 건물의 옥상으로 건너갈 수 있을 것 같다.

그렇다, 그렇다.

기분이 좋다.

이렇듯 기분이 좋은 이유가 따로 있었다.

그걸, 이제서야 깨닫다니!

그 여자, 오전에 첫 번째 배달 나간 병원의 남자 화장실에서 손을 씻고 나오다 무심코 고개를 돌려 곁눈질하게 된 여자 화장실 세면대 앞에 서 있던 여자, 웬 남자가 뒤에서 자신을 보고 있다는 사실에 깜짝 놀라 외마디 비명을 질러버린 그 여자…….

그 비명 소리에 엉겁결에 병원 건물 밖으로 뛰어나오면서, 인기 절정에 있는 미녀 연예인의 탈의실을 훔쳐보기라도 한 듯 두근거리는 가슴을 쓰다듬으며, 주차장 한켠에 세운 자전거를 간신히 세워 잡고 있는데, 조금 뒤 그 여자는 별일 아니란 듯이 주차장으로 나와 말쑥한 신사의 승용차에 오르고 있었다.

"어머나, 이렇게 신사가 되실 줄은 몰랐네요." 청색 양복을 입은 신사에게 환하게 웃으며 다가간 여자. 신사는 차 앞 문을 열어 주며, '어서 타십쇼' 하듯 고개를 살짝 숙이며 손을 열어 보였다. 몸을 숙여 차 안으로 들어가는 여자의 뒷모습.

그 여자, 어디서 보았더라, 기억을 더듬다가 말했는데, 그 여자가 탄 차가 먼저 주차장을 빠져나가 시야에서 완전히 사라지고도 한참 뒤에 뭔가 생각날 듯했는데, 신호등 불이 켜져서 잊어 버렸다.

유정섭 상병.

한참만에 떠올린 이름이 그 이름이었다.

그리고 유정섭의 누나이던 그 여자, 그 이름이 가물가물했다.

이름이……?

그러자, 이름은 어떻든 그 여자라는 건 분명해졌다.

자전거 위에서, 서서히, 그 여자의 실감이 나기 시작했다.

이상한 사내들에게 실제로 쫓기기도 했지만, 처음부터 무슨 일을 잘못 처리해 놓고 온 사람처럼 불안에 떨던 여자. '까치유치원' 승합차를 몰면서 결코 놓쳐서는 안 된다는 듯이 핸들을 꽉 잡고 그리 자주 볼 필요도 없는 룸미러를 보느라 유난히 고갯짓을 많이 하던 여자…….

그 여자…….

강욱은 그 여자 덕분에 제대할 때까지 두 차례 부딪칠 때마다 몇 마디 인삿말 정도는 나누는 사이가 되었던 그 여자 동생 유정섭의, 하관이 지나치게 발달된 미끈한 얼굴을 떠올린다. "우리 누나가 워낙 따르는 남자가 많아서요, 하하…….” 강욱이 누나와 함께 차를 몰고 가다 알 수 없는 사내들한테 쫓겼다는 말을 들은 유정섭이 우스개를 섞어 얼버무리던 말이었다. 윗입술이 살짝 뒤집어 지듯 앞으로 나온 정섭의 특징적인 얼굴 윤곽이 누나와 참 닮았구나 하는 생각 을 그때 했었던 것 같다.

그날 알 수 없는 일이 많았다. 사내들에게 쫓기던 나머지, 강욱은 운전 면허도 없으면서 차를, 그것도 일종 면허가 있어야 할 승합차를 몰고 있었다. 그렇게 산 길을 질주했고, 그러면서도 한때 지혜와 자동차 안에 갇혀 있다가 서로의 육체 를 탐하던 순간을 거듭 떠올렸던 것 같다. 자신도 모르게 차를 몰고가다 갑자기 서툴게 비틀거리다가 멈추고는 스스로도 놀라 핸들 위로 상체를 숙여버린 강욱 의 팔을 그 여자가 "괜찮아요?" 하면서 흔들었을 때……. 아, 그때, 터무니없게 도 강욱의 신체에 이상한 변화가 와 있었다.

왜 그랬을까?

그 여자의 몸에 남자의 성욕을 거칠게 자극하는 최음 가루라도 뿌려져 있었던 것일까? 그때도 아마 그런 생각을 했던 것 같다.

아무리 지혜와의 차 안에서의 달콤하고 열렬하고 스릴 있는 애무를 연상했다 해도, 그 여자의 손길이 그런 느낌을 줄 리는 없었다. 그런데도, 그런데도 강욱 은 정말 터질 것 같은 남자의 육체가 되었었다. 참으로 잘 참아냈지만, 하마터면 옷을 입은 그대로, 낯선 여자가 보고 있는 데서 혼자 성적 절정으로 치달아 버렸 을지도 모른다.

유소은…….

자신의 그토록 강력하던 성 에너지를 기억해 낸 순간 강욱은 그 여자의 이름을 마침내 되뇐다.

유소은……. 만 30세. 처녀 같기도 하고 애 엄마일 수도 있는 몸매, 중키 정도, 아니 생각보다 허리는 가늘고 키가 컸었지, 어찌 보면 바보스럽게 느껴지는 얼굴, 여자로서는 탁한 편이지만 어떤 말의 꼬리에서는 희한하게 음이 높아지는 음색, 적당히 풀린 퍼머 머리, 귀고리가 한쪽 귀에만 달려 있었던 듯도 싶고…… . 운전 실력에 비해서는 운전대를 어색하게 꽉 잡고 모습에서 느껴지는 뭔가에 쫓기는 듯한 기색…… . 뭔지 모르게 불안해서 안절부절 못하고 있는 듯한…… . 그런 그 여자를 따라 서울까지 나들이를 하는 동안, 여전히 지혜 생각에 시달렸지만, 신기하게도 내내 포근했고 편안했었다.

그 유소은이 정신과 병원을 찾은 것은 그 불안한 기색과 관련이 있을까……? 그렇다면, 상대 신사는 의사? 환자가 아니라, 의사가 애인인 여자? 아니면, 함께 정신과 치료를 받고 있는 남녀?

강욱은 그 철없던 그때의 신체 변화를 떠올리며 얼굴을 붉혔다가, 그러나 조금씩 유소은의 모습을 떠올려가며 모처럼 만에 환한 미소를 짓고 있는 자신을 발견한다. 봄빛을 향해 보란 듯이 웃음꽃을 피우고 있는 자신이 또 우스워 웃음을 통 거두어들이지 못한다. 핸들 위에 엎드린 강욱의 팔을 조심스럽게 잡으며 "괜찮아요?" 하고 묻던 그때, 그 여자의, 정말 알 수 없는 향기를 강욱은 맡았다. 그 향기, 개나리 같고 진달래 같고 철쭉 같고 연산홍 같고 목련 같고 아카시아 같고…… .

강욱은 스스로 코를 씰룩거려 보다가 또 웃음을 흘린다.

"뭐가 그렇게 좋아?"

셈을 하고 나서는 손님을 배웅하고 돌아서던 누나가 잠시 손으로 허리를 짚고 서서 강욱의 얼굴을 돌아보았다. 배달하고 돌아오면서 정말 내내 웃고 있었던 모양이다.

"내가 뭘?"

철가방을 들고 주방 쪽으로 가면서 짐짓 외면해 보지만 얼굴이 붉어지는 걸 어쩔 수 없다.

"이제 한 차례들 다녀들 가셨나?"

강욱은 누나의 시선을 홀 쪽으로 보낸다. 탁자마다 놓인 빈 그릇들은 아직 치우지 못한 채다. 구석진 자리의 한 탁자에는 낯익은 여자 손님 둘이 라면을 먹는

중이고, 카운터에서 가까운 창가 쪽 탁자에 앉은 손님 셋에게는 아직 음식이 나
가지 않았다.

"그래. 우선 저기 손님 김밥부터 드려야겠다."

손에 비닐을 끼워 넣고 칼을 드는 누나는 주방 쪽에다 "라면 셋 얼른 주세요!"
하고 큰소리를 쳐준다. 강욱은 막 벨을 울리는 전화 송수화기를 든다. 또 배달이
다. 먼저 배달 나간 그릇을 수거해올 길을 떠올려 본다.

"한의원 있지? 거기서 주문이야. 라면 둘, 국수 하나, 김밥 둘입니다!"

카운터 위의 배달 주문 장부에 간단하게 표기한 강욱도 큰소리를 내본다. 체질
에 맞는 음식이니 음식 궁합이니 하는 한의원의 주문이라 더 흥겨울 수밖에 없
다.

배달 일꾼이지만, 강욱은 가게 안의 일을 피하지 않는다. 건물 화장실에서 한
바탕 세수를 하고 손수건으로 말끔히 닦고 돌아온다.

"어, 이 사람 바쁘다고 아는 척도 안 해?"

누나가 내 준 김밥에 이어 라면을 날라다 주고 돌아서는 창가 탁자 언저리에서
누군가 말을 걸어온다.

"아, 박고문님! 오늘은 왜 여기서 드세요?"

건물 경비원 아저씨다. 그 안쪽 옆에 처음 보는 삼십대 여성, 그 맞은편에 이
건물에서 본 적이 있는 중년남자가 앉았다.

"야, 이 집 음식이 맛있다고 소문이 나서 내가 귀한 손님들을 모시고 같이 왔
다, 왜? 나는 여기서 먹으면 안 되냐?"

"반가워서 그렇죠."

"아, 사장님이시네. 난 또 누구시라고!"

강욱이 경비원 아저씨한테 맞장구를 치며 물러서자 의외로 누나가 멀찍이서
보고 있다가 다가가 아는 척한다. 그제야 보니 맞은편 중년남자는 이 건물 주인
이다. 건물 드나들 때 몇 차례 보던 것과는 달리 사장님이라는 분이 오늘은 형색
이 허름하다. 아마 그 때문인지 멀리 점심을 먹으러 나가지 못하고 있다가 늦게
서야 점심을 간단하게 때우려 하는 모양이었다.

"직원들이 여러 번 얘길 하더라고요. 이 집 라면이 괜찮다구요."

"다 사장님이 잘해 주시는 덕분이지요, 뭐. 더 필요한 게 있으면 말씀하세요."

우리 밀로 만든 음식을 파는 식당이라니까 사장이 특별히 임대료를 깎아주더라는 얘기를 누나한테 들었다. 그래서 '우리밀분식' 이라는 상호에 더 자신감을 가졌다고 했다. 그러나 사장은 생색 잘 내는 사람은 아닌 모양인지 더는 대꾸가 없다.

"그런데 고문님은 또 뭐예요?"

경비원 아저씨 옆에 앉은 여자가 입으로 옮겨간 라면가락을 살짝 자르더니 쿡, 웃음을 터뜨린다. "그러게." 하고 사장이 맞장구치고는 김밥을 볼 가로 두툼하게 물고는 시선을 창밖으로 옮긴다. 그 시선의 방향을 못 읽고 경비원 아저씨는 혼자 얼굴이 붉어져서 젓가락을 놓고 뭐라고 해명을 하려 든다.

"라면 불어요, 박고문님! 어서 드셔야죠."

강욱은 빈 탁자에서 그릇을 회수해 오면서 또 슬몃 경비원 아저씨를 건드렸다. 오랜만에 하는 농 짓거리다. 박고문이 젓가락을 들고 강욱에게 주먹을 쥐어 보인다. 하긴, 이 시간이면 박고문은 벌써 점심 식사를 마친 뒤일 것이고, 아마도 사장님이 원하니까 마지못해 동석한 것일 게다.

누나의 가게가 지상 육층, 지하 일층인 이 건물 일층에 세를 든 것이 강욱이 제대한 직후다. 강욱이 아버지를 만나고 와서 맨 처음 한 일이 누나의 이 분식집 신장개업을 돕는 일이었다. 하기는 돕는 게 아니라, 강욱으로서는 거처를 만드는 일이었다. 누나는 살림집이 따로 있지만, 그 집은 강욱이 동숙할 수 있는 형편이 되지 않는다. 다행히 이 식당은 빌딩에 속해 있어도 홀 구석 쪽 세 평 정도에 방구들이 놓여졌다. 탁자를 한 쪽으로 치우고, 전기 장판을 깔면 나름대로 훌륭한 침실이 된다. "너, 군대 갔다 오더니 힘이 엄청 세졌구나!" 누나는 새 가게를 단장하는 데 몸을 사리지 않는 동생에게 그런 칭찬으로 미안함을 달랬다.

그렇게 이 건물에서 지낸 지도 한 달은 되었다. 건물에서 먹고 자다 보니, 건물에서 진짜 먹고 자는 생활로 이골이 나 있는 홀아비 경비원 아저씨와 친해지지 않을 수 없다. 밤에 경비원 아저씨가 순찰을 도는 동안에는 아예 강욱이 경비실 앞 엘리베이터 입구에 동글의자를 놓고 앉아 책을 읽으며 대신 경비를 선다. 특별히 어려운 것은 없다.

이 건물은 오층 사무실과 지하 일층 자재 창고를 사장님이 직접 경영하는 회사에서 쓴다. 육층은 사장님 식구들 살림집. 그 밖에 2, 3, 4층이 임대 사무실. 지하의 반이 주점, 일층이 강욱 누나가 쓰고 있는 분식집을 비롯, 복집, 부대찌개집이고 그 한 켠에, 건물 맞은편 세무서를 출입하는 사람들을 주고객으로 하는 조그만 도장집이 있다. 밤 여덟 시가 되면 일층부터 육층까지는 계단 출입구를 폐쇄하고 엘리베이터로 출입을 하게 한다. 따라서 그때부터는 엘리베이터 앞만 지키면 된다. 그 밖에는 통상적으로 화재나 소등 따위에만 유의하면 경비 역할은 끝난다.

건물에 세 든 사람들이 경비원 박씨를 박고문이라 부르는 이유는 이렇다. "내가 말이에요. 회사 고문으로 남으라는 걸 뿌리치고 나왔어요. 고문, 그거 사람 고문하는 거지. 그것보다야 경비원이 훨씬 속편해." 이 말이, 경비원 박씨가 이 건물에서 일하는 사람들에게 자신을 소개할 때 하는 습관적인 말이었다. "그래요, 고문님?" 누군가 그렇게 대꾸해 주게 되면서 어느날부터인가 아저씨는 박고문님이 되었다. 강욱도 아저씨한테 그런 자기 소개를 듣기 전까지는 진짜로 이 건물 주인 회사의 고문이 일부러 경비원을 맡아 하는 줄 알고, 그냥 쉽게 존경할 뻔했다.

강욱이 한의원 쪽으로 두 군데 배달을 하고 돌아오니 사장님 네는 그제야 입을 닦고 있다. 강욱도 허기가 지는 시간이다.

"다른 집 라면하고 값을 똑같이 받아도 돼요?"

사장님이 카운터 쪽으로 고개를 꼬아 일부러 물어본다는 뜻은 맛이 소문대로 괜찮다는 거다.

"라면에 들어가는 고추나 파도 다 유기농으로 지은 거예요."

실은 살짝 익힌 양파를 길게 썰어 구운 김 부스러기하고 함께 고명으로 얹어 주는 정성까지 보태 다른 집보다 오백원 이상 더 비싸게 받는다는 걸 분식집을 잘 드나들지 않을 사장님이 알기는 어려울 것이다. 누나의 설명을 이번에는 박고문 옆의 여자가 받는다.

"김밥도요?"

"김에 들어가는 것도 다 그래요. 쌀은 오리 농법으로 지은 거고, 달걀도 유정

란으로 씁니다. 당근, 오이 다 유기농이지요."

"국수도?"

사장님의 맞장구. "그럼요." 누나의 장단.

"젊은 사람들이 와서 처음에는 분식집 음식이 왜 이렇게 비싸냐고 그래요. 맛이 다르니까 나갈 때는 다들 맛있게 먹고 간다고 그래요. 듣기 좋으라고 하는 인사겠지만."

"이 동네에서는 유기농산물을 어디에서 어떻게 받아먹을 수 있지요?"

마침내 누나를 신나게 만드는 여자의 질문.

"유기농 식생활 실천 운동을 하는 장터 모임이 있어요. 거기에다가 매주 우리가 필요한 걸 얘기해 놓으면 직접 배달해 주고요. 그때그때 사먹는 건 직접 장터로 나가 사와요. 구청 뒤 창고를 개조해서 가게로 쓰고 있어요. 여기, 매주 한 번씩 소식지도 보내와요."

누나는 '유기농 장터'에서 보내 오는 소식지를 찾느라 카운터 앞 책꽂이를 뒤적거린다. 거기에는 누나가 보는 요리책도 있고, 강욱이 보는 영어책이며 무술책도 꽂혀 있다. 그 속에서 누나는 기어이 유기농 장터 모임에서 보내온 소식지를 뽑아 내고 만다. 그런 행동은, 돈을 벌기 위해 음식 장사는 하고 있지만, 몸에 이로운 음식만 판다는 신념이 만들어 준 거다. 그런 것도 없이 먹고 살기 위해 하는 음식 장사라면 떼돈이 남은 장사라도 하지 않았을 누나다. 하기는 강욱도 그런 음식점이 아니라면 애써 누나 집에서 기거하려고 하지 않았을지 모른다.

"내일부터는 저도 이 건물을 쓰니까, 언제 바쁘지 않을 때 내려와서 한 수 배울게요."

사장이 값을 치르는 동안 여자는 인사를 잊지 않는다. 박고문이 잘 아는 사람이라는 듯이 강욱한테 "내일부터 삼층 빈 사무실에 들어오게 됐어." 하고 보충설명을 했다.

그때다.

봄바람 치고는 거세다 싶게, 막 유리문을 밀치려는 박고문이 움찔할 정도의 어떤 기운이 가게 유리를 뒤흔들었다. 보도블록이 깔린 인도 바로 옆 차도에 가구를 실은 트럭이 막 급정거한 상황이고, 그 뒤를 따라오던 승용차가 그 갑작스런 정차에 놀라 요란한 경적 소리와 함께 급정거를 하면서 끼익 하는 굉음을 내고 만 것이다. 요행히 추돌은 일어나지 않았지만, 그 소리는, 짧은 순간 사방을 무서운 정적 속으로 몰아넣었다. 곧 타이어 타는 냄새가 진동했다.

더 보기 좋지 않은 일이 눈앞에서 벌어지고 있었다. 이곳에 이르기 전에 두 차의 운전자 간에 무슨 감정 다툼이 있었던 모양이었다. 얼핏 보기에는 앞 차의 급정거 때문에 큰 추돌사고가 될 뻔했으나, 차가 멎자마자 트럭에서 운전자와 함께 또 한 사람이 내려서서 승용차 쪽으로 달려갔다. 그걸 보고 승용차 기사도 지지 않고 문을 열고 나오는 순간, 곧 세 사람이 엉겨붙는 싸움이 일어나고 말았다. 이놈 저놈 하며 삿대질하는 과정도 없었다. 승용차 기사의 덩치가 만만찮아 보이긴 했으나 트럭에서 내린 사내 둘의 적수는 처음부터 되지 못하는 것 같았다.

"이봐요, 여기서 왜들 이래요!"

사장님이 차도로 뛰어드는 시늉을 하자 박고문이 그걸 저지하고 앞장섰다.

"이 사람들아! 어디서 주먹질이야!"

박고문이 싸움패들 곁으로 다가가 애써 고함을 쳤지만, 싸움패들도 구경꾼도 귀 기울이지 않았다.

여러 주먹에 터지고 겨우 한두 대로 응징해 보던 승용차 기사는 한 차례 턱이 획 돌아가면서 피를 뿜더니 바닥으로 꼬꾸러졌다. 그러자 두 사내는 아예 발길질로 짓이기려 하고 있었다.

그때였다.

강욱은 자신의 몸이 공중으로 붕 뜨는 느낌을 받았다. 자전거 위에서 물구나무서기를 하듯이, 무슨 곡예를 시작하려는 게 아닐까 하고 잠시 생각했다. 곧, 어랏차 하는 기합소리가 터져 나왔고, 그 소리와 함께 그 몸이 싸움판으로 뛰어들고 있었다. 한 사내가 트럭 쪽으로 나가떨어졌고, 다음 사내는 팔이 꺾이고 말았다. 강욱은 자신의 눈을 의심했다.

10. 자장가를 부르는 여인

"이사장님, 오늘 어떠시우?"

건물 밖으로 빠져 나오자마자 고선배가 눈을 찡긋 했다. 고선배가 이러기도 정말 오랜만이다. 철식도 모처럼 느긋해졌다. "이사장님은, 우리가 건달이라는 걸 가끔 잊는 것 같아." 고선배는 최덕주가 뒤에서 지켜보고 있을지도 모른다는 걸 알면서도 철식의 귀에 대고 그런 농담까지 했다. "때로는 미친 척해야 상대가 놀라서 두 손을 번쩍 든다구."

그랬다. 형이 죽은 뒤에 전혀 쓸모 없게 되어서 찢어 버리려고 했던 부도 어음 두 장이 극적으로 회생한 것이다. 사연은 이렇다.

어떤 회사에서 여러 업체에 줄 돈을 한 장의 어음으로 주면서 알아서 배분해 쓰라는 경우가 있다. 그때는 통상 가장 큰 업체에서 그걸 받아서 다른 작은 업체들에게 소액 어음을 끊어주거나 정히 급하다고 하면 미리 높은 이자를 떼고 현찰을 나누어주기도 한다. 이럴 때 원 어음이 부도가 나면, 그걸 대표로 받은 업체에서 고스란히 피해를 보게 된다. 형이 남긴 것 중에 그런 게 여러 장 있었다.

오늘 철식이 방문한 곳은 형 회사에서 건축 자재를 납품 받고 벌써 결제를 했어야 하는데 형이 죽은 지 반년이 지나는 데도 모른 척하고 있던 회사였다. 뒤늦게 장부를 살피는 과정에서 이를 알아내고 결제를 요구하자 청구가 너무 늦게 들어와서 예산을 배정할 수 없다는 둥, 청구 금액이 맞지 않는 것 같으니 다시 알아 보고 청구하라는 둥 하면서 차일피일 결제를 미루기만 하다가, 며칠 전에 철식의 전화를 받고 부랴부랴 일부 금액을 송금해 왔다. 나머지 금액도 필요하던 차에 고선배가 휴지쪽이 되어가던 그 어음을 찾아냈다. "이것도 가져가서 족쳐 보자구."

최덕주라는 회사 사장 이름이 어쩐지 귀에 익다 싶더니, 전에 형을 따라다니다가 두어 번 만난 적이 있는 사람이었다. 상대도 철식을 알아보고 아랫사람 취급을 하려 들었다.

"돌아가신 형님하고 많이 닮았구먼."

고선배가 먼저 가방을 열어 어음을 던졌다.

"왜 이리들 급하시나. 차라도 한잔 하면서 천천히 얘길 나눠도 될 것을."

이런 얘기에 대꾸하다가는 말려들어간다. 철식은 아예 안면몰수 작전으로 맞섰다.

"우리 형님이 당신 같은 상습적인 사기꾼들을 친구로 알고 있다가 결국 사업이 안 돼 병이 나서 돌아가신 거야. 알아?"

형님 얘기를 할 때는 철식은 실제로 가슴이 뭉클해진다. 당연히 눈빛도 달라지고, 자신도 모르는 사이에 몸에서 열이 나는 것을 느낀다. 고선배가 일어나 사장실 문을 안으로 걸어 잠그고 최덕주의 뒤에 섰다. 철식이 들고 있던 담배를 재떨이에 힘있게 비벼 껐다. 그때서야 상대는 꼬고 있던 다리를 풀었다.

"형님 되시는 분한테 물어보면 알지만, 저 그런 사람 아닙니다. 형님 빈소에 조화도 보낸 사람이라구요."

철식이 고개를 외로 틀며 상대의 눈을 또렷이 쳐다보았다. 상대가 움칫했다.

"형님 되시는 분한테 물어보면 안다구?"

최덕주의 뒤에 선 고선배가 크흠, 하고 헛기침을 했다. "제 말은 그러니까……."

"그러니까, 형님이 돌아가셨으니까 형님한테 물건 받은 일은 아무도 모를 거다, 이런 얘기를 하는 거야?"

"그게, 아니라……."

상대는 오래 버티지 않고, 결국 고개를 꺾었다.

"알았습니다. 오늘 있는 대로 찾아 드리고, 잔금은 이 달 말에 입금해 드리겠습니다."

"깡패도 부지런한 깡패라야 성공한다." 이게 형이 평소 철식을 다그치면서 하던 말이었다. 뒷골목에서만 살아온 철식에게도 살아갈 의미와 희망이 있다는 것을 일러준 형이었다. 철식은 그 형이 시키는 일이라면 정말 정신없이 해치웠다. 형은 방향만 가리켰다. 철식은 형의 손가락 끝이 가는 곳으로 달려갔다. 그곳에 적이 있었고, 그곳에 돈이 있었다. 철식은 그 적을 제거했고, 돈을 찾아왔으며, 형은 그 돈의 일부를 어김없이 철식에게 안겼다.

형이 죽자, 방향을 짚어 주는 사람이 없었다. 형이 그렇게 빨리 죽게 될 줄을 아무도 몰랐고, 형 회사에는 형의 공백을 메울 만한 직원도 없었다. 충성스런 직원이 없지는 않았지만, 그 갑작스런 운명 앞에서 대개는 자신의 불투명한 미래를 먼저 걱정하고 불안해했다. 철식은 유일한 혈육임을 내세워 형의 회사를 맡겠다고 나섰다. 고선배를 중심으로 새롭게 경리진을 구성해 형의 재산과 채무 관계부터 조사했다.

채무 관련이 별로 없는 일반 주택이나 아파트 같은 부동산은 모두 유소은이나 유소은 측으로 보이는 사람 명의로 되어 있었다. 형 명의의 땅이나 회사 명의로 된 건물은 모조리 처당잡혀 있었다. 유소은은 유산 포기 각서를 보내고 사라져 버렸다. 모든 재산을 직접 관리하던 사주가 죽고 나니, 돈 내놓으라는 사람은 찾아와도 당연히 주어야 할 돈을 주겠다고 찾아온 사람은 단 한 사람도 없었다.

이건 형의 선물이야.

저당잡힌 건물을 처음으로 팔고 이천만원을 건졌을 때 철식은 그렇게 말했다. 그것은 형이 거두어들이지 못하고 여기저기 남겨둔 그 돈은 형이 자신에게 주려고 숨겨둔 보물이었다. 철식은, 때로는 법으로 때로는 협박과 폭력으로 그 보물을 찾아나갔다. 어쩌면 그것이 형의 말없는 유언을 따르는 길인지도 몰랐다. 철식은 그 길을 가고 있다.

그리고 그 길 한복판에 바로, 유소은이 서 있었다.

고선배는 철식도 여러 번 다닌 적이 있는 익숙한 유흥가 쪽으로 방향을 잡았다. 늘 가던 집이겠구나 했더니, 실제 목적지는 그 맞은편에 아담한 인상을 주는 룸살롱이었다.

"블루나이트, 보나마나 이 집 창이란 창은 다 파랄 거다."

"옥호는 문제가 아냐. 내가 한번 보고 찜해 둔 애가 있는데, 사장이 요새 외로움을 타는 것 같아서 대국적인 견지에서 인계하기로 했어. 대신, 오늘 한 건 했으니까 사장이 사는 걸로 하는 거야."

"흥, 내가 그 애를 마음에 안 들어하면 어쩔 거야? 그럼 고선배가 사는 걸로 해야겠지?"

"좋아. 그 아까운 애를 사장한테 안 줘도 되는 셈이니까, 그때는 내가 사도 좋아."

그 여자 얘기만 하지 않았어도 윤희하고는 좀 오래 갈 수 있었을 거다. 어쩌면 잘 된 일인지도 몰랐다. 어차피 같이 살 것도 아니니까, 공연히 더 정붙이다 영 못 떨어지게 되면 그게 더 문제다.

그 동안 윤희한테 두 번 전화가 걸려왔다. 그 중 한 번은 울먹이는 목소리였다. 철식은 끝내 매정하게 대했다. 두 번째 전화 온 날 철식은 딴 여자애와 잤다. 평소 같았으면 이차까지 데려갈 만한 애가 아니었지만, 그날은 돈 대신에 향응을 제공받는 거라 눈을 질끈 감아버렸다. 억지스럽게 기분을 내봤는데, 역시나였다. 며칠 사타구니가 근질거릴 정도로 불쾌한 감정이 남았다. 역시 윤희만한 애도 드물었다. 술을 마신 밤에도 두 번, 그 다음날 아침에 한 번, 그렇게 윤희한테는 자꾸 욕심이 일었다. 윤희도 슬쩍슬쩍 뒤로 몸을 빼면서도 이런 체위 저런 체위에 잘도 호흡을 맞추어 주었다.

이런 동네에서 소개받는 애들이란 것이 다 그랬다. 그애들은 마른 체형이든 그렇지 않든 어려서 싱싱하다는 것을 무기 삼아 알 다리와 두 가슴 사이의 움푹한 골짜기로 너무 쉽게 본전을 뽑으려 든다. 그 정도의 섹스어필도 없고 누가 손님인지 모를 만큼 막대처럼 앉아 있기만 하는 철부지를 제외하면, 대개는 몇 시간 심심풀이로 같이 노는 데는 걸맞다. 어쩌다 잠자리까지 이어져도 하룻밤짜리다. 공연히 아깝다는 생각에 하루 두 번까지 가면 영락없이 여자의 꼴이 마귀 같아 보이고, 그런 여자 위에서 헐떡거린 자신이 비참해진다.

고선배가 천거해서 불려나온 정은이라는 애도 별 느낌은 들지 않았다. 고선배 옆에 앉은 애의 긴 생머리가 오히려 시선을 끄는 정도였다. 게다가 폭탄주가 두 순배 돌면서 겨우 서먹서먹한 분위기를 넘겼구나 하는데 휴대폰이 울린다.

"아, 웬일이신지?"

철식의 표정을 읽고 고선배는 눈짓을 해서 여자애들을 밖으로 내보냈다.

"그런 일이라면, 우리 동료한테 잘 말씀해 두시지요. 이분이 전문가니까요. 걱정 마시고, 저를 믿으세요. 저한테 말씀하시듯이 똑같이 말씀하시면 됩니다."

전화를 걸어온 사람은 최덕주였다. 고선배한테 전화를 넘겼다.

한참 만에 전화를 끊고 난 고선배가 설명했다.

"자기하고도 친구고 돌아가신 이철우 사장님하고도 아는 사람이 사기를 치고 어디론가 튀었대. 자기 돈 떼인 게 일억 이상이래. 아마 장부를 뒤져보면 이철우 사장님 돈 빌려가서 안 갚은 것도 있을 거라는데? 튄 놈은 부인하고 법적으로 이혼을 한 상태고, 부인한테 재산도 없는 것 같아서 돈을 받을 길이 막막하대. 한데, 그 이혼한 쪽 처남이라는 자가 원래 재산이 전혀 없었는데 작년에 육층짜리 빌딩을 샀대요. 옛날에 그 매형하고 사업도 한 적이 있는 처남이니까, 필시 거길 족치면 빚 일부는 토해 낼 거라는 거야. 일단, 그 빌딩 빈 사무실 하나를 꿰차고 시작해 보라는군."

"그게 어디 있는 건물이래?"

"신도시에 있대."

"얼마를 준대?"

"받는 금액의 반을 무조건 주겠다는 거야."

그때 갑자기 어디선가, 팍 하고 전등 터지는 소리 같은 게 났다. 금세 칠흑 같은 어둠이 덮였다. 철식은 습관적으로 몸을 낮추고 소파 뒤로 돌아가 벽에 몸을 밀착시켰다.

무슨 일일까?

어서 어둠에 익숙해지기를 기대하면서 눈을 힘껏 감았다 떠본다.

"여기 봐!"

고선배가 도어를 열어 젖히면서 밖을 향해 소리질렀다. 도어 유리에 반짝 빛이 서리는가 싶더니 그것도 잠깐, 룸 밖도 깜깜한 어둠이긴 마찬가지다. "예!" "갑니다!" "아무 일 아닙니다!"라는 여자와 남자들의 목소리가 마구 뒤섞였다. 어느 룸에선가 "악!" 하는 여자의 비명 소리가 문 여는 소리와 함께 터져 나오더니 곧 깔깔거리는 웃음소리로 변해 잦아들었다.

"정전이구만. 괜히 긴장했네."

고선배가 라이터 불을 여러 번 켜는 동작을 하면서 다시 소파로 돌아온다. 그래도 경계를 늦추지는 않겠다는 듯이 철식에게 자리를 바꿔 앉자고 손짓해 보인다.

"봐서 딴 집으로 옮기자구. 오랜만에 기분 좋게 한잔 하려고 했더니 분위기가 안 받쳐주는구만."

그제서야 룸 밖에서 불을 붙인 두툼한 장식용 초 몇 개를 모아 쥔 마담이 종종 걸음으로 들어오면서 호들갑을 떤다.

"이게 웬일이야, 올림픽, 월드컵 다 치른 나라에서!"

탁자 한가운데 촛불이 놓이자, 과일 안주를 담은 둥근 접시 위로 그림자가 무슨 유령처럼 일렁거렸다. 고선배가 좀전까지 철식이 앉은 자리에 앉아 휴대폰을 꺼냈다.

"글쎄, 변압기가 터졌대나, 뭐래나. 나 참, 쌍팔년도 이후로 처음 듣는 말이라, 뭔 소린지 모르겠어."

마담이 상소리로 웃음을 끌어보려 했다.

"이상 없지? 혹시 이동할지도 모르니까, 차에 대기하고 있어. 절구통도 거기 같이 있지? 조금이라도 수상한 녀석이 주변에 얼씬거리면 즉시 연락해, 알았지?"

고선배가 밖에서 대기 중인 굼벵이한테 통화하는 동안 철식은 천천히 벽을 더듬어 룸 밖으로 나갔다. 여기저기 촛불을 밝혀 둔 채여서 룸 살롱 전체가 무슨 지하 궁전의 미로 같아 보였다. 가운데 두 개의 큰 룸과 외곽을 싸면서 자리한 크고 작은 룸 사이로 나 있는 복도를 한 발 한 발 내디뎌 보았다. 촛불이 밝혀주지 못하는 어떤 어두운 바닥이 갑자기 밑으로 푹 꺼져 아득한 깊이의 창고나 감옥 같은 데 빠질 것 같았다.

촛불을 밝힌다, 전력회사에 전화를 건다, 부산을 떨던 남자 종업원들도 더는 어쩔 수 없다는 듯이 잠잠해졌다. 촛불도 밝히지 않은 어떤 룸에서 간간이 여자애 하나가 간지럼을 견딜 수 없다는 듯이 히히덕거리는 소리가 새나왔다.

"어디 가시려구요?"

누군가 팔짱을 끼는데 보니, 좀전에 철식 옆에 앉아 있던 여자애가 어느 룸에 촛불을 전하고 나온 길인 모양이었다. 둘은 갑작스레 친한 사이처럼 어두운 복도를 잠깐 나란히 걷다가 이내 헤어졌다. 그 여자애한테 넘겨 받은 촛불을 들고 화장실에 다녀왔을 때는 한동안 어둠과 정적이 만드는 괴기스런 분위기에 섬뜩하게 소름도 돋았다.

희미한 불빛, 정적에 싸인 복도, 누군가 죽어가는 신음소리, 두런두런 은밀하게 나누는 대화, 다시 깊은 정적, 희미한 불빛이 번들거리는 괴기스런 어둠…….

언젠가도 이런 느낌이 들 때가 있었다.

그 무렵 윤희를 알기 전이던가. 아니, 형이 중환자실을 드나들기 시작한 이후에는 아예 금욕을 한다고 혼자 지낼 때가 더 많았다. 밤새 비디오를 보다 말다 하고는 줄거리를 알 수 없는 해괴한 영화에 시달리는 꿈을 꾸곤 했다. 그날 새벽 눈을 뜨자마자, 마치 밤 사이에 형의 호출을 받았다는 느낌이 언뜻 들었다. 가끔 그럴 때도 있었으므로, 간밤에도 필시 그랬으리란 생각이 자꾸 철식을 괴롭혔다. 실제로 어떤 날 한참 술을 마시던 중에, 한 시간 뒤에 오라는 호출을 받고 너무 술에 취해 그걸 잊어먹은 적도 있었다. 그때는 정말 호되게 야단을 맞았다.

아직 미명을 맞지 못하고 있는 병원 복도는 희미한 어둠에 잠겨 있었다. 어둠의 빛을 흔드는 어떤 움직임도 없어 보였다. 중환자실 간호사실조차도 당직 간호사 혼자 컴퓨터 모니터에 시선을 고정한 채 어쩌다 자판 치는 소리를 내는 정도였다. 철식은 형이 혼자 쓰고 있는 중환자실 앞에서 기웃거려 보았다. 조심스럽게 인기척을 내서 간병인에게 자신의 방문을 알리려 해보았다.

미닫이식을 문을 살짝 밀쳤다. 새벽인데 병실 안은 환하게 불이 밝혀져 있었다. 쇠고챙이 같은 형의 다리가 보였다. 그 다음 환자복이 헐렁하게 느껴지는 앙상한 몸……. 붕대를 감은 통통 부은 입에 마우스 호스를 끼고……. 그리고 그 눈은 죽은 것처럼 눈동자가 떠져 있었는데, 한 순간 그 눈에 생기가 돌더니, 그 눈빛이, 그 시선이 철식과 잠시 마주쳤다. 간절하게, 애절하게, 링거 주사를 맞고 있는 손을 들어 보려는 듯이 살짝 움직이듯 했다. 무슨 얘기를 하려는구나 했는데, 정작 말소리는 다른 데서 나고 있었다.

누구일까?

두런두런……. 속삭이는 소리 같기도 하고, 조용히 하려고 일부러 소리를 낮추고 있는 것 같기도 한 그런 남녀의 말소리가, 밖에서는 잘 보이지 않는 형의 중환자실 안 벽 한쪽에서 들려나오고 있었다. 그 말이 어떤 내용인지 정확하게 알 수는 없었다. 다만, 그 중 여자는 형의 여자, 철식에는 형수가 되는 그 여자가 아닐 수는 없었다. 형이 병실에 있게 되면서 그 여자도 처음에는 곁에서 먹고 자면서 간병을 했다. 그 뒤 항암 치료가 시작되고 나서는 줄곧 간병인을 쓴 것으로 철식은 알고 있었다.

그렇다면 이 새벽에 그 여자가 형의 병실에 와서, 그것도 정체를 알 수 없는 남자와 무슨 대화를 한다는 것일까.

철식은 다시 형의 눈을 보았다. 이번에는 형의 시선은 철식을 향하고 있지 않았다. 대화 중인 두 사람 쪽으로 시선을 옮기고, 여전히 예의 애절한 눈빛으로 무슨 말을 하고 있는데, 두 사람은 형 쪽을 돌아보지 않고 있는 듯했다. 철식은 자신도 모르게 병실 안으로 발을 디밀었다.

"아, 새벽부터 웬일이세요?"

역시 여자가 당황하는 표정이 역력했다. 그 옆의 사내는 머리가 벗어진, 형보다 나이가 위로 보이는 사내였다. "회사 회계 자문을 해주시는 분……." 여자는 사내와 나누던 대화를 얼버무리듯 조금은 과장된 어투로 소개했고, 사내는 철식 쪽은 돌아보지도 않고 손에 들고 있던 서류를 가방에 넣으면서 일어섰다.

"나는 이만 가볼게. 조찬 회의니까, 지금 가면 되겠어. 어서 일어나야 할 텐데……."

사내는 형 쪽을 힐끔 보았다가 밖으로 나갔다.

철식은 링거 주사 바늘이 꽂혀 있는 형의 손을 쓰다듬으면서 다른 한쪽 손을 당겨 잡았다. 절로 무릎이 꿇어졌다. 서자로 태어나 소년원을 제 집 드나들 듯하는 자신을 이끌어준 이복형이요 은인인 그 거대한 제왕의 뼈가죽을 얼굴에 대어보았다. 일찍이 아버지로부터도, 그 아버지로부터 버림받은 어머니로부터도 따뜻한 말 한 마디 들어본 적 없는 자신을 거두어 준 위대한 존재의 손에서 희미한 온기가 전해져 왔다. 눈물이 쏟아질 듯했다.

철식아!

한참만에 그렇게 부르는 것 같아서 고개를 들었다.

"하실 말씀 있으시면 하세요, 형님!"

철식은 형의 귀 쪽으로 입을 대고 조금 힘주어 소리쳤다. 그러나 코 밑에서 턱까지 붕대가 감기고 간신히 목구멍에 호스를 꽂아 영양을 공급받고 있는 형이 무슨 말을 할 수 있을까.

그래도, 그래도, 죽은 듯이 퀭한 눈에 또 반짝 빛이 났다. 정말 무슨 말인가 하려는 눈빛이었다. 이번에는 꼭 잡은 손끝이 무슨 뜻을 전하려는 듯이 미세한 떨림이 느껴졌다.

"형님, 어디가 불편하세요? 저한테 말씀을 하세요."

"속옷을 갈아입어야 할 시간이에요."

그 여자가 말했다. 철식은 다시 한번 형의 한 손을 잡고 뺨에 대었다. 그때, 뭔가 뒤통수를 예리한 칼날 베어가는 듯한 섬뜩한 기운이 느껴졌다. 철식은 '앗' 하고 비명을 지를 뻔했다. 형의 손끝에 뭔가 느껴졌다. 분명했다. 그 손끝을 더 자세하게 보고 나오는 건데, 그걸 못 봤다. 그 여자가 익숙한 손놀림으로 병실 한쪽에 놓인 서랍장을 열어 속옷과 기저귀를 꺼내 놓았다.

"삼촌이 회사를 잘 이끌어 나갈 거라고 말씀드렸어요. 저한테는 신경쓰지 말고 힘껏 해보세요."

물러서는 철식에게 한 그 여자의 말이 무슨 뜻인지 그때는 깨닫지 못했다. 철식은 그 뒤 캄캄한 어둠 속을 허우적거리며 걸어온 듯한 기분이었다.

거실이 환해졌나 싶더니, 윤희가 온 모양이라고, 순간 생각했다. 입술에 와 닿는 감촉이 그랬다. 아니, 그보다 차갑고, 낯설었다. 게다가 자신의 아파트 거실이 아니었다. 물론 윤희도 아니었다.

"이제 일어나셨어요?"

정전이던 룸살롱은 어느새 불이 환하게 밝아져 있다. 정은이라는, 여자애 이름이 생각났다. 대신, 고선배와 있던 그 룸이 아니었다. 소파에 누운 채 정은의 무릎을 베고 잠들어 있었다.

"화장실에 다녀오시더니, 여기 빈 룸으로 그냥 들어오셨잖아요."

술을 달라고 해서 혼자 마구 술을 마셨다. 그러다가 노래를 흥얼거렸고, 잠시 뒤 정은이 들어왔고, 노래를 같이 부르다가 잠이 들었다.

"저보고 무슨 노래 불러 달랬는지 아세요?"

"자장가겠지, 뭐."

절로 피식, 하고 웃음이 새 나갔다. 가끔 하는 짓이니까.

"자장가는 아는 노래가 없다고 그랬죠."

"그래?"

누군가 머리를 쓰다듬으며 노래를 불러 주는 듯했었다.

"그랬더니 뭐라셨는지 기억 안 나세요?"

"자장가, 내가 대신 불렀겠지 뭐."

그것도 가끔 하는 짓이다. 그런데 이번에도 정은은 고개를 젓는다.

"나 참 기가 막혀서. 사람이 그럴 수가 있냐고 절 막 야단쳤잖아요."

"왜?"

"에이, 몰라요. 하나도 기억 못하고."

정은은 낮에 홈쇼핑 회사에서 전화 주문을 받는 아르바이트를 하고 있다. 목소리를 많이 쓰는 직업이다. "노래를 안 부르는 걸 보니까 목을 아껴 두려고 그러는 거구나!" 철식이 그렇게 트집을 잡더란다. 그랬다, 응석부리듯이 꼬투리를 잡고, 그러다 결국 정은의 노래를 들으며 무릎을 베고 잠이 들었다.

"이 노래 기억 안 나요? 정말 자장가를 부르는 줄로 아시고 무슨 최면 걸린 분처럼 금세 잠에 빠지시더니."

이런 정도 노래로 목을 다칠 염려는 없다는 듯이 정은이 나지막한 목소리로 노래를 흥얼거린다.

"엄마가 섬 그늘에 굴 따러 가면, 아기가 혼자 남아 집을 보다가 바다가 불러 주는……."

"그만, 그만……."

철식은 정은의 입을 막았다.

11. 수많은 비단구두

깨어진 사랑의 꿈, 깨어진 사랑의 언약, 살아서 못 다한 꿈, 살아서 못 다한 사랑…….

흥얼거려지는 이 노래는, 이 노래는…….

하다가 소은은 입가로 삐져나오는 웃음을 삭인다. 이런 것도 카타르시스라고 할 수 있을지. 맺지 못하는 애절한 사랑의 노래인데, 이 사랑의 노래가 가슴을 울리

고 지나가면서 저릿하게 쾌감 같은 게 인다. 그저께 관람한 오페라에서 여주인
공이 부른 아리아다.

"조국을 따르자니 사랑이 울고, 사랑을 따르자니 조국이 운다."

오박사가 잠꼬대처럼 얼버무린 품평이었다. 졸면서 봐도 볼 건 다 보고 있다는
과시이기도 했지만, 그건 주인공 남자의 갈등에 해당하는 내용이었고, 실제로
이 오페라는 전체적으로 자살할 수밖에 없는 주인공 여자에게 초점이 맞춰져 있
었다. 사랑보다도 조상을 위하고 조국을 위하느라 때를 놓친 남자가 있고, 그 남
자만을 기다리다 남자가 전사한 것으로 알고 다른 남자 품으로 간 여자가 있다.
남자는 살아 돌아왔고, 게다가 그 동안 여자 남편의 모함으로 죽을 고비를 넘기
느라 수년이나 늦게 돌아오게 되었다는 사실을 알게 된 여자는, 결국 호수에 뛰
어들고 만다.

소은은 호수 곁을 걸어가고 있다. 자신도 이 호수로 뛰어들어야 하지 않을까,
잠시 생각해 본다. 물론 어림없는 생각인 줄 안다. 인간의 역사란 것을 도무지
알 수 없다. 불과 백년 전만 하더라도 이혼은 금기였다. 상처한 남자는 재혼의
기회가 있지만, 남편을 잃은 여자는 재혼을 해서는 안될 뿐 아니라 한평생 죄인
처럼 살아야 했다.

아닌게 아니라, 베란다에서 밖을 내다볼 때 창밖으로 뛰어내리고 싶을 때가 한
두 번이 아니다. 젊어서 남편을 잃은 여자는 다 이런 건가, 하고 묻고 싶었다. 그
런데, 그 많은 과부가, 막상 자신이 과부가 되자 어디에서고 만날 수 없었다.

"나는 과부의 정체성을 모르겠어."

소은이 이런 말을 하자, 영애는 단번에 일축해 버렸다.

"얘, 너 병원 다니더니 이상한 용어를 다 구사하는구나. 그런 게 어딨어. 자기
앞에 놓인 삶을 열심히 사는 게 정체성이지 다른 게 뭐 있겠어."

위로가 섞인 말일 것이다. 진짜 그 말에 위로가 되어 마음이 누그러졌다.

"하긴, 숫처녀가 무얼 알겠어?"

"내가 왜 숫처녀야?"

얼굴을 붉히지 않으려고 하는 걸 보면, 정말 숫처녀가 아닐까 싶은 게 영애다.

"영애씨는 아무래도 숫처녀 같아." 오박사도 그런 얘기를 해서 깜짝 놀랐다.

그저께 오페라를 함께 관람하고 둘이 귀가하던 길에서였다. 원래 영애도 짝을 맞춰서 오라고 한 건데, 대신 유치원 고참 최선생을 동행하고 왔다. 오박사가 친구 회사에서 일괄 구매한 국내 창작 오페라 관람표를 선물받았다고 해서 꾸민 일이었다. "오페라 보자고 한 사람은 오박사님인데, 내내 졸기만 하시더군요." 막간 휴식 때 영애가 정색을 하고 하던 말을 오박사가 되새긴 것이었다.

"정신과 의사는 상담도 안 해 보고 그런 것까지 척척 다 알아맞히시나요?"

소은이 쏘아붙이자 오박사는 덤덤하게 답했다.

"직업상 남보다 직감이 빠르다고 말할 수는 있겠지요. 영애씨는 전에도 몇 차례 본 적이 있으니, 빠른 진단이라고 볼 수도 없어요."

"그럼, 저에 대해서도 이미 진단이 끝났겠군요."

"허! 미안해요. 그런 뜻으로 한 얘기가 아닌데요."

그저 친구의 성 경험에 대해 함부로 얘기하는 능글맞은 남자한테 일침을 쏘아 두려는 뜻이었다. 오박사의 사무적인 표정은 참 뜻밖이었다.

호수를 둘러싸면서 둔덕을 이룬 초원을 넘어서면 바로 광장이 펼쳐진다. 소은 으로서는 호수까지는 몇 차례 산책을 나와 봤지만, 광장까지는 걸어가 본 적은 없다. 약속 장소가 광장 건너편이라 어쩔 수 없이 택한 길이기도 하지만, 용기를 내어 나온 보람도 없지는 않은 듯싶다. 생각한 것보다 훨씬 넓은 광장에 화창한 휴일을 만끽하려는 사람들 틈에서 소은은 잠깐잠깐씩 넋을 놓아 본다.

광장은 한가운데 분수대를 중심으로, 한쪽으로 농구장과 어린이 놀이터를 조 성한 것을 제외하면 사방이 아스팔트 포장으로 펼쳐져 인근의 녹지대에 닿아 있 었다. 소은은 조금 속력을 내어 광장을 가로질러 보려 하지만 여의치 않다.

인라인 스케이트를 타는 패들이 줄지어 달려나가는 틈으로 배드민턴을 치는 젊은 부부가 보이고 그 곁으로는 어린 여자애들 몇이 땅에 금긋기를 하고 있다. 그 옆을 중풍을 앓는 할아버지가 지팡이에 몸을 의지하며 간신히 발걸음을 옮겨 가고 있다. 자전거를 탄 사내가 어린 애 둘을 앞뒤로 태우고 사람들 사이를 요리 조리 비켜가는 곡예를 벌이고 있는 그 위로 비둘기떼들이 한 차례 날아올랐다. 소녀 팬 십여명에게 둘러싸여 공연을 하고 있는 락밴드도 있고, 주변의 시끄러 움을 아랑곳하지 않고 바닥의 모이를 찾고 있는 비둘기들도 있다. 함께 교회를 다녀온 듯한 단정한 복장을 한 사람들이 성경을 끼고 지나갔다. 결혼식 복장으로 야외 촬영 나온 예비 신랑신부도 있다. 언제 광장을 한 바퀴 돌았는지 예의 인라인 스케이트 패들이 다시 눈앞을 빠르게 지나갔다.

우와!

분수대 근처에서 환호성이 울려왔다. 분숫물이 햇살처럼 쏟아지고 있어서 선명하지 않더니, 누가 분수 안으로 들어간 모양이었다. 가만히 보니, 두 남녀가 옷을 입은 채 분숫물을 맞으며 보란 듯이 키스를 한 모양이었다. 여자는 남자의 가슴을 때리는 시늉을 하며 부끄러운 티를 냈고, 남자는 고개를 외로 꼬면서 겸연쩍은 웃음을 터뜨리고 있었다. 분숫물에 몸이 젖어가는데 몰골이 우스운데, 그래도 둘은 얼른 밖으로 나올 생각을 않는다.

영애 삼촌이 중남미 쪽으로 여행을 다녀와 멕시코의 과달루페 성당에서 사온 인디오 성모상을 하나씩 선물하면서 그곳의 광장문화 얘기를 했다. 관청의 대대적인 의전 행사에서부터 의식 있는 시민들의 집단 행동이나 서민들의 사소한 물물교환에 이르기까지 고루 이루어지는 곳이 그들의 광장이다. 그곳에 서보면 뭔가 심오한 역사가 있고 문화가 있다는 느낌이 든다고 했다. 멕시코시티만 해도 소칼로 광장이나 삼 문화광장은 세계적인 관광지로 각광을 받고 있단다.

그 얘기를 들으면서 일단 유치원 개원을 하고 한 학기를 무사히 마치면 멕시코나 남미 쪽으로 여행을 다녀오자고 영애와 약속을 했는데, 벌써 6월이 오고 있었다. 해외여행은 그만 두고 오박사 말대로 가끔 국내 여행이라도 할 수 있었으면 좋겠는데 아직 자신이 없었다.

"늦었어요."

광장의 인파를 뚫고 약속한 패스트푸드 점에 가 닿기까지 시간이 의외로 많이 걸렸다. 오래 기다린 듯, 무얼 먹을 거냐고 물은 오박사는 직접 햄버거와 포테이토 칩과 음료수를 쟁반에 받쳐왔다. 푸석한 얼굴이지만, 캐주얼 차림이라 전체적으로는 젊은 인상을 주었다.

표정은 밝지 않았다. 순간, 그 동안 소은이 이전에 약속 시간을 어길 때와는 다른 분위기라는 걸 깨달았다.

"소은씨는 남편을 뭐라고 불렀죠?"

"그냥, 뭐."

갑작스런 질문이라 그런지 기억이 잘 나지 않는다.

"그냥, 뭐, 이렇게 불렀어요?"

오늘의 유머에는 뭔가 가시 같은 게 있다고 느껴진다.

"그냥 말했던 것 같아요. 저기요, 있잖아요……, 이런 식으로."

"처음부터 그랬어요?"

"처음에는 오빠, 그랬던 것 같아요. 아니, 오빠라고 불렀어요."

"그 다음에는?"

나이 차 열두 살. 아르바이트를 하던 카페에 손님으로 오던 이철우를 따로 만난 건 주인 몰래 십만원짜리 수표를 두 번이나 팁으로 받은 뒤였다. 이철우는 체구가 좋고 핸섬하게 생기긴 했지만, 나이보다 젊어 보이는 사람은 아니었다. 실제로 회사를 경영하는 사장이기도 했으니까 사장님이나 아니면 아저씨 정도의 호칭이 어울릴 상황이었지만, 소은은 다른 손님들도 대개는 그렇게 불러주면 좋아했기 때문에 그냥 '오빠'라고 불렀고, 이철우도 그걸 싫어하지 않았다.

"결혼하고 나서 얼마 있다가 오빠라는 말을 못 쓰게 하더라구요. 언젠가 백화점 나들이 갔다가 오빠라고 그랬더니 막 화를 내더라구요. 사람 다 보는 데서. 창피해서 혼났어요. 그런데 사실, 여보라는 말은 징그럽고, 자기라는 말은 나이가 많은 남편한테는 안 어울리는 것 같고…… 그래서 그냥……."

소은은 잠시 자신이 카우치에 누워 있는 것 같은 착각이 들었다.

오박사가 희미하게 웃었다.

"대학 때 남학생들한테는 뭐라고 불렀어요?"

"남자 선배한테는 아무개 선배, 누구누구 선배님 이랬고, 동기생한테는 반말을 했죠. 동기생 중에 나이 많은 남자한테는 그냥 호칭 없이 부르거나 오빠라고 그랬죠. 우리 때는 다 그랬어요."

"그렇군요. 나는 아직 젊은 여자가 진짜 오빠가 아닌 남자한테 오빠라고 부르는 걸 보면 이상해요. 요즘 그렇게들 부르고 있다는 것도 몰랐어요. 병원에서 간호원들이 얘기하는 거 듣고 있었어요. 우리 때는, 연상이면서 사랑하는 남자거나, 친구 오빠나 오빠 친구 같은, 진짜 오빠 같은 지위에 있는 사람이 아니면 그런 호칭으로 부르지 않았지요."

"왜 갑자기 오빠 얘기를 하세요?"

창밖의 가로수들이 신록을 뿜어내려는 중이다. 그 가로수들 사이로 잔디로 덮인 녹지대가 있고 그 너머로 소은이 걸어온 광장이 보인다. 인라인 스케이트와 자전거와 달리는 아이들의 행렬이 점점이 보였다.

"우리 때는 형이라고 불렀죠. 여자는 남자 선배나 연상한테 형, 남자는 여자 선배나 연상한테 안 부르거나 하는 수 없이 부르게 되면 아무개 선배 정도……."

"그럼, 사모님한테도 형이라고 불리셨어요?"

"그렇지요. 대학 후배였으니까. 복학해서 처음 만나고 연애하고 결혼해서 첫 아이를 낳을 때까지. 그 뒤에는 동민아빠, 이렇게 되었죠. 요즘은 가끔 서로 여보, 이러기도 하고."

무엇을 원하고 있는가. 소은은 갑자기 오박사의 화제가 갑갑하게 느껴지기 시작한다. 조기유학을 가는 아이를 따라 처도 함께 떠나는 바람에 일년째 기러기 아빠로 지낸다는 오박사의 사생활에 호기심이 일고 오박사를 사적으로 만나게 되면서 약속 때마다 묘한 설렘에 가슴이 들뜨던 일이 불과 며칠 전까지였다.

어쩌면 오박사 쪽에서 이쪽의 기분을 눈치채고 있는지도 모르겠다는 생각을 한다. 그 때문인지, 오박사가 또 의외의 질문을 한다.

"오빠 생각이라는 노래 아세요?"

이건 순발력을 기르는 질문요법이겠다.

"뜸북뜸북 뜸뿍새 논에서 울고 뻐꾹뻐꾹 뻐꾹새 숲에서 울 제……."

"그 다음이 뭐죠?"

우리 오빠 말 타고 서울 가시면 비단 구두 사 가지고 오신다더니. 부모의 불화로 동생과 함께 큰집에서 살 때 소은은 혼자 이 노래를 부르다가 없는 오빠를 그리면서 눈물을 글썽이곤 했다.

"비단 구두를 오빠가 사오게 되어 있다는 거죠. 나는 이렇게 생각해요. 세상은 참 변했지요. 여자가 남자를 형이라고 부르는 전근대적인 남자 중심의 질서가 와해되고 드디어 여자는 남자를 오빠로, 남자는 여자를 누나로 부르는 성적 주체성이 확립되었다고 볼 수 있지요. 문제는 말이지요, 남자를 오빠로 부르던 여자가 결혼을 하고 나서도 그렇고 아이를 낳고 나서도 남편을 오빠로 부르는 사람이 많다는 거예요."

"그게 문제가 되나요?"

"남편을 오빠라고 부르는 심리의 이면에 남편을 비단 구두 사오시는 오빠로 여기는 심리가 깔려 있다는 거지요. 부드럽고 연약하고 애절한 목소리로 '비단 구두 사 가지고 오신다더니……' 이러면 남편이 어떻겠어요. 그래, 사갈게. 알았어. 사간대니까. 그렇게 되지요. 오늘날 결혼한 여자가 남편을 오빠라고 부르는 이 현상의 이면에 지극히 남성 의존적인 이데올로기가 숨어 있다는 겁니다."

"설마!"

"여기까지는 최근에 김승희라는 현역 시인이 일간 신문에 기고하고 있는 페미니즘 에세이에 비슷하게 나와 있는 내용인데요, 거기서 한 가지 확실하게 더 보태고 싶은 게 있어요. 그 남성 의존성에는 단순히 자기 인생이 남자에 달렸다고 생각하는 가부장제의 인식이 여전할 뿐만 아니라, 오히려 날이 갈수록 자신을 비단 구두 같은 인생 즉 최고로 화려한 인생으로 살게 해 달라는 신데렐라의 주술이 작용되고 있다는 점이에요."

대학에 출강하기도 하는 사람이니까 이런 식의 강의식 표현은 아무것도 아닐 것이다. 수강생인 셈치고 듣고 있으면 꽤나 재미도 있을 내용이었다. 그러나 뭔가 있었다. 소은은 반발을 해 본다.

"여자가 결혼을 한다는 건 남자의 능력을 믿는다는 뜻이잖아요. 그 선택이 잘못되기를 바라는 사람은 없을 거구요. 여자 혼자 공주처럼 살겠다는 것이 아니지요."

"문제는 그 선택의 책임을 남자가 고스란히 떠안아야 한다는 점에 있지요. 결혼할 때 큰소리쳤겠지요. 행복하게 해 주겠다. 장인, 장모 앞에서도 그랬겠지요. 손에 물 안 묻히고 살게 해 주겠다. 포부야 대단하지요. 그런데 세상을 살아보니 그런가요. 한 달 한 달 집안 식구 건사하는 그 자체로도 힘겨운 게 대부분의 남자의 삶이지요. 많은 여자들이 그걸 인정하지 않고 있어요."

"오박사님 얘긴가요?"

아직 오박사의 부부관계에 대해서만은 호기심이 여전한지도 몰랐다.

"나쁜이 아니지요. 대부분의 기러기 아빠들이 다 그렇지요. 우리나라 대부분의 남자들은 자신의 수입으로 자식의 조기유학이나 고액과외 수강이나 부동산 투기 같은 걸 하기에는 너무 큰 무리수가 따른다는 걸 다 알고 있어요. 그런데, 아내를 비롯해서 집 식구들은 우리는 왜 못하죠, 하고 따진다는 말이지요. 그런 투자도 하지 않고 어떻게 미래를 꿈꾸느냐고 나무라기까지 하지요. 그렇게 되면 남자는 대부분 대출을 받는다, 카드 빚을 진다 해서 일을 추진하고 말지요. 이러니 많은 가정이 고비용 지출에 허덕일 수밖에 없어요. 비단 구두 사 주려면 허리가 다 휘는데, 남편을 오빠로 부르는 구조 안에서는 그걸 막을 길이 없다는 거예요."

"모든 게 여자 잘못? 이런 얘기예요?"

"요즘 나한테 상담하러 오는 남자 중에 이런 사람들이 있어요. 아내와 자식들이 가장인 자기 때문에 집을 좋은 학군으로 못 옮기고 일류대학에도 못 갔다고 구박을 한답니다. 자기 집보다 어려운 형편에 있는 사람, 환경이 더 나쁜 아파트에 사는 사람을 얘기하면서 이만하면 최선을 다한 것이고 최고는 아니래도 최상의 조건을 유지해 온 거라고 아무리 얘기해도 목만 아프다는군요. 이젠 지쳤을 뿐 아니라, 자괴감마저 든대요. 그 중 한 사람은 집에만 들어가면 가슴이 찢기는 것 같아서 죽겠대요. 어떤 사람은 분해서 잠을 못 자겠대요. 또 가족들이 꼴 보기 싫어 식사 때도 얼굴을 밥그릇에 처박듯 하는 사람도 있어요."

"그 남자의 심정을 이해 못할 것은 없지만, 가족들로서는 가장한테 기댈 수밖에 없잖아요."

"가족들은 자신들의 잘못을 알면서도 그걸 인정하려니까 고통이 따른다, 그래서 자신의 문제를 부정하고 남의 탓으로 돌린다, 그 대상이 바로 가장이다, 이런 수순이지요. 자기 잘못을 남의 탓으로 돌리는 건 심리학 용어로 투사심리라 하는데, 두 집의 경우 식구들이 가장에 대해 투사심리를 가진 거라 할 수 있어요."

"그럼, 여자들이 오히려 남자를 억압하는 상황이 되었다 이건가요?"

오박사는 고개를 절레절레 흔들었다. 입가로 흰 거품이 살짝 묻어 났다. 열강을 했다는 뜻이다.

"여성이 주체성을 찾는다고 찾은 것이 오히려 더욱 남성 의존적이 되고, 이 때문에 겉으로 여성 해방은 이루어진 듯하지만, 결국에는 남자든 여자든 모두 그런 어정쩡한 성적 자리매김 속에 억압되는 존재로 전락했다는 뜻입니다. 이게 진정한 의미의 남녀 평등 사회로 가는 통과의례라면 좋겠는데, 이즈음 상황으로는 과연 그런 사회로 가고 있는지 아닌지 전혀 예측할 수 없다는 데 문제가 있어요."

"그런 상황이 모두 여자 때문에 생겨났다고 보시는 거군요?"

"허허, 그게 아니라니까요."

"어쨌든 좋아요. 그런데, 오늘 이런 얘기를 왜 하시는 거죠?"

오박사는 문득 한숨을 내쉬었다. 한쪽 입끝을 귓가로 넓히는 일그러진 웃음을 띠면서 말했다.

"허허, 그런 여자한테일수록 매력을 더 느끼는 남자가 많지요. 나 또한 그런 사람이 되고 말았어요."

순간, 소은도 명확하지는 않지만 오박사의 본 뜻을 다 알아차린 느낌이 들었다. 그러자 소은은 가슴이 옥죄어 오기 시작했다.

병원 밖에서 오박사를 만나 온 지 벌써 대여섯 차례였다.

첫 번째는 고급 레스토랑에서 점심 식사. 두 번째는 소은이 오랜만에 담근 김치를 가져다준 답례로 다시 오박사의 점심식사 대접. 오박사한테 시디 두 장을 선물 받고, 그 답례로 소은이 영화 관람을 하자고 했고, 영화 관람을 하다가 조심스럽게 잡은 손. 그 다음, 밤 늦은 시각에 만나 포도주 몇 잔. 오박사가 음주 기운을 없애려고 소은 집에서 커피 한 잔 하면 안 되겠느냐는 뜻을 슬쩍 비쳤지만 소은이 이를 피했고. 또 한 차례의 간단한 점심 식사. 오박사한테 만난 지 두 달 된 기념이라며 받은 꽃다발. 지난주에는 함께 야외 자동차 극장에서 영화 관람을 하고 소은의 집으로 오는 길 호숫가에서 차 안에 앉은 채 딥 키스를 했다. 입에서 저녁 후식으로 먹은 감귤냄새가 났고. 오박사가 차를 익숙하게 정차할 만큼 이곳 지리를 잘 알았다면, 카섹스는 아니라도 적어도 페팅까지는 갔을 것이다. 오박사의 손이 소은의 스커트를 쳐들며 허벅다리 사이로 올라왔을 때 뒤에서 경적이 울렸고, 둘은 멋쩍어져서, 다른 곳으로 옮길 궁리를 할 수 없었다.

그저께 영애와 함께 오페라 관람. 오늘, 휴일 오후의 일상 같은 만남. 이제 이 모든 것이 과거로 묻힐 것 같은 예감.

휴일 오후에 캐주얼 복장으로 만난 두 사람은, 다소 어울리지 않는 남녀론을 주고받고는 더는 아무런 일정도 잡지 못하고 광장으로 걸어나간다. 소은은 오박사가 아무 것도 제시하지 않을 것임을 알고 있다. 오박사는, 다른 여자가 아닌 소은 얘기를 하고 있었던 것이다.

남편에게 끝없이 비단 구두를 요구한 여자.

그리고 그 남편이 죽은 뒤, 처음 만난 남자인 의사에게 연정을 느껴 서로 가까워지는 동안에도, 남자에게 모든 것을 해 줄 것을 기대하는 여자. 그 여자의 심리에 대해 말하고 있었다. 여전히 성적 매력이 풍성한 여자, 키스하고 싶고, 섹스하고 싶은 여자, 그러나 더 깊이 사랑했다가는 그 사랑한 남자를 다시 수많은 비단 구두를 사 주어야 할 운명에 처하게 할 여자에 대해 말하고 있었던 것이다.

그리고 여자는 뒤늦게 깨닫는다.

그러나, 그러나, 그 여자가 어째서 그런 사람이 되었나에 대해서 더 알아야 할 사람이 바로 남자이고, 그 중에서도 남편이고, 또 의사고, 재벌이고, 교수인데, 그들은, 당신들은 도무지 관심이 없는 거 아니냐고 소리치고 싶은데, 그 남자들은 들으려 하지 않는다는 사실을. 비단구두는 여자 혼자 만든 것이 아니라는 것을 그 남자들은 영원히 깨닫지 못하리라는 사실을. 그래서 갑자기 소리치고 싶어졌다.

"비단 구두가 없으면 당장 죽게 될 텐데 그걸 함께 만든 남자들이 감히 비단 구두를 구하지 말라고 할 수 있어요?"

남자와 여자는 패스트푸드점을 나와 길을 건너 둔덕을 넘어 광장으로 접어든다. 잠시 군중들이 행동을 멈추고 두 사람을 바라보고 있는 거나 아닌지 싶게 광장은 정적에 빠진다. 재빠르게 달리던 인라인 스케이트 패들도 보이지 않고, 공놀이하던 사내애들도 없다. 지팡이 짚은 노인이 절룩거리며 걷는다. 젊은 부부가 날린 배드민턴 깃털 공이 한참 허공에 떠 있다. 사람들은 모두 느릿하게 걷고 있다. 마치 달나라에 착륙한 우주 비행사 같다.

남자와 여자는 분수대 근처에 와서 약속이나 한 듯이 헤어진다. 남자는 왼쪽 시가 쪽으로 여자는 분수대 지나 호수 쪽으로 방향을 잡았다. 여자는 얼핏 돌아서서 남자를 본다. 남자의 모습은 보이지 않는다. 대신, 햇빛이 구름에 가려진 틈을 타 기묘한 빛깔로 뿌려지는 분숫물이 있다. 그 분숫물 사이로 자전거 한 대가 치솟는다.

깔깔거리는 어린애들 소리가 난다. 자전거는 분수대 주변을 여러 개의 직선을 만들어가며 꺾어 돌아가고 있다. 어린애 둘이 그 뒤를 따른다. 분수대를 한 바퀴 돈 자전거 위에서 한 사내가 물구나무서기를 하고 있다. 안장에 어깨를 대고 한 손으로는 핸들을 한 손으로는 페달을 짚고 자전거를 움직여 간다. 또 한 바퀴를 돈 자전거 위에서 그 사내가 이번에는 평행봉 선수처럼 자전거 몸체의 이쪽 저쪽으로 몸을 옮겨가며 자전거를 움직인다.

여기저기서 박수가 터진다.

소은은 감탄하지 않는다. 소은은 분수대 둘레를 돌며 자전거 곡예를 하고 있는 사내를 유심히 보고 있다.

한 바퀴, 두 바퀴, 세 바퀴, 네 바퀴, 다섯 바퀴······.

자전거가 소은 앞에서 멈춰 선다. 홀쩍, 사내가 뛰어내린다.

소은은 놀라 뒤로 물러서려다 말고, 그냥 땅을 딛고 섰다.

12. 바이올린과 오르간이 있는 협주곡

"강욱아!"

누나 목소리였다. 세면장 문이 당겨지고, 동석이가 고개를 들이민다.

"분식집 아주머니 오셨어요."

누나가 강욱이 하는 짓을 보고 잠깐 눈을 흘긴다. 염려 말고 빨랫감은 모아서 달라고 하는데 누리학교에 있고부터는 그런 적이 없다.

"누나, 웬일?"

"배달 왔어. 배달 끝났다고 하는데도 꼭 부탁한다고 그러네."

"어딘데?"

"니가 잘 안대. 호수빌라."

"내가 뭘?"

하다가 강욱은 입을 다문다.

호수빌라! 그 여자다! 강욱은 또, 가슴이 뛴다. 지난 휴일에 그 집에 다녀왔다. 두 달 전에 처음 만나고, 한 달 전에 우연히 모습만 보고……. 그리고 사흘 전에 광장에서 만났다. 그때 강욱을 보는 순간, 환하게 웃는다 싶더니 그만 맥 빠진 사람처럼 몸이 휘청하는 걸 얼른 붙들었다. 그 때문에 자전거가 넘어질 뻔했다. 동석이와 남석이가 번갈아 자전거를 끌고 강욱이 유소은을 부축했다.

유소은의 집은 크기에 비해 썰렁했다. 디브이디와 전축, 장식장과 소파가 있는 거실과 부엌이 별 구분 없이 이어져 탁 트인 느낌을 주었다.

"주강욱씨라고 했지요?"

안방 침실까지 부축해 주고 황급히 돌아서려는데 유소은이 불렀다.

"물 좀 떠다 주실래요? 부엌 씽크대 옆에 냉장고가 있어요."

찬물 반 컵을 마신 유소은이 다시 말했다.

"냉장고에 음료수가 많이 있어요. 과일도 있고. 드시고 가세요. 저 애들하고 같이."

괜찮다고 말하려는 강욱을 유소은이 또 가로막았다.

"부탁이에요. 드시고 가요. 아, 배고프면 쌀통 위에 빵도 있고, 또 냉장고에 우유도 있고……. 라면을 끓여 먹어도 좋고……. 다 드세요. 제발 다 드시고……."

유소은은 침대에 누운 채였다. 연신 부탁이라는 말을 했다. 거의 눈을 감은 채였다.

"내가 잠들 때까지만 있다가 가세요. 아니, 내가 깰 때까지만 있다가 가세요."

그날, 강욱은 동석 형제와 우유와 빵을 먹었다. 그런 뒤, 작은방에서 동석 형제와 레고 조각을 가지고 집을 짓고 놀았다. 포장이 뜯겨 있었지만 새 것이나 다름없는 것들이었다. 멈칫거리던 동석 형제는 조금 익숙해지자 안내문을 읽어가며 모양을 짜맞추기 시작했다. 강욱은 거실로 나와 진열장을 구경했다. 족히 백 개는 되어 보일 미니 양주병이 모두 상표가 달랐다. 그 위의 수족관에서 노는 열대어들을 구경했다. 베란다의 화분을 살펴보았다. 시디 플레이어를 켰다. 볼륨을 줄이고 음악을 듣다가 레코드판을 얹어 작은 볼륨으로 음악으로 틀어 듣다가 소파에서 깜빡 잠이 들었다.

한참만에 눈을 떴을 때, 뜻밖에도 아이들이 식탁에 앉아 있었고, 유소은은 앞치마를 두르고 반찬을 식탁으로 나르고 있었다. 그 사이 아이들이 세수를 하기라도 했는지 얼굴이 말끔했다. 아이들 표정에 어색하다는 느낌은 거의 없었다. 남석이가 강욱에게 입을 벙긋 하면서 어서 손 씻고 와서 앉으라고 했다.

소은이 급히 차린 식탁에는 찬밥덩이에 라면이 있었고, 더운 곰국이 있었다. 랩에 뚜껑이 싸인 김치, 멸치졸임, 깻잎, 무말랭이, 명란젓, 쇠고기장졸임, 콩나물무침이 놓였다. 동석 형제에게는 말할 것도 없고, 강욱에게도 진수성찬이었다. 그동안 애써 식탐을 줄여온 강욱이었지만, 그날은 그럴 수 없었다. 씩씩하게 먹는 자신의 모습을 바라봐주는 소은의 눈길에 왠지 감격해서 목이 메일 듯했다. 그 식탁에서 소은이 조용히 국을 떠먹는 모습 또한 한순간 또 그렇게 감격스러울 수가 없었다.

동석 형제는 북한을 탈출해 남한으로 온 일가족의 형제였다. 북한을 탈출할 때는 부모와 누나가 있었는데, 중국에서 베트남을 거쳐 태국으로 가는 도중에 길이 엇갈려 아버지와 헤어졌고, 엄마, 누나와 함께 한국으로 건너오게 되었다. 몇 달간 조사를 거치고 하나원에서 적응 훈련을 받고 임대 아파트에 정착했다. 몇 달 지나지 않아 엄마도 누나도 동석 형제의 뒷바라지를 할 수 없는 처지가 되었다.

얼마전 우리밀분식에 사장님하고 함께 와서 식사를 하고 간 유민재라는 여자가 있었다. 그 분이 후원단체의 도움을 받아 탈북 어린이들의 방과 후 교육을 전담하는 학원을 차려서 그 건물에 세 들게 되었다. 이름이 누리학교였다. 동석 형제는 많지 않은 학생들 중 하나였지만, 가장 출석률이 좋았다. 그도 그럴 것이 둘 다 편입 절차를 밟지 못해 아예 학교에 다니지 못하고 있었던 것이다.

탈북 어린이나 청소년들은 남한에 오면 적어도 자기 나이보다 이삼 년 정도 어린 학급에 배정된다. 남한과 학습 내용도 달랐고 또 남한 교육 과정에서 보면 학습 능력도 매우 떨어졌다. 그런 데다 북한 탈출 이후 짧으면 일년 길면 삼사년씩 교육을 받지 못했다. 동석이 형제도 삼년이나 학교에 다니지 못했다. 제대로라면 동석이는 고일, 남석이는 초등학교 육학년이라야 하는데, 그보다 이삼학년씩

낮춘다 해도 적응이 쉽지 않을 것이었다.

그뿐 아니다. 남석이는 심장병을 앓고 있어서 몇 년 더 살지도 못하는 아이였다. 형 동석은 좀 건강 사정이 낫긴 해도, 워낙 체격 자체가 작았다. 동석이는 초등학교 오륙학년, 남석이는 이삼학년 정도로밖에 안 보일 체격이다.

강욱이 동석 형제와 함께 지내게 된 사연은 그리 복잡하지 않다. 동석이 엄마는 어느 음식점 주방 일을 하면서 그곳에서 먹고 자야 했고, 누나는 직업이 무언지 모르지만 집에 들어오는 일이 거의 없었다. 동석 형제는 자기끼리 밥하고 청소하고 빨래하고 때로 병원에도 다녀야 할 처지가 되었다.

유민재 선생도 가정이 있는 사람으로 사무실에서 사내애 둘을 맡아 먹이고 입힐 재주는 없었다. 건물을 경비하는 박고문 아저씨한테 우리밀분식 주강욱이 이 건물에서 먹고 자고 한다는 말을 듣고 강욱을 찾은 것이다. 그때부터 주강욱은 낮에는 우리밀분식 배달원으로 일하고 밤에는 누리학교에서 동석 형제와 함께 머물면서 보조교사 겸 숙직 요원으로 일하게 되었다.

다시 아이들을 놀리고 식탁에서 차를 마시며 강욱은 그런 얘기를 해 주었다. 유심히 듣고 있던 유소은이 몇 차례 질문을 했다. 주로 탈북한 사람들에 관한 내용이었다. 그 사람들은 무엇 때문에 북한을 탈출하고, 왜 모두들 남한으로만 오려고 하는 것인가. 어떤 탈북자는 남한에 오는데 왜 많은 탈북자들은 남한에 오지 못하고 중국이나 다른 나라에서 떠돌고 있느냐. 남한에 오면 정착금은 얼마나 주는가. 강욱은 다 대답할 수 없었지만 성심껏 설명했다. 말을 하다가 동석이를 불러 물어보곤 했다. 대화를 하다가 가끔 다른 화제로 빠지기도 했다.

유소은의 동생 유정섭 얘기도 나왔고, 두 사람이 처음 만나던 날도 되새겨졌다. 강욱이 자전거 곡예를 하게 된 사연도 얘기하게 되었다. "영화 이티처럼 자전거가 하늘로 날아가는 것 같았어요." 유소은이 뒤늦게 감탄했다. 유소은은 처음 만났을 때 몰던 까치유치원 차를 이제는 전문 운전기사한테 부탁해서 몰고 있다고 했다. 강욱은 자기가 일하고 있는 우리밀분식이 특별히 무농약 식품만 쓴다는 얘기를 했다. 유소은이 솔깃해 하면서 우리밀분식이며 유기농산물 직거래 장터의 전화번호를 받아 적었다.

그것이 지난 휴일이었다. 이후, 혹시 전화를 할지 모른다는 기대는 했다. 밤에 잘 때도 몇 번 생각했다. 이래서는 안 되는데, 하고 그 여자를 꿈 밖으로 밀어내기도 했다. 어제 오후에는 백색 승용차 한 대가 멈추더니 멋있게 생긴 여자가 나와서 밖에서 한참 우리밀분식 간판과 실내를 살펴보고 가더라는 얘기를 누나가 했다. 그리고 오늘이다.

"와, 대단하시네. 딱 맞혔어요. 나는 진짜 라면을 끓여오면 어쩌나 했어요."

강욱이 철가방에 넣어간 생라면 세 개와 김밥 한 줄을 내놓자 유소은이 반색을 했다. 화장을 지운 얼굴에, 진 바지와 반소매 티셔츠 차림이었다. 강욱은 얼른 나이 셈을 했다.

"내가 오늘 유치원에 나가봤거든요. 거기서는 필요 없는 책도 있고, 장난감도 많아요. 누리학교 애들한테 필요하면 그걸 실어가시라고 불렀지요."

소은은 엉거주춤하는 강욱을 소파에 앉게 하고 동화책 한 권을 가져다 놓았다.

"이걸 보고 계세요. 장난감하고 다른 책은 제 차에 있어서 가져 와야 해요."

"그럼, 제가 따라 가서 자전거로 옮기면 되겠네요."

강욱이 일어서는 걸 소은이 다시 막았다.

"그럴려고 그랬는데, 다른 짐이 함께 있어서 안 되겠어요. 가져와서 여기서 분류를 해야겠어요."

무거운 걸 옮기는 일은 식은 죽 먹긴데……. 강욱은 중얼거리다가 다시 소파에 앉았다. 처음부터 켜두고 있었는지, 거실 안에는 음악이 흐르고 있다. 피아노 소리를 배경으로 바이올린 소리가 부드럽게 이어가는 클래식이다. 아니, 피아노가 아니라 풍금소리 같다. 이런 순간, 문득 지혜 생각이 난다. 풍금이 있는 교실. 이런 이름의 카페를 드나들며, 그곳에서 여주인이 가끔 연주해 주는 풍금 소리를 들었다.

수족관 속의 열대어들이 마치 음악소리에 몸을 맡긴 듯 지긋이 흐르다가 한 순간 뒤로 방향을 틀곤 했다. 그 아래 진열장에서, 지난번에 보지 못한 듯한 몇 개의 액자 사진을 발견한다. 유소은의 여고 때 사진일까. 빛은 바랬지만 포동포동한 살결이 살아있다. 그 옆에, 단풍빛깔 선연한 바위벽을 배경으로 어떤 여자와 함께 찍은 사진, 그 옆에 군인 유정섭 사진, 그 옆에 유치원생들과 함께 찍은 사진……. 역시 남편도 없고, 자식도 없는 것이 분명한……

생각 밖으로 시간이 흐른다. 유소은이 건네고 간 동화책을 펼쳐 이리저리 훑어본다. 아이들 책치고는 그림도 아주 사실적이고 책 크기도 작다. 유치원 아이용으로는 물론 부적격이다. 책은 남석이가 더 좋아한다. 강욱이 소리를 내어 읽어주다 보면, 스스로도 이야기에 빠져든다. 불과 열흘 사이, 벌써 몇 편의 동화를 읽었는지 모른다.

강욱은 몸을 일으켜 베란다로 간다. 막 꽃이 피기 시작한 칸나가 눈에 띈다. 난종류의 화분도 몇 있고, 제라늄 꽃도 소박하다. 그 한 켠으로 빨래가 널렸다. 언제 유소은이 입은 걸 본 듯한 스커트가 있고, 긴 원피스도 걸렸다. 그 뒤로 몇 장의 티셔츠, 분홍빛 와이셔츠……. 그 안으로 스타킹도 널려 있고, 팬티 몇 장…… 브래지어…….

"아이쿠……."

하는 소리가 거실 안으로 들어왔다. 강욱은 어느새 화끈 달아오른 얼굴을 바로 들지 못하고 다가가 유소은이 들고 온 큰 사과 상자를 안으로 옮겨온다.

"제가 들어드리는 건데."

죄를 짓고 있는 느낌이다. 더구나 유소은의 손이 눈부실 정도로 희게 보였다.

"강욱씨가 손님이잖아요."

"손님은 무슨……."

유소은 거실 바닥에 앉아 사과 상자에서 물건을 하나씩 꺼냈다. 강욱이 그걸 차례로 살펴본다. 로봇 인형 조립식 장난감은 당장 동석 형제가 싸울 듯이 달려들 것이다. 만화를 곁들인 몇 권만 제외하면 책은 전부 남석이 차지가 될 것 같다. 누리학교에서도 그렇다. 동석 나이에 맞는 책은 수험 관련 책밖에 없는 것이 문제다. 그래도 책을 읽혀야 하는데 동석이는 전혀 흥미를 못 느끼고 있다.

"아, 이러면 되겠구나. 제 차로 실어 드릴게요."

"아, 아니에요. 자전거에 실어가면 돼요."

"그럴 것 뭐 있어요. 우리밀분식, 나도 가봤는데."

"아, 그러셨어요? 왜 들어오셔서 뭐라도 드시고 가시잖고요?"

누나가 한 말이 생각나 말했다.

"먹었대니까요."

유소은의 어조가 강하게 느껴졌다.

"그래요? 어떤 멋진 여자분이 승용차로 와서 밖에서 기웃거리다가 가더라는 얘기를 들었는데, 그럼 그 분이 아니었나. 안에까지 들어오셨어요?"

"그렇대니까요. 라면 한 그릇에 삼천원 맞죠?"

"예, 맞아요."

"제가 그쪽 여성문화회관에 다니기 시작했거든요. 이쪽에서 갈 때는 모르는데, 올 때는 우리밀분식 앞길로 바로 지나오게 되어 있어요. 그저께 지나는 길에 들렀지요. 강의를 늦게 마쳐서 배가 좀 고팠거든요."

"제가 그때 없었군요. 아이, 아까워라. 제가 서비스를 팍팍 해드릴 텐데."

"무슨 서비스요?"

유소은의 얼굴에 모처럼 장난기가 서린다. 분식집에서 일하는 배달사원을 놀리는 투가 아닌가 했지만 그런 낯빛이 아니다.

"단무지 한 접시, 화끈하게 따뜻한 물, 또……."

"또 뭐요?"

"또, 제가 생음악으로 노래를 들려드릴 수도 있고요."

"분식집에서 생음악을?"

유소은이 어이없다는 듯이, 그래도 재미있어 못 견디겠다는 듯이 허리를 집고, 일그러진 얼굴을 다 가리지도 못하고, 강욱이 민망스러울 만큼 오래오래 웃었다. 강욱도 따라 웃다가 말다가 했다.

"저 소리가 풍금소리 맞죠?"

강욱도 한참만에 정신을 차렸다. 시디 한 장이 다 작동하는 시간이 얼마일까. 음악은 좀전에 듣던 협주곡으로 다시 돌아가 있다.

"이 음악이, 비발디 음악일 거예요, 아마. 그렇지. 바이올린과 오르간을 위한 협주곡."

유소은이 굳이 몸을 일으켜 시디 케이스를 뒤적이며 제목을 불러준다.

"음악 좋아하나 봐. 가져가서 들으실래요? 비발디 음악만 있는 시디도 따로 있어요."

"아니, 괜찮아요. 저 음악 잘 몰라요."

"그 학교에 오디오 있어요?"

강욱은 할 말을 잃었다.

"나 이상해. 강욱씨 만나니까 왜 자꾸 뭐든지 주고 싶지?"

일부러 울상을 짓는 장난스런 표정이다.

"제가 빈티 나게 생겼나 보죠, 뭐."

무심코 말하려다 강욱은 입을 다문다. 유소은의 얼굴이 굳어졌기 때문이다.

13. 혼적을 남기는 법

"값지게 사라지기."

남의 목소리 하나에 기분이 좋아졌다 나빠졌다 하는 사람이 있으면 그 사람을 어리거나 가볍다고 생각해도 좋을까. 철식은 결코 그렇게 생각할 수 없는 사람을 발견하고 있다.

"남들은 어땠는지 모르지만, 나는 자라면서 여러 차례 자살할 생각을 해 보았다. 자살할 생각을 해 본 사람들은 다 그러겠지만, 나도 자살 중에는 가장 완벽한 자살에 대해 꿈꾸고는 했다."

'값지게 사라지기'라는 제목을 읽고, 겨우 두 문장 정도를 읽었을 뿐인데 고선배는 룸미러로 힐끔 뒷좌석을 살피는 기색이다. 고선배가 보는 뒷좌석에는, 차에 탈 때부터 고선배 표정을 일그러뜨려 놓은 정은이 앉아 있다. 정은의 음성은 뭐랄까, 여자치고는 톤이 낮은 편인데, 그런데도 나긋나긋하게 감칠맛이 난다.

"가장 완벽한 자살은 죽어서 혼적을 남기지 않는 것일 텐데, 그게 어떻게 하면 가능할지 참 오래 고민했다. 우스꽝스럽게 말하면, 나는 죽은 혼적이 남을 것 같아서 자살을 안 한 사람 중의 한 사람이다."

여기까지 읽자 고선배는 푸, 하고 웃음소리마저 냈다. 정은이 목소리에 이끌리다가 결국 정은이 읽고 있는 글에 빠졌다는 뜻이다. 그 글은, 고선배가 오늘을 위해 며칠 전에 신문에 실린 칼럼 기사를 오려 안주머니에 넣어두었다가 좀전에 철식에게 건네준 것이다.

역시 고선배가 정은을 경계한 것은 질투가 아니었다. 오늘 같은 날 사무실 여직원도 있는데 굳이 정은 같은 여자애와 동승한다는 게 꺼림칙해서일 것이 틀림없다. 그 점에 대해서는 철식 자신도 썩 내키는 기분이 아니었다. 며칠 전부터 몹시 기분이 우울했고, 그 증세가 여자가 필요한 때문이라는 것을 느끼면서도, 억지로 참았다. 그러다가 어제 정은한테 전화를 걸어 확답을 받고나자 왠지 조금 진정되었고, 오늘 정은을 차에 태우고 나니까 더 가라앉는 느낌이었다.

"이십대 초반의 어느 날에는, 조선 연산군 시절에 율려습독관을 지낸 어무적이라는 시인을 책에서 발견하고 무릎을 탁 치기도 했으니, 우선 없을 무, 자취적, 흔적이 없다는 그 이름 때문이었다. 조선 정조 때의 실학자 정약용이 쓴 '애절양'이라는 시는, 아이를 낳는 대로 곧바로 군역의 세금을 부과하는 나라 행정에 스스로 남근을 끊어 맞선 한 농부를 보고 지은 것이다. 이보다 삼백년 전, 어무적은 매화나무에 열매가 열리는 대로 세금을 부과하는 관리의 횡포에 도끼로 매화를 찍어내며 항의한 이야기를 '작매부'라는 시로 썼다가 요즘 말로 치면 필화의 주인공이 된 사람이다. 그는 관가의 포승줄을 피해 달아나다 어느 한적한 산골에서 쓸쓸히 죽어갔다. 나는 이 비극적인 인물을 '흔적 없는 시인'이라고 칭하면서 만나는 사람마다 소개하곤 했다."

여기까지 읽고 난 정은이 숨을 가쁘게 몰아쉬는 시늉을 하면서 "에이, 이거 끝까지 읽어야 해요? 나는 무슨 얘긴지 하나도 모르겠어." 하며 신문 쪽을 내려놓았다. 검은 정장이 없다며 대신 입고 온 감색 원피스 무릎 위에 하얀 손이 짐짓 힘없이 떨어지는 것이 철식에게는 이상한 실감으로 다가왔다.

고선배는 아예 허허허, 하고 소리를 내어 웃었다.

"일본에서 가장 무서운 사람이 누군지 알지? 도끼로 이마까라상이잖아. 작매부라는 말이 그거야. 도끼로 매화를 찍어버린 시라는 뜻이야."

"애절양은 뭐예요?"

"애절양은, 그건 말이야, 그 글에 나오지 않던? 남근을 끊는다는 말. 그래도 모르겠거든 니 옆에 저명하신 분이 계시잖니? 그분께 여쭤보렴."

깡패한테도 격이 있는 거라고 늘 말한 사람은 형이었는데, 고선배야말로 격이 다른 건달이었다. 책을 많이 읽는 것 같지도 않고, 신문이나 텔레비전도 그냥 얼

핏 얼핏 지나쳐 보는 듯한데 뭔가 주워 섬기는 게 남달랐다. 영화 얘기를 하더라
도 줄거리나 배우들만 들먹이는 게 아니라, 어떤 장면의 배경 같은 거나, 연출
솜씨, 감독이나 시나리오 작가의 특징 같은 것까지 언급했다. 애절양에 대해서
는 고선배한테 들은 기억이 없지만, 귀양살이하면서 무수한 글을 썼다는 정약용
얘기는 고선배를 통해서도 여러 번 들었다. 신문 내용을 듣자 하니, 애가 태어나
자마자 군대 안 보내는 대신에 세금을 내라고 하는 탐관오리들의 등쌀에 견디지
못해 애 안 낳으려고 자기 남근을 끊은 농부가 있었던 모양이다. 그걸 보고 정약
용이 지은 글이 〈애절양〉이라는 것이다. 어무적이라는 사람은 매화에 세금이 붙
는다고 도끼로 매화나무를 찍어 베어낸 사람 얘기를 써서 수배 대상이 되었다고
한다. 어쨌거나 고선배는 그런 걸 다 알고 있다는 얘기다.

"신문, 이리 줘볼래?"

철식이 손을 벌리자, 정은이 철식의 표정을 살핀다.

"아니에요, 제가 읽어드릴게요. 본업에 충실해야지요."

정은은 자신을 홈쇼핑 전화 상담 요원이라고 소개했다. 처음에, 취한 철식이
정은에게 노래를 시켰다. 자꾸 정은이 사양하다가 결국에는 노래를 불렀다. 노
래 솜씨는 기억이 나지 않지만, 그런 일을 하는 여자들이 대개 혀를 많이 굴리고
말이 빠른 데 비해 정은의 말은 그렇지 않았다. 오늘 동행해 주면 직장 일당의
두 배를 쳐 줄 거라고 한 제의 역시 그리 잘못된 것이 아닌 것 같았다. 오전 근무
를 마치고 나와 여전히 탄력 있는 목청을 유지하고 있었다.

"흔적 없이 사라지느냐 아니냐 하는 문제는 사실은 중요한 것이 아니다. 죽는
일에서 더 소중하게 생각해야 할 것은, 흔적 없이 사라지느냐 그렇지 않느냐가
아니라 어떻게 하면 죽으면서 좀더 생산적으로 죽을 수 있느냐 하는 점이다. 아
무리 위대한 죽음도 대개 죽는 그 순간부터 남의 수고를 겪어야만 한다. 평생 남
을 위해 살지도 못한 사람인 나 같은 사람이 죽어서까지 남에게 수고를 시킬 것
을 생각하면 미안하기 그지없다. 게다가 변변찮은 생애를 살다가는 존재가 아까
운 국토까지 차지하고 누워 있다는 건 상상만 해도 떨린다. 내가 화장 문화를 선
호하는 까닭은 이 때문이다."

형은 화장을 서약한 사람이었다. 회사 직원 대부분이 형의 뜻에 따라 모두 병

원에 화장 서약서를 냈다. 하청을 주던 대기업 회장이 화장 서약 운동에 앞장서는 사람이라 결과적으로는 형 회사도 덩달아 동참한 셈이었지만, 형 스스로도 분명한 화장 의지를 가지고 있었다.

"화끈하게 살고, 화끈하게 가는 거지. 죽은 뒤에 어떻게 될까, 죽은 뒤에 사람들이 날 어떻게 평가할까, 이런 것 생각하는 사람이 더 문제라고 생각해, 나는. 나 죽으면 화장하는 거, 알지?"

자신의 인생론으로 철식이나 부하 직원들을 격려하면서 하는 말이 그런 식이었다.

그렇기는 했지만, 형이 죽었을 때, 철식은 유소은에게 묘를 쓰자고 주장했다. 형님만한 인물은 드물다, 형님 같은 분한테는 산 사람이 땅을 내주고 두고두고 보살펴야 한다는 말을 했다. "그 여자가 뭐랬는 줄 알아? 가시는 분 뜻을 따르는 게 두고두고 보살피는 일이 될 거라는 거야. 형님이 화장해서 뼛가루를 고향에다 뿌려 달라고 했지만 차마 그럴 수 없어서 납골당에 모시는 거라고 선심 쓰듯 그러더라구." 장례를 치르고 돌아오던 날 철식이 고선배를 붙들고 그렇게 하소연할 때만 하더라도 미처 유소은의 정체를 다 파악하지 못하고 있었다. 그 여자는 실은 형이 죽어서 묻힐 땅까지 미리 다 뺏어간 여자였다.

"그러나 최근 들어 화장이 능사도 아니라는 생각도 하게 되었다. 납골당만 하더라도 만만찮은 경비도 들고, 또 역시 언젠가 공간 부족이라는 문제를 낳을 것이 틀림없다. 또 분골을 산천에 뿌리는 행위도 퍽 상징적인 일이 될지 모르나 법적으로 문제의 소지가 있는 일일 뿐만 아니라 실제로 산천을 오염시키는 일도 된다. 그렇다면, 나는 어떻게 하면 죽어서 조금이나마 남에게 피해를 덜 줄 수 있을까."

이제는 또박또박 글을 읽어가는 정은 스스로도 내용이 재미있어지는 모양이었다. 라디오의 성우 못지 않게 읽는 데 제법 감정이 들어간다.

"이런 때에, 최근 한 신문의 독자 투고란에 게재된 '사후(死後) 아이디어' 하나가 내 시선을 끌었다. 그 독자는 우리나라 장묘문화의 폐해를 지적하면서, 가족들이 나무 동산을 만들어 죽은 사람의 분골을 그 땅 속에 뿌리자는 제안을 했다. 죽어서 별 흔적도 없고, 자라는 나무에 조금이나마 거름 구실은 할 수 있을 것 같다는 생각에서 나는 그 제안에 동의한다. 가족들의 나무 동산 같은 것을 꿈도 못 꾸는 사람들을 위해서는 나라에서 각 지방마다 분골을 땅에 뿌릴 수 있는 삼림지역을 제정해 줄 것을 제의한다. 만일, 그래도 죽은 이의 영혼을 기리는 표지 같은 게 필요하다면, 분골이 뿌려진 그 지역의 나뭇가지에 죽은 이의 이름과 묘비명을 적은 작은 패찰을 다는 정도면 어떨까. 이 세상에는 그 삶이 아름다웠노라 기억해 주어야 할 사람이 너무 많지만, 그 기억은 살아있는 이들의 마음에 새겨두고 그 흔적은 값지게 사라지게 하는 편이 더욱 참다운 일이 아닐까 생각해 본다……. 아, 공연히 숙연해지네. 이건 순정소설도 아닌데 왜 이러지?"

코끝이라도 찡해 오는 건지 정은이 고개를 숙이며 눈끝을 손으로 찍었다.

길이는 짧고 폭은 넓은 웅장한 대리석 다리를 건너자 회양목과 소나무로 깔끔하게 조성한 공원이 눈앞에 펼쳐졌다. 그 한가운데 아치형의 건물이 하나 자리해 있었다. 그게 '영원의 집'이라고 명명된 제1추모관이었다. 그 옆을 지나 조그마한 둔덕을 넘어서면 또 하나의 공원이 있고, 역시 아치형의 건물이 하나 서 있다. 형이 죽었을 때는 이 제2추모관이 완공된 지가 얼마 지나지 않았을 때였다.

그때는 마지막 안치까지 진행하는 동안 주변이 좀 썰렁하다 싶었는데, 이제는 평일인데도 들어가는 입구부터 사람들로 붐볐다. 보자기에 싼 유골함을 든 상주를 앞세운 장례객 한 무더기가 '안락의 집'이라는 나무 현판이 붙은 제2추모관 안으로 들어가고 있었다.

이른 아침부터 이철우 형의 납골당 앞을 지키던 굼벵이와 절구통이 추모관 안에서 나와 계단을 뛰어내려 왔다.

"이상 무!"

굼벵이가 군인 흉내로 일행을 맞았다.

"식사들 하고 간단히 사우나 갔다가 신도시로 가 봐."

고선배가 두 팔을 벌려 두 사람의 어깨를 다독거리며 몇 발짝 배웅했다.

"남편 일주기 제사에도 오지 않는다?"

철식은 중얼거리며 추모관 안으로 발길을 옮겼다.

이철우의 납골함 앞에는 지난 설에 철식 일행이 와서 걸어놓은 꽃이 그대로 걸려 있었다. 납골 공원 입구에서 산 국화를 새로 걸어놓고 한참 동안 묵념을 했다. 돌아보니 고선배 뒤에 선 정은도 짐짓 숙연한 분위기에 긴장된 표정이었다.

"그거 이리 줘봐."

철식은 정은이 그때껏 손에 들고 있는 신문지 조각을 받아들었다.

"뭐하려고?"

고선배가 도와주려는 뜻으로 다가섰다.

"우리 형님이 바로 이 신문 기사처럼, 죽어서도 남한테 피해를 안 주려고 했던 분이란 걸 알기나 하겠어."

철식은 중얼거리며 신문 조각을 한번 접어 꽃더미 안에다 넣었다. 가까운 곳에서 비명에 가까운 오열이 터져나왔다. 대각선 쪽 안치대의 한 안치함으로 막 유골상자가 들어간 모양이었다. "가지 마, 니가 가면 어떡해!" "오빠! 오빠!" 하는 소리가 마구 터져나왔다. 철식도 가슴 밑바닥에서 울음덩어리가 치솟는 듯해서 잠깐 눈을 감고 침을 삼켰다. 그러다 갑자기 분노가 치밀어 올라서 주먹으로 화강암으로 된 안치대를 쳤다.

"오늘, 그년을 꼭 잡을 수 있을 거다! 그년, 반드시 올 거라구. 남편 등쳐먹고 죽게 한 죄를 조금이라도 씻는 척해야 잠을 잘 거 아니겠어."

고선배가 철식의 등에 가만히 손을 얹었다.

"먼저 레스토랑에 가 있어. 내가 얘한테 얘기해 놓고 따라갈게."

정은은 반대편 구역에서 오열하는 유족들에게서 시선을 앗겼다가 눈시울을 적셨다.

고선배는 손가락으로 딱, 하는 소리를 내 정은의 주의를 끌었다.

"얘, 너한테 장사 지내라고 데려온 거 아니다."

이철우가 죽은 지 일년이 되는 날이다.

형을 납골당으로 모시고, 삼오제 때 한 번, 그리고 형이 죽고 처음 맞는 생일 때 한 번 다녀간 형수. 그 여자의 비리 사실을 짐작하고 추궁하기 시작한 것이 그 이후였다. 그 여자는 모두가 형이 사업상 해 놓고 간 일이라 자기는 책임질 수 없다고 몇 차례 발뺌을 하더니, 급기야는 종적을 감춰버렸다. 추석 때 이 납골당 앞을 집중적으로 지켰는데, 그 며칠 뒤에 다녀간 흔적을 보게 되었다. 지난 설 때도 와 보았더니, 그 여자가 하루나 이틀쯤 전에 와서 걸어놓은 게 분명한 조화가 있었다.

이번에는 사흘 전부터 교대로 사람을 대기시켰다. 유소은은 토요일, 일요일, 월요일을 거쳐 진짜 기일인 오늘 오전까지 다녀가지 않고 있다. 이번만은, 발견되면 절대로 놓치지 않는다. 머리채를 끌어서라도 납치를 할 것이다. 끝까지 내 손으로 그년의 입을 벌리게 하고야 말 거다. 형님 앞에 와서 산발을 하고 무릎 꿇고 사죄하게 하고야 말 것이다. 자신의 죄를 낱낱이 고하게 할 것이다. 한 점 의심이라도 나면 다시 머리채를 끌고 가서 발가벗겨 십자가에 매달아 놓고, 스스로 지쳐 죄를 말하게 할 것이다.

"어디 있어?"

고선배 전화였다. 레스토랑에 가 있는 줄 알았을 것이다. 철식은 영상추모관에서 자료를 신청해 이철우의 유골이 납골당에 안치될 때의 모습을 다시 보고 있었다. 그 여자, 유소은은 퉁퉁 부은 화장기 없는 얼굴로 자주 자주 흐느꼈다. 누가 봐도 남편을 갑작스레 여의고 얼이 빠져버린 젊은 미망인의 모습 그대로였다. 저 여자가 어떻게 병든 남편을 돌볼 생각은 하지 않고 남편의 재산을 미리 자기 명의로 다 바꿔 놓는 일에 열을 올린 아내라고 할 수 있을까. 저 모습에 형은 취했고 한걸음 한걸음 파멸의 길로 가고 있었다. 철식도 처음에는 그랬다. 왕비처럼 모시고, 공주처럼 연모했다.

그래, 연모했다. "그 여자, 사랑하는 거 아냐?" 윤희의 음성이 들렸다. 철식이 자신을 연모한다는 것을 안 공주는 철식을 이용했다. 철식은 하인처럼 노예처럼 부림을 당하고도 좋았다. 그 여자가 노리는 것이 따로 있다는 생각에 어렴풋이 정신을 차렸을 때는 형이 치명적인 병으로 병상에 누운 뒤였다.

"고초골 별장에 전화를 걸어서 상황을 알아봐 줘."

철식은 뒤에 다가선 고선배를 돌아보았다.

"염려 마. 오늘 아침에 오면서 확인했어."

"그 자식들, 그 동안 밀린 돈도 많이 봐 주고 있는데 이번에 확실하게 하지 않으면 그냥 내쫓아버려."

"오늘 귀한 손님 모시고 갈지도 모른다고 깨끗이 청소해 두랬어."

둘은 레스토랑으로 자리를 옮겼다. 운치 있게 꾸며놓은 레스토랑이지만, 장례를 치르는 곳이라 어수선한 분위기는 어쩔 수 없었다. 철식은 맥주를 청해 한 잔을 단숨에 비웠다. 고선배는 버릇처럼 휴대폰을 확인했다.

"신도시 빌딩 건 말인데, 얘들 또 갔지만 아무래도 한바탕 해야겠지?"

최덕주의 말대로, 그 빌딩은 일년 전에부터 사기 치고 달아난 자의 처남 소유였다. 처남이라는 자는 조그만 제지회사 직원을 마지막으로 직업도 없이 지내던 건달이었다. 사기꾼 매형과 내통하고 있으리라는 건 눈에 불 보듯 뻔한 일이었다.

"왜, 겁나?"

"천만에! 난 몸을 부딪치는 일은 무엇이든 신나!"

철식이 두 번째로 감옥에 갔을 때, 빈민촌 철거 반대 운동을 하다가 구청 차에 불을 지른 죄로 들어와 있던 고선배를 처음 만났다. 먼저 출감한 철식은 고선배의 부모들과 동생들을 돌봐주었다. 그것이 당시 절망적인 상태로 노숙 생활을 하던 그 식구들의 집단 자살을 막는 구실을 했다. "공부고 출세고 다 필요없어. 믿을 건 몸뚱아리밖에 없다구." 고선배는 철식의 의리 있는 몸을 믿었다.

"머리에 든 게 많은 놈들이 머리에 든 걸 이용해서 온갖 편법으로 다 가로채는 게 세상이야. 대신에 아무 것도 모르는 이 몸뚱아리는 얼마나 정직해? 난 너의 몸이 가는 길을 따르겠어!"

고선배가 두 살 아래인 철식과 한 배를 타면서 한 말은 철식에게는 은근한 자랑이기도 했다.

한참 만에 고선배의 휴대폰이 울었다. "정은이다!" 고선배는 직감적으로 말했다.

"왔어요, 왔어."

정은의 말소리가 밖으로 들려나왔다. "어떤 젊은 남자가 꽃다발 들고 와서 걸고 있대." 고선배가 재빨리 말을 옮겼다.

"그래. 아까 내가 얘기했지? 천천히 다가가서 말을 걸어."

고선배가 짧게 명령하는 동안, 철식이 먼저 계단을 뛰어내려갔다.

"어디 갔지?"

형의 납골함이 안치된 2층의 복도에는 어느새 사람들이 더 차 보였다. 철식의 시선이 그 사람들을 피해 정은을 찾았다.

"애, 정은아. 어딨어?"

고선배가 뒤따라 오면서 휴대폰으로 정은을 불러냈다. 고선배는 자신의 휴대폰을 철식의 귀 가까이 대주었다.

"찾아온 남자한테 말을 걸고 있어."

고선배의 휴대폰에서 정은이 낯선 남자하고 나누는 대화가 들려왔다.

"저는 배달하는 사람이라 잘 몰라요."

"그러지 말고 얘기해 보세요."

"저는 누가 배달시킨 건지 몰라요. 혹시 꽃다발에 뭐라고 써 있나 보세요."

"한자로 뭐라고 썼네요. 그건 필요 없구요, 그 사람 연락처가 필요하거든요."

"저는 몰라요. 택배 회사로 물어보세요."

소리가 멀어졌다.

"잠깐만요, 저기 잠깐만요. 거기 서 보세요."

"제가 바쁘거든요. 배달할 게 많아서요."

"회사 번호라도 불러주고 가셔야죠."

정은이는 최선을 다하고 있었다.

철식과 고선배가 제2추모관 밖으로 뛰어나갔을 때는 정은이 사내를 놓친 뒤였다. 사내는 자전거를 타고 온 모양이었다. 자물쇠를 채우거나 하지도 않고 계단 아래쪽에 세워 둔 자전거에 올라 이쪽으로 등을 보인 사내는 막힘 없는 동작으로 안락의 집 상징탑 둘레를 돌아 나가고 있었다.

"따라가! 내가 차 몰고 나올게!"

고선배가 소리치며 주차장 쪽으로 뛰어갔다. 철식은 아스팔트로 조성된 차도를 가로질러 제1추모관 쪽으로 뛰었다. 햇빛을 받아 유난히 반짝거리는 자전거는 마치 철식이 보란 듯이 그 옆으로 나란히 붙여왔다.

"이봐, 거기 서 봐! 내 얘기를 들어봐!"

자전거 사내는 얼굴을 힐끗거리며 잠시 멈출 듯하더니, 갑자기 자전거 안장 위로 올라설 듯 엉덩이를 들더니 힘차게 페달을 밟으며 쏜살같이 앞서 달아나기 시작했다. 철식은 단거리 선수처럼 발돋움해 뒤를 쫓았다. 금세 숨이 차올랐다.

제1추모관에서 공원 밖으로 나가는 다리 위에 멈춰 서서 숨을 골랐다. 주차장 쪽에서 승용차 두 대가 연이어 나오고 있었지만 고선배가 모는 차가 아니었다.

철식은 다시 가벼운 조깅 동작으로 추모공원 바깥 아스팔트 길까지 나가 보았다. 예의 자전거는 뒤따르는 자동차도 쉽게 추월하지 못할 정도로 빠르고 유연하게 찻길과 밭두렁을 경계 지은 가로수 아래 길을 달려가고 있었다. 아스팔트 길이 옆으로 비스듬히 굽어 있어서 자전거의 행로도 서서히 곡선을 그었다. 가로수와 그 그림자가 자전거를 희끗희끗한 모양으로 드러냈다. 그러다가 그 모양도 어느결에 사라져 버리고 없었다.

고선배가 그제서야 차를 몰고 와 멈춰 섰지만, 철식은 그대로 서서 사내가 사라진 지점을 거듭 바라보았다. 차도 양 옆은 주로 고추나 오이, 가지가 자라는 밭이고, 그 뒤로 간간이 모내기를 마친 논들이 보였다. 논둑길 어긴가에서 힐끗하고 자전거가 보이는 듯했지만, 그게 아니었다. 뭔가 홀린 듯한 느낌이었다. 옅은 밤색 반소매 티셔츠에 미색 진 바지를 입은, 팔뚝에 유난히 굵은 힘줄이 돋보이는 청년이었다. 얼굴에 웃음기가 있다고 느낀 것은 다만 느낌뿐이었던 것 같았다. 짧은 머리에 구릿빛 얼굴이라는 정도 외에는 알 수 없는 친구였다.

철식이 돌아서서 추모공원 쪽으로 시선을 옮겼을 때, 깜짝 놀라고 말았다.

알 수 없는 일이었다. 그 여자가 추모공원 밖으로 걸어나오고 있었다.

그 여자는 언제나 이렇듯, 미칠 듯한 분노를 몰고 오다가도, 어느새 그 감정의 밑바닥에서부터 미세한 떨림이 일게 만든다. 그 떨림이 싫어서 더욱 치를 떨어 극한 감정으로 몰아간다. 주먹이 불끈 쥐어지고, 어금니가 앙 물어진다. 얼굴이 상기되고 정수리에서 뜨거운 기운이 뿜어진다. 그러다 어느새 또, 가슴 아리는 쓸쓸한 기운이 밀려온다. 사람의 의식이 두 겹이라는 사실을 철식도 이제는 믿게 될 듯하다.

그 여자는 청색 원피스를 입고 있다. 뒤로 묶은 긴 생머리를 풀어 길게 늘어뜨리고 가로수 아래를 걸어서 오고 있다. 그 여자가 말했다.

"저를 두고 그냥 가시려고 그랬죠?"

정은이었다. 울고 있었는지 목이 쉬어 있다.

14. 어떻게 사랑할까

"너, 또 병 도졌구나, 도졌어!"

영애가 포크를 든 채 눈이 휘둥그레진다.

"이 코스 요리, 다 나온 것 맞지? 나 참, 이 좋은 음식 먹고 체하면 얼마나 억울할까. 병이 도져도 옴팡지게 도졌어, 아주. 어쩐지 여기 와서 분위기부터 잡고 시작하더라니까."

영애의 눈길이 자기 삼촌을 향하고 있다. 박선생의 벗어진 이마에 땀이 맺혔다. 어이가 없어서 나오는 웃음을 참는 기색마저 있다. 박선생까지 이렇다면 보충 설명을 하지 않을 수 없다.

"이거, 오래 전부터 생각해온 일이에요. 유치원 시작하기 전에도 말씀드렸지만, 교육 사업은 어릴 때부터 하고 싶던 일이었어요."

"글쎄, 니가 지금 말하는 건 교육 사업이 아니라 자선사업이야."

영애가 말을 잘랐다.

"원래 교육에는 자선의 의미가 있는 거야. 요즘도 중고등학교에서는 등록금 없어서 돈을 못 내는 학생을 야박하게 퇴학 처분하지 않고 어떻게든 구제해 주잖아."

"좋은 시설 갖추고 실력 있는 교사들을 데려다 놓고 가난한 아이들을 먹여주고 재워주고 가르쳐 준다는 거하고 그거하고 같아?"

"얘, 너보고 돈 챙겨 오랬니, 왜 이렇게 악을 쓰고 그래?"

소은도 화가 치밀어 올랐다. 당초 예상보다 훨씬 많은 경비가 까치유치원에 들어가고 있었다. 영애가 그것 때문에 늘 미안해 하고 있다는 걸 잘 알고 있으면서도 그런 말까지 하고 말았다.

"얘!"

영애가 홍조 띤 얼굴로 맞장구 치려는 것을 박선생이 나서서 막았다.

"유이사장이 말하는 게 일종의 대안학교 개념의 자선사업이라고 할 수 있겠어. 현재 실천 운동 차원에서 운영하는 대안학교들은 대개 설립자의 돈과 몸이 함께 바쳐진 예에 해당하니까, 실제로 자선의 의미가 포함되어 있다고도 볼 수 있어요. 또, 일부 사회복지단체에서 정부의 지원과 후원금을 받아서 운영하고 있는 복지기관 같은 것도 비슷한 경우라 하겠고. 문제는 어느 경우든 돈도 많이 들고 인력도 많이 소모된다는 거야."

"그건 각오하고 있어요."

소은은 왠지 오박사한테 지적당할 때 같은 느낌이 들었다. 어쩌면 오박사한테 당한 걸 만회한다는 뜻도 있었던 생각인데, 기대와는 딴판으로 어긋나는 느낌이었다.

"각오를 하고 있다고?"

영애만 이러는 거라면, 해볼 말이 있는데 사정이 달랐다.

"사실 돈 많은 재벌이 죽을 때까지 자기 돈 다 쓰겠다고 마음먹는다면, 그런 학교가 안 된다는 법은 없겠지. 한데 거기서 더 중요한 것은, 그런 사업은 설립자 본인이 직접 나서서 모든 것을 판단하고 결정하고 책임을 져야 한다는 점이야. 즉, 설립자의 돈과 의지뿐 아니라, 설립자가 전 생애를 다 걸어서 그 일에 뛰어들어야만 효과를 볼 수 있다는 얘기야."

"박선생님께서도 도와주시고, 박원장도 도와주고, 또 다른 사람들의 도움도 받아야지요."

"도와주고 말고. 얼마든지 도와주지. 그런데, 그런 도움은 사실 별로 필요하지 않다는 데 문제가 있어. 각자 다 자기 일이 있는 사람인데 그런 일은 몸과 마음 전체로 뛰어들어야 하잖아. 도와줘 봐야 그 사람들로 봐서는 과외 일이거든. 어쩌면, 자기 일을 포기하고 그 일에 뛰어들 수도 있겠지. 그렇게 되면 유이사장이 그 사람의 인생 전체를 함께 책임져야겠지. 각자 자기 나름의 인생이 있었던 사람이 그걸 포기하고 유이사장 뜻에 맞춰서, 그것도 수익이 안 생기는 일이라 장래에 대한 보장도 포기하면서 일을 해야 하잖아. 유이사장이 모든 재산, 모든 시간, 모든 능력을 다 바쳐서 한다고 해도, 그 결과는 좋은 일 많이 했다, 그 이상으로는 이익이 생기지 않는 일이고, 그 이상을 바라서도 안 되는 일이야. 교육이란 것이 교육받은 사람을 통해 미래에 그 효과를 보는 일이니까 말이야. 평생 아무런 수익 구조도 없고, 어쩌면 도중에 보람을 느끼지도 못할 일을 계속하다가 돈 다 떨어지고 나면 어떻게 해? 학교는 어떻게 되고? 유이사장은 말년에 돈 한

푼 없게 되면 견디겠어?"

남편이 어떤 기업에 자재 납품 대금 대신 울며 겨자 먹는 기분으로 받아 둔 서해안 간척지 땅이 있었다. 당장은 값이 나가지 않는 땅이라, 그걸 그냥 그 지방에 거주하는 소은의 이모 명의로 맡아 두었다. 작년부터 그 땅들이 주말농장으로 일반인들에게 분양되면서 값이 조금씩 오르더니 최근 인근 농지가 용도 변경이 가능해지면서 시세가 덩달아 뛰어 다섯 배 가 되었다. 소은이 갑자기 그 땅을 보러 가자고 졸라서 세 사람은 주말을 이용해 서해안 고속도로로 서산까지 내닫게 되었다. 과연 끝이 안 보이는 땅이었다.

이어, 유소은의 계획대로 세 사람은 해변을 찾았다. 해안길을 따라 차를 달리다가 내려 걷다가 하면서, 서해안의 절경이라는 곳에 신축한 고대 성곽 같은 호텔에 닿았다. 예약해 둔 자리에서 바닷가재로 늦은 점심 식사를 했다. 창밖으로 개펄이 내려다보였다. 개펄 위를 거니는 사람들의 모습이 마치 흑백영화의 한 장면처럼 처연했다. 바다는 원래 저랬던가 싶게 멀리서 긴 비단을 가로로 빳빳하게 펼쳐 놓았다. 비단은 수시로 몸을 비비적거려 햇빛을 막아냈다. 그 빛은 가끔 세 사람이 앉은 곳으로 알 수 없는 신호를 보내왔다.

"너 또 무슨 꿍꿍이속이 있는 거지?"

영애도 어느결에 바다에서 시선을 거두고 있었다. 박선생의 말에 기가 꺾였음 직한데도 소은의 표정이 아주 어두운 것이 아니란 것을 본 것이다.

"그만 넘겨 짚어라, 너."

소은은 굳이 변명하려고 하지 않았다.

"작은아버지, 얘 있죠, 벌써 대안학교 시작도 하기 전에 벌써 학용품이며 책걸상이며 책장이며 이런 것들 다 주문해 놓았을 거예요."

"그렇겠지. 준비성이 철저하니까."

박선생도 은근슬쩍 소은을 놀리는 투였다.

"철저하죠. 그런데 준비는 많이 해 놓고 어느날 갑자기 못하겠다고 두 손을 들기도 잘해요."

"얘, 무슨 말을 그렇게 하니? 이번 일은 그렇지 않아."

"아님 말구."

영애의 비아냥 섞인 역공에도 기분이 상하지 않은 까닭이 자신에게 있다는 걸 소은은 잘 알았다. 유치원 인수 과정에 있었던 일이며, 교과 과정이나 교사 채용 문제에 있어서도 소은은 나름대로 용의주도한 계획을 내놓았으나, 결국 모든 게 영애 뜻대로 시행되었다. 유치원 통원 차 운행도 소은이 직접 할 수 있었던 기간이 겨우 보름이었다.

소은은 짐짓 잊었다는 듯이 핸드백을 열었다.

"박선생님 선물이에요. 백화점 간 김에 하나 샀어요. 그 동안 너무 신경을 못 썼어요."

넥타이 핀이란 걸 단번에 알아맞힌 영애는 포장을 풀어 박선생에게 내용물을 보였다.

"이거 분명히 명품일 거예요. 얘가 이런 거 하나는 기똥차게 고르거든요."

"너도 참, 유치원 원장이라는 사람이 말 좀 골라서 쓰렴. 기똥차게가 다 뭐냐." 하고 핀잔을 주면서도 박선생은 영애가 꺼내 주는 넥타이 핀을 자신의 넥타이에다 꽂았다. 회색 톤의 넥타이와 호박에 금도금 재질을 에워싼 넥타이 핀이 소은이 보기에도 잘 어울려 보였다. 박선생은 잠시 어색해하는 낯빛으로 바다 쪽으로 고개를 돌렸다.

"내가 비록 돈 있는 사람들한테 절세하는 법을 알려주고 먹고살고는 있지만, 날이 갈수록 이런 생각이 든다. 중요한 건 돈이 아닌데, 하는 생각 말이야. 오늘, 유이사장이 좋은 뜻에서 못 먹고 못 입는 아이들을 위한 학교를 세우겠다고 그랬단 말이야. 그걸 돈 문제로 풀어보니 결국은 그게 정답이 아니었다는 걸 알게 되었잖아? 영어 속담에 말이지, 이런 게 있어. 이프 머니 고 비포, 올 웨이 라이 오픈. 돈이 앞장서면 모든 길이 훤히 열린다라는 영어 속담이야. 이걸 오늘 우리의 격언으로 바꾸면 이쯤 되겠다. 돈이 아무리 많아도 돈이 벌리지 않는 사업에 성공할 수는 없다. 그것이 이 자본주의 사회에서는 하나의 진리라는 거지. 그렇다면 아무리 뜻깊은 일이라도 돈이 벌리지 않는 일이면 영원히 성공할 수 없는 일일까?"

영애가 대답하려다 소은에게 눈길을 두었다.

"성공할 수는 있겠지만, 평생 몇 사람도 도울 수 없을 것이다, 잘못하면 도우려는 자신도 굶게 된다, 이렇게 되나요?"

조심했는데도 소은은 자신의 말에 억울하다는 감정이 실리는 것을 느낀다.

"그럴 테지. 돈 없는 사람이 남을 도와봐야 자기가 굶어 죽을 판에 평생 몇 사람이나 구제하겠어. 세상은 그 점에서 아주 냉혹한 거야. 그러면, 이 세상 사람들은 그런 냉혹한 현실 앞에서 늘 자기 것만 챙기고 살아야겠는가. 나는 그걸 말하고 싶은 거야. 돈이 있는 사람이건 돈이 없는 사람이건 당연히 자기 것을 챙기지 않는 삶이란 있을 수 없지. 그와 마찬가지로 자기 것만 챙기는 삶에 무슨 의미가 있을까? 자기만 잘 살면 어떻게 돼? 주변에 거지만 있고 자기만 잘 살면 뭐하겠어? 결국은 말이지, 돈이 있고 없고가 중요한 것이 아니라, 우리가 어떻게 우리 자신을 사랑하고 남을 사랑하고 살 수 있을까 하는 것, 바로 그것이 문제라는 얘기야."

"어떻게 사랑할까?"

영애가 주문을 외우듯이 되받았다. 그게 '믿습니다' 하는 소리 같아서 소은은 깜짝 놀랐다. 오래 신뢰해온 박선생이지만 교회 얘기가 나올 때는 절로 바짝 긴장을 한다. 교회에 한두 번만 나오면 불면이나 불안 증세는 금세 효험을 본다는 것이 박선생의 믿음이었다. 자신은 조심스럽게 하는 권유라고 말하지만, 부담스럽기 짝이 없었다.

벌써 세 시에 이르고 있었다. 실내에 흐르는 잔잔한 음악이 언젠가부터 귀에 거슬리고 있다. 후식으로 나온 커피로 입술을 적셔 보는데, 이건 또 너무 달다.

요행히 오늘 박선생의 설교는 의외로 막연한 듯하면서도 속에 와 닿는다.

"그렇지, 우리 삶의 주제는 어떻게 사랑할까에 있다고 말할 수 있지. 나는 나를 어떻게 사랑할 것이며 동시에 나는 너를 어떻게 사랑할 것인가, 사실 이건 내가 요즘 주문처럼 외우고 다니는 말이야. 오늘 유이사장이 너무 뜻깊은 계획을 말해 주어서 나, 오늘 기분이 좋다. 비록 너무 원대한 꿈이라 당장 시작할 수는 없을 테지만, 차분하게 우리 주변에 도울 사람부터 찾다 보면 뭔가 더 큰 일을 할 수 있을 거야. 아, 여기서 문자 하나만 더 쓰자. 머니, 라이크 덩, 더즈 노 굿 틸 잇 이즈 스프리드. 이거 말하고 보니까 밥상 앞에서 할 말이 아니네. 돈은 마소의 똥처럼 흩뿌려지기 전에는 좋은 구실을 할 수 없다. 이런 뜻이야. 모은 돈을

- 149 -

일시에 꽉 풀어서 남을 도울 게 아니라, 살면서 사랑하면서 남도 돕고 자기 삶도 아끼고 사랑하는 그런 삶이 소중하다는 거지. 아, 오늘 나, 말 된다. 자, 오늘 경치 좋은 데 와서 좋은 요리 먹고 또 좋은 계획도 들었으니, 이거 신나는 주말 오후야, 안 그래? 자, 올라가서는 내가 간단하게 한잔 쏘고 싶은데 어때?"

Money, like Dung, does no good……. 소은은 박선생의 말을 따라 영어 스펠링을 떠올렸다. 이런 게 놓치고 싶지 않은 박선생의 장점이었다. 박선생으로는 어쩌면 아까운 주말 시간을 허황한 꿈 얘기를 들으러 온 셈일 수도 있다. 그런데도, 싫은 내색 하지 않고 느긋하게 소은의 조급증을 풀어 낸다. 아무리 소은이 고객이고 또 조카의 친구라 해도 이런 여유와 정성은 쉽지 않다. 결국, 며칠 새 소은이 속으로 쾌재를 부르며 궁리한, 간척지 땅을 개발하거나 팔아서 바다 근처에 불우한 아이들이 사는 학교를 세운다는 계획은 수포로 돌아갔다.

소은은 결국 그 얘기를 주강욱한테 하고 만다.

술 기운을 빌렸다. 모처럼 박선생이 칵테일 두 잔을 마시는 동안 소은도 양주 반 병을 마셨다. 영애는 양주 한 잔 먹고는 내내 물만 마셨다. 영애가 집에까지 태워 준다는 걸 일부러 세무서 앞에 내려달라고 했다. 소은은 가로수에 기대서서 어둠에 잠기는 건너편 건물을 바라보았다. 휴대폰에 저장해 놓은 주강욱 숙소에 전화를 걸었다. 머리를 감은 지 얼마 되지 않았는지 주강욱은 횡단보도를 건너오는 동안 두 손을 머리결 속으로 집어넣고 가볍게 부풀렸다.

"막 운동 끝내고 애들한테 동화책을 읽어주려던 참이었어요."

어둠 속이라 그런지 전보다 덩치가 우뚝해 보였다. 주강욱은 곧, 소은의 몸이 조금 비틀거리는 것을 알아차리고 부축하듯이 팔을 뻗어왔다.

"어디 아파요?"

소은은 자기 몸에서 날 술냄새가 뒤늦게 조금 걱정되었지만, 내친 김이라고 생각했다.

"집까지 데려다줄 거죠?"

"걸어가실래요? 아, 자전거로 태워다 드릴까요?"

소은의 몸이 절로 주강욱에게 매달렸다. 잠시 망설이던 주강욱은 소은의 손을 꼭 잡고, 횡단보도를 건너기 시작했다. 우리밀분식의 셔트를 올리고 문을 열었다. 카운터에서 가까운 자리에 앉아 탁자에 엎드리다시피 한 소은 앞으로 물잔이 다가온다.

"이거 드세요."

"이 집에는 술 없어요?"

취한 게 아니다. 취한 척하는 거다. 소은은 그렇게 생각했다. 물잔을 내민 사내의 얼굴은 좀 거무튀튀하다. 하얀 이를 드러내며 멋쩍게 웃는다.

"술이 있었는데요, 제가 다 마셔버렸어요."

"히히히……."

소은의 입에서 웃음이 터져나온다. 자기 웃음소리에 놀라 눈을 크게 떴다.

"참, 지난번에 너무 고마웠어요. 인사도 제대로 못했네. 나는 왜 이렇게 죄만 짓고 사는지 몰라."

"죄라뇨, 그런 거 아닌데……. 저 그냥 그때 신나게 땀 빼서 기분이 괜찮았어요. 더구나 새 자전거였잖아요."

"아니에요, 내 죄가 너무 커."

주강욱은 소은이 중얼거리듯 하는 말의 의미를 잘 이해할 수 없어 곤혹스럽다. 소은의 부탁을 받고 어느 분의 납골당에 꽃을 바친 일이 전부니까. 그러니까, 바보 같은 표정인 거다. 그 납골당의 주인이 누구인지 어렴풋이 알게 되었겠지만 굳이 궁금해 하지도 않고 묻지도 않은 남자. 다만, "꽃 배달 시킨 사람이 누구냐며 따라오는 사람이 있던데, 그 사람들 뭐예요?" 이런 말밖에 모르는 바보다. 그러니까 죄스러운 거다. 남편의 기일인데 죽어 묻힌 그 자리에, 지금 마주앉은 이 착하고 예쁘고 멍청한 청년을 대신 보냈으니 남편한테 죄스럽고, 이 예쁜 청년한테도 죄스러운 거다.

"참, 동석이 남석이가 아주 신났어요."

주강욱은 잠깐 어깨를 흔드는 시늉을 했다.

그날 오후, 소은은 주강욱과 동석이와 남석이를 차에 태웠다. 추모공원 근처의 한적한 곳에 멈춰 트렁크에 싣고 간 새 자전거를 주강욱에게 선물로 주었다. 주강욱은 그걸 타고 공원 입구에서 꽃을 사서 이철우라는 사람의 납골당에 가져다 걸었다. 그때 늘씬한 아가씨가 와서 붙잡았지만, 시킨 그대로 이것 저것 핑계를 대면서 서둘러 공원을 빠져 나왔다. 그 뒤를 어떤 사내들이 추격해와서 그걸 뿌리치느라 혼났다. 주강욱은 추모공원에서 멀찍이 떨어진 마을의 정미소 앞에서 다시 소은 차에 합류했다. 집에 내려다주면서 소은은 다시 또 트렁크에서 자전거를 꺼내면서 이번에는 동석이와 남석이한테 인라인 스케이트를 한 켤레씩 선물했다. 두 아이가 그걸 받아들고 멀뚱멀뚱해 하다가 얼굴 가득 환하게 웃음을 퍼뜨렸다.

"그래서 말인데요, 강욱씨."

그때 복도 쪽 문 밖에서 인기척이 났다. 주강욱이 벌떡 일어나서 안으로 문을 따주었다. 러닝셔츠 차림의 노인이 얼굴을 문 안으로 들이밀었다.

"늦게 웬 손님이야? 난 도둑이 든 줄 알고 깜짝 놀랐잖아."

하다가 안에 젊은 여자가 앉은 걸 보고 급히 말소리를 낮추고 "누구야?" 한다. 주강욱이 늦게 온 손님이라고 둘러댔다. "수상하다, 너." 하는 소리도 들리고, 박고문님 어쩌고 하는 주강욱의 말소리도 들렸다.

"동석이 형제 같은 애들 많다고 그랬죠?"

주강욱이 다시 자리에 앉는 사이 소은은 얼른 거울을 꺼내 얼굴을 비쳐 봤다.

"누리학교에서 먹고 자는 애들은 동석이하고 남석이밖에 없지만, 여기 다니는 탈북자 애들이 다 힘들게 살고 있는 애들이지요. 요즘 방과 후에 오는 애들이 열두어 명 돼요."

"걔네들, 나 도와주고 싶어. 진짜야, 이거."

소은은 진심을 말하고 싶었다. 그런데 오늘 하루 종일, 뭔가 자신의 진심이 전달되지 않는다는 느낌이었다.

"벌써 많이 도와주신 거예요. 동화책에, 인라인 스케이트에. 주신 동화책들은 다른 애들한테도 골고루 인기를 누리고 있어요. 동석이 남석이는 매일 인라인 스케이트를 타려고 해서 걱정이에요. 걔들 아직 몸이 정상이 아니거든요."

"아, 그런 거 말고, 나 진짜로 걔네들 도와주고 싶단 말이야."

소리를 지른 모양이었다. 주강욱이 또 멍청한 표정을 지었다. 소은은 손가락으로 물잔의 물을 찍어 탁자 위에 그림을 그리기 시작했다.

"이거 봐요. 여기 바다가 있어요. 바다가 멀리 보이는 언덕이 있어요. 여기에

학교를 세우는 거예요. 울타리는 하얀 목책으로 세우고요. 마당에 염소들이 풀을 뜯고 놀아요. 한쪽으로는 채소를 키우는 농원이고요. 그 곁에 조그맣게 토끼나 닭이 노는 곳이 있고요. 여기가 본 건물이 있어요. 원형 강의실을 가운데 두고 그 둘레로 작은 실습실들이 있어요. 과학 실험, 컴퓨터 실습, 미술 실습, 음악 실습……. 학교 뒤쪽에 야트막한 둔덕이 있는데 거기에 숙소를 짓는 거예요. 숙소에서 창을 열고 내려다보면 바다가 훤히 보여요. 집 없고 돌봐줄 사람 없는 아이들이면 누구나 와서 지낼 수 있어요. 강욱씨는 거기서 선생님을 하시는 거예요. 나는, 빨래를 하고요……."

박선생과 영애 앞에서 했던 말을 다시 두서 없이 되풀이했다. 한 마디가 끝날 때마다, 소은은 "유 노?" 하고 물었고, 주강욱은 웃으면서 고개를 끄덕였다.

"내 생각 어때요?"

소은이 묻자 주강욱이 다시 웃기부터 했다.

"아주 훌륭한 생각입니다. 대단한데요. 그런데, 저는 그런 데서 선생님할 자격이 없어요. 그냥 잘 데가 마땅치 않아서 동석이 얘네들이랑 같이 있는 건데요, 뭐."

소은은 실은 주강욱이 사양하기도 전에 풀이 꺾여 있었다.

"아, 그런데 왜 이 좋은 일을 시작할 수 없는 걸까!"

"힘내세요. 언젠가는 하실 수 있겠지요."

"그렇죠? 할 수 있겠죠?"

"그럼요, 뜻이 좋고 의지가 있는데 무얼 못하시겠어요."

"그렇죠? 할 수 있겠죠?"

"그럼요. 해야 하고요."

"아, 좋다! 강욱씨는 거기서 선생님을 하는 거야. 벌써 애들한테 동화책 읽어주고 자전거 태워주는 선생님인데 뭘. 못할 거 없잖아요. 나는, 나는 애들을 위해 빨래를 하고, 요리도 좀 하죠, 뭐. 요리학원에 나가서 미리 배워 갖고……."

"저는 선생님 자격 없어요."

"왜요? 애들하고 잘 놀아주던데 뭘?"

"놀아주는 것하고 가르치는 것하고는 다르잖아요."

"애들하고 놀아주는 것보다 더 훌륭한 가르침이 어디 있어요?"

귀에서 찌징, 하고 이명이 들린다. 내가 지금 어디 와 있지? 하는 생각에 소은은 정신이 번쩍 든다. 언젠가 들러서 김밥을 먹어 본 주강욱의 누나가 경영하는 우리밀분식이다. 주강욱과 얘기를 많이 했다. 도중에 주강욱이 녹차를 내 주었다. 돈은 말똥 쇠똥처럼 풀어야 구실을 한다, 박선생이 하던 말도 흉내를 내봤다. 영어 한두 마디라도 떠올랐으면 멋있을 뻔했다.

15. 산과 나무를 향하여

희뿌연 안개가 점점 엷어져 간다. 나무들은 밑둥부터 형체가 뚜렷해진다. 좀 전까지 가벼운 구령 소리만 들려주던 사람들이 여기저기서 모습을 드러낸다. 인적이 드물던 이곳이 이즈음은 고정 출입자만 여러 팀이다. 신도시를 에워싸고 있는 봉발산에서 가장 인기 있는 등산로를 걷다가 정상으로 치닫지 않고 곁길로 한참 새나가야 닿는 숲 속의 빈터다. 이런 곳이 있나 싶게 신도시의 한쪽 측면에서부터 임진강의 지류에 이르는 탁 트인 지형을 조감할 수 있는 곳이다. 아침 등산객들이 늘자 얼마 전 관할 구청에서 철봉대와 평행봉 들을 설치해 놓았다. 그이후 하루가 다르게 등산객들이 늘어난다. 일을 찾아 돈을 찾아 도시로 온 사람들은 이렇듯 시간을 쪼개 다시 자연을 찾아 산과 나무가 있는 곳을 향하는 것이다.

"얘, 너 뭐하냐?"

뒤에서 동석이 철봉대에서 뛰어내리는 소리가 난다. 강욱도 옆을 돌아보다가 입을 다물었다. 강욱을 흉내내고 있는 남석의 표정이 사뭇 진지했다.

남석은 손바닥을 밖으로 내보인 채 얼굴 앞으로 멀리 뻗었다. 두 다리는 말탄 자세, 두 발은 뒤꿈치 쪽이 발 앞쪽보다 더 크게 벌어지게 놓고, 허리는 꼿꼿이 세우고, 엉덩이는 뒤로 한껏 뺐다. 얼마 동안 그러고 있었는지 모르지만, 힘에 부쳤는지 갑자기 허, 하고 소리를 내며 그 자리에 주저앉았다.

"너, 왜 그래?"

동석이가 다가오기 전에 먼저 강욱이 성큼 다가가 남석을 일으켰다. 남석이 몸이 땀에 흥건하다. 남석이 배시시 웃으며 휴, 하는 한숨을 내쉰다. 그 얼굴이 뽀얗다.

"뭘 했다고 그렇게 힘들어 해?"

동석이 나무랐다.

"형도 해봐!"

남석이 자기 형한테 으스대는 투다. 그래, 동석이도 해 봐라, 하고 강욱도 부추겨 보았다. 머뭇거리던 동석이 자세를 잡았다.

다리는 기마형이다. 허리는 세우고 엉덩이로 뒤로 쭉 빼 준다. 발뒤꿈치를 크게 벌리고, 두 손바닥을 펴서 앞으로 힘차게 내민다. 이 자세가 내가신장(內家神掌)의 하나인 역근법(易筋法)이다. 말 그대로 근육을 뒤트는 내공법이다. 그 원리가 사람이 땅의 기운을 받고, 하늘의 기를 호흡하는 천지인의 기 수련법에 있다. 어정쩡하게 보이는 이 자세로 복식 호흡을 열 차례만 해도 보통 사람은 힘에 부친다. 그러나 누구나 하루 십분씩만 꾸준히 해도 몸 속 기의 흐름이 유순해지면서 아랫배가 따뜻해진다는 느낌을 받게 된다. 점점 강도를 높여 보면 몸이 가뿐해지고 기운이 넘쳐난다. 그 동안 아침 저녁으로 주로 태극권에 연마하고 있던 강욱이 최근 들어 혼자서 책을 보고 아침 해가 뜰 때 가장 큰 효과를 본다는 이 역근법을 알아내 아침마다 이 방법으로 수련하고 있다. 이 등산로를 알고부터는, 몸이 나빠 일찍 잠재우게 되는 남석이만을 깨워 자전거에도 태우고 인라인 스케이트도 태우고 무동도 태우고 해서 올라오다가 늦잠꾸러기 동석이도 동행시킨 지 며칠 되었다.

"해해해, 형은 정말 이상해, 서서 똥 싸는 것 같애."

역시 동석도 쉽게 무너지고 만다.

"너는 안 그런 줄 알아? 너는 물똥 싸는 것 같았어, 임마!"

정말 서당개 삼년이면 풍월을 읊는다고, 강욱과 같이 지내는 지난 두 달 동안 동석이 형제는 강욱이 하는 운동을 다 따라 하게 되었다. 얼마 전에는 동석이, 강욱이 밤에 옥상에서 하는 태극권의 부드럽고 느린 움직임을 예사롭게 흉내내 남석이 앞에서 뽐내더니, 오늘은 남석이 먼저 역근법을 그럴듯하게 흉내내 형을 놀리려 했다.

사실 놀라운 것은 따로 있었다.

이건 정말 놀라운 일이다.

동석 형제는 북한에 있을 때부터 영양 부족인 몸이었다. 게다가 탈북에서 귀순에 이르는 과정에서 더욱 말이 아니게 되었다. 결국 남석이는 심장병으로 오래 살지 못하는 사람이 되었다. 엄마와 누나가 함께 남한에 정착은 했으나, 그 엄마와 누나도 둘을 보살필 수 없었다. 둘은 유민재 선생의 인도로 누리학교에서 강욱과 함께 살게 되었다.

강욱과 동석 형제는 세 사람은 저녁 시간부터 다음 날 아침 선생님들 출근 때까지 함께 지내고 있다. 세 사람은 아침과 저녁 식사를 우리밀분식에서 준비해 주는 음식으로 해결했다. 동화책 읽기, 운동하기, 호수공원 산책, 자전거 타기……. 이런 정도에서 최근에는 봉발산 등산과 인라인 스케이트 타기가 추가되었고, 지난번에는 건물 사장님이 주는 영화표로 영화 관람도 함께 했다. 신축된 찜질방도 두 번 갔었는데, 처음 가서 가슴이 갑갑해서 못 견디겠다던 남석이가 두 번째는 거기서 실컷 놀고 싶다고 해서 강욱은 아예 혼자 찜질방에 연계되어 있는 헬스장에서 예정에도 없는 운동을 하기도 했다.

가끔은 엄마나 누나 같은 사람이 필요하다는 생각이 들기는 했다. 어쩌면 그 점은 동석 형제뿐 아니라 강욱에게 더 절실할 때가 있다. 자기 몸에서, 방에서, 옷에서 어쩔 수 없이 수컷 냄새가 진동했고, 그것 때문에 누리학교에 그 냄새가 배이지 않을까 염려스러웠다. 때로는 동석이 형제가 가까이 엉겨붙는 게 싫어서 짜증이 나기도 했다. 어쨌든, 그런 중에도 동석이 형제가 얼굴에 누런 땟국물이 빠지고 기름기가 돌게 된 것이 강욱 덕분이라고 볼 수밖에 없었다.

그 밖에, 또 놀라운 일이 일어나고 있는지는 아무도 몰랐다.

"누나, 남석이 이제 잠을 잘 잔다."

자가다 가슴을 쥐어뜯으며 고통스러워하던 남석이에 대해서 강욱도 유민재 선생도 잊고 있었는데, 동석이 누나가 찾아온 날 나누는 남매들의 얘기를 듣고 남석이가 건강을 회복하고 있었다는 사실을 알았다. 두 형제의 잠자리를 담당하는 강욱이 이 사실을 실제로 느끼게 되면서 그 조짐은 분명해졌다. 누가 봐도 초등학교 삼학년 이상으로는 보지 않을 남석이 몸이 최근 한 달 새에 몰라보게 살이 오르고 척추가 꼿꼿해졌다. 아침에 자고 일어나면 정말 잘 놀고 잘 먹고 잔 한국의 여느 아이와 같이 얼굴이 뽀얗다는 느낌이 들 정도였다. 동석이 말로는 처음 한국에 왔을 때보다 키가 오센티미터나 더 컸다고 했다. 그 점은 동석한테서는 더 분명하게 느껴졌다. 남석처럼 치명적인 병이 없기 때문에 더욱 잘 먹고 잘 뛰노는 청소년다운 티가 완연히 묻어났다.

"누리학교에 따로 선생님이 필요없겠어. 강욱씨가 바로 선생님이야."

남석이 데리고 병원에 다녀온 유민재 선생이 칭찬했다. 의사 선생님으로부터 처음으로 좀더 두고 보자는 말을 들었다고 했다. 강욱은 얼핏 유소은이 술이 취해 하던 말을 떠올렸다. 애들하고 놀아주는 것보다 더 훌륭한 가르침이 어디 있어요.

유소은······.

그 여자의 이름을 되뇌는 순간 강욱은 마음이 조급해졌다.

오늘은 아침 일찍부터 유소은이 미리 주문한 김밥을 배달해야 하는 날이다. 동석 형제와 앞서거니 뒤서거니 하면서 자전거를 타고 누리학교로 돌아오는 길에 강욱은 유소은이라는 이름을 몇 번이고 되뇌었다.

그날, 결국 건물 지하 주점에 가서 큰 맥주병으로 두 병을 나눠 마셨다. 그 여자는 두 잔째까지 멀쩡했다. 조심스러우면서도 제 멋을 마음껏 부리며 살아온 여자 특유의 뉘앙스 같은 게 묻어나는 말투였다. 남에게 말을 시켜 놓고 대답도 다 듣기 전에 자기 화제로 몰고가는 버릇도 있는 듯했다. 그래서 강욱은 그 여자 앞에서 더욱 말이 없어졌다. 물론 그 여자는 "아이 재미 없어. 말 좀 해봐요." 해놓고 또 자기 얘기만 하기를 되풀이했다.

어릴 때 얘기도 했다. 그 여자의 부모가 갈등이 심해서 별거를 하는 바람에, 그 여자는 동생과 함께 초등학교 후반부터 중학교 삼학년까지를 동생과 함께 할아버지 집에 가서 큰 집 식구들하고 같이 살았다고 했다. 딸만 셋인 그 집에서 남동생은 사랑을 받았고 그 일로 나중에 그 집 양자가 되었지만, 자기는 구박을 심하게 받았다고 했다. 사촌언니들은 자기를 큰아버지, 큰어머니까지도 욕심 많은 애, 먹을 것만 밝히는 애, 지저분한 애로 취급하도록 만들었다. 유일한 구원처는 할아버지였지만, 이미 노쇠해서 사물을 분간하지 못하셨다. 살아남기 위해 그 집의 권력자인 큰아버지를 공략하기 시작했다. 일단 큰아버지가 귀가하는 골목을 지켰다. 맨먼저 인사하고 가방을 들어드렸다. 큰아버지의 늦은 밥상의 식탁을 닦는 일이며 수저를 놓는 일 물을 따라 드리는 일로, 큰어머니의 눈총을 사지 않을 정도로 수발을 들었다. 끝내 이것이 주효했고, 녹록찮은 용돈으로 보상을 받곤 했다. 나중에는 그 돈으로 사촌들을 휘어잡은 적도 있다고 했다.

짐작은 했지만, 그 여자는 이혼녀가 아니라 과부였다. 아이는 못 가졌다. 죄를 지었다고 했다. 그래서 나쁜 병에 걸려 병원에 다닌다고 했다. 의사가 공주병이라고 놀렸다고 했다. 신데렐라처럼 신분 상승을 욕심내서 생긴 병이라는 진단을 받았다고 했다. 공주병이라는 말에 기분이 나빠져서 요즘은 병원에도 가는 둥 마는 둥 한다고 했다.

이런 말도 했다.

"강욱씨 만나고 가는 날은 병이 없어져요. 기분 좋게 자거든요."

지난번에 강욱이 납골공원에서 빠져나와 양쪽으로 가로수가 늘어진 아스팔트 길을 달려가는 모습에 반했다고도 했다.

"멋있더라, 정말. 나, 일년만 젊었어도 연애하자고 그랬을 거야."

그 여자가 사준 자전거였다.

"당신, 행복한 줄 알아야 해. 나 아무한테나 이런 말 하지 않거든."

강욱도 모처럼 마시는 술에 함께 취해 버릴까 하는 생각도 있었지만, 잘 참아 냈다.

"나 자전거 태워주라, 강욱씨."

강욱은 자전거 음주 운전을 했고, 그 여자는 뒤에서 강욱의 허리를 붙들었다가 나중에는 완전히 등에 엉겨 붙었다. 그 여자의 몸이 뒤로 쳐져 자전거는 여러 차례 갈팡질팡했다.

유소는 집이 가까워졌다는 생각이 드는 순간, 강욱은 자전거를 팽개치고 싶어졌다. 여자를 안고 공원 숲이나 아파트 화단 같은 데다 눕혀서 옷을 벗기고 섹스를 하고 싶었다. 아니, 여자의 몸을 앞으로 옮기기만 하면, 자전거 주행을 하면서도 달콤하고 격정적으로 그 일을 치뤄 낼 수 있을 것 같았다.

여자를 앞으로 옮겨 안는 일은 어려운 것이 아니다. 두 손을 어깨 너머로 들어 여자의 겨드랑이에 집어넣고 역기를 들 듯이 들어올려 앞으로 옮긴다. 한 손으로 여자를 뒤에서 안은 채 자전거가 중심을 잡을 때까지 기다렸다가 서서히 입술로 여자의 목덜미부터 애무한다. 몸에서 한 겹씩 옷을 걷어낸 여자를, 젖가슴을, 허리를, 그 아래까지도 뒤에서 충분히 만끽한 다음, 다시 여자를 돌려 마주 앉히고, 단추를 푼 남자의 웃옷 속으로 감싸 넣는다. 남자의 옷 속에서 여자의 알몸이 꿈틀거린다. 자전거가 요철이 심한 길을 달릴 때는 여자는 남자의 몸에 자석처럼 달라붙어 있다. 그러다가 다시 꿈틀거림이 시작되고, 또 자석처럼 달라붙고, 깜짝 놀라고, 다시 이어진다…… 강욱은 자기 몸이 거대한 풍선처럼 부풀어오르는 것을 느꼈다.

"나 나올 때까지 가지 마, 알았지?"

강욱의 부축을 받아 집에 들어간 여자는 강욱을 소파에 앉혀 놓고 몸을 비틀거리면서 버릇처럼 오디오를 작동시켰다. 장엄한 느낌을 주는 피아노 선율이 흘러나오더니 멀리서 바이올린 소리가 다가왔다. 그 사이 여자는 목욕탕으로 들어갔다. 강욱은 고개를 뒤로 젖히듯 해서 뒷벽에 머리를 기댔다. 그러고는 심호흡을 시작했다. 충분히 숨을 들이키고, 짧게 내뱉었다. 머릿속으로 찾아드는 잡념을 내버려 두었다. 잡념을 피아노 소리에 버무렸다. 제발, 제발, 잡념과 잡념, 피아노 소리와 바이올린 소리, 잡념들과 피아노 소리와 바이올린 소리가 서로 묻고 답하고 되묻고 서로 때리고 맞고 되치고 서로 울고 아파하고 따지기를 기대했다. 그렇게 복잡하게 얽히고설키다가 잘잘 이는 잠을 자고 놀 이는 마음대로 더 놀다가기를 기대했다. 그러다가 마침내 조용해지기를 기대했다.

여자가 왔다. 여자가 소파 앞에서 몸을 낮추었다. 여자는 남자의 무릎으로 왔다. 여자는 남자의 무릎을 베고 소파에 누웠다. 여자는 남자의 손을 자기 가슴께로 모아 갔다. 남자는 눈을 떴다.

여자가 말했다.

"나 재워주고 가는 거예요."

남자는 왼손을 꺼내 여자의 이마를 덮었다. 큰 손이 여자의 이마와 눈을 가렸다. 여자의 눈꺼풀이 남자의 손바닥 아래에서 가늘게 떨렸다. 남자의 손바닥에서 조금씩 따뜻한 기운이 뿜어졌다. 여자의 이마에는 포근한 솜이불이 내려와 덮였다. 피아노 소리가 멎고, 바이올린 선율이 혼자 춤을 추다가 서서히 꼬리를 감추었다. 어항 속의 열대어들도 풍경처럼 움직임을 멈추었다.

유소은은 그저께부터 전화를 했다. 김밥 주문은 누나한테 한번 해놓고, 저녁에 따로 강욱에게 이런저런 설명을 했다. 문화센터 수강생들과 함께 남한강 문화유적 답사기행을 간다고 했다. 양수리, 여주 신륵사, 세종대왕의 영릉……. 이런 이름을 나열했다. 소풍 가는 애들 같기도 했고, 반면에 무언가에 쫓기는 기색도 여전했다.

누나가 일찍 나와 김밥을 준비해 두고 집으로 돌아갔다. 강욱이 국물을 일일이 휴대 용기로 옮겨 담아, 십육인분을 만들었다. 출발지인 구청 뒤편의 주차장에 도착해 있는 몇 명의 여자들 사이에서 유소은을 찾을 수 없어서 강욱은 청사 둘레를 천천히 두 바퀴 돌았다. 그 사이 유소은의 차가 주차장으로 들어섰다.

유소은은 반소매 분홍 티셔츠를 입고 녹색 점퍼를 허리에 둘렀다. 끼고 있던 선글라스를 이마로 올리면서 강욱의 자전거가 선 청사 후문 앞까지 걸어왔다.

"나 돈 안 줄래."

유소은이 손에 든 지갑에서 돈을 꺼내다 말고 장난을 친다.

"지금 돈을 안 줘야 금세 또 만나게 되잖아."

"저도 사실은 일부러 거스름돈을 준비하지 않았어요."

강욱은 얼굴을 붉혔다. 유소은이 주는 만원권 지폐를 주고받은 문제로 두 사람은 잠시 옥신각신했다.

"저기 오시는 남자분이 우리 강사님이에요. 젊죠? 저래 봬도 전국 문화유적을 모르는 데가 없는 분이에요. 나는 오늘 당일치기로 가는 거라 가 보는 거지만, 많이 다닌 사람은 저분 따라 일박 이일, 이박 삼일씩 십여 차례나 다녀들 왔대요."

남자 강사가 오자 유소은의 일행은 석 대의 승용차에 분승했다. 유소은은 김밥이 든 봉지를 두 손에 들고 가면서 소리쳤다.

"강욱씨도 휴대폰 있었으면 좋겠다. 내가 재미있는 것 보게 되면 곧바로 전화할 텐데."

강욱은 우리밀분식으로 돌아와 동석 형제하고 함께 밥을 차려 먹다가 말고 슬며시 물었다.

"동석아, 혹시 우리나라 지도 잘 나온 책 본 적 있어?"

16. 몸은 거짓말을 하지 않는다

"잡아라!"

한 녀석이 달아나는 중이었고, 그 뒤를 또 한 녀석이 소리치며 추격해 오고 있었다. 변소 청소를 마치고 돌아오던 철식은 달아나는 녀석이 눈앞을 지나는 순간 멋모르고 추격하는 사람으로 변했다. 달아나는 녀석은 뜻밖의 추격자에 당황해서 삼층으로 가던 층계참에서 갑자기 난간으로 기어나갔다.

"잡았다!"

철식이 다가가면서 소리쳤다. 실제로는 손을 뻗는 시늉만 한 것이다. 그런데 그 녀석이 그걸 피하는 몸짓을 하다가 공중에 발을 딛고 말았다. 녀석은 다리 하나와 팔 하나, 턱뼈가 부러지고, 안면에 깊은 타박상을 입었다.

철식으로는 잘못을 인정하기에는 너무 억울했다. 그래서 변명을 했다. 학급 전체에 대해 단체 체벌을 하면서 분을 삭이는 담임 선생 앞에서도 변명을 했고, 거짓말 말라고 무자비하게 때리는 학생과장 선생한테도 변명을 했다. 그러나 친구가 하는 술집에 나가 일을 도우며 생계를 유지하는 홀어머니와 둘이 사는 철식의 말을 들으려 하지 않았다. 어머니의 눈물어린 하소연과 치료비 전액을 다 댄다는 맹세를 실천으로 옮겨서 간신히 중학교 졸업장을 타내기는 했다.

철식은 그때처럼 변명을 해 보았다. 그런데 말이 연결되지 않았다. 이철우는 몹시 화가 나 있었다. 침대에는 유소은이 환자복을 입고 누워 벽쪽으로 한쪽으로 고개를 돌린 채 울고 있었다. 문병 온 거라고 했다. 정말 문병을 갔을 것이다. 그러나 이철우는 믿지 않았다.

"형님, 억울합니다. 형수님이 아파서 문병을 온 것뿐입니다!"

형은 무슨 말인가 했지만 말 소리는 들리지 않았다. 형은 뒷짐을 졌다가 두 주먹을 앞으로 모아 들었다가 하면서 야단을 쳤다.

"형님, 억울합니다. 믿지 않으신다면 제 손을 자르겠습니다."

그 다음, 손을 자르는 내용은 없었다. 이상한 기계음이 들리고, 무슨 놀랄 만한 일이 있었는지, 화들짝 놀라 눈을 떴다. 진짜 놀랄 일이 눈앞에서 기다리고 있었다.

"일어났어, 오빠?"

잠에서 깬 채로 옆에 누운 여자가 있었다. 정은이 아니었다.

"어떻게 된 거야?"

"휴대폰 여러번 울렸는데 너무 곤하게 자길래 그냥 뒀어. 근데, 무슨 잠꼬대를 그렇게 하냐?"

윤희는 이불로 가슴을 덮고는 있었지만, 알몸이었다.

어제는 일찌감치 신도시에서 패밀리들과 어울렸다. 그러고는 패밀리들을 문제의 빌딩으로 투입시키고, 철식은 최덕주 사장과 블루나이트에서 양주를 마셨다. 정은이 출근 전이라 아가씨를 앉히지 않겠다고 하는 걸 최 사장이 부득불 다른 애를 불러다 앉혔다.

"이번에 신도시 빌딩 건만 잘 처리해 주시면, 다음 건이 또 있어요. 경기 핑계 대고 돈 떼먹고 튀는 놈이 한두 놈이라야지요."

말은 그렇게 했지만 최 사장도 건설보다 경매 물건 처리 사업에 더욱 골몰하고 있는 모양이었다. 상당한 정보가 그의 입에서 흘러나왔다. 당연히 철식 같은 조직이 필요했다.

"돌아간 이사장보다 동생분하고 이렇게 죽이 잘 맞는 줄 몰랐네그려, 허허허!"

최 사장은 예의 간사스럽게 느껴지는 웃음을 마구 터뜨렸다.

"돌아가신 형님을 욕되게 하지는 마세요!"

철식은 그렇게 일침을 놓아 두었다. 최 사장은 뒷풀이 운운하다가 철식의 표정이 그게 아닌 걸 알고 자기도 멋쩍어져서 그냥 집으로 향하는 눈치였다.

정은하고는 결국 자정 가까이 되어서야 허름한 생맥주 집에서 만날 수 있었다. 그 사이 신도시에 가 있는 고선배한테 두 번 전화가 걸려왔다. 빌딩 주인한테 마지막 경고를 하고 나왔고, 새벽에 행동을 개시한다는 기별이었다.

"중요한 일을 앞두신 모양이네요."

처음부터 이렇게 말하지만 않았어도 정은에게 추근대는 짓은 하지 않았을 것이다. 정은은, 중요한 일 때문에 재미있게 놀 시간이 없지 않겠느냐고 토라진 듯도 했고, 빨리 용건만 얘기하고 집에 가 보라는 사무적인 투 같기도 해서 철식은 일찌감치 약이 오를 대로 올랐다.

"너 지난번에 나이트 가고 싶다고 그랬잖아?"

"웬 나이트?"

"가자, 나도 그런 데서 한번 놀아보고 싶었다."

조직 생활을 할 때 매일같이 드나들던 곳이 나이트클럽이었건만, 도무지 낯설었다. 정은을 따라 스테이지로 나가서 몸을 흔들었다 들어왔다 하면서 양주를 비운 게 겨우 삼십분 정도였다. 게다가 입구 쪽 한 곳에서 손님들끼리 치고받는 싸움이 나서 공연히 말려들어 낭패보는 일이 있을 것도 같아 얼른 자리를 뜰 수밖에 없었다.

포장마차로 들어가 배가 고프다는 정은에게 가락국수를 먹이고 철식은 소주를 마셨다. 그래도 정은의 마음을 읽을 수 없었다. 거기서 옥신각신했다. 정은은 지난번 추모공원에서 자기한테 이상한 역할을 맡긴 것에 대해 한 차례 불만을 터뜨렸다.

"저, 그런 이상한 일에 끼어들기 싫어요."

"이상한 일? 야, 너한테 해줄 만큼 해주고 부탁한 일인데 그렇게 짜증을 부리냐?"

"그래도 전 싫은 건 싫어요. 다음부터 그런 데 오라고 그러지 마세요."

이쯤에서 그만 두었어야 했다.

"다 돈 벌자고 하는 짓인데, 갑자기 웬 자존심이냐?"

젓가락으로 꽁치구이를 헤적이고 있던 정은이 젓가락을 소리내어 놓았다.

"아저씨! 아저씨가 내 자존심 세우는 데 뭐 보태준 거 있어요?"

이쯤에서는 성격대로 뺨을 후려쳤어야 하는데 그러지 못하고 말았다. 둘이 한참 더 말다툼을 했다. 어쩌다 다시 좋아져서 히히덕거리기도 했다. 정은도 언제쯤부터 소주를 마시고 있었다.

또 다른 치킨집으로 옮겨 술을 마시다가 화장실에 간 정은을 한참 기다린 기억이 나고, 그러다가 둘이 모텔 방 침대 위로 나가 떨어졌다. 그랬다고 생각했는데, 그게 아니었다. 철식은 화장실에 갔다가 그대로 집으로 가버린 정은을 기다리다가 윤희를 불러낸 것이었고, 어젯밤 침대 위에서 정은이 몸을 발악적으로 탐했다고 생각한 것 역시 상대가 정은이 아니라 윤희였다.

"잠꼬대뿐이야? 숨 넘어갈 듯이 코도 곯고, 또 누구 이름인가 부르다가 무슨 신음 소리를 내고 그러더라."

윤희는 그러면서도 철식의 어깨에다 가만히 얼굴을 붙여왔다. 그러나 윤희도 어제 다른 여자 대신 불려온 걸 알고 자존심이 상한 얼굴이었다. 철식의 휴대폰이 울리는데도 윤희는 가만히 누워 있었다. 철식은 몸을 일으켜 전화 탁자 위에 놓인 휴대폰을 들었다.

"사장, 지금 차 몰고 나설 수 있겠어?"

고선배였다.

"신도시로? 왜, 어떻게 된 건데?"

"빌딩 건은 일단 접어둘 일이 생겼어."

"왜, 그쪽에서 항복했어?"

"아니, 그보다 더 중요한 게 있어. 유소은이 탄 차가 자유로에서 지금 팔십팔번 도로로 진입했어. 유소은 일행이 승용차 몇 대로 같이 이동하는 길이라 미행하는 데는 아무 문제가 없겠어."

철식은 손목시계를 확인하고 급히 목욕탕으로 뛰어들어갔다.

"오빠, 이제부터 그런 식으로 날 불러내면 나 안 나올 거다!"

윤희가 뒤에서 소리쳤다.

어제 주차해 둔 승용차를 빼내는 데 시간이 꽤 걸렸다. 윤희 집이 있는 신사동 근처까지는 윤희한테 직접 차를 몰게 해 잠시나마 아픈 머리를 목받이에 붙이고 눈을 감아 보았다. 해장국도 안 사줄 거냐고 투덜대는 윤희한테 수표 한 장을 건네고는 거칠게 차를 몰아 팔십팔번 도로를 만났을 때는 철식도 몹시 허기가 졌다. 이번에는 절구통한테서 전화가 왔다.

"사장님, 여기는 미사립니다. 여기 무슨 유적이 있나 봐요. 기생 오래비처럼

생긴 남자가 안내를 하는데 단순한 가이드 같지는 않고, 구청 과장쯤 되나 봐
요."

"섣불리 가까이 가지 말고 있어. 고선배한테 잘 물어서 행동해 알았어? 그리
고, 고초골 별장, 빨리 확인해 놓고!"

운전을 하면서 소리 치는데 입에서 술냄새가 쏟아져 나왔다. 철식은 돼지울음
은 같은 요란한 트림을 했다.

유소은의 기행단이 팔당의 분원 가마터를 둘러보고 다시 팔당대교 쪽으로 나
온 덕분에 철식은 양수리 입구에서 고선배 일행과 합류할 수 있었다. 유소은의
일행은 북한강과 남한강이 합수되는 지점쯤에서 차에서 내려 남한강 쪽으로 한
참을 걸었다. 강사인 듯한 남자는 연신 강 이곳저곳을 가리켜 가며 설명을 해대
는 눈치였다. 철식도 차에서 내려 일부러 강 바람에 몸을 맡겨 보았다. 어지러운
기운을 시원스레 씻어갈 듯한 바람이었지만, 숙취는 쉽게 가시지 않았다. 내장
이 뒤틀릴 듯하게 허기가 졌다. 패밀리들도 여자들의 차량에서 멀리 떨어진 도
로변에서 여자들 쪽 동향을 놓치지 않으려 애쓰는 동안 웬만큼 지쳐갔다.

"저년들은 밥도 안 먹나?"

누구 입에선가 투덜거리는 소리가 났을 때가 두 시였다.

여자들은 그제서야 다시 차에 올라 남한강 전경이 내려다보이는 쪽으로 옮겨
갔다. 철식도 언젠가 와 본 적이 있는 유명한 냉면집이었다. 무슨 먹거리 여행을
겸하는 건지 일부러 번잡한 식사시간을 피해서 들어간 듯한 느낌이었다. 남자
강사가 종업원에게 손짓을 해서 주인을 부른다 어쩐다 싶은 것이 그 집 음식 유
래를 설명하기라도 하는 모양이었다. 철식도 근처의 칼국수 집으로 들어가 서둘
러 허기를 달래고 변도 한 무더기 봤다.

유소은 일행은 커피를 뽑아 마신다, 음료수를 마신다 하면서 하나둘 차에 오르
고 있었다. 오늘 따라 유소은은 유난히 조심스럽게 행동했다. 일행들과는 얼마
간 낯선 관계로 보이는 것은 다행이었다. 그런 서먹함을 리더격으로 보이는 날
씬한 여자 하나가 일부러 수다를 떨어 해소시켜 주려는 듯 가끔 유소은 곁으로
붙어 서곤 했다. 굼벵이가 일행 중 한 여자에게 접근해서 그들이 남한강을 따라
당일 기행으로 답사를 하고 있는 중이며, 여자들이 받들어 모시듯 하는 남자는

구청 문화센터에서 문화 유적을 안내하고 가르치고 있는 강사라는 사실을 제대로 알아냈다.

"오늘 하루 동안만 남한강 기행을 하고 가는 거라면, 이제 남은 건 영녕릉하고 신륵사, 그리고 목아박물관 정도야. 그 중에서 빼놓을 수 없는 곳이 신륵사지. 여주에서는 물론이고 남한강에서도 빼놓을 수 없는 곳이니까."

고선배가 굼벵이가 모는 승용차 안에 비치된 지도책을 들고 옮겨 앉으면서 말했다.

"아예 신륵사에서 저 여자를 잡아들일 셈치고 차 한 대는 미리 그쪽으로 가 있는 게 어때?"

철식도 이제는 맑은 의식으로 부지런히 머리셈을 해 보았다.

"아니, 영녕릉이 더 나을지도 모르니까 그냥 따라가 보자구. 영녕릉이란 곳이 아래 주차장부터 능역 앞까지 거리가 꽤 되는 데다 능역도 영릉(英陵)과 영릉(寧陵) 두 군데로 멀리 떨어져 있거든. 시간적으로 저 여자 하나를 빼돌리기가 신륵사 쪽보다 나을 수도 있어. 문제는 저 여자들이 과연 영녕릉에 들를 것인가에 있지."

영릉(英陵)은 저 유명한 세종대왕과 그 왕후가 묻힌 합장릉이고, 영릉(寧陵)은 역시 조선시대 임금인 효종 내외가 묻힌 쌍릉이다. 이 나라 통치자 중에서 가장 위대한 인물로 평가되는 분이 세종대왕 아닌가. 역시 답사기행단은 그 능을 빼놓지 않았다. 영녕릉이라 쓴 입간판이 안내하는 방향으로 석 대의 승용차가 나란히 앞서 가는 것을 철식은 일행은 멀리서 지켜 보았다.

고선배의 말대로 두 군데 능역을 다 둘러보고 오려면 한 시간은 걸릴 듯싶었다. 그러나 문제가 그리 간단하지 않았다. 세종대왕의 영릉까지는 사방이 탁 트여 있어서 유소은에게 접근하기가 쉽지 않았다. 효종대왕의 영릉은 사람의 발길이 뜸한 호젓한 산중에 위치하고 있지만, 거기서 유소은을 납치한다 해도 대기 중인 차로 데려 오는 과정에서 들통이 나기 마련이었다. 게다가 유소은은 가끔 휴대폰 통화를 위해 몇 발짝 옆으로 벗어났을 뿐 일행한테서 멀리 떨어지는 법이 없어서 전혀 기회를 잡을 수 없었다.

"여기는 아무래도 어려워."

철식이 좀전에 한 고선배의 추측이 잘못되었음을 지적했다. 그러자 고선배는 전혀 엉뚱한 말을 했다.

"아쉽게 됐네. 이럴 줄 알았으면 세종대왕 능이나 제대로 보고 오는 건데 말이야."

"그게 무슨 소리야?"

"천하 명당이라는 거야, 세종대왕 능이. 원래는 여기가 아니라 오늘날 서울 개포동 뒷산인 대모산에 아버지 태종 능 곁에 있었는데, 세종대왕의 아들 예종 때 여기로 이장한 덕에 조선왕조가 백년은 더 길어졌을 거라는 얘기가 있지."

"고선배는 이번 일 끝내고 어디 공부하는 데로 갈 궁리를 해봐. 내가 좀 답답해지겠지만, 고선배가 공부해서 판검사라도 되겠다고 한다면 내가 팍팍 밀어줘야지."

"무슨 그런 섭한 말씀을! 내가 아는 게 모두 다 남이 해놓은 말을 주워담은 것뿐이야. 내게는 조금의 기억력과 정보를 조합할 수 있는 능력만 있지."

"그런 능력이라도 있으니까 공부를 해 보라는 거지."

"사실 공부라는 게 그런 거지. 공부했다는 놈들 치고 자기 얘기보다 남 얘기를 더 하지 않는 놈들 어디 있어. 그래서 나는 공부라는 게 싫어. 아니, 공부했다는 놈들을 믿을 수 없어. 번드르하게 남의 이론을 갖다대고 탁상공론을 일삼는 놈들 아니야. 내가 믿는 것은 오직 몸이 하는 일뿐이야. 몸은 거짓말을 하는 법이 없거든."

"몸은 거짓말을 하지 않는다? 멋있는 말이네. 그 봐, 이런 멋있는 말이라도 고선배니까 하는 거 아냐? 나는 죽었다 깨도 그런 말은 못 만들겠더라."

몸은 거짓말을 하지 않는다.

바로 철식 같은 사람을 위해 있는 말이다. 인간의 머리는 거짓말을 위해 만들어진 것이다. 거짓말쟁이 유소은이 바로 그렇다. 배운 자와 가진 자들은 그 머리를 이용해 끝없는 거짓말로 자기 자리를 유지하고 확장해 나간다. 이제 그 여자에게 몸이 하는 일이 얼마나 정직한가를 보여 줄 것이다.

영녕릉에서 한 시간 남짓 보낸 유소은 일행이 접어든 국도는 다시 365번. 느릿하다 싶은 주행인데도 간단히 42번 국도를 만났다. 차량이 늘고 길이 복잡하다 싶더니 곧 맞닥뜨린 곳이 여주 시내였다. 오는 날이 장날이라고, 정말 장날인 모양이었다. 도로변을 늘어선 노점들이 눈에 표나게 띄더니 장터 입구부터 산나물이며 건어물을 파는 노점상들이 연이어졌다. 아니나다를까, 지방 풍물을 만끽하고 싶거든 그 지방의 시장을 들르라는 아주 상식적인 교훈을 여자들이 실천하려는 게 분명했다.

여자들의 차는 슬금슬금 장터 주변 길을 기어가듯 하더니 드디어는 무슨 관청으로 보이는 건물 뒤편의 주차장에 멈춰 서고 있었다.

"시간 오래 끌지 말고, 30분 동안만이에요. 오여사, 물건 너무 많이 사지 마."

리더 격인 여자가 먼저 나와 시장통을 걸어가는 여자들에게 이르는 소리를 철식은 바로 뒤편 차 안에서 들었다. 그 여자는 강사가 화장실에 갔다 올 때까지 유소은과 함께 차 안에서 기다리고 있는 눈치였다.

그때부터였다. 쿵쿵쿵, 하고 심장이 뛰는 소리를 철식은 듣고 있다. 이처럼 가까이 접근할 생각은 없었다. 주차할 수 있는 공간을 찾아 두리번거리던 사이에 얼떨결에 여자들 차 뒤를 바짝 따르게 된 형국이었다. 지금은 쓰지 않는 것으로 보이는 협동조합 창고 뒤의 주차장이었다.

철식은 어떤 운명의 시간이 와 있음을 느낀다. 정확히, 여자들 열두 명이 먼저 장터로 갔다. 강사는 화장실을 찾아갔고, 남은 사람은 유소은과 리더격인 여자 둘이었다.

과연, 예감이 맞아 들고 있었다. 리더격인 여자는 강사가 나타나자 차에서 내려섰다.

"선생님도 시장 구경 하시지요."

"그럼. 내가 얼마나 시장 보는 걸 좋아하는데요."

한 여자는 차 안에서 한 여자는 차 밖에서 이를 드러내고 웃었다.

"소은씨는 어떡할래요? 여기서 쉴래요?"

"차 안에서 쉬고 있을게요, 안심하고 다녀오세요."

그렇게 대답하는 유소은의 말을 철식은 차 안에서 고스란히 느낌으로 듣는다. 주차되어 있는 차는 석 대. 한 대는 대형 트럭, 한 대는 용달차, 한 대는 누군가가 폐차 직전 차를 버린 것 같은 승용차…… 그리고는 여자들의 차 두 대와 철식 일행 차 두 대가 전부였다. 멀리서 사람들 떠드는 소리가 먼데 개가 짖는 듯 들릴 뿐, 여자와 남자가 사라진 뒤로는 인적이 거의 없어진 곳……

유소은이 얼핏 철식이 탄 차를 보는 눈치였다. 차량 번호를 보기 위해 고개를 쭉 뻗어보는 듯했다. 다행하게도, 아니 운명적이게도, 유소은이 앉은 자리에서는 철식 차의 운전석이 잘 보이지도 않을 뿐더러, 그런 중에 철식이 차에서 먼저 내려 차 뒤로 몸을 옮겨가 있었다.

반바지 여자와 강사가 주차장을 빠져나가 장터 쪽으로 걸어갔다. 유소은은 다시 몇 차례 주변을 살폈다. 그러다가 무릎에 얹은 핸드백에서 책 같은 걸 꺼내 읽는 듯하더니, 머리를 목받이에 기대고 눈을 감고 있었다.

오래 눈을 감고 있어도, 잠을 자는 것이 아니라 명상에 잠긴 듯 보이는 여자. 단단히 흑심을 품고 다가가다가도 멈칫, 이편의 동작을 멎게 하는 여자……

그 여자는 운전석 뒤 좌석에서 무릎 위 시사주간지 같은 잡지를 펼쳐 놓은 그 위에 손을 하나 얹고 다른 손을 창가 쪽 앉은 좌석 옆 공간에 맥없이 놓은 채로 앉아 있다. 그 여자가 입고 있는 긴소매의 분홍빛 티셔츠가 고르게 불룩해졌다 내려앉곤 한다. 아주 살짝 열린 입, 가늘게 떨리는 눈썹을 철식은 잠시 내려다본다.

고선배가 그 여자와 똑같이 두 차례 숨을 고르고 있었다.

절구통이 차문 손잡이로 손을 뻗었다.

악몽을 꾸기라도 하는 것일까. 차문이 열리는 순간, 그 여자의 손이 경직되는 게 느껴졌다. 여자의 낯이 조금 일그러졌다. 여자 몸에서 나는 향내가 풍겨왔다. 고선배는 잠깐 동안 미동 없이 섰다.

그 다음부터는 망설임이 없었다. 절구통이 여자의 손을 확 끌어당기면서, 목을 뒤에서 끌어안고 손으로 입을 틀어막았다. 여자는 아직 자신이 악몽 속을 헤매고 있다고 생각하는 듯했다. 절구통이 여자를 끌고 자신의 차로 옮기는 동안 고선배가 몸집을 키우며 행여 와 닿을지 모를 다른 사람의 시선을 막아 주었다. 굼벵이가 이미 열어 놓은 트렁크 속으로 여자를 집어넣고 입안에 재갈을 물리고 손을 뒤로 묶는 일까지, 철식 패밀리에게 힘든 것 별로 없었다. 다들 땀이 나고 얼굴이 상기되었지만, 간단한 일이었다. 트렁크를 닫을 무렵에야 여자는 악몽을 헤치고 나온 듯 비명을 질렀다.

악!

비명은 더 들리지 않았다. 굼벵이가 모는 차가 급히 주차장을 빠져 나갔다. 그 속도에, 주차장 쪽으로 걸어오다 놀란 여자들이 있었다. 유소은의 일행 중 장터에서 먼저 돌아오던 여자 둘이다. 그 곁을 다시 고선배와 철식이 앉은 차가 빠르게 스쳐 지났다. 트렁크 안에서 발길질하는 소리가 났을지도 모르지만, "어머, 이거 뭐야!" 하며 비껴 서는 여자들은 아직 사태를 짐작 못한 게 분명했다.

17. 수렁 속에서

춥다!

열 살 남짓한 여자아이가 골목길 전신주 밑에 쪼그리고 앉아 오돌오돌 떨고 있다. 골목길 밖에서 차들이 지나가는 것이 보인다. 가끔 버스가 멈춰서고 버스에서 내린 승객들이 골목길로 들어섰다가 여자아이를 힐끔힐끔 내려다보며 지나간다. 승객들이 골목길에 들어설 때마다 반색하는 표정이던 여자아이는 자기가 기다리던 사람이 아닌 것을 알고 이내 실망한 눈빛을 하고 고개를 다리 사이로 들이민다. 그 다리 사이가, 아뿔싸! 알몸이다. 알몸의, 세로로 찢어진 살이 그대로 드러난다. 살은 거웃으로 덮였다. 사내들의 킬킬대는 웃음소리가 귓가에서 들렸고, 사촌언니들이 손가락질하는 표정이 보이는가 했더니, 어느새 하얀 말한 마리가 그 살에 코를 대고 냄새를 맡는다.

그때 누군가가 여자아이를 부르는 소리가 들린다. 한 손에 투명한 보석상자를 든 큰아버지다. 여자아이는 보석상자를 안고 큰아버지 등에 업혀 집으로 돌아온다. 여자아이를 업은 사람은 아버지도 되고 어른이 된 남동생도 되고 여고 때 담임 선생님도 되고 남편도 된다. 하얀 말들이 그 뒤를 따라왔다. 하얀 말들이 발가벗은 사내들이 된다. 발가벗은 사내들이 여자를 안아 공중으로 떠받쳐 올렸다. 여자는 그 중 한 남자와 사랑에 빠진다. 여자와 남자가 성교를 한다. 격렬하다. 남자의 숨결이 거칠고 여자의 교성이 요란하고, 주변으로 물이 넘쳐나고 있다. 다른 남자들이 그 물에 몸을 허우적거리며 몸부림치고 있다.

악!

낯선 남자와 몸을 섞고 있던 한 여자는 그 남자의 머리 위에서 내려다보는 또 하나의 시선을 보고 놀라 소리를 지른다. 어느새 남자들은 사라지고 없고, 코르셋 바람의 여자 혼자 방 구석에 누워 있다. 잠시 흥분에 떨던 몸에 갑작스럽게 밀려든 수치감과 공포감을 어쩔 수가 없어서, 그 육체에 경련이 일고 있다. 두뇌 속에 뒤엉기는 남자와 여자의 몸들, 신음소리, 그 속에서 눈알을 부릅뜨고 지켜보고 있는 한 사내……. 어딘가로 전화를 걸고 싶다. 걸어야 할 전화의 번호가 떠오르지 않는다. 귓속에서는 남녀가 몸을 섞을 때 나는 신음소리가 거듭 들려오고, 턱이 탁탁탁 소리를 내며 떤다.

우우우우우…….

소은은 머리를 흔들며 소리를 내본다. 눈을 뜰 수 없다. 부끄러워서, 미칠 것만 같다. 목이 죄어오는 느낌 속에서도, 누가 구둣발로 가슴팍을 짓누르는 것 같은 느낌 속에서도, 쾌감과 공포가 동시에 밀려들었다. 신음소리가 난다. 소은은 모로 누워서 두 번, 세 번 경련을 한다. 오줌을 싼 것 같기도 하다. 파란 조명등이 자신의 얼굴을 비추는 것을 조금씩 느낀다. 그 조명등 불빛이 얼굴에서 어깨로 허리로 엉덩이로 다리로 내려왔다 다시 얼굴로 올라가는 것을 느낀다.

아!

소은은 가늘게 떠는 눈꺼풀 아래에서 자신의 몰골을 그려본다.

누가 나에게 무슨 짓을 했나!

내가 도대체 무슨 짓을 했나!

눈물이 범벅이 된 얼굴을 닦기 위해 가만히 손을 올려본다. 순간, 소은은 퍼뜩 놀란다. 자신의 손이 어딘가에 묶여 있었던 것이다. 남은 손 하나를 다시 움직여본다. 역시 묶인 손이다. 소은은 비로소 온몸이 쑤시는 아픔을 느끼며 눈을 떴다. 신음소리가 멎더니, 일시에 듣기 싫은 쇳소리 같은 게 난다.

희미한 어둠 속이다. 그 어둠 가운데로, 켜 놓은 텔레비전에서 파란 광선을 보내고 있는 중이다. 텔레비전이 막 비디오 상영을 끝내고 거칠게 소음을 내고 있는 듯하다. 사방에 놓인 물건들이 조금씩 모양을 드러내 준다. 화려해 보이는 장롱이 방 한쪽을 차지하고 있다가 그 겉면에 장식한 문양으로 은은한 빛을 발하고 있다. 그 마주보는 곳에 화장대가 있다. 별로 사용한 흔적이 없어 보일 만큼 썰렁해 보이는 그 화장대 앞에 놓인 의자 아래로 소은의 발이 뻗어 있다. 그 발을 내려다보다가 소은은 다시 소스라치게 놀란다.

양말도 스타킹도 없는 맨살을 드러낸 발에 묻은 핏자국……. 그 발로부터 알몸으로 뻗어져 올라오는 두 다리 위에…… 무릎 한쪽에 든 시퍼런 멍……. 검은 코르셋…… 그 몸 허리께에 말려 있는 흰 목욕 타올 한 장…… 상체만은 소은 자신의 것이 틀림없는 티셔츠…… 그 안을 용케 지켜내고 있는 브래지어…… 그 몸 아래로, 두툼하게 느껴지는 요가 깔려 있다.

아아, 이대로 죽어 버렸으면…….

그런 생각을 밀어내며 소은은 몸을 일으켜 보려 애쓴다. 등 뒤로 합해져 묶인 두 손과 팔꿈치를 지렛대로 해서 간신히 몸을 일으켜 앉으며 다시 주변을 살펴본다. 화장대 옆에 붙은 창문 밖을 짙은 어둠이 에워쌌다. 벌레우는 소리가 요란하다. 도어식으로 된 방문은 희미한 어둠에 감싸여 있다. 귀를 세워 보지만, 그 밖에서는 아무런 인기척이 없다.

뱃속에서 공기가 꿈틀거리는 소리가 난다. 갑자기, 방광이 터질 것처럼 요의가 느껴진다. 소은은 무릎을 꿇어앉으며 자신의 몸을 훑어본다. 다리와 허리가 쑤신다. 자신의 소지품은 아무것도 눈에 띄지 않는다. 고개를 숙여 배를 내려다본다. 머릿속으로 알몸의 남녀들이 얽히는 장면이 스쳐간다. 도대체 누가, 나를, 내 몸을 어떻게 했을까……, 내가 어떤 사람과 무엇을 어떻게 했을까……. 소은은 또 한번 거칠게 밀려드는 치욕감으로 잠시 몸을 떨었다.

소은은 곧 비틀, 하면서 몸을 일으킨다. 혹시 방안에 있을지도 모를 화장실을 찾아 몇 발짝 문쪽으로 발을 내딛어 본다.

그때다.

밖에서 남자의 목소리가 급히 다가왔다.

"끝났겠지?"

그런 소리였다. 소은은 무너지듯 주저앉으며 몸을 가리려 한다. 방문이 열리고 한 사내가 불빛을 이끌고 들어왔다. 민소매의 런닝셔츠와 허리띠를 헐겁게 푼

바지차림의 사내……. 소은은 요 위로 몸을 웅크리고 엎드렸다.

"어때, 재미있었수? 이건 더 죽여주는 겁니다, 아줌마. 혼자서 너무 흥분하지 말고 보세요."

능글맞은 음성이지만, 어린 티가 묻어났다. 사내는 텔레비전 쪽으로 다가가 비디오 기기를 만지고 있다. 새로 가져온 비디오 테잎을 갈아넣고 가려는 눈치다. 친절하게도 사내는 비디오 테잎 앞 부분을 빨리 감아주는 수고까지 한다. 소은은 더욱 숨을 죽인다. 사내는 소은 쪽을 돌아보는 기색도 없이 일어나 문밖으로 돌아 나가고 있다.

"저, 저기요!"

문밖의 불빛이 꼬리를 감추는 순간, 소은은 고개를 들었다.

"왜 그러슈?"

불빛이 다시 커진다. 어쩌는 수 없다. 소은은 사정조가 되어 말한다.

"화장실 좀 가게 해 주세요."

"여기 있잖아요."

사내가 문밖에 몸을 둔 그대로 서서 고갯짓을 한다. 소은은 눈을 가늘게 뜨고 사내가 가리키는 쪽을 본다. 방문 바로 옆인 모양이다.

"나, 참. 불을 켜드릴까, 바보처럼 왜 이러실까?"

"아니, 아니 됐어요. 혼자 할 수 있어요."

소은은 소리쳤다. 사내는 문밖에서 불을 켜려던 동작을 멈추고는 다시 문을 닫는다.

"이봐요!"

사내가 해칠 뜻이 없음을 알아차리고 조금은 방심해서 얼른 소리친다. 그리고는 소은은 사내의 풀린 허리띠를 보고 금세 후회해서 눈을 감는다.

"손이 묶여서 볼일 보시는데 불편하시다, 이 말이신가?"

사내가 중얼거리며 다가온다. 소은은 엎드린 채 몸을 마구 흔들면서 비명을 질렀다.

"아악! 가까이 오지마!"

멈칫 하던 사내가, 다시 손을 뻗어온다.

"이것 참. 나 이러다가 아줌마한테 정들겠어. 아예, 목숨 내놓고 정들어 버릴까? 응? 사장님께서 아줌마 몸에 손끝 하나라도 댔다간 날 죽일 거라고 했는데, 이것 참."

사내의 손이 닿은 곳은 소은의 손끝이었다. 스물을 갓 넘겼을까 싶은 사내인데도 막힘없는 행동이다.

"그래도 대단해. 아줌마 오줌보는 아주 큰가 봐. 여태 한번도 오줌을 내지르지 않았으니."

소은은 사내의 몸이 살에 닿을 때마다 깜짝깜짝 놀라 꿈틀대면서도, 다소곳이 기다린다.

"이거면 충분하죠?"

사내는 그러나, 끈을 느슨하게만 했을 뿐이다. 소은은 순간 울컥 하고 울음을 터뜨린다.

"제발, 제발 좀……."

사내는 물러서려다가 다시 투덜대며 다가온다.

"아줌마, 내가 가까이 가는 거 싫으면서 자꾸 그래요. 아줌마 풀어 주었다가는 내가 온전하지 못해요. 볼일 볼 때만 풀어주는 거예요. 자, 됐죠?"

사내가 손뼉을 두 번 치면서 물러선다. 손이 자유로워진 소은이 얼른 타올을 집어들어 몸을 감싼다.

"나가요!"

소은이 소리지르자, 사내는 공중에다 입김을 훅 불면서 웃음을 뿌렸다. 사내의 등뒤에서 텔레비전 불빛이 흔들거린다. 포르노 영화가 시작되고 있는지, 처음부터 신음소리가 야릇하게 쏟아진다. 소은은 우우우, 소리를 내면서 얼굴을 타올에 묻는다.

"제발 좀 나가 있어 주세요."

"흥분하지 말라니까, 아줌마. 아줌마는 지금 납치됐어요. 자꾸 제멋대로 소리지르면, 나도 어쩔 수 없어요. 내가 뭐, 아줌마 하인이라도 되는 줄 아세요. 딴짓할 생각 하지 말고, 볼일이나 보고 나와 있어야 돼요."

사내는 다소 어이없다는 듯한 투로 일침을 가하고는 문밖으로 나간다. 소은은 조심스럽게 걸어가 문을 안으로 걸어 잠갔다.

곧, 간단한 세면 시설을 갖추고 있는 작은 화장실의 대리석으로 된 양변기 위에 앉은 소은은 거칠게 소리내면서 울음을 터뜨렸다.

도대체 내가 왜, 이런 곳에 와서 이런 수모를 겪어야 하는 것일까?

누구일까? 이철식, 그 작자 짓이 아닐까? 그런데 그 작자가 무슨 까닭으로 이런 장소에다 나를 감금시키고 이런 식으로 나에게 보복한단 말인가?

이철식이 아니라면, 누구일까? 어떤 변태성욕자가 여자를 속옷차림으로 묶어놓고 포르노 비디오를 틀어 보게 하고 있는 것일까?

"볼일만 보기로 약속하셨을 텐데, 아줌마."

화장실 문밖에서 노크 소리가 나면서 예의 사내 음성이 들렸다. 세면대 앞에서 대강이라도 몸을 씻으려던 소은은 다시 눈물이 쏟아질 것 같았다. 사내가 어느새 방문을 따고 들어와 소은의 행동을 밖에서 확인하고 있는 게 틀림없다. 이 치욕을…… 이 수치를……. 어떻게 한단 말인가.

그러나 소은은 세수를 하면서 눈에다 지압을 가한다. 다시 그 손으로 두피를 마구 부볐다.

"제 옷 좀 가져다 주면 안 돼요?"

소은은 밖을 향해 소리를 질러본다. 발을 돋움질하여 화장실 안의 창을 가늠하면서다. 소은의 작은 몸이 빠져나가기에도 좁아보이는 창을 소은은 손을 뻗어 흔들어본다.

"웃기는 소리 좀 하지 마세요, 아줌마. 그냥 나와요, 어서!"

"다른 옷을 좀 구해 주든가 해 주세요."

소은은 타올을 허리에 감아 한쪽 측면이 터진 원피스로 만들었다.

"잔소리 그만 하세요."

"이 옷도 더러워졌단 말이에요."

소은은 이번에는 세면대 위에 놓인 샴푸통 두 개를 차례로 들어본다. 울고 싶은 걸 소은은 이를 악물고 참아낸다.

"빨리 안 나오면, 내가 문을 땁니다, 아줌마. 셋을 셉니다."

"아, 안 돼. 잠깐만요!"

"하나, 둘……."

"잠깐만, 잠깐만, 나갈게요, 지금……."

"나 참!"

문에다 열쇠를 꽂는 기척이 난다.

"잠깐, 잠깐, 일분만…… 삼십초만……."

소은은 한 손으로 손잡이를 잡았다. 아주 잠깐 동안의 침묵. 방에서는 또 비디오에서 나는 신음소리가 울려퍼지고 있다.

"셋!"

하는 소리와 함께 소은은 문 손잡이를 힘껏 잡아당겼다. 놀란 사내의 몸이 화장실 안으로 빨려들어오는 사이, 소은은 들고 있던 샴푸통으로 되는 대로 사내의 얼굴을 내리쳤다.

"어, 어어!"

비명을 지르면서 앞을 막아선 사내의 몸을 다시 되는 대로 발로 차고 샴푸통으로 때리면서 소은은 방으로 빠져나갔다. 그 사이 타올이 허리에서 풀렸다.

"죽어라, 죽어!"

소은은 이를 갈 듯이 소리치면서 방으로 나간 다음, 화장실 문을 드세게 당겨 닫았다. 사내가 그 안에서 다시 "어어어!" 하고 뒤늦은 비명을 질러댄다. 화장실 문 손잡이를 꼭 붙잡고, 텔레비전 모니터에서 발해지는 불빛을 도움 받아 방안을 재빨리 훑어본다. 소지품이라고는 아무것도 없다. 갑작스레 몰려드는 허기로 허리가 꺾일 듯 했다.

어쩌는 수 없다. 이번에는 방문을 열고 일단 뛰쳐나가는 거다.

치욕, 치욕! 소은은 입술을 깨물면서, 한 손을 뻗어 방문 손잡이를 잡는다. 순조롭게 문이 열리자 소은은 방문 밖으로 나간다. 의외로 작은 거실이다. 소형 소파 세트와 텔레비전이 놓여 있고, 소파 옆으로 아래층으로 내려가는 계단이 있다. 텔레비전에서는 소은에게 낯이 익어 보이는 포르노가 방영중이다. 어린 사내가 보고 있던 게 틀림없다. 맞은편 또 하나의 방은 인기척 없이 닫혀 있다. 탁자 위에는 꽁초가 수북한 재떨이와 두루말이 휴지가 놓였다. 소파 뒤쪽 옷걸이에 사내가 입던 것으로 보이는 남방셔츠와 수건 한 장이 걸려 있다.

정말 어쩔 수 없다. 소은은 옷걸이에서 수건을 집어내 하체에 둘러보다가 울컥하는 구토증을 느낀다. 수건을 내던진 소은은 이번에는 남방셔츠를 위에 입는다. 다행히 하체를 덮어줄 정도로 길다. 일층으로 내려가는 계단을 기웃거려 본다. 계단 아래쪽까지 어둠이 짙게 쌓여 있는 걸 보면, 아무도 없다는 얘기인가. 두어 층계 내려가다가 소은은 동작을 멈춘다.

소은은 다시 거실로 돌아와 창문께로 간다. 커튼을 펼치자 짙은 어둠의 숲을 건너 먼 불빛들이 시야를 멀리 뻗어나게 해 준다. 앞이 탁 트였구나 싶은 어느 지점에서 점점의 불빛들이 번들거리는 것이 그곳이 무슨 저수지인 듯했다. 때로 불빛들이 왔다갔다 하는 걸 보면, 밤 낚시꾼들이 꽤 많은 모양이었다. 남편을 따라 밤낚시터에 갔던 기억이 난다. 갑자기 몸서리가 쳐진다.

도대체 지금이 몇 시나 됐을까?

소은은 이마에 통증을 느끼며 고개를 젖혀 본다. 시계도 핸드백도, 입고 있던 옷가지들도 다 어디로 갔다는 말인가!

소은은 창문을 열고 뭐라고 비명을 질러대며 구해 달라고 소리치고 싶은 걸 억지로 참는다. 거실을 또 한번 두리번거리다가 맞은 편 방문을 열어 본다. 그때다.

또, 정신이 아뜩해진다.

차 트렁크 속인 듯 어두운 시간이 빠르게 지나갔다.

누구의 입에선가 알 수 없는 비명 소리가 났다.

"이 자식! 방심하지 말라니까!"

키큰 사내가 어린 사내의 뺨을 후려치고 있다. 소은은 간신히 거실 소파 곁에 쪼그리고 앉아서 그 모양을 본다. 비디오의 한 장면인 것 같다고 소은은 얼핏 생각한다. 얻어맞은 사내는 엉거주춤 서서 뭐라고 손짓하며 변명을 하는 듯한데 잘 알아들을 수 없다. 탐해서는 안될 여자를 겁탈하려다 들킨 남자 같다.

"다시 집어넣고 묶어버려!"

사내의 명령을 받은 어린 사내는 억울하다는 듯이 또 뭐라고 중얼거린다.

"이 자식이! 누가 너더러 저 여자 오줌똥 싸는 것까지 걱정하래? 넌 적당히 포르노만 갈아 끼우라고, 임마. 그 여자 몸매도 쳐다볼 것 없어. 알았어?"

사내가 다시금 확인을 받아 둔다. 분명 낯익은 사내, 이철식과 함께 다니던 신사임에 틀림이 없다. 방금 방안에 있다가 문을 확 밀치고 나오면서 소은을 쓰러뜨린 사내…… 쓰러지는 순간 소은은 자신을 쓰러뜨리고 있는 사내가 철식이 아니라는 사실에 대해 잠시 다행스럽게 생각했다. 그리고는 뒤로 엉덩방아를 찧으며 나자빠지면서 격하게 울음을 터뜨렸고, 곧 정신이 혼미해졌다. 이제 정신을 차리면서 보니 그 사내는 철식과 한패였고, 덩치가 큰데도 조금은 날쎈하다는 느낌을 주던 그 사람이다. 밤새 방안에서 누워 있었던 사람 같지 않은 깔끔한 양복 차림이었다.

"이것들 봐요. 할 말이 있어요."

소은은 어린 사내한테 비틀린 팔을 끌리다가 힘껏 소리친다. 어린 사내가 주춤하는 사이에 더욱 심하게 목쉰 소리를 냈다.

"제발, 할 말 좀 하게 해 주세요!"

어린 사내의 손을 거세게 뿌리치느라 소은의 차림새가 다시 엉망이 된다. 걸치고 있는 남방셔츠가 쳐들려져서 소은의 콜셋 차림의 하체가 드러난 것에 사내의 눈길이 와 닿는다.

"저기요, 부탁이에요. 전 지금 약을 먹어야 해요. 제 핸드백 좀 찾아 주세요, 네. 물도 좀 주시고요."

소은은 바닥에 무릎을 꺾고 앉으며 울먹였다. 어린 사내는 그것 보라는 듯이 손을 털며 물러나는 기색이다.

사내가 가까이 다가온다.

"역시 듣던 대로군. 대단해……."

사내가 오른손으로 소은의 턱을 받쳐 올린다.

"그래, 여우, 말 그대로 여우가 맞는 거 같애. 여우, 여우……."

사내는 여우라는 말을 몇 번이나 주억거린다.

"큭……."

소은은 사내의 손길을 뿌리치지도 않은 채 참으로 견딜 수 없다는 듯이 흐느낀다. 실눈을 뜬 사이로 눈물이 쏟아져 흐른다. 누구에겐가 얻어맞은 자리인지 눈물이 흐르는 광대뼈에 따가운 통증이 느껴진다.

"약을 좀…… 약……."

간신히 하는 소은의 말을 사내는 알아들어 주는 모양이다. 몸을 일으킨 사내는 고개를 절레절레 흔드는 기색이더니, 체념한 듯이 말했다.

"야, 저 방에 가서 핸드백 가져와."

"옛!"

제가 완벽하게 할 수 있는 좋은 일거리를 만난 듯이 어린 사내가 대답하면서 방으로 뛰어들어간다.

"일층에 가서 마실 물 좀 가져오고……."

"옛!"

계단을 뛰어내려가는 어린 사내의 발걸음 소리가 났다. 층계참에서 형광등을 켤 때 나는 소리가 들려왔다.

"이거 봐요, 유소은씨. 수작은 작작 부리도록 하시지요. 자, 핸드백 열어서 약을 꺼내시지요."

사내가 소은에게 핸드백을 내민다. 역시 신사 같은 데가 있는 사람이다. 핸드백 안을 들여다보려고 애쓰지 않고 있는 것이다. 이런 사내는 실제로 마음을 먹으면 지독해질 수는 있지만, 비열한 방법은 쓰지는 않는다.

소은은 부들부들 떨면서 핸드백을 열었다. 그대로인 것 같다. 아니, 몸에 지니고 다닌 듯한 썬그라스가 핸드백 안에서 맨먼저 발견된 걸 보면 누가 열어 본 것도 같다. 꺼놓은 휴대폰도, 콤팩트와 지갑도 그대로이고, 요즘은 복용을 줄이고 있는 신경안정제 봉투도 그대로다.

"아!"

소은은 신경안정제 한 알을 꺼내다가 놓치고 만다. 그 알약 하나가 바닥을 굴러간다. 그걸 주우려고 몸을 수그리는 사이, 소은의 몸에서 다시 알 수 없는 힘이 웅어리지는 것 같다. 사내의 사타구니를 팔로 걷어치면서 밀치고 일어난다면…….

그러나, 지금은 때가 아닌 것 같다. 소은은 사내가 의외의 흰 손으로 바닥에서 주워 올려주는 알약을 받아다가 다시 약봉투에다 넣고 다른 알약을 집어 입 안으로 털어 넣는다. 그걸 침으로 삼키는 사이, 아래층에 다녀온 어린 사내가 생수

통과 물컵을 소은 앞으로 내밀고 있다.

한 손으로 물컵을 잡기는 했는데 생수통을 잡으려는 오른쪽 손이 유난히 떨리고 있다. 소은은 그 손을 무릎에 떨어뜨린 채 잠시 한숨을 크게 쉬었다. 그것을 내려다보는 사내의 입에서 허, 하는 웃음소리가 난다.

"야, 우리 사모님 니가 한잔 따라줘라. 니가 사모님 하인 아니냐."

"아, 예."

이번에는 어린 사내가 쭈볏쭈볏 다가와서 물컵에다 물을 따라 준다. 소은은 이미 목구멍으로 한 알의 안정제가 넘어간 길에다 물을 흘려보낸다. 소은은 재빨리 손수건을 꺼내 얼굴을 닦는다.

"고마워요. 아, 아, 아……."

소은은 발성연습을 하듯이 가볍게 소리를 내본다. 사내가 멈칫 하더니 발바닥을 쿵 하고 위협적으로 구른다.

"자, 이젠 들어가실까, 사모님. 약을 드셨으니까, 무슨 발작 같은 건 안하시겠지요."

순간, 소은은 자신도 모르게 물컵을 꽉 쥐었다 놓았다. 대신 다시 하소연하는 목소리가 된다.

"제 옷 좀 찾아 주세요. 시키는 대로 다 할게요."

"야, 이 여자 어서 안으로 모시라니까!"

사내는 더는 인정을 베풀 수 없다는 듯이 매정하게 뿌리쳤다. 소은은 때를 놓치지 않고 몸을 내던지며 사내의 발목 하나를 잡았다.

"다른 건 몰라도 옷은 좀 입고 있게 해 주세요. 제발 부탁입니다."

"이거 봐!"

사내는 예상 이상으로 힘차게 소은의 몸을 뿌리쳤다. 그러는 사이, 소은은 핸드백 속에 든 휴대폰의 전원을 눌렀다. 그때였다. 계단 쪽에서 누군가 쿵쿵거리며 올라오는 소리가 났다. 곧 굵은 사내의 음성이 들린다.

"그것 보라니까, 고선배! 내가 뭐라고 그랬어. 그 여자가 여간내기가 아니라고 했지? 저것 봐. 휴대폰도 벌써 켜두는 거 안 보여?"

고선배라 불린 사내의 놀란 표정이 눈에 찬다.

소은은 소름이 오싹 끼쳤다.

드디어, 올 것이 왔다고 소은은 생각한다. 이철식이 실체를 드러낸 것이다. 소은은 얼른 고개를 꺾으며 가방을 끌어안고, 몸을 웅크렸다.

"고선배는 그렇게 고생하고도 세상이 어떻게 돌아가는지를 아직 몰라? 이 여자를 봐. 이 여자가 머리 굴리는 걸 좀 보라고. 지금은 죽었습니다 하고 있는 것 같지? 두고 봐, 조금이라도 빈틈이 있으면 손톱을 세우고 달려들 여자라니까, 저년이."

이철식은 고선배 옆에 서서 소은을 내려다보고 있다. 소은은 그걸 몸으로 안다. 곧, 이철식을 따라온 뚱뚱한 사내를 시켜 소은의 몸에 손을 댈 게 분명하다. 소은은 몸을 더욱 작은 항아리처럼 만들었다. 그 몸을 과연, 두툼한 손 하나가 밀치고 있다.

"이리 주실까, 사모님?"

두툼한 손이 노린 것은 소은이 안고 있는 가방이다. 그 두툼한 손이 이철식의 것이 아니라는 사실을 알아차린 소은의 몸이 용케도 떨고 있지는 않았다. 소은은 가방을 앗기고 나서는 더 작은 항아리가 된다. 이제 수치심은 차라리 가벼운 것이다. 조금 후 닥쳐올, 필시 닥쳐올 게 분명한 유린의 시간이 이제는 더 문제다. 소은은 어떤 이물질이 자기 몸속으로 침투라도 하는 것처럼 이를 악물어 본다.

"푸하하하…… 고선배, 어때?"

이철식의 손에 들려진 것은 소은의 핸드백에서 꺼낸 휴대폰인 게 분명하다. 몇 번 삑삑 하는 소리가 났다. 고선배라는 자의 입에서 실소하는 소리가 난다. 핸드백을 껴안고 몸을 웅크리고 있는 중에 휴대전화를, 진동음으로 벨이 두 번 울리면 자동 수신 상태로 되도록 만들어 둔 소은의 행동을 이철식이라면 모를 리가 없었던 것이다.

"이 여자가 만만한 여자라면 왜 내가 이러겠어, 고선배. 그냥 고선배한테 다 맡겨서 처리할 수도 있는 걸 내가 무엇 때문에 이러겠어, 응?"

어느새 이철식의 음성에 짜증이 담기는가 싶더니, 갑자기 격앙되고 있었다. 뭐라고 욕설을 내뱉듯 하던 이철식은 창쪽으로 턱턱 걸어가더니 창문을 활짝 열어

젖힌다. 창틀에서 쾅, 하고 소리가 울린다. 그때껏 켜져 있은 것 같은 비디오가 픽 하고 꺼졌다.

"개 같은 년! 내가 저년한테 당한 걸 생각하면, 지금 당장 윤간을 해서 저 저수지로 집어 처넣어 붕어새끼 밥이 되게 해도 시원치 않다고!"

이철식은 발악하듯 소리를 쳤다.

이철식은 창밖으로 펼쳐져 있는 깊은 어둠 속의 저수지 불빛을 보고 있는 게 분명하다. 소은은 자기 몸에서 파랗게 소름이 돋고 있는 걸 느낀다. 순간, 그대로 몸을 일으켜 이철식의 몸을 창 베란다 밖으로 확 밀어붙이고 싶다는 충동이 솟구친다. 이어, 유소은은 다시금 밀려드는 공포에 치를 뜬다.

아니나다를까, 철식이 또 소리치고 있었다.

"확, 벗겨 버려, 저년! 다 벗겨서 저 방에 처넣어 버려!"

멈칫, 하는 느낌은 고선배 쪽에서 일어난다.

"그럴 거 뭐 있어?"

"다 필요없어! 이년 입에서 내가 원하는 말이 저절로 나올 때까지, 아무 말 할 것 없다구!"

고선배가 다시 쭈볏거린다.

"이 여자 아까부터 할 말이 있다는 눈치던데? 안 그래요, 사모님?"

소은은 얼른 대답한다.

"옷 좀 입게 해주세요. 옷 입고 다 말할게요."

흑, 하고 울음이 쏟아지는 걸 참아낸다.

"푸하!"

웃음을 터뜨린 쪽은 이철식이다.

"무얼, 무얼 다 말하겠다는 거지? 나 참 기가 막히네."

이철식이 가까이 다가온다.

"응? 무얼 말하겠다는 거지? 고개 좀 들어보실까, 형수."

그래, 한때 소은은 이철식의 형수였다. 그것도 이철식이 흠모해 마지않던 형수였다. 소은은 시선을 내리깐 채 고개를 조금 쳐들어본다. 사내들의 발목이 보인다. 양말을 신은 사내의 발이 몇 차례로 좌우를 이동한다. 그게, 창쪽에서 어느

새 거실 안 깊이 들어와 있던 이철식의 발이라는 걸 소은은 안다. 한때 그 양말을 세탁해 준 적도 있다.

"고개를 들었으면 말을 해보시지요, 형수님."

"옷, 옷 입고…… 제발……."

애절한 목소리다.

"제발, 제발…… 오 여전히 에로틱하시군요……. 옷을 입혀 달래서 옷을 입혀 드리면, 그 다음에는 핸드백을 달라고 하겠지요. 핸드백을 드리면 휴대폰을 달라고 하겠지요. 휴대폰을 드리면 전화를 걸고 나서 얘기를 시작하겠다고 하시겠지요? 그리고, 숨겨둔 애인한테 전화를 걸겠지요. 공주님처럼, 왕비마마처럼, 애들아 어서 와서 날 구해줘……."

이철식은 이번에는 허탈하다는 듯이 웃고나서는 주먹으로 자기 손바닥을 치면서 탁탁탁 소리를 낸다.

"그러니, 언제 무얼 다 얘기하겠다는 건가요, 공주님……. 당신은 지금 저한테 납치를 당했고, 이제 곧 좀전에 보신 비디오의 포르노맨들처럼 화기애애하게 즐기셔야 하는 차례라는 걸 아셔야지요."

"옷만 입으면 얘기할게요. 옷만…… 제발……."

소은은 몸을 조금 일으켜 두 손을 앞으로 모아 보인다. 몸을 낮추어 그걸 내려보던 이철식과 처음으로 시선이 맞부딪친다.

소은은 젖은 눈으로 그 시선과 마주해 본다. 한때는 소은을 흠모하던 눈빛……. 남편 이철우가 소은을 애지중지할 때 철식 또한 소은의 충실한 하인이 되어 주었다. 그때는 소은도 그를 참 따뜻하게 대해 주었다. 그 점에는 거짓이 있을 수 없었다. 소은은 잠시 그때 그를 대하던 눈빛으로 돌아가본다. 그게 주효하고 있는 것일까.

이철식이 몸을 일으키더니 예의 방쪽으로 걸음을 옮겨 간다.

"저 여자를 이리 데려와!"

소은은 그리 거칠게 다루어지지는 않는다. 자신이 정신을 잃고 누워 있던 방으로 다시 끌려들어간다. 어쩔 수 없이 바닥의 요를 쳐들어 그 속에 몸을 가리고 앉게 된다. 그 앞에 이철식이 양반 다리를 하고 앉았고, 고선배라는 사내와 어린 사내, 그리고 뚱뚱한 사내가 뒤에 섰다.

"자, 말씀을 시작해 보시지. 할 말이 있으시다고 했잖아?"

또 옷을 달라는 말을 할 수가 없다. 이제 무슨 말을 어떻게 시작해서 이 수렁에서 벗어날 것인가.

"담배 좀……."

"담배?"

정말 담배라도 피워야 무슨 말인가를 할 수 있을 것 같았다.

"공주님께서 언제 담배를 피우셨던가?"

이철식이 어이없다는 표정을 짓는다. 고선배가 눈짓을 하니까 뚱뚱한 사내가 윗주머니에서 담배개비를 꺼냈고, 어린 사내가 라이터를 가지러 밖으로 나갔다.

이철식이 무슨 생각을 하는지 한참 고개를 숙이고 있더니, 갑자기 얼굴을 쳐들고 소은을 노려보았다. 소은은 뚱뚱한 사내가 내민 담배개비를 입에 물다가 그 얼굴을 본다. 순간, 이철식이 소은의 뺨을 후려갈기면서 소리쳤다.

"개수작 떨지 마! 고선배, 이년 애들 시켜서 실컷 맛보라고 그래! 알았지!"

18. 말달리는 사람

결국 혼자서 이곳까지 왔다.

자전거를 타고 왔다. 말을 달리듯 왔다.

적토마를 탄 관운장처럼 달렸다.

바람을 가르며, 자동차보다도 더 빨리, 신호등도 무시하고, 쉬지도 않고, 달려왔다. 외출 나갔다가 자기 진영을 앗기게 되었다는 소식을 들은 장수처럼, 자기 일가가 적병의 칼에 목이 달아날 상황에 처한 걸 안 장자(長子)처럼 왔다.

운명처럼 왔다. 결코 피해가서는 안 될, 반드시 이곳을 와야 할 운명을 지고 태어난 사람처럼 왔다.

유소은……. 나이 서른살. 이혼녀, 아니 남편을 잃고 홀로 된 여자. 외로운 여자. 사랑이 필요한 여자. 겉으로 보기보다 속은 하염없이 부드럽고 풍만한 여자.

얼굴이 까무잡잡하다는 느낌을 주지만 팔뚝이며 허벅지며 목살 안으로 새하얀 피부를 감추지 않는 여자. 그러면서 너무 예민해서 조그만 상처에도 몹시 아파서 우는 여자……. 그 동안 유소은을 생각하면서 떠올린 무수한 말들을 되뇌면서 왔다.

가죽 점퍼를 입은 청년들이 그 여린 뺨에 상처를 내고, 도톰한 입술을 찢듯이 입벌려 재갈을 물리고, 손목을 비틀어 결박을 지우는 장면이 떠올라, 몇 번씩 도리질치면서 왔다.

그러다 하마터면 검문소에서 검문을 하는 것도 뿌리치면서 달려갈 뻔했다. 군대 시절 야간행군을 하던 산길을 타고넘어 왔다. 훈련 때 천막을 치고 하루를 꼬박 새우던 초목지대를 가로질러 왔다. 야간 사격장 들어가는 입구에서는 길을 잃고 헤매다가 왔다. 신병 훈련 중인 일단의 훈련병들 때문에 길이 막혀 조바심을 내면서 왔다.

박고문 아저씨에게 빌린 낡은 휴대폰으로 수 차례 전화를 걸면서 왔다. 휴대폰 충전기가 다 소모될까봐 가슴 조마조마해 하면서 왔다. 유소은의 위치를 추적해서 연락해 준 박영애라는 사람에게 전화를 받기 위해, 줄곧 한 번도 받지 않기는 했지만 유소은의 휴대전화에 신호를 보내기 위해 머뭇거리면서 왔다. 퇴근길의 부산한 길을 뚫고 왔다.

유소은에게 전화가 온 것은 열 시 경이었다. 우리밀분식으로 온 전화라 누나 눈치를 보면서 전화를 받았다. 김밥을 맛있게 잘 먹었다는 내용이었다. 카페촌이 있는 미사리에 선사시대 유적이 있다는 데 놀랐다고 했다. 두 번째 전화 때도 또 먹는 얘기였다.

"와우, 나 오늘 과식했어. 아침에 김밥 일인분을 남김없이 다 먹고, 방금 또 뭐 먹은 줄 알아요?"

여전히 누나와 주방 아줌마 눈치를 보면서 전화를 받았다.

"입에서 살살 녹는 냉면이 있어. 기막혀, 아주. 또, 고기완자라는 게 있는데 이게 또 씹히는 맛이 듬직해서 괜찮아. 강욱씬 점심 뭐 먹었어요?"

도중에 전화가 끊어졌다. 한 차례 배달을 다녀오다가 공중전화로 전화를 걸어 보았다. 공연히 궁금증이 일어 가게에서 또 전화를 걸어 보았다. 역시 신호는 가는데 전화를 받지 않았다. 강욱은 일부러 짜증이 난다는 투로 음성 메시지를 남겨 보았다.

"자기가 전화를 걸고 싶을 때는 마음대로 걸고, 내가 전화 걸면 안 받기예요?"

그래도 전화는 걸려오지 않았다.

박영애에게서 전화가 온 것은 다섯 시 경이었다. 누나가 받아서 나누는 대화가 이상해서 강욱이 뺏듯이 송수화기를 잡았다.

"세무서 맞은편에 있는 분식센터로군요!"

유소은 휴대폰 비밀번호를 알고 있어서 저장된 메시지를 본의 아니게 듣고 전화하는 거라고 하면서, 얼마 전 밤에 유소은을 차에서 내려다 준 적 있는 사람이라고 자신을 밝혔다. 강욱도 기억이 났다. 그날 술에 취한 유소은이 휴대폰 통화를 하다가 강욱에게 바꿔 주었다. 엉겁결에 인사를 나누었고, 강욱은 상대방이 불안해하는 걸 안심시키느라 어색하게 말을 끌어다 대야 했다.

"소은이가 오늘 답사하는 곳이 남한강 쪽이라고 했거든요. 알죠? 그런데, 오후 내내 휴대폰을 받지 않아서 위치 추적을 해 보니까, 남한강 쪽이 아니라 경기도 파주군이에요. 파주군이면 서울 북쪽이잖아요."

강욱은 아침에 동석이한테 받은 지도책을 펼치고 박영애와 여러 차례 통화했다. 다섯 시면, 세종대왕의 능과 신륵사를 둘러보고 귀가길에 들어야 할 시간이었다. 한데, 박영애의 말로 유소은은 세 시경에 여주를 떠났다. 이어 의정부를 거쳐 잠시 고양시 권역으로 들어섰다가 다시 파주시 권역으로 진입한 지 얼마 되지 않아 고초골 저수지에 인접한 숲 아래 한 지점에 멈춰 섰다.

"이 지역은 제가 군대 생활을 한 곳이라 잘 압니다. 제가 일단 가볼게요."

박영애도 내일 행사 준비해야 할 것만 간단히 해치우고 달려가겠다고 했다. 강욱이 자전거를 타고 떠난 것을 알고 박영애는 미친 사람 아니냐는 듯이 소리를 질렀다.

"자전거 타고 갈 거면, 내가 맡기지도 않았잖아요! 나, 참."

그러나, 강욱의 자전거는 자동차보다 더 빨랐다. 세상에는 자동차로 갈 길보다 자전거로 갈 길이 더 많아서, 좁은 길 굽은 길 산길 오솔길을 자전거로 달려갔다.

밤 9시.

고초골 저수지는 원래 여러 명의 마을 부락민 공동 소유로 된 농지 속의 일부에 속해 있었는데, 1990년대 초에 국내 굴지의 재벌이 많은 돈을 주고 이 일대의 농지를 새로운 기업농장지로 사들이는 과정에서 상당 구역을 시유지로 기부해 놓았다. 기업이 시에 땅을 바치는 대신 다른 이권을 챙기게 된 것이다. 그 이듬해 기업 농장지 일부가 농지에서 택지로 변경이 되었고, 저수지 둑 너머 가장 전망 좋은 곳에 별장이 지어졌다. 저수지를 유료낚시터로 개발하고 그것을 관리하는 권한을 그 재벌이 따냈다.

IMF 이후 사정이 많이 달라졌다. 우선 그 재벌이 부도가 나서 별장과 주변 땅이 경매에 넘겨졌다. 그걸 다른 재벌 회사에서 사들였다는 소문이 있는데 잘 알수는 없고, 지금은 법정 대리인이라는 사람들이 마을 사람들을 시켜서 저수지와 별장을 관리하고 있는 중이다.

고초골 저수지가 유료 낚시터임을 알리는 현수막이 내걸린 상점 주인이 마침 강욱이 군대 시절 알던 선임하사의 친구로 밝혀져서 편하게 들을 수 있는 얘기였다. 그러는 동안 강욱은 300밀리그램짜리 우유만 하나 비웠다. 마시는 중에도 강욱은 버릇처럼 심호흡을 했다. 두 손을 배 앞에 두고 보이지 않는 풍선을 크게 부풀렸다가 바람을 슬몃 빼내듯이 그런 호흡을 했다. 앉아서도 무슨 춤을 추고 있는 듯한 강욱의 동작에 상점 주인이 말을 멈추고 멍하니 쳐다보았다.

지친 몸이 개운해졌다.

강욱은 자전거를 탄 채 저수지를 한 바퀴 둘러보았다. 간이 주차장에 세워진 차 말고도 저수지 둘레 곳곳에 둔 차들을 하나하나 살펴보았다. 저수지는 어둠속에 쌓여 있었지만, 일찍 자리잡은 낚시꾼들이 좌대를 하나씩 차고앉아 품은 불빛으로 저수지 둘레는 그리 어둡지 않았다. 저수지 안도 실은 마냥 어둡지만은 않았다. 달빛도 달빛이었지만, 물 위에 설치된 수상 좌대를 차지한 패들이 있어 밤이 무색했다. 마구 섞이는 개구리 울음과 풀벌레 울음소리가 인적 때문에 자주 끊어지는 곳이다. 마침 한 사내가 막 어차, 하는 소리를 내며 고기를 낚아 올리고 있다. 잠시 멈춰 서서 내려다보니 월척에 가까운 붕어가 어두운 허공에서 빛을 뿜어댄다. 중학교 때던가, 아버지와 새엄마를 따라 낚시터에 갔던 일이 생각났다.

그 사내의 등 쪽으로 조그만 상점이 하나 더 있다. 가게 옆으로 오솔길이 있고, 한동안 어둠만을 보여주던 오솔길 끝에 저수지 쪽으로 향해 달빛을 받아내고 있는 거대한 유리창이 보였다. 재벌이 지었다는 그 별장이었다.

강욱은 별장의 정원을 에워싸고 있는 목책을 둘러보면서 저수지 쪽과 거리를 가늠했다. 별장 후원 뒤는 빽빽한 소나무 숲이었고, 경사가 졌고, 한쪽 측면은 반대편 저수지와 만나는 가파른 대숲길이었다. 별장 정원은 특별히 포도넝쿨을 심어 올린 정자가 하나 서 있고, 그 옆으로 간단한 운동을 할 수 있는 간이 코트가 자리했다. 정원 쪽을 향한 거대한 유리문 안은 환하게 밝았지만, 커튼이 드리워져서 속을 전혀 볼 수 없었다. 유리문 옆 현관의 켜진 외등으로 날벌레들이 빗발치듯 대들고 있는 게 보였다.

강욱은 목책 밖에 세워진 넉 대의 자동차를 하나하나 확인하면서 박영애에게 전화를 걸었다. 검은 색의 중형 승용차 두 대는 모두 서울 차였고, 남은 두 대는 경기도 찬데 하나는 여기저기 흠이 많이 난 소형이고 하나는 짐을 싣는 벤 형이었다. 강욱은 그 중 어떤 한 차 트렁크에 재갈이 물려지고 뒷결박지어진 유소은이 실려 태워져 가는 상상을 했다.

역시 별장이었다.

오솔길 아래 상점 주인 말로도 별장을 관리하는 친구들이 낮부터 와서 찾는 것이 많더니 이른 저녁에 서울 차 몇 대가 들어갔다는 거였다. 저 어둠 속 별장에 유소은이 갇혀 있다! 강욱은 새삼 팔뚝에 돋은 소름을 본다. 그걸 가만히 쓸어내리며 심호흡을 한다.

"더 필요한 거 있어요?"

상점 주인은 졸다가 일어난 탓인지 입이 찢어지게 하품을 한다.

"별장에 들어가려고 하는데, 뭐가 좋을까요? 평소에는 몇 사람이나 살죠?"

강욱은 한참만에 빵과 생수를 사면서 물었다.

"서너 사람이 왔다갔다 해요. 다 동네 사람이 서울 사람들 대신에 지켜주고 여기 상점 임대료, 낚시터 입장료 이런 것 받아서 일부 챙기고 그래요."

강욱은 또 밀짚모자를 하나 사서 꾹 눌러쓰고, 자전거 손잡이에 빵과 생수가 든 비닐 봉투를 끼웠다. 그러고는 아까보다는 조금 더 여유 있게 자전거를 끌고 오솔길을 올라갔다. 자전거를 별장 뒤켠 쪽 경사진 숲 아래 눕혀 놓았다. 다시 몸을 낮추고 목책을 가볍게 타넘었다. 얼른 건물 측면에 붙어 서서 불빛이 새나오는 창 밑으로 조심스럽게 발을 옮겨갔다. 부엌쯤 되는 곳이었다. 안으로 귀를 들이대 기척을 엿들었다. 별장 어느 거실이나 방쯤에 텔레비전을 켜놓았는지 음악소리 같은 게 웅웅거렸다. 강욱은 도어 문을 잡고 가볍게 비틀었다. 문은 꼼짝하지 않았다.

그때다. 이층쯤에서 무슨 비명소리가 나는 듯했다. 강욱은 몸을 사리며 그 자리에 웅크리고 앉았다. 곧 사람들이 별장 밖으로 뛰쳐나올 듯한 어수선한 소음이 뿜어져 나왔다. 그러다가, 한동안 침묵이 지속되었다. 속이 바짝바짝 탔다. 박영애한테 전화를 걸어 상황을 설명했다. 한 시간 전에 출발했다는 박영애는 아직 서울 외곽 도로 근처에 머물러 있다고 했다.

한참만에 갑자기 어둠을 깨며 건물 아래층 가운데 쪽에 불이 들어왔고, 현관문이 열렸다. 한 사내가 밖으로 걸어나가고 있다. 본 적 없는 낯선 사내다. 모자를 삐뚤게 썼는데, 몸집은 작다. 실내에서 쏟아져 나온 불빛 아래 살짝 드러나는 얼굴로는 스물이나 됐을까 싶은 친구다. 사내는 빠른 걸음으로 정원을 관통해 자갈로 이룬 별장 진입로를 달려 내려가고 있다. 강욱이 별채에 붙여 세워둔 자전거는 못 본 게 틀림없다.

강욱은 다급하게 걸음을 옮겨 사내가 내려간 길을 가로수 뒤로 몸을 은폐하며 따라 내려가 본다. 사내는 내리막길을 뛰어내려가면서 노래를 하는지 욕을 하는지 툴툴거리는 소리를 냈다. 강욱은 또 몸을 급히 움직여 자전거를 끌고 다시 내려간다. 오솔길 한가운데 자전거를 눕혀 놓고 얼른 가로수 뒤로 몸을 숨긴다.

예상대로다. 사내는 강욱이 들렀던 가게에서 뭔가를 사서 올라오고 있다. 뭐라고 툴툴거리는 데 아까와는 다른 흥겨운 멜로디다. 사내는 뛰어서 진입로를 오르다 자전거를 보고도 그냥 지나쳐간다. 그러다 뒤돌아서서 몇 발짝 내려온다. 어쩌는 수 없다. 강욱은 사내의 등을 덮치며 팔과 고개를 제압한다. 퍽, 하고 사내가 들고 있던 비닐 봉투가 바닥에 떨어지면서 소리를 낸다.

"푸욱!"

이상한 소리는 사내의 입에서도 난다. 별장 안 사람들에게 자신의 위기를 알리려는 사내의 의도가 무참히 꺾인다. 강욱은 자신에게 생겨나 있는 의외의 담력과 완력에 놀란다. 사내는 팔이 꺾이고 목이 뒤틀린 채 숲길로 끌려온다. 사내는 참 할 말이 많은 사람이 되었다. 그 사내의 몸에 올라타고 목을 조른 채 강욱은 사내에게 말할 기회를 주려고 한다.

"안에 몇 사람 있어요?"

공손한 말투에, 겁에 질린 사내의 눈에 더욱 당혹스런 빛이 섞여든다.

"네……."

"네 사람? 당신 말고?"

사내의 눈이 그렇다고 대답한다.

"여자는 지금 어떤 상태죠?"

강욱은 상대가 대답을 잘 할 수 있도록 손에서 힘을 푼다. 사내가 꿈틀하면서 몸을 일으켜 세우려 했다.

"그대로 있어요!"

강욱이 짧게 내지르자 사내는 체념한 듯 뒷머리를 바닥에 턱 놓아 버린다. 한편으로는 이쪽이 자기를 헤칠 의사가 없다는 걸 눈치채고 안심한 기색처럼도 보인다.

"어제 끌려온 여자 있잖아?"

사내는 고개를 옆으로 틀면서, 큰 죄를 지은 사람처럼 한숨소리와 함께 예, 하고 대답했다.

"살아 있어요?"

"예."

"지금 어떤 상태죠?"

다시 물었다. 왠지 입안이 바짝바짝 탔다.

"이층 방안에 갇혀 있어요. 그런데……."

"그런데?"

강욱은 기운이 빠진 사내를, 어쩌는 수 없이 일으켜 세워 나무 밑둥에 기대게 했다. 이제 보니 사내는 강욱이 덮칠 때 이미 상당한 충격을 받은 모양이었다.

"좋아요. 서툰 짓은 마세요. 그리고 차분하게 말을 해봐요. 지금 그 여자분은 어떻게 돼 있지요?"

"어제 밤에 여기 온 뒤로 속옷 차림으로 손발이 묶여 있었어요. 내가, 저더러 그 여자분을 감시하라고 해서 문 밖에서 감시했습니다. 아, 저는 감시만 했어요."

강욱의 눈빛에서 무슨 살기라도 본 것일까. 사내는 갑자기 어깨를 움츠리며 가볍게 몸을 떨었다.

"저는 감시만 했어요. 정말입니다. 사장님께서 포르노 테잎을 계속 틀어주라고 해서 여자 방에 포르노 테잎을 틀어주려고 들어가긴 했어요……."

무슨 일일까? 묶어두고 포르노 테잎이라니…… 정신병자? 강욱은 유소은이 드나들던 병원이 신경정신과였다는 사실을 얼핏 떠올린다. 그렇다면……. 그 병원과 유소은을 납치한 사람들과 무슨 관련이……? 엉뚱하다는 걸 알면서도 강욱은 자꾸 조바심이 난다.

"지금 어떤 상태인가부터 얘기하세요."

"예, 사장님이 직원들한테 그 여자를……."

강욱은 온몸에 소름이 끼쳤다. 사내의 멱살을, 강욱은 힘껏 쥐었다.

사내가 캑캑 기침을 하면서 말했다.

"그 여자를 발가벗기게 하고…… 그 여자가 도망가려고 했거든요. 제가, 묶인 줄까지 풀어주고 화장실까지 가게 했는데, 저를 화장실에다 밀어넣고 도망가려고 하다가 붙잡혔거든요. 사장님이 화를 내고 그 여자를 발가벗기라고 해서……."

강욱은 치를 떨면서 사내의 말을 들었다.

여자를 발가벗기게 해서 윤간을 하라는 명령을 사장으로부터 받은 사람은 둘. 둘은 어쩔 수 없이 여자를 방으로 다시 옮겨 놓고 재크나이프로 여자의 옷을 찢어갔다. 그러는 사이 사장은 이층 거실에서 술을 마시고 있었다. 여자는 몸을 웅크리고 앉아 울고 있었고, 둘은 엉거주춤 하고 서서 밖의 눈치만 살폈다. "이 새끼들 빨리 해치우지 않고 뭘 하고 있어? 꽉꽉, 소리나게 해치우란 말이야!" 사장이 술잔으로 탁자를 치면서 소리를 지르는 바람에 두 사람은 더욱 난감했다.

"야, 너부터 해!" 뚱뚱한 사내가 명령하고는 담배를 물고 돌아섰고, 사내는 여자를 내려다보고만 있었다. 실제로 여자는 무척 아름다웠다. 누가 보고 지키고 있지만 않았다면 정말 여자에게 양해를 구하고 여자에게 풀어줄 것을 약속하고, 딱 한번만 여자의 몸 위에 올라탈 수도 있는 일이었다. 그러나 그럴 수 없었다. 사내는 여자를 더 내려다보지도 못하고 눈을 질끈 감아 버렸다. 그때, 사장이 또 벼락 같은 소리를 내질렀고, 뒤에 서 있던 뚱뚱한 사내가 갑자기 돌아서더니 여자에게 달려들어 덮치고 말았다.

그건 잠시였다. 사태는 엉뚱하게 발전되고 있었다. 뚱뚱한 사내가 여자의 몸 위에서 짓누르고 있는 동안에 문이 벌컥 열렸고, 고선배가 들어와 "그만 둬!" 하고 소리쳤고, 뚱뚱한 사내가 얼핏 돌아보았다가 다시 여자의 버둥대는 다리를 제압하려 했다. 고선배가 뭐라고 소리지르면서, 뚱뚱한 사내의 어깨를 잡고 뒤로 넘어뜨렸다. 사내는 그걸 지켜보면서 한숨을 놓았다. 사장은 결코 여자를 겁탈하는 걸 원치 않았고 고선배가 그걸 잘 알고 있었던 셈이었다. 사장은 집에 있는 양주 두 병을 거의 혼자 다 비웠고, 열 개도 더 되는 캔맥주를 마시고 뿌리고 던지고 했다.

여자는 지금 옷을 입은 채 혼자 방에 감금되어 있다. 목욕탕에서 씻는 것도 허락된 상태고, 마실 물도 들여졌다. 사장의 명령 없이 고선배의 지시에 따른 것이지만, 그게 고스란히 사장의 뜻이라는 걸 사내는 뒤늦게 알아차렸다. 사내가 밖으로 나온 것은 사장이 원하는 술과, 여자에게 줄 음료수와 빵을 사기 위해서였다. 사장이 직접 여자의 방에 들어가는 걸 보고 나온 길이라고 사내는 설명했다.

19. 목마른 계절

"아, 너무 염려하지 말라니까요. 협조만 잘해 주시면 아무 문제가 없어요. 공연히 서툰 짓부터 하면 이 여자가 위험해져요."

고선배는 일부러 큰소리를 내서 철식에게 들려주었다. 술을 많이 마신 철식이 무슨 실수라도 할까봐 진정시키려는 의도였다. 유소은의 휴대폰에 저장된 사람의 이름을 보고 전화를 건 것이다. 박영애라는 사람은 역시 짐작대로 까치유치원 원장이었다.

"내 말을 잘 들으시라니까. 듣지 않겠다면 관두고."

고선배가 전화를 끊는 시늉을 하자 상대방이 다급하게 여보세요, 하는 소리가 철식 귀에까지 들렸다.

"오늘 당신을 만나 봐야 별 성과가 없어요. 유소은씨의 재산을 관리하고 있는 사람한테 이 말을 그대로 전해요. 이철우 사장님 명의의 재산이 이철우 사장님 사망 후에 유소은씨 명의로 바뀐 것을 하나도 빠짐없이 정리해서 내일 오전까지 연락하라고 하세요. 만약에 조금이라도 거짓이 있으면, 그땐 알아서 하라고 하시고."

또 상대방이 발뺌하는 모양이다. 철식은 양줏잔을 부술 듯 탁자에 내려찍고 고선배의 휴대전화를 뺏었다.

"야, 이년아! 유소은이란 년 재산을 관리해 주는 사람을 니가 몰라? 너네 삼촌 말이야, 이년아. 공인회계사 박도선 말이야, 박도선!"

"예?"

박영애는 더 말을 잇지 못했다. 철식은 고선배한테 다시 휴대폰을 넘겼다. 고선배는 철식의 어깨를 툭 치고 구석 자리로 갔다. 철식은 마지막 남은 양주를 털어 마시고 입술을 깨물었다. 이제부터 본격적인 협상에 들어가고 있는 셈이다.

술을 마실수록 머리가 맑아졌다. 육포와 오징어 따위가 안주로 동원되고 컵라면 한 통이 더운 물로 채워졌다.

"야, 이새끼가 나가더니 어디로 발랐어, 어떻게 됐어?"

한 녀석을 술을 사러 내보내 놓고 몇 번 그렇게 소리를 질렀다. 혀꼬부러진 소리를 일부러 내보지만, 아직 취하려면 멀었다. 아니, 취할 수 없었다. 아무렇게 취해서, 아무렇게나 소리지르면서, 저 여자를 정말 아무렇게나, 걸레쪽을 만들어 붕어 밥도 좋고 부엉이 밥도 좋고 어떻게든 아무렇게든 만들어 버리고 싶었는데, 그게 마음대로 되지 않았다.

막 울리는 전화벨을 절구통이 받았다.

"뭐라구요?"

잠깐 놀란 표정을 짓던 절구통이 금세 어이가 없다는 표정을 짓는다.

"나 참, 어디쯤인데요, 거기가?"

철식은 스스로 뿜은 담배연기 때문에 눈살을 찌푸린다.

"나 참. 이 자식 똑똑한 척해서 남겨 두고 심부름이라도 시키려고 했던 건데, 이놈이 이 동네에서 대표적으로 멍청한 놈인가 봅니다. 상점에서 술 사오다가 넘어져서 다쳤다네요, 글쎄."

"어디서? 전화는 누가 했고?"

고선배가 재빨리 다그치듯 물었다.

"상점 주인이라는데요. 상점 나와서 오르막길 오르는 길 입구에서 다쳐서 꼼짝도 없이 끙끙거리고 있다가 발견됐다나 봐요."

"웃기는 녀석, 아까는 여자를 놓칠 뻔하더니……."

고선배가 그럴 줄 알았다는 듯이 혀를 끌끌 찼다.

"음료수라도 남은 거 있는지 찾아봐."

철식은 그렇게 말해 놓고 공연히 쑥스러워져서 담배로 자기 입을 막는다. 그러나 만약, 저 여자가 마지막 타협안까지 거절한다면……? 철식은 담배 개비를 질끈 깨문다.

"콜라 김 빠진 거밖에 없는데요."

일층으로 내려가 냉장고를 열어보고 온 절구통의 보고를 고선배가 받는다.

"알았어. 너 빨리 나가서 꼬마 녀석 데리고 와. 빵하고 우유 제대로 샀는지 보고."

"나 참, 이 땅꼬마녀석이……."

굼벵이가 나서려는 걸 절구통이 투덜거리며 먼저 층계로 내려갔다.

철식은 화장실로 가서 오줌을 누고 세수를 한다. 검지 끝에 치약을 묻혀 이를 닦았다. 세면대 앞에 놓인 로숀으로 가볍게 빰을 쳤다. 남방셔츠의 단추를 채웠다. 머리를 매만지다 말고, 젤이라도 바르듯이 머리카락을 마구 헝클었다. 그 여자와 동행을 할 때마다 공연히 가슴이 설레고 들뜨던 때가 있었다. 남자친구들과 섞어 어울려 놀다가 술에 취해 비틀거리는 그 여자를 안듯이 부축하고 걷던 적도 있었다. 그 여자의 서민아파트 입구 놀이터 벤치에 앉아 그 여자를 무릎에 누이고 술이 깰 때까지 기다린 적도 있었다. 그 날 그 여자는 헤어지면서 철식의 볼에다 키스까지 해 주면서 말했다. "철식씨, 참 귀엽다! 오늘 일은 오빠한테 비밀이야!" 이철우 형과 결혼하고 나서 몇 차례 부부 싸움을 하고 바깥 나들이에 빠진 그 여자를 찾곤 하던 그 무렵까지 철식은 그 비밀 속에서 살았다. 한번은 남편에게 외출 금지를 당한 그 여자를 하루 종일 차로 모시고 다닌 적도 있다. "나, 철식씨 아니었으면 벌써 멀리 도망쳤을 거예요." 그런 말까지 했던 유소은 이었다.

얼핏, 화장실 창문으로 탈출을 해버리지나 않았나 할 정도로 방 안은 조용했다. 여자는 방 구석에서 미동도 하지 않고 벽에 기대 앉아 있다. 여자 옆에 생수통과 물잔이 놓였는데, 그 둘 모두가 비워져 있다.

"목이 몹시 마르셨나 보군."

철식은 더는 비아냥거리지 않으리라고 작정하며 여자 가까이 다가가 양반다리를 하고 앉았다. 유소은은 얼른 옆으로 몸을 틀어 무릎을 당겨 세우고는 얼굴을 묻는다. 갈색 머리카락이 무릎까지 덮었다.

"묵은 얘기는 일단 접어 두겠어. 현실적인 문제만 얘기합시다. 내가 현실적으로 원하는 게 뭔지는 잘 알죠?"

목이 탄다. 공연히 허세를 부리려고 술을 많이 마신 꼴이 아닌가 잠깐 후회된다. 철식은 상체를 세워, 물병을 들고 들어오는 고선배를 맞아 물 한 잔을 마신 뒤에 새 잔을 가져오게 했다.

"자, 좋습니다. 옛날 얘기 자꾸 해봐야 피차 괴로울 테고, 내가 원래 구질구질한 놈도 아니고……. 빌딩 세 채하고, 서해안 땅만 우리한테 넘겨주세요. 지금 겨우 남겨서 우리가 쓰고 있는 본사 건물만한 거면 됩니다. 설마 본사 건물이 어떻게 생겼는지 모르지는 않겠지?"

꿈틀, 하고 여자의 팔뚝이 움직인다. 잠시 알 수 없는 향수가 진동하는 듯했다. 철식은 유소은이 어떤 말이고 해 주기를 기대하며 기다려본다. 이 여자를 생각할 때마다 치솟던 분노…… 그 감정 속에 어김없이 섞이는 연민과 동경……. 그런 걸 이제 모두 버려야 할 때라고 철식은 생각해 본다. 오늘 밤 안으로 죽일 수도 있고, 굴복해서 모든 걸 자백하고 포기할 때까지 철저히 유린할 수도 있지만,

한편으로는 그랬다가는 제 스스로 먼저 파괴될 것 같은 그런 느낌에 줄곧 시달리고 있었던 게 아닌가 싶었다.

유소은은 여전히 고개를 들지 않는다. 철식은 또 어금니를 깨물고 있는 자신을 발견한다. 새 물잔을 물병 곁에 둔 고선배가 입에서 가볍게 소리를 내며 철식에게 가만 있으라는 눈짓을 준다. 부들부들 떨리기 시작하던 철식의 팔이 진정되고 있다.

"자, 원래 일은 복잡하게 꼬였지만, 그리 어렵게 생각할 건 없습니다. 내일 오전 중으로 박도선 회계사한테서 자료가 올 겁니다."

고선배의 목소리는 의외로 나직했다.

"이렇게 생각하세요. 빌딩 세 채면, 원래 이철우 사장님 재산에서 명의 변경한 것 중에서 반도 되지 않을 겁니다. 물론 돌아가신 이철우 사장님 부동산이 모두 깨끗한 상태가 아니라는 것도 우리는 잘 압니다. 그러니까, 채무관계가 조금 복잡한 건물이라도 좋다는 얘기지요. 지금 본사로 쓰고 있는 것 정도로 세 채하고 바닷가에 땅 사 둔 것 있죠? 그 땅하고 같이 넘겨 주겠다고 각서 한 장만 써 주시면 나머지는 우리가 다 해결할 수 있습니다. 빌딩은 우리 쪽에서 어느어느 건물이라고 딱 찍을 수도 있지만 또 협박한다고 할까봐 일단 사모님 의향을 들어보겠습니다. 자, 여기 물 더 드시고 생각을 정리하세요. 배가 고프실 것 같아서 빵을 조금 사오게 했으니까, 잠시만 기다려 주시고요."

여자도 얼마간 체념을 한 것인지 무릎에 얼굴을 대고 앉아 말이 없었다.

"커피 한 잔 주실래요?"

여자가 모처럼 고개를 들었다. 그러나 눈은 감은 채였다. 이 절박한 순간에도 자기 원하는 것을 다해야 본성이 유지되는 여자다. 철식은 참지 않았다.

"여기가 재벌 살던 별장이라고 당신이 원하면 다 갖다 바칠 수 있는 곳인 줄 아시오?"

"제 핸드백 좀 돌려주세요."

유소은은 입을 다쳤는지 말하면서 볼을 일그러뜨렸다.

"핸드백? 왜 또 휴대폰 쓰시게?"

다시 비아냥거리는 어조가 되었다.

여자가 무슨 말을 해 보려는 듯하다가 침만 삼키고는 입을 닫았다. 고선배가 핸드백을 가져다가 유소은에게 넘기면서 휴대폰은 빼놓고 왔다는 시늉을 했다.

"화장을 고칠 수 있게 해 주세요."

바로 얼마 전에 화장실에 갔다가 도망갈 시도를 했던 여자가 이렇듯 당당하다. 그런 말을 할 때는 눈빛이 살아난다. 핏기 하나 없는 얼굴에 잠시 화색이 돈다.

"못하겠다면?"

철식은 짐짓 심술을 부려본다. 그러자 여자는 금세 풀이 꺾였다.

"고선배, 이 여자 핸드백 어디 있지?"

다시 철식의 말이 떨어지자 유소은의 눈빛이 누그러뜨려졌다.

바로, 저거다! 철식은 비로소 뭔가를 알았다는 듯이 웃음을 터뜨렸다.

"푸하하하하! 뭐든 원하는 대로 해주지 않으면 금세 표정이 어두워지는 여자. 사소한 것 하나에도 승부를 걸어 자기 방식에서 벗어나면 홀로 싸늘하게 식어 있는 여자. 당신하고 함께 있으려면, 결국은 뭐든 있는 대로 다 가져다 주어야 하지. 당신 때문에 당신과 함께 사는 사람들은 하루 종일 피곤하지. 그러다 평생 을 피곤하게 살게 돼. 일찍 병이 나서 죽기도 하지. 바로 우리 형님처럼! 왜냐하 면 당신의 편리와 당신의 행복을 위해서 하루 종일 신경을 써주어야 하니까!"

그러자 유소은은 얼핏 머리카락을 쳐올리며 고개를 들었다. 무슨 말인가 하려 다가 힘에 겨운지 잠시 한숨을 내쉬었다.

"그렇지 않으면 내가 죽거든요."

"누가 당신을 죽이려고 했어?"

유소은의 시선이 철식의 얼굴을 곧바로 쳐다보았다. 철식은 팔뚝에 소름이 끼 쳤다.

"결혼하고 나서 남편이 나를 얼마나 얽어매려 했는지 그쪽도 잘 알잖아요? 그 쪽 도움으로 밖으로 나돌아다닌 적도 있고요. 그러나 결국 남편은 나를 집에 가 두고 자신이 필요할 때만 화려한 옷을 입혀서 나를 데리고 나갔죠. 그렇게 살 수 는 없잖아요. 나는 아직 어렸고, 앞날은 길었으니까. 나이 차가 열두 살이 나는 남편이 주는 사랑 하나에 내 인생을 다 맡기고 싶지는 않았지요."

"그래서 남편이 암으로 죽어가는데 그걸 고쳐주기는커녕 재산 빼돌리기에 급급하셨다?"

"물론 그렇게 빨리 갈 줄 몰랐지요. 아실 거잖아요, 남편이 얼마나 건강한 사람이었는지? 돈 있고 건강한 사람이 자기 방식대로 살았고, 난 남편이 원하는 대로 다 맞춰 주고 살았어요. 병에 대해서도 남편은 초연했고, 나 역시 뾰족한 방법을 몰랐지요. 재산 문제도 그래요. 자기 남편이 눈앞에서 죽어 가는데 유산 챙기는 데 정신없는 마누라가 어디 있겠어요. 내 명의의 재산이 많아진 건 내가 원한 것이기도 하지만, 회사 운영상 필요한 일이기도 해서 남편이 원래부터 취해 오던 일이었어요. 명의 변경 날짜를 보면 알 거 아니에요? 그래도 남편이 남겨둔 걸로 종업원들 봉급이나 거래처 빚도 다 갚았으니 된 거 아닌가요?"

철식의 몸이 부르르 떨려왔다.

"그래서, 회사 문 잘 닫을 만큼 쳤으니 됐지 무슨 잔말이 많냐구? 내가 이 고선배랑 손으로 빌고 발로 뛰고 입으로 얼러서 직원들을 쫓다시피 해서 내보내고 거래처들은 협박하다시피 해서 결제금액을 반 이상 탕감 받았어. 당신은 그런 얘기를 들으려 하지도 않았어!"

"남편이 특별히 유언을 남긴 것도 아닌데, 그 재산을 뭐하러 당신네 같은 사람들한테 넘겨요?"

"뭐라구, 당신네 같은 사람들!"

유소은의 입에서 흑 하는 소리와 함께 핏물 같은 게 터져나왔다. 철식이 뺨을 후려친 것이다.

"말 한번 잘한다. 형님하고 결혼할 때부터 필요할 때마다 날 이용해서 하인으로 잘도 부려먹었어. 달면 삼키고 쓰면 뱉는 게 사람이니까. 그래도, 난 녀를 받아들여주려고 했어. 형님한테는 끝까지 네가 어떤 년이라는 걸 밝히지 않았어. 형님한테 폐가 되지 않게 하려고 돌아가실 때까지 말씀드리지 못했어. 그런데, 넌 아니었어. 형님 재산을 다 가로채고도 뻔뻔스러웠고 끝까지 날 벌레 취급했어."

철식은 몸을 일으켜 여자가 덮고 있던 담요를 걷어챘다. 고선배가 철식의 몸을 붙잡아 주었다.

"아직도 착각하고 있군요, 유소은씨. 당신은 지금 납치당한 몸이고, 자칫 잘못하면 내일 아침에 저 창밖 저수지에서 붕어밥이 될 수도 있다는 걸 알아야지요."

유소은이 고개를 든다.

"붕어밥이라구요? 말씀 잘 하셨네요. 내 말이 틀렸어요? 내가 원하지 않았으면, 당신네 같은 사람한테 재산을 다 빼앗기고 말았을 테지. 자기 마음에 안 든다고 죽여서 붕어밥이나 만들 사람이니까. 남편한테 형님이네 어쩌네 해놓고, 결국 돌아가시고 남긴 재산이 별로니까 안면몰수하고 나한테 이런 행패를 부려서 재산을 갈취하려고 하고 있잖아."

"그래, 정말 말씀하셨어. 나 어차피 깡패 출신이야. 그래도 너처럼 가증스럽지는 않아. 네가 형님 재산을 그렇게 떳떳하게 차지했다면 그 동안 왜 날 피했지? 돈 많은 형님한테 결혼해서 여왕처럼 군림하려고 하다가 잘 안 되니까 형님을 들볶아서 건강을 해치게 하고 형님이 돌아가시는데도 자기 몫 챙기는 일에 바빴잖아. 결국은 형님을 죽인 것도 너고, 회사를 망친 것도 바로 너라구!"

유소은은 철식은 꼿꼿이 노려보았다.

"나는 내가 살 일을 생각했을 뿐이야. 너희들이 나 어떻게 살 건지 생각해 준 적 있어? 말은 회사부터 먼저라고 하겠지. 내가 사는 방식은 아무 것도 없고, 자기가 잘 되면 다 잘 될 거라고 하지. 그런 동안에 내 인생은 어떻게 되지? 자기 방식대로 내 시간을 묶어 놓고, 나중에 잘 지내자고 하면 어쩌겠다는 거지? 나는 남편한테서 내 인생을 찾아온 거야. 형님을 위한다고? 형님의 회사를 위한다고? 흥, 웃기는 소리 마! 결국 그 잘난 깡패 두목처럼 영원히 군림하며 살겠다는 수작이란 걸 모를 줄 알아!"

"아주 잘났구나! 잘나고 똑똑한 년, 네 방식대로 살아서 어떻게 되는지 오늘 내가 보여주지!"

철식은 고선배의 만류를 뿌리치고 유소은의 머리채를 잡아 일으켜세웠다. 한 손으로 뒷덜미를 잡아 옷을 확 잡아 당겼다. 옷이 찢기는 소리가 나고, 유소은의 한쪽 어깨가 드러났다.

"고선배, 애들 다 들어오라고 그래."

"굼벵이까지 불려나가서는 함흥차사야. 좀 참아 봐!"

철식은 좀전에 밖에서 울리는 전화벨소리를 그제야 기억했다.

"좋아, 좋아. 우리애들 필요없어. 집으로 돌려보낸 이 동네 사람들 있지? 전상태한테 연락해서 걔들 다 모이라고 그래. 아주 신나는 구경을 시켜 준다고 그래. 이년 가랑이에서 무슨 소리가 나오는가 보자고."

"알았어, 알았으니까. 지금은 진정해. 이거 놓고."

고선배가 유소은의 머리채를 움켜쥔 철식의 손에서 힘을 빼려 애썼다. 머리채를 잡힌 유소은은 몸이 꼬인 채 서서 비명소리조차 지르지 못했다. 철식의 한쪽 손이 다시 유소은의 가슴을 움켜잡았다. 물컥 하고, 철식 손에 유소은의 유방이 잡히고, 가슴섶이 틑어졌다. 유소은은 방바닥으로 픽, 하고 쓰러졌다.

그때였다.

쨍그랑!

이층 어느 창문이 깨지는 소리가 났다.

퍽!

아래층에서 뭔가 퍽하고 떨어져 깨지는 소리가 이어졌다.

짱!

쨍그랑!

조금의 시차를 두고 연이어 깨지는 소리가 들려왔다.

20. 사랑보다 더한 느낌

"어서 가요!"

소은은 꿈속인 듯 눈을 뜬다. 말을 할 수 없다. 머릿속에서는 쨍그랑, 퍽, 쨍, 퍽 하는 물건 깨지는 소리와, 사내들이 웅성대는 소리가 마구 뒤섞였다.

"저예요, 안심하세요. 제가 구해 드립니다. 어서 가요."

누군가의 등에 업혀 있다.

"힘을 내요! 힘내고 내 목을 감아요."

계단을 뛰어서 내려갔다. 멀리서 "집안에는 누가 있어?" 하는 다그침이 들린다.

"누가 들어왔다!"

누군가의 목소리가 집안으로 들어오는 것이 느껴졌다.

"어린애처럼 그냥 업혀서 다리로 내 허리를 감아요."

서둘렀지만 부드러운 손길이었다. 어둠 속으로 난 도어가 열리고 차운 공기가 온몸을 휘감았다. 소은은 아래로 처지는 근육에 힘을 가했다. 몸이 공중에 붕 뜬다 싶더니, 온몸이 덜컹대기 시작했다.

"저기다!"

"저놈 잡아!"

"너희들은 차를 몰아와!"

추격자들의 다급한 음성이 들려왔다. 싸이렌 소리 같은 게 나는가 했고, 머지 않아 차 시동 거는 소리가 들려왔다.

소은은 머리채가 뽑혀 나가는 아픔에 소스라치듯 눈을 떴다. 저수지 근처였다. 사방에서 갯내음이 났다. 여기저기서 물고기가 퍼득대는 소리가 들렸다. 저수지로 끌려가는 게 아닌가 싶은데, 길 한쪽이 대숲이고 한쪽이 물가인 그런 길을 누군가의 등에 업혀 어딘가로 가고 있다. 희끄무레한 하늘을 가끔 나뭇가지들이 가리고 지나갔다. 산새 우는 소리가 이어졌다.

깜깜한 어둠 속인데, 소은의 몸은 공중의 새처럼 그 어둠 속을 유영하는 느낌이다. 차운 바람이 얼굴을 스치고, 한쪽 뺨은 포근한 포대기 속에 있다. 땀냄새가 묻어 있는, 익숙하고 친근한 감촉……

그렇다. 주강욱이다! 주강욱의 등이고, 자전거였다. 소은은 술이 취한 듯 몸이 밑으로 처졌고, 주강욱은 그 엉덩이를 받쳐 몸을 어깨 위로 올렸다.

"강욱씨, 강욱씨 맞아요?"

자전거를 모는 사내는 그 소리를 못 들었다. 비탈길을 모는 사내의 몸에 힘이 잔뜩 들어갔다. 핸들을 잡아야 할 두 손 중 하나가 소은의 엉덩이를 받칠 때마다 소은은 두 팔에 힘을 주고 힘차게 매달려 본다. 목이 조이는지 주강욱은 그 팔 사이로 자기 손을 집어넣고 공간을 만든다. 그러면서도 여자의 몸이 뒤로 떨어져 나갈까봐 최대한 몸을 업어 보려는 기색이 역력하다.

"어떻게 된 거예요?"

소리는 새나가지 않고 있다. 주강욱은 소은의 뜻을 알아 듣는다.

"밥 맛있게 먹었다고 자랑을 해놓고 내 전화는 받지도 않았잖아요. 그래서 화가 나서 찾으러 왔지요."

"정말이에요?"

"박영애라는 친구분이 소은씨 휴대폰 위치 추적을 의뢰했대요. 그 때문에 소은씨랑 저랑 전화한 거 소문 다 났어요. 저 책임질래요? 저는 소은씨랑 둘이 있고 싶은데 박영애라는 분이 차 몰고 오고 있다니까 이제 어떻게 할까요?"

소은의 웃음이 강욱의 등짝에 새겨진다. 가끔은 소은의 두 다리가 풀려 그 발이 허벅지에 걸리는데도 주강욱은 그냥 달려가고 있다. 어깨 위로 들쳐업어 소은의 가슴과 얼굴이 자신의 얼굴 한쪽을 온전히 짓누르는데도 달린다.

"정신이 들어요?"

주강욱은 소은이 의식이 가물거리는 순간을 놓치지 않는다. 소은은 뭐라고 대답을 하는데 여전히 입이 잘 열리지 않는다.

"저 처음 만나던 날 기억 나요?"

주강욱은 말소리가 소은의 귀에서 웅웅거린다. 기억, 난다. 기억난다고 말하고 싶다. 첫사랑의 눈동자, 라디오에서 들려오던 성우의 음성이 귀에 들린다. 나를 살아있게 하는 눈, 나를 생생하게 만드는 눈빛, 그런 눈동자를, 소은 자신도 줄곧 찾고 있었다는 생각도 든다. 주강욱의 눈동자가 그랬을까? 갑자기 주강욱의 얼굴이 떠올려지지 않았다. 손가락으로 주강욱의 얼굴 쪽을 짚어본다. 뭔가 찝찝한 액체 같은 게 만져진다.

"그때 저, 운전 면허도 없이 차를 몰았지요. 지금도 전 자전거 운전면허 없이 자전거 몰고 있어요."

쿡쿡쿡, 주강욱의 몸이 덜썩거린다. 소은은 웃는다. 웃어주고 싶어서, 웃음을 전하고 싶어서 깍지 낀 손가락에 힘을 더한다. 등을 조금 밀쳐서 냄새를 맡아본다. 남자 냄새가 물신 풍긴다. 왈칵 울음이 쏟아진다.

내내 비포장이던 길이 조금 편해지는 듯하다. 주강욱의 몸에서 긴 한숨이 빠져나가고 있다. 쌩하고 자동차가 지나가는 소리에 이어 헤드라이트 불빛이 따라간다.

"아아아, 시원하다!"

주강욱은 억지로 소리를 쳐서 스스로 기운을 북돋우고 있다.

"이 길 기억 나요?"

소은은 신경을 미간으로 모아 눈을 떠보려 한다.

"처음에 소은씨가 그 사람들한테 쫓겨서 차를 몰고 갔잖아요. 그런데, 그때 제가 운전을 해 보겠다고 그랬잖아요. 바로 이 길이에요. 군대서 이 길로 자주 행군을 나왔거든요. 외출 나와서도 이 길로 다녔고요. 소은씨, 소은씨! 내 말 들려요. 팔에 힘을 줘야지요."

소은은 가물거리면서도 손끝에 힘을 주었다. 주강욱의 목 울대가 느껴졌다. 주강욱의 얼굴에서 피가 흐르고 있다.

"강욱씨, 다쳤어?"

소은이 손가락으로 주강욱의 얼굴에서 흐르는 피를 닦으려 해본다. 그 탓에 몸이 한쪽으로 기울어진다. 주강욱의 손 하나가 다시 소은의 엉덩이를 힘껏 밀어 올렸다. 그때였다. 앞쪽에서 헤드라이터가 달려오자, 자전거가 심하게 기우뚱했다. 소은의 팔에서 갑자기 힘이 풀렸다. 당황해 하는 주강욱의 표정이 느껴졌고, 머리에 뭔가 둔탁한 것이 와서 부딪힌다 싶은 순간 정신을 잃었다.

"나 안 죽어. 나 절대 안 죽어. 나는 사는 법을 알지. 어릴 때 부모님들이 나를 버렸는데도 나는 살았어. 큰집에서 살 때도 나는 잘 살았어. 사촌언니들한테도 큰소리치며 살았지. 큰아버지가 내 편이었으니까. 학교 가서도 기죽지 않았어. 공부 잘 하는 애들도 내 편, 힘센 애들도 내 편이었으니까. 잘 생긴 애들도 내 편이었어. 멋있는 남자애들은 다 내 표적이었지. 물론, 그 사람들한테 아양을 좀 떨었지. 안마도 해주고 심부름도 했지. 필요할 때는 다리도 걷어올려 보였어. 나한테 다 걸려 넘어오게 되어 있어. 그게 어때서? 내가 줄 것 주고 받을 것 받는데 뭐 어때. 그들도 내가 필요했으니까 내 곁에 있었던 것 아냐? 하지만, 착각하지 마. 그들 중에 어떤 놈이건 날 깔볼 때는 가차없이 침을 뱉고 떠났다고, 난!"

소은은 악을 쓰다가 목이 멘다.

"남편은 물론 멋진 남자였지. 신사답고 유머 감각도 있고 박력도 있고, 그리고 돈도 많았고……. 하지만 그렇다고 해서 남편의 인생이 내 인생은 아닌 거잖아. 내 인생을 남편의 인생에 맞추어서 살 수는 없는 일이잖아. 이번 일만 처리하고 나면, 올해까지만 참고 기다리면, 아이 하나 낳고나서, 이사하고 나서……. 이게 남편 얘기지. 내가 무슨 일이건 하려고 들면 이런 얘기로 나를 구속했어. 그러고는 말했지. 원하는 대로 다할 수 있는데 뭐가 그렇게 늘 불만이야? 원하는 대로의 주체가 뭐야? 나 아니야? 그런데 남편은 그 주체를 자기로만 알거든. 자아가 없는 멋진 인생이 있다고 생각해? 내 말 무슨 말인지 알아들어? 너, 나 좀 도와준 적 있다고 날 넘보지 마. 너 같은 깡패가 뭐라고 내 인생을 안다고 끼어들어? 악!"

소은은 머리채가 잡혀 끌려가다가 곧 땅바닥에 내팽개쳐진다. 쿵, 하고 머리가 바닥에 부딪쳤다. 무릎이 땅에 찍혔다. 소은은 아파서 비명도 다 못 지르고 손을 내젓는다. 손도 꼼짝할 수 없다. 소은은 누군가 품안에 갇혀 있다. 눈을 떴다.

사방은 어둠이 채 가시지 않았다. 소은은 자신을 감고 있는 팔을 푼다. 주강욱의 팔이다. 그동안 주강욱의 팔을 베고 있었다. 주강욱은 소은을 감싸 안은 채 누워 있었다.

허공이 툭 트여 있는 허공에 희미한 안개가 흐르고 있다. 축축한 기운이 감도는 풀밭 위다. 발 두 발 아래로 커다란 둔덕이 있다. 무덤이다. 왕릉처럼 크다. 두 개의 무덤 사이에 주강욱이 누웠고 그 옆에 소은이 있다. 자전거가 저만치 지쳐 쓰러져 있다.

"강욱씨!"

소은은 얼핏 주강욱의 피칠갑을 한 얼굴을 본다. 소은은 사내의 가슴에 손을 얹는다. 숨이 가파르다. 소은은 얼른 손으로 주강욱의 얼굴을 닦는다.

"강욱씨!"

끙 하는 소리와 함께 주강욱의 몸이 꿈틀한다. 소은은 입고 있던 남방의 옷깃으로 주강욱의 얼굴을 찬찬히 닦아 내기 시작한다. 툭 튀어 나온 코가 벌름거린다. 소은은 주강욱을 머리를 무릎 위에 올렸다. 무릎에서 관절이 꺾이는 듯한 아픈 기운이 올라왔다.

"강욱씨, 눈 떠 봐."

소은은 남방을 찢어 조각을 낸다. 조각난 천에다 침을 발라 주강욱의 얼굴에서 피딱지를 닦는다.

"괜찮아요?"

주강욱은 여전히 눈을 뜨지 못하고 버릇처럼 중얼거린다. 소은은 두 손으로 주강욱의 얼굴을 감싸고 자신의 얼굴을 갖다댄다.

"강욱씨, 여기 무덤이다. 우리 지금 무덤 속에 있어."

주강욱의 입이 삐죽 하더니, 곧 웃음이 번진다. 눈을 뜬다. 한쪽뿐이다. 한쪽 눈은 여전히 피딱지가 앉은 채다. 피딱지는 아직 마르지도 않았다. 소은은 얼른 주강욱의 이마에 입을 맞춘다.

"아, 아……."

주강욱이 신음소리를 낸다.

"어떡하지? 눈을 다친 것 같아!"

소은은 울상이 된다. 더러워진 천 조각을 버리고 소은은 다시 손으로 주강욱의 눈가를 조심스럽게 만져 댄다.

"나 때문에 강욱씨 눈이 이렇게 되었잖아."

소은은 주강욱의 다친 눈에 키스를 한다. 귓가에 대고 웅얼댄다.

"다치면 안 돼. 나 때문에, 아무한테도 도움이 안 되는 나 때문에 강욱씨같이 착하고…… 남 사랑할 줄 아는 사람이 다치면 안 돼. 강욱씨한테만은 이런 일이 있어서는 안 돼. 강욱씨, 눈 떠 봐. 죄를 많이 지은 나 같은 사람 때문에, 강욱씨가 다쳐서는 안 되는 거야! 알았어?"

그때, 소은은 갑자기 아랫배에 극심한 통증을 느낀다. 아랫배에서, 자궁 속에서 쇠꼬챙이 같은 것이 벽을 긁는 듯하다. 소은은 배를 움켜쥔다. 하혈을 할 것 같다. 울음소리조차 낼 수 없는 고통이 소은의 내장에서 요동치고 있다. 그때, 어떤 날카로운 칼날 같은 것이 내장을 가르고 지나갔다. 소은은 소리쳤다.

아아, 나는 이렇게, 나는 이렇게, 내 아이를 지웠다! 가슴속 깊이 묻어둔 말들이 마구 쏟아져나오는 동안 소은은 이를 악물고 오래오래 흐느꼈다.

그런 소은을 깨운 것이 주강욱이다. 소은이 전율하는 동안 소은의 몸에 얼굴 한쪽이 짓눌려 있던 주강욱이 입술을 달싹였다.

"괜, 찮, 아요?"

소은은 흐르는 눈물 아래로 남자를 내려다보았다. 남자의 한쪽 눈이 소은의 전율이 멎는 것을 것을 알고 안도하는 빛이 서린다. 소은은 강욱의 머리를 쓰다듬었다.

"강욱씨, 눈을 떠봐요."

주강욱은 고개를 절레절레 흔들었다.

"눈 떠 봐요."

"나, 괜찮아요."

"괜찮기는 뭐가 괜찮아. 나 때문에 눈 다쳤는데."

"나, 눈 덕분에, 소은씨처럼 아름다운 분한테 안겨 있잖아요."

"이 바보! 바보!"

소은은 울다가 말하다가, 이번에는 주강욱의 얼굴을 핥기 시작했다. 코를 핥고, 광대뼈를 핥고, 눈 가까이를 핥고, 조금씩 조금씩, 다친 눈 쪽으로 혀와 입술을 옮겨갔다. 흐르는 눈물과 침이 뒤섞여 주강욱의 얼굴에서 피를 씻고 있다. 소은은 얼핏, 자신이 강아지 같다는 생각을 한다. 그러다가 문득 깨달은 게 있다는 듯이 주강욱을 향해 힘껏 소리지른다.

"나, 강욱씨 사랑하나 봐!"

주강욱도 순간 숨을 멈추는 듯했다. 주강욱의 몸이 한동안 시체처럼 꼼짝하지 않았다. 소은도 잠시 고개를 들어 하늘을 보았다. 먼 데서 새벽 기운이 느껴져왔다. 그 사실이 미치도록 고마웠다. 무슨 말인가 더 하고 싶었다. 가슴속으로 충만해 오는 어떤 기운을 마구 풀어놓고 싶었다. 미안하다, 죄스럽다, 돕고 싶다, 뭐든지 하겠다, 동석이 남석이도 보고 싶다, 이런 말들만이 아니었다. 그보다 더한 그 무엇, 그 어떤 뜨거운 것, 본질적인 것, 사랑한다는 말, 그 말보다 더 중심에 있는 말, 그 말이 하고 싶어서 가슴속에 햇덩이가 부글거렸다.

"강욱씨, 나 어떡하지?"

소은은 그 느낌을 전하기 위해 주강욱의 얼굴을 젖가슴으로 감싸안았다.

천천히 주강욱의 팔이 소은의 목을 감아 왔다. 애꾸처럼 한눈을 감은 채, 한쪽을 실눈으로 만들면서 소은의 목을 당겨, 소은의 입술을 자신의 입술로 끌어댔다. 소은의 그 입술 속으로 여태 자신이 태어나 단 한 순간도 느끼지 못했던 그 어떤 기운을 마구 쏟아부었다.

Ⅲ. 남은 문제들

이 논문에는 장편소설 『밥과 사랑』의 실제 창작 작품과 그것이 창작된 시대적, 방법적 배경을 드러낸 글들이 실려 있다.

『밥과 사랑』은 주체적인 의미에서, 21세기 한국 현실의 자본주의적 모순 속에서 삶의 정체성을 찾지 못하고 살아가는 사람들의 갈등을 구체적으로 제시하면서, 삶의 진정성을 회복할 길을 모색하고 있는 작품이다. 이 주제의 구현을 위해 세 사람의 주인공이 설정되어 있는데, 돈 많은 미망인(유소은)과 그를 사랑하게 된 순박한 청년(주강욱), 그리고 미망인에게 복수하려는 건달(이철식)이 각각 그들이다. 즉 그들은, 우리 현실의 모순을 전형적으로 제시해 주고 아울러 그 극복의 가능성을 타진해 보이는 역할을 수행한다.

한편 이 소설은 이들 세 인물이 얽히고 설키는 관계로 구조화되는데, 구체적으로 보면 삶의 목표점을 상실하고 방황하는 유소은을 축으로 해서, 무욕한 삶의 실천자인 주강욱과 관련되는 연애담과, 돈과 폭력의 진리만을 믿는 이철식과 관련되는 추리소설적 사연을 함께 펼쳐 나간다.

이런 면까지만 보면 『밥과 사랑』은 흔히 생각하고 창작할 수 있는 전통 리얼리즘 방식에 입각한 세태 반영 소설 정도로 볼 수 있겠는데, 이보다 좀더 복잡한 문제를 제기하고 있다는 점에서 재고를 요청할 수 있겠다. 그것은 크게 봐서 두 가지 관점에서 설명을 필요로 한다.

첫번째 관점은 이 소설의 중심 주인공 유소은의 이야기에서 풀어나갈 수 있다. 유소은은 남편이 병으로 죽어가는데도 재산을 축적하는 일에 매달릴 만큼 돈에 집착해서 결국 부를 얻은 상태이지만 그것으로 무엇을 해야 할지 모르는 사람이다. 그는 이철식한테 쫓김을 당하고 있고, 한편으로는 주강욱한테 위로를 받게 되면서 조금씩 자신의 삶에 대해 회의를 느끼고 마침내 어떤 삶이 진정한 것인가를 깨닫게 된다.

이 소설에서는 이 인물을 오늘날 여성들의 삶 인식을 대표하는 사람으로 설정했다. 즉, 오늘날 여성들은 가부장 중심의 전통적 가치관이 해체되는 과정에서 촉매적 지위에 있으면서 그 해체에서 오는 갈등의 책임은 여전히 가부장에게 떠넘김으로써 그 갈등을 방임하고 있다. 이 점, 이 소설에서는 한 지식인(정신과 의사 오명환)에 의해 제기된 '유사 페미니즘론'에 대해 마땅한 반대론을 펼치지 못한 유소은이 서서히 반성적 각성을 통해 실제적 삶으로써 응전하는 과정으로써 답을 마련해 보이고자 했다.

유소은은 친구 박영애를 내세워 유치원 사업을 시작한 상태다. 그때까지는 단순히 옛날부터 하고 싶은 사업이어서 시작한 일이었다. 그런데 주강욱이 오갈 데 없는 탈북 어린이들과 함께 살면서 그들을 도우는 것에 감명을 받고 불우한 이들이 먹고 자고 배우는 학교를 세울 꿈을 발설한다. 그 꿈은 작중에서 즉흥적인 것이라고 비판되지만, 다시금 주강욱에게 이끌리면서 남을 도우며 사는 삶을 진정으로 지향할 수 있게 된다.

그러나 이 소설은 유소은이 보다 직접적이고 구체적으로 삶의 참다운 지향점을 찾는 모습까지 묘사하고 있지는 않다. 더욱이 유소은의 각성은 주강욱이라는 남성에 의해 일부 유도된 것이라고 볼 수도 있다. 과연 한 여성이 주체적으로 자신의 참된 지향점을 마련한다는 것이 어떻게 가능할 것인가? 이는 이 소설뿐 아니라 우리 사회 현실에서 아주 핵심적인 질문이 되지 않을 수 없다.

또 하나의 관점은 바로 이 연장선에서 만난다. 이 소설에서 한국 자본주의의 모순을 극복할 수 있는 대안적 인물로 주강욱을 설정했다. 주강욱은 원래 돈 걱정 없는 부잣집 아들이었다. 군 복무 중 제대를 얼마 두지 않은 상태에서 아버지의 사업 실패로 전역 후의 삶이 막막해져 있는데 거기에 애인마저 변심해 버렸다. 실제로 전역을 하고 나서 그가 할 수 있는 일은 아무것도 없어서 겨우 무전여행이나 행한 정도다. 그런데 그 여행을 계기로 그는 아주 딴 사람으로 거듭난다.

그는 우선 적게 먹고 적게 말하는 무욕의 삶을 실천하는 사람이 되었다. 누나의 분식센터에서 배달원으로 기숙하면서 매사에 충실하게 행한다. 남을 돕는 일에도 솔선수범, 경비원 박고문도 돕고, 탈북 어린이를 돌보는 일도 마다하지 않고, 유소은의 부탁도 쉽게 들어준다. 이런 지속적인 성품의 소유자는 실은 현대소설이 주인공으로 내세워지는 일이 흔하지 않은데, 이 인물은 게다가 무전여행 중 한 기인에게 운기조식하는 법을 배워 매일 혼자 그것을 실천하고 훈련하고 있다. 또 그의 누이마저도 유기농 곡물과 채소로만 음식을 만들어 파는 분식센터를 운영하는 사람이고 그는 그 집의 당당한 직원이다.

이뿐 아니라 주강욱은 무예라고 말할 정도의 대련 실력을 갖추게 되어서, 우연히 주먹다짐을 하는 사람들을 단숨에 제압해 버리기도 하고, 수백리를 자전거 타고 달려가서도 지치지 않고 이철식 패와 대결해 유소은을 구출해 오기까지 한다. 이처럼, 가치관이 비뚤어진 유소은이나 이철식에 비해 이 주강욱은 확연하게 대안적인 지위를 지니고 있는 셈인데, 바로 그 점에서 이 소설이 서툰 낭만주의적 소산으로 비칠 우려도 없지는 않다. 대안 없는 반성과 비판이 주류를 이루는 현대소설의 스토리적 한계를 뛰어넘어 보자는 의도적 계산이 개입되었다고 볼 수 있겠다.

이 소설이 남달리 제기하는 이 두 가지 관점의 문제를 그냥 범박한 용어로 요약하면, 페미니즘과 생명주의가 된다. 봉건적 가부장 의식과 자본주의의 물질만능의 가치관이 결합된 한국 현대인의 중층적인 내면을 읽고 그로부터 실제화된 삶의 현장에서의 모순 상황을 구체적으로 지적하고 대안을 제시하는 데에 있어이 두 가지 코드는 매우 요긴한 것으로 보인다. 물론 이 소설은 이 코드를 전면적으로 취급하지는 못한 셈이다. 그것은 작중 인물들이 그 점에 대해 아주 뚜렷하게 각성하고 있지 않은 상황으로 설정되었기 때문이라 볼 수 있다. 아직은 독자들을 이 코드에 근접하게 만드는 다양한 내용에 타당성을 부여하는 일이 더 시급했던 것이다.

Ⅰ. 창작 단편소설과 창작의 배경

1. 「20세기 비 오는 날」

1) 창작의 실제

거칠고 야윈 소녀의 손이 그 여자의 허리께에 와서는 역시 어김없이 머뭇거리고 있다. 뒷골에서 어깻죽지까지 아프게 압박하던 그 손은 언제 그랬냐 싶게 친절한 간호사처럼 부드러워져 있다. 둥글게 둥글게, 그 여자로서는 잘 확인이 되지 않는 상흔이 소녀의 손 끝이 만드는 고즈넉한 그림자로 둘러싸인다. 간간이 그 둥근 그림자는 상흔의 중심으로 밀려들다 아예 멀리 벗어나기도 한다. 엉치 쪽으로, 군살이 오르는 옆허리 쪽으로 훑어가던 손길이 다시 요추를 거쳐 흉추로 올라올 때마다, 그 여자는 하초의 모세혈관들이 요동치는 소릴 듣는다. 오래 흠모해 온 연인의 첫 손길에 전신의 말초신경이 곤두서서 바르르 떨듯, 간지럽고 따끔하고 찌릿한, 그런 느낌이 그 여자의 허리를 뒤틀게 한다. 이런 감정을 즐길 시간도 처지도 아님에도, 화들짝 오므라드는 자기 몸이 소녀의 손을 뿌리치는 일이 되겠다 싶어 재빨리 몸놀림을 추스르려 해보지만, 눈치빠른 소녀는 쉽게 경직되고 만다.

"상처가 참 오래 간다, 그쵸?" 그때서야 상처라는 말이 정말 아프던 기억을 되살리듯, 허리에 확실한 통증을 가져온다. 처음 여기에 왔을 때 "10년 전에 생긴 상철걸, 아마⋯⋯"라고 대답해 준 것을 소녀는 그 다음부터 기억해 냈다. 실은 소녀의 손이 처음 상흔에 닿아 일깨워주지 않았더라면 그 여자는 자기 몸에 그 상흔이 아직 남아 있는 줄 모르고 지날 뻔했다. 그후로 간간이 손을 뒤로 해 그 상흔을 만져보는 버릇이 생겼다. "등 뒤에 있으니 누가 보기라도 하겠어, 뭐." 아무렇지도 않게 대답해 주지만, 소녀가 예리하게도 그 여자의 몸에 이미 기껍지만은 않은 반응이 나타나고 있음을 눈치채고 난 후다.

그제부터 소녀의 손은 거의 기계적이 된다. 척추를 중심으로 그 양 옆을 두 손 엄지로 힘차게 눌러간다. 소녀의 입에서 "끙끙" 소리가 난다. 그 소리는 기운 빠진 차력사같이 안쓰럽다. 오늘은 물소리도 자주 끊어진다. 아침부터 거리거리를 메운 빗소리가 그 여자의 청각에 울려오길 기대하기에는 여긴 너무 많은 물들에 둘러싸인 깊은 곳이다. "끙" 그 여자로서도 이젠 그 소리가, 가끔 자신의 알 엉덩이에 와 닿는다 해도 냉담해질 수밖에 없다. 소녀의 손이 그 여자의 엉치를 만지고 허벅지와 장딴지를 훑어 내려가는 동안 그 여자는 오히려 점점 싫은 감정이 일고 만다. 안온한 쾌감에 알몸을 전율하며 내맡긴 잠시 전의 일 때문에 얼굴이 화끈 달아오른다. 왜, 한 개의 손끝에서 두 가지 촉감이 생길까. 그 여자는 자신의 생각이 이제 전혀 다른 방향으로 치달아 가는 것을 잘 알지도 못한다. 한 개의 손끝 두 개의 촉감. 쾌감과 치욕이 반복되는……

가령, 비가 내린다고 치면, 그 빗속을 거닐고 싶은 사람이 있고, 얼른 우산 밑으로 처마 밑으로 도망가려는 사람이 있다. 아니다. 비가 내리면, 울면서 젖고, 기분 좋게 옷이 젖고는 다시 울상이 된다. 한 줄기 비, 두 가지 촉감. 한 권의 책이 있다. 그 책의 제목은 『세상에서 가장 자살하기 좋은 장소』이다. 그 책은 『세상에서 가장 데이트하기 좋은 장소』라는 일본 책에서 아이디어를 훔쳐 온 것이다. 데이트할 장소로 소개된 걸 몇 문장만 바꾸어 멋지게 자살할 장소로 만들어 놓은 것이다. 인도 아그라 성에서 멀리 타지마할을 내다보며 사진을 찍는다고 설명하는 대목을, 〈회랑 난간에 기대 서서 사진을 찍는다〉 대신에 〈회랑을 뛰어 내린다〉라고 적었다. 한국의 여러 관광 명소에 대해서는 새로 원고를 쓴 게 많지만 그 역시 다른 유적 답사 책에서 따와 윤문한 것이다. 『세상에서 가장 자살하기 좋은 장소』에서 명명한 자살하기 좋은 장소를 보고 실제로 자살한 사례가 두 건이나 알려졌다. 책은 더욱더 잘 팔렸고, 신문에는 도서 윤리 운운하며 시끄러웠다. 사장은 그 책을 더이상 팔지 않겠다고 기자들에게 알렸고, 그 책은 그 기자들에 의해 더 오래도록 맹렬하게 홍보되었다. 사장으로부터 별 지시가 없는 사이 영업 부장은 베스트 셀러 집계가 안 되는 서점 주문만 받아들였다. "내가 책 주문 받지 말라고 했잖아! 이건 출판 윤리야, 도서 윤리라구!" 사장은 소리쳤다. 장엄하고 엄숙한 그 음성을 그 여자 회사 사람들은 오래 생각하며 웃었다. 유명 작가들의 재출간 소설에, 그것도 모자라 PC 통신에 연재된 아마추어 작가 소설에 기대기까지 한 오랜 불황 끝에 대형 베스트셀러 하나를 붙잡아 일시에 모든 것을 만회하고는 득의만만하던 사장은 정신적으로 상당한 충격을 받은 것 같은 표정을 지을 줄도 알았다.

사장은 말했다. 자살 책의 열기가 웬만큼 식은 뒤, 비 오는 날이었다. "비 오는 날 하면 뭐 생각나는 거 없어?" 함께 감상에 젖자는 얘기가 아님을 금세 알았다. 아니, 사장과 그 여자는 함께 감상에 젖어도 나쁠 게 하나도 없었고, 실제로 함께 감상에 젖은 적도 많았다. "오늘은 비를 소재로 하는 노래만 부르는 거야." 저급과 고급을 뒤섞는 엉뚱한 말로 좌중을 휘잡는 기술이 사장에게 있었다. "안중근 의사가 옥중에 계실 때 이런 글씨를 남겼잖아요. 하루라도 책을 안 읽으면 입안에 가시가 돋는다. 요즘 말이죠. 하루라도 노래방에 안 가면 입에 가시가 돋는 사람 얼마나 많아요. 독감이 옮아도 좋다, 입안에 가시가 돋게 할 수는 없지 않은가! 자, 가자구! 이게 오늘의 기획 회의야." 그 여자도 사장도 뭔가 괜찮은 기획거리가 있을 것 같다고 생각되던 비 오는 날, 그들 회사 사람들은 비에 대한 노래를 불렀다. 우리 처음 만난 날 비가 몹시 내렸네 쏟아지는 빗속을 둘이 마냥 걸었네…… 이 빗속을 걸어 갈까요 둘이서 말없이 갈까요…… 그 여자는 두번째로 노래했고, 사장도 못 이기는 체 다음 순서를 잇기 위해 마이크를 잡았다. "파하하, 이게 아닌데…… 푸하하하, 이은하 봄비, 이은하…… 아니아니, 그냥 부를게." 악을 쓰며 신중현 작곡 김추자 노래의 저 유명한 「봄비」를 부르는 사장의 그런 유의 젊음에 그 여자는 익숙해져 있었다. 그것을 알아차리고 직원들이 보는데도 사장은 틈틈이 긴한 얘기인양 그 여자의 귀에 뜨거운 김을 불어넣는다. 자연스럽다. 어제는 비가 내렸지 키 작은 나뭇잎새로 맑은 이슬 떨어지는데 비가 내렸네 우산 쓰면 내리는 비는…… 하고 부르는 사이 사장은 속삭였다. "윤형주의 「어제 내린 비」지, 저건. 이거 봐, 민 여사. 이건 20세기 비 노래 총집합 아니야? 이런 거 가지고 뭐 좋은 꺼리 떠올려보라구." 20세기 비 노래, 비 오는 노래, 비 오는 책, 비비비…… 그런 생각 사이로, 빨간 우산 파란 우산 찢어진 우산, 그런 노래까지 노래방 기계에 입력이 되어 있는 줄 처음 알게 되었고, 봄비 따라 떠난 사람 봄비 맞으며 돌아오네 그때 그날은 그때 그날은 웃으면서 헤어졌는데…… 진짜 이은하의 「봄비」가 불려지고…… 레인 드롭스킵 폴링 온 마이 헤드…… 창고에서 아르바이트를 하는 괴짜 청년이 일부러 혀를 꼬부려 가며 노래를 불렀고, 사장은 다시 속삭였다. "쉘부루 가서 더 얘기하지." 갑자기 귓바퀴 작은 솜털들이 일제히 일어서는 게 느껴졌다. 보슬비 오는 거리에 추억이 젖어들어…… 영업 부장의 허스키한 목소리 흉내…… 모두들 노래 없었으면 입 안에 가시가 돋힐……

몸을 돌려 누운 그 여자의 얼굴을 소녀는 작은 두 손으로 톡톡톡톡 두드리고 있다. 살구 냄새 짙은 오일로 얼굴 전체를 발라 부드러운 마사지…… 두 눈가로 둥글게 둥글게 동그라미를…… 참으로 용한 소경이다. 두번째로 안마를 받으려 한 날, 소경 안마사라도 괜찮느냐는 주인의 물음에 고개를 끄덕인 것이 인연이었다. 날이 궂으면 찾는 그 여자를 알아 보고 성심껏 무릎을 굴려 안마에 열중한다. 주인의 말로는 밤에는 남자들의 안마시술소에 나간다는 억척이다. 비 오는 날을 위한 새로운 기획물…… 그런 조바심 속에서도, 날 궂고 비 내리면, 없는 시간 사이로 사우나로 도망갈 생각부터 하는 그 여자를 소녀는 눈꺼풀을 바들바들 떨면서 맞이했다. "비가 그치나 본데요." 소녀는 그 여자로서는 들을 수 없는 빗소리를 듣고 있다. 그 여자는 갑자기 묻는다. "비 오는 날이면, 뭐 생각나는 거 없니?" 소녀가 손놀림을 멈춘다. 내친 김이다 생각한다. "이런 날 뭘 사고 싶거나 가지고 싶거나 한 거 있니?" 소녀가 "헤" 하고 웃는다. 그 여자가 눈을 뜨고 올려다보니 약간 튀어나온 윗니 두 개가 틈새를 벌리고 드러나 있다. 그 여자는 더 진지하게 덧붙인다. "눈은 말고…… 정말 꼭 가지고 싶은 거."

그러자 소녀는 자기에게도 눈이 있다는 듯이 눈꺼풀을 밀어내고 흐린 눈동자를 반쯤 내보이며 깜빡깜빡거린다. "음…… 정말 꼭 가지고 싶은 거, 있어요. 빠알간……" 할 때 그 여자는 그냥 우산을 생각했다. 나갈 땐 꼭 우산을 챙겨 가야겠다고 생각한 그 여자는 아직 자신이 건망증하고는 관련 없는 사람이라는 걸 믿는다. 그런데 소녀는 말하고 있다. "……자가용." 빨간 승용차를 가지고 싶은,

눈먼, 16세 소녀 얘기를 그 여자는 단 한번도 생각해 본 적이 없다. 그 여자는 왠지 자신의 가장 깊은 곳에 감춰진 욕망이 빨간 색깔로 다 드러나는 듯하다. 밀려드는 초조감에 더 견딜 수 없어 몸을 일으킨다. "빨간 자동차를 몰고 비 오는 길을…… 빨간 엘란트라나 빨간 아벨라……" 소녀는 그런 유의 말을 다 끝낼 수 없는 자신의 처지를 알면서도 끝까지 말하고야 만다. "밤에 손님들한테 한번 태워나 달라고 부탁할까봐요, 야단맞을 각오하고요……"

"보슬비 이슬비 이런 건 시나 노래가 되고, 소나기 폭우 이런 건 소설이 되지." 단편소설 모음집 『20세기 비 오는 날』에 수록되었으면 하는 「봄비 오는 날」을 쓴 작가는 그런 말로 소설가의 우월성을 강조했다. 거나하게 취해 가는 목소리로, 문학이란 게 현세의 이익을 초탈해야 이룰 수 있는 경지의 것이야, 하고 떠드는 걸 작가적 자존심으로 알고 있는 사람임에 틀림이 없었다. 그나마 간신히 찾은 작품이었다. 우리나라의 현대 단편소설 중에서 비와 관련 있는 작품들을 한 권의 책으로 엮겠다는 기획은 일견 쉬워 보였지만, 막상 작품이 그리 많지 않았다. 비 오는 날, 했을 때 우선 떠올리게 되는 것이 황순원의 「소나기」 정도였다. 그 여자가 드라마로 보았다가 나중에 읽게 된 윤흥길의 「장마」는 중편 길이로 기억되었는데, 그 작품이 의외로 중요하다는 평가여서, 작품 편수가 모자라면 반드시 넣어야 할 것 같았다. 그 여자는 남편의 등을 두들겼다. "왜 더 있지."하던 남편도 막상 떠올릴 게 별로 없는 모양이었다. "최근에 어떤 여성작가가 「빗소리」라는 소설을 썼지? 현장 비평가들이 뽑은 우수소설 모음에 재수록된 걸 봤는데…… 시시껄렁한 노동자를 애인으로 둔 역시 시시한 어떤 가게 여점원이 그 애인 때문에 애태우다가 빗소리에 고즈녁해지는 거…… 풍성한 모성애로, 산업 사회 속에서 거세된 남성성을 감싸안는다고나 할까……" 이틀 후 그 여자의 남편은 다시 말했다. "김유정한테도 「소낙비」 아니 「소나기」일 거야, 그런 게 있었던 거 같애." 그때서야 그 여자는 "왜, 형, 「비 오는 날」이라는 작품 알잖아? 그거 쓴 사람 누구지?"하고 물었다. 그 여자의 남편은 아무 대답도 없었다가, 다시 이틀 후, 일제 때 평양 살던 최명익이라는 작가가 쓴 단편 「비 오는 길」을 복사해

왔다. 한 직원이 1960년대 신문을 뒤적거려 찾아낸 한 여성지 현상 공모 당선 소설 「폭우 속으로」를 얻은 것이 고작인 그 여자로서는 그젠 막막했다. 그 무렵, 지방 신춘 문예 당선작으로 뽑힌 게 있다는 한 문학 평론가의 귀띔으로 알게 된 게 「봄비 오는 날」이었다. 사장은 전주 사는 자기 친구에게 전화를 걸어 1970년 후반 그 지방 신문 신춘 문예 당선작들을 알아달라고 부탁했다. 한 편이 복사돼 올라왔다. 월남전에 참전했다가 사랑하던 베트남 여인과 이별하고 팔 하나를 잃은 몸으로 돌아온 한 남자가 거의 폐인처럼 거리를 떠돌다가 어느 봄비 오는 날 아주 못생긴 창녀 아줌마가 차려주는 술상을 받고는 하루를 함께 보내게 된다는 줄거리였다. 서울 근교에 와서 고교 국어 교사로 있게 된 그 작가는 스스로 배포가 큰 사람이라는 걸 기분좋게 인식하는 사람이었다. "내가 월남 갔다 왔지만 전쟁 말기에 한 달간뿐이라 꽁가이들 울릴 시간은 아예 없었고.…… 그러니까 월남 얘긴 다 상상력이지요. 원래 이 소설은 이런 한시를 읽고 구상한 거요. 큼큼…… 봄밤에 부슬비 내려 지붕 처마엔 물 흐르는 소리 들리니, 노자가 평생토록 이 소리를 사랑했다네……" 원제도 모르고 지은이도 모른다는 한시를 우리말로 잘 읊조리면서도 정작 비에 관한 소설 한 편 얘기하는 게 없는, 소설의 배포를 자랑하던 중늙은이 무명 작가는, 하지만 우습게 보다가는 큰코 다칠 사람이란 것을 갑작스런 기억력으로 당당하게 일러주었다. "베옷으로 몸 가리고 등불 돋우며 잠도 이루지 못한 채, 아내와 마주 앉아 주고받으며 두세 잔 거푸 들이키네…… 캬, 그렇지. 이 시는 조선 시대 광해군 때 권필이라는 분이 지었어요. 권필, 알아요?"

돌아오는 차 안에서 사장은 말했다. "민 부장, 저런 국어 교사가 철학도 낭만도 뭐도 배울 수 없는 한국의 청소년들에게는 아주 깊은 감명을 준다구. 나도 중3때 국어 선생이 시인이었는데 진도 나갈 생각은 안 하고 마냥 시만 읽어준단 말이지. 난 공부도 싫고 시도 싫은 딴따라였으니까, 진도 나가려고 하면 선생님, 시 한편 읽어 주이소, 이러고, 시 얘기 한참 하고 있으면 진도 나갑시다……" 중늙은이 무명작가가 읊은 시 구절에 어떤 감동을 느꼈는지 그 여자는 어색하게나마 남편과 마주 앉아 술자리를 한 적이 무척 오래되었다는 서글픈 감정이 들었다. 아니다. 그 여자는 베트남에서 사장에게 날아온 편지 얘기를 비 오는 날 쉘 부르에서 들었다. 그 때문에 사장 집에 일진광풍이 몰아치고 있었고, 사장은 나날이 수척해지고 있었다. "그러다가 우리 시인 선생님 갑자기 슬리퍼를 벗어 쥐더니 시를 우롱했다고 소리치면서 내 뺨을 쌔리는데…… 그날 뼈도 못 추렸지…… 그날이 비가 오는 날이었나 어쨌나…… 지금도 비 오는 날만 되면 그 선생님 멋있다고 회상하는 동창들이 있어요." 남편 생각 사장 생각에 눈물이 글썽여지던 그 여자에게서 깔깔깔 웃음이 샜다. 갑자기 그 여자는 사장의 머리를 껴안아주고 싶었다. 사장은 운전을 하다 말고 한 손으로 그 여자의 코를 쥐었다 놓으면서 윙크를 했다. "이제 한두 편만 더 찾아 보라구. 좀 멜랑콜리한 그런 거, 비 오는 날인데, 푹푹 젖고 눅눅하고……, 김유정 「소나기」 그것도 비 오는 날 소작농 마누라 슬쩍 따먹는 얘기라 에로틱하긴 하더라만, 좀 현대적인 에로틱, 그 뭐 마조히스틱한 것도 좋겠고, 그런 거 좀 없겠어?" 갑자기 등쪽이 짜릿해 왔다. 오래 된 무슨 상처가 도지는 것 같은데, 갑자기 한점 한점 빗방울이 차창에서 부서지고 있었고, 간지럽고 따끔따끔한 느낌 때문에 견딜 수 없어 손을 등으로 돌려 어색한 자세로 긁어대야 했다. 불쑥, "베트남에 한번 다녀와야겠어."라며, 동행할 의사가 있느냐는 듯이 사장이 돌아봤다. 자신이 뿌린 씨앗을 보러 가면서 엄연한 유부녀에게 같이 가자고 하는 건데도 솔깃해지는 자신의 심리를 그 여자는 잘 알 수 없었다.

정작 상처가 제대로 도진 건 그 여자가 정말 바라지 않은 쪽에 있었다. "김 선생이 정리해 주면 되겠네." 사장은 그 여자의 남편을 알고 있었다. 그 여자가 근무하던 전집 출판사가 부도가 나서 허탈해져 있을 때 그 여자를 사장에게 소개한 이가 그 여자 남편이었다. 취직이 더 필요한 사람은 그 여자 남편 자신이었음에도. 그 남편이 비 오는 날의 작품에 대해 상당한 정보를 그 여자에게 주었다는 걸 사장은 알고 놓치지 않았다. 「비 오는 날로 본 20세기 한국소설」, 이런 제목으로 해설 삼아 달아주십사는 제의를 그 여자 남편에게 전하게 한 것이다. 그 여자의 남편은 한때 문학평론을 하는 선배를 도와 〈만화로 보는 한국의 명작소설 시리즈〉의 극화에 필요한 작품 해석문을 작성한 적이 있었다. 그 여자의 남편은 노트북에 입력된 그때의 자료를 불러냈다. 황순원의 「소나기」, 손창섭의 「비 오는 날」, 윤흥길의 「장마」 세 편이 자신이 만화가에게 제공하는 작품 해석문들 중에 포함되어 있음을 그 여자 남편은 노트북을 열기 전에도 알고 있었다. 그 여자의 남편은 끼워넣기 방법으로 그 세 편을 새로운 한 파일로 몰아넣었다. 그리고는 아직 다 읽지 못한 작품 복사물을 뒤적거려 수록 작품 제목들을 연대별로 입력하기 시작했다. 최명익 「비 오는 길」. 김유정 「소나기」. 황순원 「소나기」. 손창섭 「비오는 날」. 윤흥길 「장마」. 박진수 「폭우 속으로」. 김종식 「봄비 오는 날」. 이청해 「빗소리」. 다시 커서를 첫머리로 옮겨 이렇게 제목을 달아 보았다. 「20세기 비 오는 날 한국에선 무슨 일이 있었나」.

그 여자의 남편은, 대학 시절 중학교 교과서에서 읽은 감동적인 단편 소설 「소나기」의 저자가 이웃 학교에 교수로 계신다는 사실을 알고 친구를 따라 그 강의실로 찾아들던 때를 또 한번 흔쾌하게 회상했다. 이어 지난해 만화 극화를 위해 작품 해석문을 써주고 받은 두둑한 용돈 봉투가 떠올랐고, 아내가 하는 이번 일에는 용돈이 없을지도 모른다는 생각이 들었다 금세 꺼졌다. 그 여자의 남편은 자신이 입력해 둔 원고를 읽어가기 시작했다. 소나기/황순원. 〈1〉 작품 배경 : 1952년 작. 해방 후의 어느 농촌 마을. 일제 후유증이나 6·25의 상처 등 역사적 환경이 거의 배제되어 있는 토속적인 시골 공간. 가을. 〈2〉 요점 : 중학교 교과서에 장기간 실리고 있는 유명한 소설. 사람의 심리를 외부 묘사로 드러내는 간결한 문체로, 소년의 순박함과 소녀의 새침스러움을 대비시키면서, 성에 눈뜨는 소년기의 이성에 대한 사랑의 감정을 절묘하게 표현하고 있다. 〈3〉 유의 : 외부 묘사를 통해 감정의 변화를 드러낸다는 점이 서정적이고 토속적인 농촌 환경을 배경으로 잘 표현되어야(작품에서 줄친 대목들이 시험 문제에도 잘 나오는 것인만큼 꼭 묘사해 두어야) 한다. 〈4〉 스토리 요약 : 소년은 개울가에서 윤초시네 증손녀를 만나지만 말없이 지나간다(윤초시네 손자가 서울에서 사업에 실패, 고향집에 돌아오지 않을 수 없게 된 것). 다음날, 소년은 개울가에서 세수하는 소녀를 본다. 소녀가 소년의 수줍음을 비웃는 듯 조약돌을 던지고 달아나자 소년은 그 조약돌을 집어 주머니에 넣는다. 다음날부터 소년은 개울가에 나오지 않는 소녀 때문에 마음 허전해 한다. 그러던 어느날, 소녀가 뒤에서 자기를 보고 있다는 걸 알고 부끄러워 달아나기 시작한다…… 줄거리를 줄이면서 문학사적인 얘기를 여기저기서 뽑아 끼우면 대충 되겠다 싶었다.

다음은 비 오는 날/손창섭. 「잉여인간」 「혈서」 등으로 이름 날리며 1970년대에 이미 개인 전집까지 냈을 정도로 큰 작가였던 전후 작가가 손창섭이었다. 그중에서 「비 오는 날」은 6·25 피난지 부산, 어둡고 질척거리는 장마철을 배경으로 전쟁으로 인해 인간성이 파멸된 정황을 한 피난민 오누이 이야기로 그리고 있는, 손창섭 것으로서는 비교적 스토리가 분명한 소설이었다. 그 여자의 남편은 「비 오는 날」의 장면 장면을 눈에 본 듯이 상상할 수 있었다. 그 주검처럼 괴괴하고 황폐한 오누이의 집. 비 오는 날, 때로는 그 집의 방문자로, 때로는 그 오누이 중 하나로, 그 여자의 남편은 그 눅눅한 폐허의 집을 내왕할 수 있었다. 하지만, 그 여자의 남편은 재빨리 커서를 이동해 윤흥길의 「장마」와 만나고 말았다. 장마/윤흥길. 아이의 눈을 빌려 6·25 당시 좌우익으로 갈린 친가 외가의 비극과 화해를 그리고 있는 작품이었다. 죽었음에 분명한 빨치산 삼촌이 돌아온다는 그날 삼촌 대신에 구렁이가 찾아오는 장면으로 남북 분단 비극의 샤머니즘적 극복을 암시함으로써 한국 6·25 문학의 새로운 장을 열게 되었다는 어느 평론가의 해석을 적절히 끌어올 속셈이 섰다. 그 여자의 남편은 다시 「비 오는 날」을 불러 뭔가 두들겨보고는, 뒤로 물러앉아 자신이 읽지 못한 복사물들을 들고 벌렁 누웠다가, 슬슬 아파오는 머리를 한 손으로 꾹꾹 눌러보며, 또 「비 오는 날」을 펼쳤다. 그 여자 남편이 손창섭의 「비 오는 날」을 처음 읽은 게 재수하던 해 장마 지던 여름이었고, 지리멸렬하게 한 나라가 찢겨가기 시작하던 대학 4학년 1980년 봄 이름난 계간지에 보낸, 그 소설 분위기를 처참한 약소국민의 심정으로 되살려 쓴 시 「비 오는 날」외 아홉 편의 시가 정식으로 추천되게 되었다는 연락을 받은 것이 그해 여름이었고, 그 여름 그 이름난 잡지는 당시 국보위가 조치한 언론 통폐합에 걸려 신인 추천시 「비 오는 날」이라는 시를 품에 안은 채 폐간되고 말았으며……

그 여자가 남편의 우울증이 도진 것을 안 것은 바로 그 파일 때문이었다. 어렵게 여덟 편 소설의 재수록 수락을 받아내고 페이지까지 확정해서 여름 시장에 내놓을 상품으로 준비하고 있었지만, 남편이 써주어야 할 해설이 문제였다. "민 부장, 김 선생이 너무 바쁘면 아예 문학 평론가한테 청탁을 하지 그래. 지금 당장 청탁해도 다음달까지 글 받기 어려울텐데." 그 여자로서는 좀 당돌하게 사장의 얼굴을 쳐다보았다. 이혼 문제로 집안이 시끄러운 걸 인내하느라 퍽 수척해진 걸 알면서도 사장에 대한 연민의 정을 잠시 밀어내 버렸다. "다 써 가던데요. 제가 잘 하고 있나 어쩌나 매일 노트북을 열어 보거든요." 그러나 그게 아니었다. 비가 문학적 상상력을 자극하는 아주 빛나는 소재가 될 수 있다는 일차적인 생각을 지나, 우리는 〈비〉라고 하는, 그 문학적 상상력의 좋은 모티프를 이제 한세기가 되는 한국 현대문학을 통시적으로 설명하는 동기로 삼을 수 있겠다고 생각하였다. 실제로 여기 실리는 상당수 작품들이 이미 한국 문학의 한 시대, 한 세대를 대표해 왔음을 누구나 인정하겠거니와…… 이런 식으로 글의 서두를 잡아, 최명익의「비 오는 길」부터 이청해의「빗소리」까지, 줄거리를 그런 대로 잘 요약하면서 하나하나 그 작품이 가지는 의미를 설명하고 있었는데, 그 중간에 한 대목 손창섭의「비 오는 날」해설 지점에, 파일을 열어볼 때마다 내용이 바뀌는 해설 아닌 이상한 글이 한 페이지씩 들어찼다가 사라지곤 하는 것이었다. 글 제목「20세기 비 오는 날 한국에선 무슨 일이 있었나」가「20세기 비 오는 날 어떤 일이 있었나!」로 바뀐 게 하나의 낌새였을까, 남편의 병은 정말 오랜만에 도지고 있었다.

　20세기 비 오는 날 어떤 일이 있었나! 비 오는 날, 비 오는 날…… 1981년 여름, 하사관 훈련을 마치고 휴가를 받은 나는 맨 먼저 그녀를 찾아갔다. 그녀는 내 가슴에 얼굴을 얹고 말했다. "형, 형이 작년에 그 잡지가 폐간되지 않고 정식으로 시인이 되었으면 시인 된 기념으로라도 3년은 더 살려고 했겠지?" 우리는 서로의 뜻이 같음을 알고 환희에 차서 서로의 몸을 깊이깊이 나누어 가졌다. "그랬을지도 모르지. 하지만 그랬으면 너랑 헤어졌을지도 몰라." "잘 됐어, 형. 어차피 나도 이런 세상엔 살고 싶지 않았으니까." 그녀는 아버지에게 머리 깎인 데가 더 잘 보여도 상관 않는단 듯이 머리칼을 쓸어올렸다. "인간이 살 수 있는 데가 아니야 여긴." 그녀에게 마지막 키스를 했다. 그리고 우리는, 그녀가 아버지에게 감금된 중에도 몰래 모아온 바륨을 서른 알씩 나누어 가졌다. "후회 없지?" 내가 물었을 때, 그녀는 웃었고, 정말 후회 없는 빛이었다. 그 웃는 얼굴은 너무 아름다워 눈이 부실 정도였다. 우리는 약알을 입에 털어 넣었고, 서로 한 손을 꼭 잡았으며, 물을 마시기 시작했다. 탕탕탕…… "순영이 이년, 어서 문 열어, 어서!" 헛간 문이 부서지는 소리가 들린 건 그때였다. 나는 일시에 몰려드는 두려움에 벌벌 떨고 있었다. 그녀의 손이 미친듯이 내 손을 잡고 쪽문 쪽으로 끌어당겼다. 나는 그녀를 안고 쪽문 밑으로 기어서 밖으로 빠져나갔다. 비가 쏟아지는 산길로 우리는 달려가기 시작했다. "순영아! 순영아!" 우리는 우리의 영원의 세계로 달려오는 추적자의 발길을 뿌리치기 위해 비탈길을 마구 달려갔다. 간신히 얕은 구릉을 넘어서려 할 때였다. 그녀의 손에서 힘이 빠지면서 그녀 몸이 비탈 아래로 처져가고 있었다. "순영아, 안 돼!" 나는 입 안에 든 알약을 내뱉으며 소리쳤다.

　이건 새빨간 거짓말이었다. 다만, 남편과 함께 같은 잡지에 등단하기로 되어 있던 신인이 역시 시인이 되지 못한 충격으로 애인과 정사를 시도해 동반 자살에 성공했다는 소문이 있긴 했다. 사실은, 민순영은 그 여자의 이름이었으며, 남편은 군대를 실형 6개월에 해결했다. 남편은 자신을 시인으로 올려 줄 그 잡지가 폐간된 일로 몹시 괴롭다고 그 여자에게 고백했다. 시인 지망생이었지만, 정작 써클 후배 여학생들의 열렬한 흠모 대상이 된 것은 남편의 그 어눌한 듯하면서 박학다식하고 친절한 말솜씨 때문이었다. "나는 써클을 탈퇴하겠어!" 남편은 지하로 잠입했고, 출석 미달로 졸업이 연기된 이듬해 입대를 앞두고 체포되었다. 그 여자의 집에서. 문리대 앞에서 한 학생이 동맥을 끊으며 전단을 뿌리고 외치기로 한 날 남편은 자신의 선동시를 앞세운 전단을 가지고 그 여자의 자취방에 숨어들었다. 그 여자는 급하게 서두는 남편에게 비로소 몸을 허락했다. 몸을 씻고 다시 한번 알몸이 되었는데, 그때 형사가 급습했고, 남편은 화장실로 숨었으며, 형사는, 옷도 다 추스르지 못하고 이불을 감고 돌아서 있는 그 여자의 등을 구둣발로 내리찍으며 소리쳤다. "이 새끼 어디갔어!" 밖에 비가 내리고 있었다는 걸 안 것은 형사의 구둣발에 묻은 흙을 보고서였다.

　이 일을 회상하며 그 여자는 몇 번 웃은 적이 있다. 발기된 성기가 채 사그라들지 않은 채로 남편은 화장실로 뛰어가고 있었던 것이다. 그럴 때면, 처음으로 이성의 몸에 의해 들뜬 육체가 구둣발에 찍혀 허리가 끊어질 듯 아프던 기억이 그 여자를 자극하고는 했다. 남편의 병을 안 것은, 지독한 고문에 시달린다는 소문을 헤집고 멀쩡하게 나온 남편이 대견해 연민에 그득차 동거에 들고 나서도 한참 뒤였다. 그때와 같은 남편의 발기도, 그 여자 육체의 눈뜸도 언제 있었느냐는 듯이 기억 속으로 사라져 갔고, 정형외과 1년 통원 치료에 3년 침으로 지탱해온 그 여자 허리의 통증도, 딱지가 앉았다 떨어지곤 하던 그 상처도, 결혼을 허락받으러 간 그 여자 머리채를 가윗날로 자르다 쓰러져 영영 못 일어나게 된 그 여자 아버지의 갑작스런 뇌졸중도, 서서히 기억 속에 잠겨 버렸다. 일년에 열 달 정도 멀쩡하다가 한두 달 횡설수설하는 비범한 인재는, 윤문가로 문학 평론가로 영문 일문 번역가로 많은 글을 고치고 썼지만, 자신의 이름을 달고는 한번도 글을 발표한 적이 없는 사람이었다. 그가 스스로의 이름을 단 글을 내밀면 모두들 이해할 수 없다는 표정을 지었다. 소설이 무슨 격문 같고, 문학평론이 아주 극적인 드라마 같았다. 그리고 멀쩡할 때 쓴 멀쩡한 글은 언제나 미완성일 뿐더러 자신의 이름으로 내세우지 못하게 하는 이상한 고집마저 있었다. 이번에도 어쩔 수 없었다. 그 여자는 남편이 〈비 오는 날〉 앞에서 창작한 대목을 지워 버렸다. 그리고는 남편이 만화 극화를 위한 해석문으로 써놓은 말들을 옮겨 와 이리저리 조합했다. 6.25가 남긴 비극을 월남한 오누이의 불구적인 삶과 비 오는 날의 일그러진 환경을 통해 보여주는…… 글의 제목도 〈비 오는 날과 20세기 한국 소설〉로 바꾸었다. "이 개같은 년이 내 원고를 다 지워놓았잖아……!" 남편의 비명이 들려온 건 그날 밤이었다. 자기 이름으로 그 「20세기 비 오는 날 어떤 일이 있었나!」를 발표하고야 말겠다는 남편의 고집을 그 여자는 꺾을 수밖에 없었다. "이런 개새끼들이, 내 시를 다 짤라갔잖아!" 오랜만에 들어보는 그 말이 그 여자에게 잠시 잠깐, 현기증 이는 어떤 그리움을 느끼게 했다. 그리움…… "아니, 이러면 노트북이 비에 다 젖는데…… 이불 어딨지?" 남편의 얼굴에서 가셔지는 핏기가 보였다. 비로소 바지 밖으로 툭 불거져 나와 있는 남편의 몸을 보며 그 여자는 언제나처럼 허물어져 그 몸을 안고 울며 쓰다듬기 시작해야 마땅했으나…… 그 여자는, 그 여자는 이번에는 "악!"하고 소리지르며 자신의 머리칼을 마구마구 쥐어 뜯었다. 고개를 든 그 여자는 발작적으로, "나 월남으로 가 버리고 말 거야!"하고 소리질렀고, 한동안 자신이 무슨 소릴 쳤나 알지 못하고 서 있었다.

저절로 낫곤 했던 관행이 남편의 병을 지켜 보는 그 여자를 안심시킬 수 있었지만, 실은 근원도 잘 알 수 없는 자신의 병이 진짜 도진 건지도 모른다는 생각이 그 여자를 초조하게 한다. 사우나에서 돌아온 그 여자는 경리과 송양에게 커피를 청해 마시고는 내내 『20세기 비 오는 날』 최종 교정쇄를 만지작거렸다. 책 표지 문제로 디자인 회사에서 온 전화를 두 차례나 받고, 지업사에서 온 결제 독촉 전화를 한 번 받으며 오히려 마음의 안정을 찾았다가, 결벽스럽기로 소문난 작가라 초교부터 직접 만진 황순원의 「소나기」에서 오자를 두 개나 발견하면서부터 왠지 더욱 초조해져 있다. 그 여자는 그러면서도 가능한 한 다른 작품 쪽을 뒤적거리다가 또 탈자 하나를 짚어 내고는 견딜 수 없어 해설 쪽을 펼쳐들었다. PC 통신 출신의 아마추어 작가 소설집에 이어 두번째로 남편의 이름 대신에 쓰인 민순영(본사 기획부장)이라는 글자를 모른 체 빨리 넘어간다. 손창섭의 「비 오는 날」도 큰 무리는 없는 것 같다. 다만 "마조히스틱한....." 어쩌구 했던 사장 말이 떠올라, 주인공 동욱과 동옥을 해설하는 대목에다, 누이를 학대하는 동욱의 사디즘적인 태도와 그를 묵묵히 받아들이는 동옥의 마조히즘적인 태도를 대비하려는 뜻으로 몇 마디 수정해 둔다. 또, 전화가 걸려온다.

잔잔하고 품위 있는 팝송이, 텔레비전 토크 프로그램 전속 악단 키보드로 활약한 바 있는 여자 싱어의 생음악으로 거듭 이어지는 셸부루에서 포도주 두 잔에 반쯤 젖은 그 여자를 안고, 사장은 익숙하게 호텔로 이끌었다. 『20세기 비 오는 날』. 어쩌다가 이런 책을 기획했는지 알 수 없다. 어쨌거나 그 여자의 입에서 최종적으로 "20세기 비 오는 날!"이라는 제목이 말해졌을 때 그 여자의 입에다 키스를 한 게 사장 자신이었다. 그리고 소리쳤다. "이건 일억원짜리 기획이야, 민 여사!" 게다가 쓸데없이 지방 무명작가를 만나러 갔다가 온 게 결정적이었다. 월남에서 태어나고 자라 스물네 살이 되어 버린 라이따이한 아들을 이제 와서 어쩌란 말인가. 빌어먹을, 베트콩이 더욱 기승을 부리는 월남의 눅눅한 우기를 생각한다. 사진관을 하는 삼촌을 따라간 월남의 메콩강가에서 호기롭게 낚시를 해보려다 총소리에 쫓겨 든 숲 길에서 만난 아오자이에게 내질렀던 스무 살 젊은 혈기가 봇물 터진 사랑으로 이어질 줄을 신이라도 알았을까. 체, 사랑이라니! 도대체 내 인생에 사랑이 다 무언가. 내 인생 20세기 후반 반세기에 결코 사랑은 없었다. 사장은 지난밤에 아내가 보는 데서 월남에서 온 아들의 사진을 찢었다. 대신, 미국 가서 책 구경이나 실컷 하고 오려는 자신의 갑작스런 계획에 대해서는 아내의 동의를 얻었다. 1년 동안의 가정 불화가 그렇게 식을 수는 없었지만,

그게 최선이었다. "후유!" 사장은 그 여자가 목욕탕으로 들어간 사이 담배 연기를 길게길게 내뿜는다.

사장은 다만, 어떤 인생사고 어떤 피하지 못할 운명이 있을 수는 있겠다고 생각해 본다. 삼촌의 사업을 이어 우유 대리점 몇 개를 쌓아 올린 것을 고스란히 출판에다 꼬나박은 게 자신으로서는 그런 피하지 못할 운명인 건지도 몰랐다. 하지만 그건 분명 잘못된 운명…… 월남전 이야기를 끄적거려, 베트남전 소설 『정글의 사랑』을 쓴 이성민씨를 찾아간 게 잘못된 운명의 시작이었다. "소설 작법 책 읽었어요?"하던 작가의 질문에 충격을 받고 "요시!" 하고 외친 어리석은 운명의 노예가 자신이었다. 보란 듯이 유명 작가를 찾아다니며 재출간 소설에 열올렸고 결국 우유 대리점 몇 채 값을 날렸다. 한 채 두 채가 문제가 아니다. 문제는 아직 자신이 잘못된 운명의 길을 가고 있다는 사실…… 도대체 20세기 한국 소설을 정리해서 어쩔 셈인가. 어떤 문학 평론가가 책 잘 냈다고 칭찬해 줄 건가. 신문 기자들이며 방송 스크립터들은 재미있는 책이라 떠들어델 테지만, 그건 이게 잘 팔릴 게 아닌가 하고 잠시 흥분시켜줄 일도 되지 못함을 이젠 통박으로 때려잡고 있다.

"민 여사! 미국 가서 바람이나 쐬고 오자, 우리." 긴 수건으로 대충 알몸을 가리고 나오는 그 여자가 젖은 머리칼을 큰 동작으로 뒤로 쓸어올리곤 쳐다본다. "예? 미국은 왜요?" 그 여자는 사장의 입에서 베트남이 아니라 미국이라는 말이 나왔음을 분명히 인식했다. "요즘 김 선생 소설 잘 쓴대지? 『21세기 비 오는 날』 어때? 김 선생 쓰고 싶은 거 쓰도록 그냥 놔두고 나중에 제목을 그렇게 붙이는 거야. 뭐 크게 달라지는 게 있겠어, 21세기라고 큰 일 있을 거냐구. 사람들은 그냥 옛날 얘기 다 잊어먹고 똑같은 얘긴데도 다가올 이야기다 하면 좋아들 하는 거 아냐?" 베트남 가자는 말과 미국 가자는 말은 다르다. 베트남 가자는 얘기는 상처를 안으러 간다는 거고, 미국 가자는 얘기는 상처 따윈 그냥 다 잊고 즐기러 가자는 것이다. 그 여자의 몸이 미리 그걸 알았고, 그리고 그녀에게 알리기 위해 조금씩 떨기 시작한다. "20세기는 어떡하구요?" 그 여자는 자신의 질문이 얼마나 멍청한 건지 말을 하면서 서서히 느낀다. "그냥 덮어 두지 뭐, 20세기는…… 21세기라고 비 안 오겠어?" 그 여자는 무슨 비바람 소리 같은 게 귓속으로 회오

리바람처럼 파고드는 것 같아 잠시 눈을 감았다. "김 선생이 너무 횡설수설하면 그냥 두고…… 왜 그 친구, PC 통신 작가한테 부탁해 보는 것도 괜찮겠고."

그 여자는 침대로 달려와 자신의 속옷을 집어든다. "뭘 그래?" 사장은, 아이를 낳은 적이 없어 나이보다 탱탱한 그 여자의 유방 쪽으로 손을 내뻗으려다가 그 여자의 팔에 돋은 오돌도톨한 소름을 보고는 움찔한다. 그 여자는 경황중에도 옷 입는 모습을 감추기 위해 다시 목욕탕으로 피해야 하는 여자의 운명이 싫어 악, 하고 소리를 치고 싶어진다. 그 여자는 허리가 욱신거려 와서 견딜 수가 없다. 지금이 몇 시일까? 몸이 후들거린다. 알 수 없다. 오랜 상처에 다시 빠져 허우적거리는 남편을 외면하고 뛰어나와 몸을 맡긴 이 불륜의 남자에게 무얼 바랐던가. 발기한 남편의 몸을 치욕스럽게 여기고 돌아선 그 여자는 지금껏 다른 남자의 발기한 몸을 받느라 많은 땀을 흘렸다. 한 줄기 비, 두 가지 촉감. 그 여자는 핸드백도 잊어 버리고 문을 열고 방을 빠져 나간다. 사장은 그 여자의 핸드백을 들고 뒤따라 나서려다가 살짝 용기하려다 만 자기 성기를 보고 픽, 웃음을 터뜨린다. "씨팔, 딴 여자를 찾아야겠네……" 술김에 서로 처음 몸을 섞었던 지난 봄비 오던 날 이후 겨우 기회를 잡은 건데…… 한때나마 자기 인생의 또 하나의 모성이 되어 준 그 여자를 이젠 생각하지 않기로 한다. 그러다가 사장은 급하게 속옷 나부랭이를 안고 목욕탕으로 가던 그 여자의 등에 나 있던 이상한 반점을 떠올린다. 때를 밀어주듯 등허리를 쓸 때부터 그 여자가 몸을 요란하게 풀썩거린 것 같다는 생각이 든다. 가슴 안쪽이 아려온다. 자기 손에 사진이 찢긴, 의외로 콧날 선이 뚜렷한 핏기 없는 아들의 얼굴이 그 여자 알몸 위에 겹치다가, 소말리아 굶주린 아이들처럼 눈이 크고 배가 봉곳이 나온 젖먹이 라이따이한이 떠오르면서 사장은 뒷머리가 쭈볏 서는 걸 느낀다. 그러나 이젠 어쩌랴. 20세기는 다 갔다. 이젠 21세기가 있을 뿐이다. 21세기 비 오는 날…… 다른 무명 작가를 찾아 직접 나서 볼까도 생각해 보지만, 좀 막연하다.

그 여자의 젖은 머리 위로 비가 내리고 있다는 사실을 안 것은 가로등 불빛 아래 가는 빗줄기가 비친 탓이다. 우산을 사장 차 안에 두고 내린 것도 그 여자는 그때 깨닫는다. 회사 앞 사우나는 문을 열었을 것 같지 않다. 시계를 차고 다니지 않는 그 여자로서는 시간을 알 수도 없는 처지다. 안마를 받을 수 있는 사우나가 어디일까. 호텔들, 안마 시술소들, 24시간 편의점들, 가로등들이 거리를 밝혀 준다. 택시를 잡으려고 두리번거려 보던 그 여자는 이번에는 핸드백을 두고 온 걸 안다. 그 여자는 머리를 쥐어뜯고 싶다. 어깨가 욱신거리고 허리께가 따끔거린다. 그때다, 눈에 익은 안마사를 본 것은. 불빛에 얼룩져 겨우 보이는 반가운 얼굴, 길 건너편에서 승용차에 오르고 있는 안마사 소녀, 맹인용 선그라스를 낀 그 소녀는 젊은 남자의 안내를 받아 빨간 스쿠프에 오르고 있다. 안마시술소 앞이다. 그 여자의 뇌리 속으로 "빨간……" 하고 소녀가 하던 말들이 스치고, 멀쩡하던 얼굴에서 핏기가 가시고 횡설수설 시작하는 남편의 말들이 스친다. "그러면 안 돼……" 그렇게 중얼거리며 그 여자는, 허리 쪽으로 손을 뻗다가 말고, 엉거주춤하게, 달려가는 스쿠프 뒤를 따라 몇 발짝 걸어가 본다. 원피스 차림의 그 여자 스타킹에 빗물이 튀고 있다.

2) 창작의 배경

(1) 비 오는 날과 한국소설

나에게 있어 문학의 고향은 어디인가, 하고 나는 가끔씩 자문하는 때가 있다. 그렇게 자문할 때의 내 상황에 따라 그 대답은 달라지지만, 대개 나는 내 사춘기 또는 청소년기의 눅눅한 방을 자연스레 먼저 떠올리곤 한다. 연일 계속되는 장마로 집안 전체가 눅눅해 있던 때, 식구들은 집을 비운 채이고 나 혼자 남아 방 안에서 뒹굴면서 읽곤 하던 소설책들…… 중학생에서 고등학생으로 넘어가던 그럴 무렵, 그러니까 1970년대의 초중반, 나는 그때 문학에 대한 열병을 앓고 있으면서도 책 읽는 일에 미쳐 있지는 못했는데, 그래도 심취해 있었다고 감히 자랑삼아 말하곤 하게 되는 책들이, 누런 표지에 비닐로 책갑이 입혀진 수십권짜리 한국문학전집과, 신구문화사에서 발간한 '전후세대 한국문학'이라는 이름의 전집, 1960-70년대 작가 중심으로 짜진 소설전집 등이었다. 맨 앞의 것은 아버지가 그 몇 년 전의 어느 해 크리스마스를 앞두고 구입하셨다는 것을 내가 별로 반기지 않았던 기억이 나던 것이었고, 가운데 것은 언젠가부터 전체 몇 권이 되는지 알 수 없는 채로 집안에 굴러다니던 것들이었으며, 맨 나중 것은 우리 집 주변에 와서 자취하며 지내던 사촌누나 집에서 빌린 것들이었다. 그 몇 년 동안, 나는 그 때까지의 한국현대문학사, 아니 적어도 한국현대소설사를 다 체험했다고 볼 수 있다. 요즘 기술되는 20세기 한국문학사에서도 빼놓지 않는 1960년대까지의 대표작들이 거기 포함되어 있었고, 그 이후 우리 문단의 핵심으로 부상되는 1970년 전후 등단 작가들의 초기작들이 역시 거기에 포함되어 있었던 것이다. 문학가, 소설가가 되겠다고 막연히 마음먹은 때는 그보다 더 일찍이었지만, 그 장래희망을 아주 구체화시켜 준 고향이 바로 그곳이었다고 나는 생각하고 있다. 책 읽기보다 직접 써 보는 것을 더 좋아했던 나는, 그들 작품들을 읽고 흉내내면서 사춘기적 고민이며 청소년기의 방황이며 입시교육에 억눌린 마음을 견뎌내고 있었다.

그 후, 내 고민이 개인적이거나 원초적인 것에서 점점 더 현실적이며 사회적인 것으로 확장되어 갈 때, 특히나 도대체 우리 나라의 상황이 왜 이런가 하고 '민족적 울분'에 젖게 될 때, 그 무수한 한국문학사의 소설들 중에서 특별나게 떠오르는 작품이 몇 있었는데, 대표적으로 그 책 읽던 내 눅눅한 방과 함께 떠오른 것이 바로 손창섭의 「비 오는 날」이었다. 아마 신구문화사 판으로 읽었을 것이다. 「비 오는 날」 자체만 떠오른 게 아니었다. 손창섭의 소설은 무엇이든 내게는 눅눅한 방의 이미지로 와 있었다. 모가지를 뎅겅 잘라서 혈서나 쓸까 하는 「혈서」도 그랬고, 말뜻도 잘 이해할 수 없었던 「잉여인간」도 그랬다. 전체가 비 오는 날, 온 세상이 질퍽질퍽하고 지리멸렬해져 있고 눅눅해진 방에서 도무지 혼자만의 고독한 병으로 앓으며 자학하는 사람들이 소통불가능한 시를 짓고 있는 그런 분위기였다. 누구나 성장기의 정신적 편력이야 어둡기 마련일 테지만, 내자신이 그런 분위기 속에서 살고 있다고 생각했는데, 나는 나아가 그런 게 바로 한국의 현실이라고 생각하고 있게 되었던 것이다. 한국의 현실은 비 오는 날 진흙탕이 된 세상에서 가난과 고독에 떨게 된 민족의 현실이다. 나는 그런 식으로 생각했던 게 분명하다. 내 고독은 우리 민족을 생각할 때마다 더 심각해졌는데, 그럴 때마다 「비 오는 날」의 이미지를 작품으로 구축해 보려고 애썼던 것 같다.

(2) 비 오는 날과 1980년 체험

비 오는 날의 이미지를 형상화한 작품이야 무수히 많을 것이다. 상큼한 서정, 감칠맛 나는 절제의 미학을 자랑하는 황순원 선생의 「소나기」를 모르는 사람이 없을 터. 그 간결한 문체, 뛰어난 묘사력을 나는 일찍이 나의 한국현대소설사에서 만났고, 그 흉내를 내면서 점점 선생과의 만남을 꿈꾸곤 했으며, 나중에는 선생이 교수로 계시는 대학을 지망해 입학하게 된다. 대학 시절, 그러나 현실은 너무 어두웠고, 나도 어두웠다. 비 오는 날과 민족적 현실과의 만남은, 아마도 한참이나 이후에 읽게 된 윤흥길의 「장마」에서도 확인하고 조세희의 「난장이가 쏘아 올린 작은 공」의 철거민의 집에서도 느끼게 되는데, 그런 것들처럼, 소설가 되기를 꿈꾸며 대학에 입학한 나는, 유신 말기의 그 두렵고 무거운 사회 현실의 무게를 어떻게든 내 특유의 감수성을 무기로 소설 창작으로 이어가려 했지만, 제대로 뜻을 이루지 못했다. 그 무렵 부쩍 많은 시를 쓰고 있었는데, 특히 유신 말기인 1979년 10.26을 거쳐, 잠깐 서광을 비추던 1980년 민주화의 봄이 무참히 꺾이어가던 시절, 나는 다시 손창섭의 「비 오는 날」의 이미지를 떠올리며 여러 편의 시를 쓰게 되었다. 「비 오는 날」 외 9편 시를 계간 『문학과지성』에 투고한 것은, 대학 3학년 때인 1980년 4월이었다. 2학년 겨울을 처참한 기분으로 보내고 난 뒤에 맞은 봄이었다. 그 사이 친한 이들 몇이 신춘문예에 시를 당선하며 등단한 일이 있었고, 신군부가 이원집정부제를 구상하며 정권을 장악하고 있다는 소문이 무성한 가운데, 학교는 개강 직후부터 술렁대기 시작하더니, 4월 들자마자 학교 경영의 비리와 모순을 비판하고 개선을 요구하는 대대적인 투쟁이 시작되었다.

왜 이리 찢어지고 갈리고 지지고볶는가…… 나의 한탄이 「비 오는 날」의 이미지와 다시 만났다. 그 뒤의 일어날 역사에 대해서도 나는 이미 알아버렸다고 할 수 있다. 미래를 믿을 수 없는 암담한 처지, 나와 민족이 모두 같았다. 시를 투고하고 난 이후에 5.18을 만나고, 석달 열흘의 길고긴 휴교기간 속에 묻혔다. 비 오는 날의 분위기와 이미지는 현실에서 거듭 나타났다. 『문학과지성』에서 전화가 온 것은 7월초였다. 이미 전국이 삼엄한 계엄령 속이었고, 광주의 혼령들이 이 나라 이 강산을 떠돌아다니고 있는 중이었다. 나는 어리고 딱한 대학생 차림으로『문학과지성』에 찾아가 나를 시인을 뽑아준 저명한 비평가 선생들을 만났다. 내가 투고한 시 중에서「비 오는 날」과「데탕트 '80」,「하현달」이, 8월 중순에 발간되는『문학과지성』가을호에 실리게 되었으니 교정을 볼 게 있으면 보라는 말씀이었다. 다만 검열에 걸릴 수도 있으니 위험해 보이는 것은 고치는 것이 좋겠다는 조언이 얹어졌다. 그때 그 분들이 나눈 대화 중에 이런 내용이 있었다. "신군부에서 신문 몇 개하고 잡지 몇 개를 폐간시키려고 하는데 그 중에『문학과지성』이『창작과비평』등 몇 개하고 같이 명단에 올라가 있는 모양이다." 소위 5공 정부 출범의 사전 작업의 하나로 언론통폐합을 실시한다는 소식을 전해 들었다는 얘기였는데, 어린 나는 그 말뜻을 잘 몰랐다. 시인이 된다는 생각에, 어서 시인이 되어야겠다는 생각에 마음이 얼떨떨해져 있었고 들떠 있었다. 검열에 대비해 자구 몇 개를 수정해서 갖다 주었다.『문학과지성』등 신문과 잡지 다수가 폐간되었다는 뉴스를 나는 그 해 8월 초 낙향한 고향 집 대청에 누워 들었다. 시인이, 나는 되다 만 채였다.

(3) 한국소설사와 나의 문학

이러쿵저러쿵 우여곡절을 겪으면서, 나는 좀 멀리 우회해서 소설가가 되었다. 1970년 초중반의 한국현대소설사에 뒤이어지는 한국문학사를 나는 그 우회 중에 몸으로 부딪치면서 이해했다고 볼 수 있다. 나아가 한국문학사가 내 역사일 수 있다고 나는 생각했다. 문학인이면 누구나 다 자기가 겪은 문학사가 자기 역사이지 않겠느냐고 반문할 수도 있을 테지만, 어쨌든 나는 그렇다고 생각했다. 게다가 나는, 서양의 많은 문학작품들이 작품 안에서 자기네 문학이며 역사며 각종 문화적 사실이며를 참으로 많이 언급하고 재해석함으로써 나름의 형식을 새롭게 구축하고 있다는 사실에 다시 '민족적' 자존심이 상해 있었다. 내 소설 속에 한국소설사 또는 한국소설사로 대표되거나 집약될 수 있는 한국문화사와 한국 역사를 담자. 나는 그런 생각을 많이 했다.

이 문제는, 다른 한편으로는 왜 한국 소설에는 삶의 환경이 다양하게 수용되고 있는 않은가 하는 평소부터의 내 불만에 연계되었다. 우리 소설의 주인공 직업은 몇 가지나 될까. 언젠가 그런 것을 조사한 글을 본 적이 있지만, 우리 소설 속의 직업은 대단히 한정적이라는 게 내 판단이다. 뿐만 아니라, 주인공이 룸펜인 소설이 우리나라 소설 중에 너무 많다. 주인공의 직업이 다양하건 아니건, 직업이 실업자건 아니건 그건 문제가 안 될 수도 있다. 뭐가 문제인가 하면, 그 인물들의 삶의 전문성이 확보되어 있지 않다는 건 정말 심각하다는 사실이다. 직업인이건 실업자건 간에 삶을 영위해 간다고 할 때 현실적으로 부딪치는 무수히 특수한 요소들, 즉 그 나름의 전문적 요소들이 느껴지지 않는 인물들이 우리 소설에 너무 많다는 생각을 나는 했다. 그렇다면, 내 소설에는 어떤 전문적 요소가 들어올 수 있을까. 그걸 생각하니까, 내 역사, 나의 한국문학사가 절로 생각되었고, 그래서, 문학사와 함께하는 특수한 사소함이 곧 전문적 요소가 될 수 있다는 판단이 섰다. 나로서는 등단작이랄 수 있는 단편소설 「날아라 지섭!」의 지섭이라는 인물이 바로, 정작은 속물일 뿐이면서도 「난장이가 쏘아올린 작은 공」에서 멋진 지식인으로 나오는 한지섭의 면모를 닮으려 애썼던 사람이며, 두번째 단편소설 「날아라 동혁!」의 동혁이라는 인물 역시도 마누라를 죽이고 외국으로 튀려는 뜨내기일 뿐이면서 저 유명한 「상록수」의 남자 박동혁과 「객지」의 영웅 이동혁에게서 핏줄을 이었다고 자부하던 인물이었다.

나의 역사로서의 한국문학사, 인물의 직업적 전문성으로서의 한국문학사를 나는 「20세기 비 오는 날」에다 집어넣기에 이르렀다. 이쯤 되면 소설 제목이 어째서 그냥 '비 오는 날' 정도에 그칠 수 없었던 것인지 이해할 수 있을 것이다. 그러나 이 소설이 어차피 소설인 바에야 내 역사성, 내 전문성이라고 해도 다분히 '픽션'스러운 요소들을 여기저기서 따와 두루 섞고 엮고 비틀고 다듬고 하는 과정이 필요했는데…… 이 소설의 소재라는 것들이 실은 모두가 이 시대, 과거에 입은 상처가 속에서 더욱 부패하고 있는데도 아닌 척 없었던 척 마구잡이로 잊고 때려부수고 그냥 넘어가면서 새로운 시대가 왔노라고 소리치는 망각의 풍조 속에 떠돌아다니던 무수한 풍문들이 각종 에피소드로 끌려 들어온 것들이다. 가령, 정신병을 앓는 남편은, 한때 수재이던 한 명문대학생이 운동권으로 활약하다 고문을 받고 그 후유증으로 평소에는 멀쩡하다가 아주 가끔씩 병이 도지는 정신질환자가 되었다는 소문에서 얻은 것이고, 출판사 사장은 베트남 참전 경험을 소설로 써서 그 계통의 전문 기성 소설가를 찾아가 지도를 받으려다가 일언지하에 거절당한 바 있는 한 아마추어 소설가 얘기에다 실제로 그런 아마추어적인 경험을 믿고 스스로 대단히 문화적인 사람으로 착각해서 출판사 사장이 된 많은 사람들 얘기를 섞어 만든 인물이며, 출판사 기획부장 직함(실제로는 편집부장)인 그 여자는 어느 정도의 교양과 지식과 미모와 세계관을 갖추었다고 생각하는 보통의 출판사 편집부장의 모습에서 따왔다.

(4) 자본주의의 변화와 나의 소설

나는 소설 속에서 기획된 '비 오는 날'에 관계된 책을 실제로 기획한 적이 없지만, 그 못지 않은 책들을 많이 기획했고, 그 편집 과정이며, 판매 과정을 잘 알고 있으니, 그런 사연이 언급되는 것은 당연한 일이 된다. 남편의 파일 속에, 만화화하기 위해 요약되어 있는 것으로 그려진 한국소설에 관한 기록들은 실제로 내 컴퓨터 속에 보관 중인 자료를 조금씩 변형한 것들이다. 문학기획자로서의 내 체험을 많이 살려낸 경우라고 볼 수 있다. 그러나 나는 이 소설이 소설가가 쓴 소설이 아니라 비평가가 쓴 소설이라는 느낌이 들지 않도록 애썼다. 그것은 내가 비평가였기 때문에 다른 사람들이 선입견을 가지고 내 소설을 읽어서는 안 되겠다는 생각 때문이기도 했고, 실제로 문학사적 체험이 그대로 녹아든 내용이 많아서 자칫 하면 이게 그런 식의 지식인소설 내지 문학인소설의 범주로 파악될 것 같아서이기도 했다.

나는 내가 말하고자 하는 뜻이 아무리 고차원적인 것이라 하더라도 내 소설은 지식인소설의 몸짓으로 독자에게 다가가서는 절대로 안 된다고 생각했다. 내 단편소설 중에는 비교적 그럴 우려가 높은 이 소설에서도 나는 그 점을 경계하면서 몇 가지 고려를 했다. 소설 도중에 인용되는 부분이야 어쩔 수 없다 하더라도, 우선 주인물인 여성의 변화무쌍하고 감성적인 심리가 반영되는 그런 문체라야 한다고 생각했다. 현재형 문체는 그래서 자연스럽게 채택되었다. 노래방 풍경이랄지 러브 호텔 장면 같은 데서는 속물스러운 느낌이 들도록 애썼다. 연인의 도망을 픽션화한 글을 꾸며 넣을 때도 일부러 장난스러운 느낌이 들도록 했고, 심각하기 이를 데 없는 군화발의 습격 장면에서도 우스꽝스러운 대목을 넣었다. 말초적 감각을 건드리려는 듯한 외설스러움이 구석구석에서 숨어 있도록 만든 것도 같은 이유다.

단편소설의 집약적인 효과를 노리기 위해 시간적 환경도 겨우 하루 동안으로 제한시켰다. 처음과 끝에 등장하는 맹인 소녀 안마사에다 없은 상징성을 자연스럽게 보이도록 하기 위해 무진 애를 썼는데, 특히 눈먼 소녀가 가지고 싶어하는 것이 빨간 자동차이다 라는 사실이 너무 튀어보이지 않도록 마지막 부분에 그 여자가 너무 화가 나서 두고 온 물건들을 강조해 두었다.

그럼에도 불구하고, 이 소설이 조금 낯설어, 옛날 독자에게는 천박하고 요즘의 독자들한테는 어렵게 읽힐 수도 있겠다 싶겠다는 생각을 했는데, 그 점은 이 소설이 숙명처럼 감당해 가야 한다는 판단을 했다. 왜냐하면, 이 소설은 대상이 어떤 나이 어떤 층이든, 우리의 과거, 우리의 현재를 너무 쉽게 지나쳐 가는, 너무 편하게 잊고 지나가는 이 무서운 자본주의, 그 한국문학사, 그 한국현대소설사, 그 한국적 자본주의의 20세기말의 어두운 욕망을 비판해 보이려는 목적이 너무 뚜렷해야만 했기 때문에 누구에게든 불편하게 읽혀서 읽다가 앞에 것을 되읽지 않으면 헛갈리게 되도록 오히려 가장 애를 써야 했다.

2. 「소설 쓰는 친구」

1) 창작의 실제

내게는 소설 쓰는 친구가 한 사람 있다. 물론 그는 지금 소설가는 아니다. 내가 읽은 그 친구의 소설은 고등학교 다닐 때 봤던 단편소설 두어 편뿐이다. 모두 고교생 현상문예 공모전 같은 데서 입상을 한 작품이었다. 그중 한 편은 고2 때 공주에 있다는 어느 대학의 학보에 당선작으로 게재되었다. 우리 반 친구들이 거의 모두 한 차례씩 돌려보느라 너덜너덜해진 그 신문이 기억난다. 소설 제목이 「물구나무서기를 한 아이」인가 그랬다. 교통사고를 입고 병원에 입원해 있던 한 소년이 어른 환자의 평상복을 훔쳐 입고 병원 밖으로 나와 어른 흉내를 내는 그런 내용이었다. 왜 그랬는지 모르지만 소년이 병원 침대 위에서 물구나무서기를 하려고 애쓰는 안쓰러운 장면이 내 뇌리 속에 퍽 인상 깊게 남아 있다. 소설이라고 하면 극적인 사랑의 스토리나 거창한 민족사적인 사연이 있을 거라고 기대하던 당시 우리들에게는 참 신비로운 체험이었다. 소설을 읽다 말고 그 친구의 얼굴을 힐끔힐끔 돌아보곤 했다. 우리하고 똑같이 생긴 친구의 몸에서 어떻게 이런 이상야릇한 문장이 구사될 수 있을까 하는 생각을 하면서.

그 친구가 어떤 현상문예에 투고하기 전 원고지 상태의 것을 돌려가면서 읽은 것도 있었다. 제목은 잘 기억이 나지 않는데, 바람만 불면 형은 집을 나가고 동생이 그 형을 찾아가고 하는 이야기였다. 실은 그런 내용보다는 고물거리며 종이 위를 걸어가고 있는 것 같은 비뚤비뚤한 글씨체가 먼저 떠오른다. 시험지 용지로 만들어진 원고지가 값싼 만년필 촉 때문에 자주 패어 있었고 군데군데 김치 국물 같은 것을 흘려놓았는데도 지저분하다는 느낌은커녕 오히려 어떤 외경심마저 일었다. 친구 중에 미래의 노벨 문학상 수상 작가가 한 사람 있다는 자랑스러움이 우리에게 있었다. 실제로 어느 날엔가는 그 친구를 노벨문학상 작가로 추켜세우면서 여럿이 함께 건배를 외치기도 했다.

고3 여름쯤인가 그랬다. 그날 부슬부슬 비가 왔던 것 같다. 학교 수업이 파하고 간단히 청소가 끝나면 대개는 배고픔을 견디며 교실에 남아 자율학습을 하던 때였다. 그 친구는 거의 한번도 남아 공부한 적이 없었는데, 웬일인지 그날은 자기 자리를 한참 지키더니 뒷줄에 앉은 친구들을 중심으로 몇 사람에게 "장풍각으로 온나" 하고는 먼저 자리를 떴다. 그 얼마 전 전체 조회 시간에 어느 잡지사에서 보냈다는 상패와 오 만원의 상금을 교장 선생님으로부터 받던 그 친구를 부러움 속에 지켜보았으므로, 우리는 그 친구의 의도를 쉽게 간파할 수 있었다.

학교 후문 밖에 있는 자리한 중화요리집 장풍각의 퀴퀴한 이층 방에 모인 친구들은 열 명이 넘었다. 그 친구의 표정으로 보아 대여섯 정도였으면 탕수육이라도 내리라 마음먹었던 모양이었다. 하지만 우동 아니면 자장면으로 낙착되었어도 우리는 기뻤다. 학교나 집이 아니면 그 모든 곳을 불량스런 장소로 판단해야만 했던 그 시절의 우리들로서는 또래끼리 좀 색다른 장소에서 왁자지껄 먹고 떠드는 것만으로도 유쾌하기 짝이 없었다. 게다가 우동이나 자장면만 하더라도 먹고 싶은 대로 사먹을 수 있는 형편들도 아니었다.

"비가 와서 글라(그러나), 와 저라노?"

후루룩 쩝쩝거리던 누군가가 자장면 묻은 입으로 그 친구를 가리키며 말했다. 우리는 정작 그날의 주인공을 그때까지 전혀 못 챙기고 있었다. 한턱내는 사람한테 기분을 못 맞춰준 우리들의 몰상식 때문이었는지 아니면 정말 비가 와서였는지, 갑자기 시선 집중을 받아 휴지로 입을 닦아내며 한쪽 입꼬리에 웃음을 담는 그 친구의 얼굴은 전에 없이 깊은 우수에 차 있었다.

"자, 자, 우리가 노벨문학상 감을 이래 대해가(이렇게 대해서) 되겠나. 건배하자, 건배."

"그래, 그래. 서기 이천년, 아이다(아니다), 이천년까지 갈 것도 없다, 서기 천구백구십구년 노벨문학상 수상작가 유동식이의 건필을……"

"아이다, 건필보다는 문운이 더 낫겠다, 유동식 선생의 문운을 위하여, 건배!"

1999년 노벨문학상 수상작가의 문운을 비는 건배는 자장면을 먹다 말고 갑자기, 맹물 비슷한 보리차가 든 물잔을 소리내 부딪치며 이루어졌다. 1999년은 우리에게는 도무지 올 것 같지 않은 꿈같은 미래였다. 실제로는 1999년이라면 우리가 마흔을 쳐다볼 나이로, 그 뛰어난 우리 친구 소설가가 참으로 세계적인 작가가 된다고 해도 노벨 문학상을 타기에는 턱없이 부족할 연대였다. 그런 걸 따지고 자시고 할 것도 없었다. 우리는 대학입시 외에는 아무것도 생각할 수 없었다. 다만 우리는 그날 이후 부쩍 더 깊어진 것으로 보이는 그 친구의 우수 어린 얼굴을 쳐다보면 '문학가는 다 저런 표정을 짓는 건가?' 하면서 괜스레 덩달아 마음이 울적해지곤 했다.

어쨌거나 그 상상의 미래, 1999년을 코앞에 두고 있는 지금까지 그 친구가 소설가가 되었다는 소식을 우리는 끝내 듣지 못하고 있다. '국영수' 성적으로 편성된 특설반에 삼 년째 머물러 있긴 했어도 학업 성적이 썩 우수한 편은 아니었던 그 친구는 일찌감치 자신의 특기를 살려 문예 특기를 인정하는 대학을 지망하고 있었다. 고3 가을에 이르러 그 친구의 꿈은 벌써 성취된 것이나 다를 바 없었다. 서울 어느 대학에서 주최하는 고교생 현상문예에 소설부문 당선을 차지한 그 친구는 서울지구 예비고사만 통과하면 장학금까지 받으며 그 대학에 무시험으로 입학할 자격을 얻은 것이었다.

그런데도 그 친구가 대학에 입학했다는 소식은커녕 서울지구 대입 예비고사 카트라인뿐 아니라 경북 지역 카트라인에도 한참 모자라는 점수를 받았다는 후문만 들려왔다. 재수를 한 친구들이 대학 일 학년이 되었을 때 모인 졸업 후 첫 동기회 때 우리는 그 친구에 대한 믿을 만한 소식을 들을 수 있었다.

"가가(그 아이가) 그때 예비고사 떨어졌잖아. 가가 그래도 문학만 판 아(아이) 치고는 에법(제법) 성적도 개않았는데(괜찮았는데) 와 그래 됐는지 몰라. 처음에는 재수하겠다고 정일학원에 등록했잖아. 접수할 때 낼(나를) 보디 디기(되게) 부끄러버 하데. 야, 근데 임마가 학원 개학하고부터 수강하러 오는 둥 마는 둥하디만 두 달 만에 안 나왔뿌는기라. 그카고는 가를 잊아삣는데 야를 또 어데서 봤는지 아나. 내가 원서 낼라꼬 지금 우리 대학에 갔다만 거서 또 떡 안 만났나. 지도(저도) 원서 내러 온 줄로 알았지. 근데 그기 아이라, 야가 풀이 죽어가 있는 거 보고 물어보이……"

그 친구는 일년을 재수한 끝에 간신히 서울 지구 예비고사는 통과한 모양이었다. 그 전해에 문예 특기생으로 무시험 입학 자격을 얻은 것이 그해까지 유효하냐는 문의를 하기 위해 그 대학을 찾아갔다가 퇴짜를 맞았더라는 얘기였다. 그 뒤의 소식은 분명치 않았다. 그 친구와는 비교적 교분이 두터웠던 친구의 말로는 전문대에 들어간다는 얘기를 들었다고 했다. 원래 이대 독자로 방위병으로 입대했다는 소식을 그 친구의 문학반 후배에게 들었다는 친구도 있었다. 입산했다는 얘기도 퍽 그럴싸하게 들렸다.

"그래도 가는 언젠가는 신문에 안 나겠나. 신춘문예 당선, 이래 갖고 말이지."

"신춘문예가 뭐꼬, 노벨상이지."

"자살했을 수도 있지. 그 뭐라카더라, 요절, 요절했을 수도 있겠다."

"가는 원캉(워낙) 우리하고는 눈빛도 좀 달랐잖아. 야, 그때 와(왜), 가가 학과(학생과장)한테 눈티반티 되게(눈퉁이가 밤퉁이 되게) 뚜디리마알(두들겨맞을) 때, 가 참말로 문학적으로 안 맞더나. 내 그때 정말 감동해삣다,아이가."

우리들의 첫 동기회 자리에서 그 친구 얘기만 했을 리는 없다. 공교롭게도 장풍각에서 그 친구를 위해 건배를 했던 친구 중 반 이상이 참석해 있었다. 그 친구가 우수 어린, 쓸쓸한, 세상에 대해 체념해 버린 듯한 표정을 짓고 다닌 때가 언제였던가. 우리를 중국집으로 초대해 자장면을 먹일 때부터였던가. 기억 속에서, 그 친구의 우울한 표정과 함께 그 무렵 그 친구로서는 충격적이었을 한 사건을 불러내는 데는 그리 많은 시간이 들지 않았다.

시화전이나 문학의 밤, 아니면 백일장이나 현상문예 공모 등 행사가 많은 탓에 공식적인 결석도 손쉬웠고 타교생과의 접촉도 많았던 것이 그 시절 문학반 아이들에게 주어진 특혜라면 특혜였다. 문학 지망생들의 문학 의지와 우애를 돈독히 한다는 차원에서 여학교 문학반과의 공동 행사도 심심찮았다. 문학은 뒷전이고 아예 그런 걸 노리고 문학반에 잔류해 있는 친구들도 몇 있었다. 저 친구는 어떤 연애를 할까, 아마도 우리보다도 그 친구를 아는 문학소녀들이 훨씬 더 관심을 많이 두었을 것이다. 그 친구의 연애는 의외였다. 정작 그 친구가 사귀는 상대가 이웃 여학교의 한 학년 아래 여학생이라는 설을 그 친구는 부정하지 않았다. 모든 연애 관계란 제 눈에 안경 식으로 시작되는 거니까 그 친구가 젖비린내 나는 여자 애와 염문을 뿌리고 다닌다 해서 나쁠 건 없었다.

문제는, 잘 나가는 문학 청년이든 평범한 학생이든 이성교제란 것에 끼여드는 우여곡절을 피할 수 없다는 데 있는 것 같았다. 몇몇 아이의 입에서 그 친구의 연애가 여의치 못하다는 소문이 나돌았다. 정확하게 진단하면, 너무 집요하게 구애를 하는 통에 여학생 쪽에서 부담을 크게 느껴서 만나기를 꺼리고 있다는 얘기였다. 술도 담배도 입에 대지 않던 그 선량한 친구가 소주를 한 병이나 비우고는 혼수상태로 골목길을 왔다갔다했다는 소문도 번졌다. 그 친구의 우수어린 표정이란 것도 바로 그 연장인 셈이었다.

사실 그 무렵 그 친구가 아무리 우리의 선망의 대상이 되고 있었다 해도, 그 친구의 지극히 사적인 체험까지야 우리의 기억에 깊이 남아 있을 리는 만무했다. 우리가 그 친구의 문학적 소양이며 연애사건에 대해 비교적 생생하게 추억할 수 있는 이유는 딴 데 있었다. 예비고사를 한 달쯤이나 앞둔 때였을까? 수학시간이었다. 당시 학생과장 보직을 맡은 선생이 우리 반 수학 담당이었다. 부교재로 쓰는 참고서에 나오는 무슨 함수 문제를 칠판에 풀어가던 선생이 갑자기 그 친구의 이름을 불렀다. 그 친구가 그때 졸고 있었거나 아니면 소설 구상 따위를 하고 있었는지 모른다.

"일로(이리로) 나와!"

별로 분명치 않은 이유로 학생들의 머리통이나 뺨을 잘 때리던 학생과장이었다. 그러나 설마 학교의 명예를 전국에 널리 떨치고 있는 거의 유일한 존재이며 나아가 장래에 조국의 이름을 세계 만방에 알리게 될지도 모를 노벨 문학상감한 테까지 그런 식으로 함부로 대하지는 않을 것이라고 우리는 생각했다. 물론 우리의 예상은 완전히 빗나갔다.

"어이, 반장!"

그 친구가 교탁 앞에 와서 선 것을 본 학과는 반장을 불러 교무실 자기 책상 서랍에 들어 있는 공문철을 가져오게 했다.

"너, 임마. 문장 좀 잘 쓴다고 까불래, 응?"

학생과장은 손에 쥔 분필로 그 친구의 머리를 도장 찍듯이 몇 번 내리쪼았다. 인정이 많고 무척이나 내성적이면서도, 앞뒤 안 맞는 학교 행정이나 교사의 부당한 처신에 대해 당당한 질문으로 맞선 적이 여러번 있어서 우리들도 그 친구

앞에서는 조심스럽게 행동하곤 했다. 갑작스런 학생과장의 폭력에 고개를 쳐들고 저항하는 그 친구의 태도는 역시 당당했다.

"내가 언제 까불었다꼬 이카십니까?"

"이 짜식이, 어데서 눈을 똑바로 뜨고 쳐다보노!"

탁, 하고 이번에는 학생과장의 주먹 쥔 손이 그의 머리를 쳤다. 그와 동시에 그 친구의 입에서 고함소리가 터져나왔다.

"와이카십니까(왜 이러십니까), 이거!"

우리에게는 옆을 보이고 서 있었지만 그 친구의 눈에서 뿜어지는 광채만은 선명했다.

"아, 요고 봐라. 이기(이것이) 글 좀 쓴다고 눈에 비는 기(보이는 게) 없구만, 응? 야, 이 새끼야!"

얼굴이 벌겋게 달아오른 학생과장이 이번에는 슬리퍼 신은 발로 그 친구의 배를 걷어찼다. 비틀, 하면서 몇 걸음 뒤로 물러선 그 친구는 다시 몸을 꼿꼿이 한 다음 말했다.

"신분을 이용해 가(가지고) 아무 이유도 없이 사람을 패면 되겠십니까?"

"이유가 없어? 니가 지금 학교 이름에 똥칠을 하고 다니면서, 뭐, 이유가 없다꼬?"

학생과장으로서도 단단히 잡은 증거물은 있는 듯했지만, 그 친구가 그렇게까지 세게 나올 줄은 예상하지 못했다는 표정이었다. 게다가 뜬금없이 보일 수도 있는 구타에 대해 동급생인 우리들이 집단적으로 야유를 보낼 수도 있는 분위기라는 걸 학생과장은 눈치채고 있는 듯했다. 그것도 잠시, 학생과장은 반장이 들고 온 공문철을 받아들자 금세 기세를 회복했다. 공문철에서 찢듯이 뽑아든 종이 몇 장으로 그 친구의 이마를 내리친 학생과장이 말했다.

"너 이 새끼, 이기 뭔지 알아? 니가 얌전한 여학생한테 싫다는 편지질을 자꾸 한다고 그 학교 학생과장한테 항의공문이 왔어, 이 새끼야. 빙시겉이(병신같이) 익명으로 쓰면 이런 창피를 안 당하잖아. 여(여기) 니가 학교 이름까지 떡 적어 가(적어서) 보낸 편지 다 있다, 이노무자식아. 내가 읽어주까, 임마?"

그 친구의 반응을 슬쩍 본 학생과장은 승세를 완전히 잡았다고 판단했는지 내

친김에 그 친구가 이웃 여학교 학생에게 보냈다는 구애편지들 중 한 구절을 읽기 시작했다.

"무거운 가방 때문에 한 쪽 어깨가 처진 채 가로등 희미한 골목길을 걸어가는 너의 뒷모습을 몰래 보면서, 우리가 함께 길을 걷곤 하던 그때를 생각해……"

학생과장은 그것을 더 읽지 못했다. 그 친구가 학생과장의 손에 들려 있는 편지를 뺏어낸 동작은 그야말로 전광석화 같았다.

"선새임(선생님) 읽으라고 쓴 기 아입니더."

그리고는 빼앗은 편지를 재빨리 찢기 시작했다. 학생과장의 얼굴도 시뻘겋게 달아올랐다.

"아, 이 새끼가, 어데서 깽판을 부리노. 야, 이 새끼야."

감히 선생이 내미는 증거물을 찢다니…… 학생과장의 두 손이 그 친구의 얼굴을 난타했고, 가끔씩 발길질도 보태지고 있었다. 그러는 사이, 무자비한 체벌에 기우뚱거리고 비틀거리면서도 그 친구는 자신이 찢어버린 편지쪽을 주우며 연신 몸을 굽혔다 일으켰다 했다. 의연하다면 의연하달 수도 있는 그 친구의 행동 때문에 점점 더 열을 받은 선생은 그 친구의 멱살을 잡고 자신의 얼굴을 보게 만들었다. 아파서라도 얼른 잘못을 빌어야 할 녀석이, 제 할일 하는데 무슨 잔말이냐는 투로 흩어진 종이쪽을 줍고 있었던 셈이었다. 이미 얼굴이 만신창이가 된 건 그 친구였지만, 실제로 학생과장 쪽이 더욱 낭패한 기색이었다.

"이게, 선생 알기를 완전 개좆겉이 아는데, 그래 좋다, 오늘, 니가 이기나 내가 이기나 한번 해보자."

다시 드세게 쳐들어 내리치는 학생과장의 오른손을, 갑자기 그 친구의 팔 하나가 가로막고 있었다.

"고마(그만) 됐심더. 이 편지 찢어가 깨끗하이(깨끗하게) 내삐리마(내버리면) 되는데 와이카십니까."

그리고는 멱살을 잡은 선생의 손을 한손으로 쳐올려 뿌리쳐버렸다.

"일로 와. 거(거기) 안 서!"

균형을 잃고 비틀 넘어질 뻔하다가 간신히 몸을 세운 학생과장이 소리치는 동안에 고개를 숙여 인사까지 곱게 한 그 친구는 그대로 교실 앞문 밖으로 나가버렸다.

그 이후 사태가 어떻게 번질까 가슴 조마조마했던 기억만큼은 명백하다. 곧 수업을 끝내는 종이 울리자 학생과장이 그 친구를 잡아오라는 내용의 말을 하고 나간 듯도 하고, 종례시간까지 교실에 나타나지 않는 그 친구를 담임 선생이 두리번거리며 찾는 시늉을 하던 모양도 그려지는 듯하다. 그 친구는 다음날부터 아무 일 없다는 듯이 교실에 나와 앉아 있었다. 더욱 의기소침해지고 말이 없어진 것 같았지만, 신기하게도 그 친구의 신상에는 그 어떤 일도 일어나지 않았다. 이미 당한 체벌로, 교사에 대한 항명과 무단 이탈의 죄값을 치른 것으로 인정된 모양이라고 우리는 막연히 생각해 버렸다. 하기는, 지금으로 치면 더 문제될 일은 학생의 무례가 아니라 교사의 욕설과 구타 쪽일 것이다.

그 친구가 그 일로 어떤 충격을 받았을까. 죄 없이 선생에게 구타를 당했다는 생각으로 이를 갈고 있다가 결국 분노를 삭이지 못하고 공부고 문학이고 자포자기한 상태가 되었을까. 그리하여 그는 선생에게는 물론이고 우리들 친구에게도 한마디 말도 한마디 소식도 전하지 못하는 처지로 우리로부터 멀어져 갔던 것일까. 그게 아닐지도 몰랐다.

아니, 그것이 결코 아니라는 걸 우리는, 고등학교 졸업 후 처음 일년여 만에 가진 동기회 자리에서부터 비로소 깨닫기 시작하고 있었다.

"우리 학교 국어선생이 어떤 남학생이 쓴 편지라면서 학급을 돌면서 읽어준 연애편지가 있었는데, 정말 가슴이 짜르르하게 잘 썼더라고요. 사랑한다느니, 보고 싶다거니, 달처럼 아름다운 그대라거니 하는 말 한마디 없이 어떻게 그런 편지를 쓸 수 있는지, 나도 한번 그런 남학생하고 연애해 봤으면 좋겠다 싶어예."

대학 첫 미팅 때 그 여학교 출신 학생으로부터 우리들 몇 사람이 함께 들은 얘기였다.

그 편지가 그 편지인지 확인은 불가능했다. 그러나 실제로 그 사건 이후 그 친구에게 아무런 일도 발생하지 않은 것은 참으로 그 친구의 뛰어난 문장력 덕분이었다고 보는 편이 옳았다. 편지를 우리 학교로 넘긴 여학교측에서도, 표현이 놀랍고 어른스러워 외국소설에서 베낀 것이라는 추측까지 했을 정도니까 편지를 쓴 학생의 재능을 장려해 주기 바란다는 사신을 얹어 공문을 보내왔다. 학생과장이 모독을 당했다고 생각했으면서도 그 친구를 두번 다시 부르지 않았던 것도 그 친구의 재능을 아끼는 선생들의 만류가 있었던 까닭이었다.

그랬던 만큼, 어쩌면 그 사건과 그 친구의 낙오와는 큰 관계가 없었을 수 있다. 오히려 그 친구의 낙오를 굳이 학생과장에게 당한 치욕에 원인이 있는 것으로 판단하려 애쓴 사람은 바로 우리들이었다. 물론 보편적으로 성장해 가고 있던 한 개인이 잘되고 잘못되고는 전적으로 그 자신에게 달려 있는 문제이긴 했다. 그때까지 자신의 능력이 발휘될 수 있는 대학에 갈 만한 나름의 성적과 확실한 재능을 인정받고 있던 그 친구가 결국 아무런 꿈도 못 이룬 것은 순전히 그 친구 자신의 잘못이었다.

그러나 우리는, 그 친구에 대한 얘기로 잔뜩 열을 올렸던 그 첫번째 동기회 자리에서부터 서서히 마음이 어두워지고 있었다. 악몽과 같은 사건을 겪고나서 점점 더 고독한 외톨이가 되어가고 있던 그 친구가 끝내는 따놓은 당상인 대학교에 입학할 자격을 얻지 못한 것이 바로 우리의 책임일 수 있다는 생각이 우리를 짓누르기 시작한 것이었다.

'국어 2'라는 과목에 해당하는 고문 과목에서 『한중록』인가 하는, 서간체로 된 작품을 공부하던 중이었다. 고문 선생이 편지도 훌륭한 문학작품이 될 수 있다는 설명을 한 것을 빌미로 누군가가 "무거운 가방 때문에 한쪽 어깨가 처진 채 가로등 희미한 골목길을 걸어가는 너의 뒷모습……" 하면서, 그 친구가 썼다는 편지글을 흉내내 읊기 시작했을 때 우리는 발갛게 달아오른 그 친구의 얼굴을 쳐다보았어야 했다. 그후 우리는 틈틈이, 무거운 가방, 처진 어깨, 하얀 교복…… 식으로 읊고 다니곤 했다. 그 친구를 놀리려는 생각은 결코 없었다. 오히려 폭력 교사 앞에서 당당하던 그 친구의 무용담을 즐겨 주워담던 우리에게 있어 그 친구가 쓰는 모든 글은 선망의 대상이었다. 그 친구의 고물거리는 글씨체가 지금 기억에 선명한 이유도 여기서 다시 설명할 수 있다. 글을 쓰려면 그 정도는 되어야지, 하는 생각이 그 무렵의 우리들을 절망하게 한 적이 한두 번이 아니었다. 하지만, 자신이 쓴 연애편지 때문에 큰 곤욕을 치르고 난 그 친구를 진정으로 생각했다면 그의 편지글을 흉내내 공공연하게 읊어대는 짓은 결코 하지 말았어야 했다. 교실 뒷자리에 앉아 온종일 말 한 마디 없이 있다가 후줄근해진 어깨를 더욱 처지게 만드는 가방을 들고 교문 쪽으로 걸어가는 그 친구의 모습을, 끝내 실연의 깊은 겨울 속으로 걸어가는 한 고독한 소년 정도 따위로만 생각하지 않았더라면, 우리는 결코 그 친구의 소식을 그토록 오래도록 궁금해 하고 있지는 않았을 것이다.

나는 그 뒤에 전투경찰에 입대해서 훈련을 마칠 무렵에 이런 영화를 보았다. 애인에게서 온 편지를 몰래 훔쳐보면서 약을 올리던 악랄한 고참병에게 총질을 하고는 탈영을 했다가 끝내 자살을 해버린 한 병사의 스토리였다. 자대 배치를 받기 직전의 병사들에게 보여주며 군대에서 흔히 발생할 수 있는 사고를 미연에 막아보자는 군사교육 영화였다. 그 영화에 대한 또렷한 기억 때문인지 나는 제대하고 나서도 한동안, 신문을 볼 때면 자살 기사가 어디 나지 않았나 살펴보는 버릇이 있었다. 그러고는 언제부터인가 내가 신문 문화면에서 문학 기사를 읽으며 버릇처럼 그 친구의 이름을 찾고 있는 내 자신을 깨달았다.

무수한 죽음이 있었고, 사람을 미치게 하는 피비린내 속에서 처절하게 헤맨 세월도 있었다. 청년들의 분신 자살 사건이 우리의 신경을 시달리게 하는 시절도 의외로 빠르게 지나가 버렸다. 그리고 나는 서기 이천년을 눈앞에 두고 있는 이즈음 한 사람의 부음을 접했다.

"야, 학과가 교장이 됐다카더라."

시내 중심에 있던 우리의 모교가 시 외곽으로 옮겨졌다는 얘기를 들은 것이 몇 해전이었을까. 그보다 한참 전에, 욕설과 구타를 전문으로 하던 학생과장이 교감을 거쳐 교장으로 승진되어 있었다는 소식을 뒤늦게 듣고 우리는 술 한 잔 기울이지 않을 수 없었다.

"폭력교사를 위하여!"

구타하는 교사를 미워한 적은 있어도 그걸 문제 삼을 수 없는 시절을 우리는 참으로 오래 견뎌왔던 셈이다. 그러고도 우리는 그걸 아련한 추억으로 되새김질하는 연배가 되어 버렸다.

그 이듬해 나는 뜻밖에도, 모교가 옮겨진 지역을 내 관할로 두게 되었다. 그러고는 얼마 뒤 그 의연한 교장 선생님을 만났다. 지나가는 처녀를 강간한 혐의로 붙잡힌 모교의 재학생 후배 녀석들을 구명하러 온 담임 교사가 우리들 고교 시절 체육선생으로 당시 나와는 한 동네에 산 인연이 있었으며, 그리고 바로 그때 학생과장이었던 교장 선생님…… 나는 우연히 만난 옛날의 스승들을 외면하지 않는 이땅의 의리 있는 남자들 중의 한 사람이었다.

"강 반장님한테 이야기하는 기 젤(제일) 나을 거 같아서예……"

그 옛날의 학생과장한테는 예쁜 여고생 딸이 하나 있었다. 학생과장이 이발기를 들고 우리들 머리마다 고속도로를 내던 어느 날 우리는 "학과 딸을 족치자!" 하고 모의한 적이 있었다. 실제로 밤길에 귀가하는 '학과 딸' 뒤를 촐랑거리며 뒤따르면서 낄낄낄, 유령 흉내를 낸 적도 있었다. 어떻게 그런 아버지에게 저런 딸이 있을 수 있을까 싶을 정도로, 교복 밖으로 눈부신 목을 드러내고 있었던 '학과'의 여고생 딸이 이제 나보다 더한 중년이 되어 나타난 것이었다.

"아버지가 강 반장님 얘기 몇 번 하셨어예. 재작년인가 동네 처녀한테 사고친 아들(아이들) 때문에 애를 잡술 때 강 반장님이 많이 도와줬다꼬예. 일로 옮겨가신 줄도 모르고 전화했디만, 여(여기)를 갈체(가르쳐) 주데예."

나는 시에서 가장 범죄가 많은 곳으로 옮겨와 있었고, 모교의 교장 선생님이 별세했다는 부음을 신문 같은 데서나마 달리 접하지 못한 채 바쁜 나날을 보내고 있었다. 선생의 딸은 몇 년 전 남편을 교통사고로 잃고는 혼자 계신 아버지 집으로 합쳐서 살고 있었다고 했다.

"아버지가 약간 고혈압이셨는데예, 돌아가실 때는 심장마비였어예. 그런데, 돌아가시기 전날 저녁에 퇴근하고 오셨을 때, 내가 편지 온 걸 전해 드렸는데예, 처음에는 이런 편지는 내다 버리라 이카시더이(이러시더니) 갑자기 그 편지 가온나,(가지고 오너라) 하셨어예. 그카고는 다음날 아침에 심장마비로 돌아가신 기거든예. 이 편지 함(한번) 읽어 보이소. 너무 이상한 기라예. 내가 생각할 때 이런 편지 보낸 사람은 잡아들이가(들여서) 감옥에 처넣어야 되겠거든예."

처음과는 다르게 분노에 차서 손까지 바들바들 떠는 그 여자가 나에게 넘긴 편지는 A4 용지 한 장에 가지런히 친 컴퓨터 글씨체였다. 언뜻 보아서는 교장 선생의 심장마비와는 특별한 관련이 있을 것 같지 않았다. 봉투에는 발신인란이 비어 있었고, 우체국 직인란에는 발신국이 선명하지 않은 채 발신일자만 겨우 확인할 수 있었다.

손수건을 꺼내 코밑을 훔친 여자가 다시 말했다.

"근데예, 아버지한테 가끔 이상한 편지가 온 기 있었거든예. 유품 정리하다 보이까 이런 편지가 있었어예. 가마이 생각해 보이까 한 십 년 전부터 강가이(간간이) 이런 편지 얘기를 하신 거 같애예. 어떨 땐 그냥 찢어버린 것도 있고, 혹시 증거가 되깡(될까) 싶어서 여(여기) 안 뜯은 거도 가 왔어예."

'학과 딸'이 내놓은 편지 묶음을 하나하나 헤치는 동안 조금씩 이상한 냄새가 풍겨왔다. 비릿한 피냄새와 발구린내, 왁자지껄한 교실에서 까먹던 도시락 김치내, 퀴퀴한 중국집 장풍각 이층에서 먹던 자장면…… 그리고, 김치 국물 흐르는 원고지에서 피어나는 야릇한 훈기……

그런대로 형체를 알아볼 수 있는 편지는 모두 열두 통이었고, 대체로 내가 졸업한 지 십년째 되던 해부터의 것이었다. 발신인란에는 각각의 주소와 이름 들이 적혀 있었는데, 오래된 것은 오래된 것대로, 최근 것은 최근 것대로, 마치 연락이 없던 제자가 스승에게 보내는 듯이 정중한 만년필 글씨체였다. 무슨 의도에서였는지, 도광열, 채영일……, 장풍각에서의 친구 두 명 이름도 발신인으로 동원되고 있었다. 그러다가 한 순간, 나는 숨이 막혔다.

강현섭. 그런 이름의 발신인인 편지가 두 통, 모두 십 년 전 편지에 써먹은 이름이었다. 느닷없이 날카로운 비명소리가 내 고막을 찢듯이 울렸다. "챙피스러버서, 인제 글 한 줄 못 쓸 거 같은데, 현섭이(현진이) 니새끼까지 내한테 이카나, 으이?" 나는, 대학만 가면 곧바로 서로 열애에 돌입하기로 맹세한 한 여학생에게 예비고사 직전에 근사한 연애편지를 한 통 보내고 싶었다. 내가 도움을 청하자 그 친구가 멱살을 잡고 나를 쥐어뜯으며 그렇게 울부짖었다. 그 행동을 이해하지 못해 멀뚱멀뚱하던 내 표정도 떠올랐다.

"협박편지 맞겠지예? 우리 아버지가 얼마나 강골이셨는지 강 반장님도 잘 아시지예? 강 반장님이 꼭 잡아가 밝혀주시야 됩니데이."

웬일인지 나는 발신인을 알 수 없는 편지조각들 때문에 강골 아버지를 억울하게 잃은 그 여자를 무뚝뚝한 말로 돌려보내 버렸다. 그날 밤을 나는 꼬박 새웠다. 그 여자의 말대로 분명한 협박 편지였다. 게다가 천천히 읽어보면, 강골 아니라 강력계로 십수 년을 버티고 있는 나 같은 사람마저도 심장이 멎을 정도의 공포가 엄습해 오는 내용이었다. 한때 우리가 그 친구를 미래의 노벨 문학상 수상 작가로 지목한 일도 치기 어린 추켜세우기만이 아닌 참으로 지당한 예측이랄 수 있었다. 너를 죽이겠다든지, 너 따위 폭력 교사가 무슨 교장이냐라든지, 네 딸을 어떻게 해버리겠다든지 하는 따위의, 흔히 보는 저급하고 구체적인 협박 내용은 한 군데도 없었다. 번번이 종이 한 장을 넘기지 않는 짧은 길이로, 그것도 늙어가는 사람이 알아보기 쉽게 확대한 명조체 글씨로, 사소한 일로 남에게 정신적 상처를 준 사람이 나중에 처절하고 고통스럽게 죽어가는 이야기를 쓰고 있는 편지였다.

편지를 읽고 있던 학생과장의 질린 얼굴색, 분노에 치를 떠는 손, 악몽에 시달리는 땀 젖은 몸, 가위눌림에 억 억, 외마디 소리를 지르는 모양, 입을 쩍 벌린 채 마침내 심장이 멎어 시체로 변해가는 것을 나는 보았다. 그러고는 새벽녘에, 팔다리가 잘린 내 아들이 하얀 시험지 위에서 무슨 그림인가를 그리려 애쓰는 안쓰러운 모습을 보다가 깬 눈으로, 나는 옛날 고시 공부를 위해 보던 시험용 육법 책을 뒤져 형사소송에 관한 대목을 미친 듯이 뒤적거렸다.

이튿날 하루는 유동식의 소재지를 파악하는 데 바쳤다. 그러는 사이, 지방법원 검사로 있는 친구에게 전화를 걸어 협박죄의 범위를 알아두었고, 옛날 장풍각 친구들에게 전화를 걸고픈 욕망을 거듭 눌렀다. 겉으로는 수려하고 운치 있는 문장으로 안심시키다가 갑작스런 공포 분위기를 자아내는 편지로 원수의 심장을 멎게 하는데 성공한 한 작가가 또 한 사람의 원수에게 보내는 편지를 쓰기 위해 칼로 연필을 깎고 있는 장면을 묘사하고 있는 소설이 내 머릿속에서 떠오르고 있었다. 다음 차례에 편지를 받기로 되어 있는 사내는 우편배달부가 오는 것을 보고 친구들에게 전화를 거는데 자꾸 다이얼이 헛돌고……

유동식은 강원도 평창에 있는 평창 강가의 한 매운탕집에서 살고 있었다. 전문대학 일학년 중퇴, 육개월의 방위병 생활을 거쳐, 본가에 몇 년 적을 둔 뒤로는 결혼과 더불어 경북 영양으로 분가해 갔다가, 곧 이혼한 것으로 드러났고, 출생 신고된 자식은 없었다. 그러고는 수 년 동안 전출입 사실이 확인되지 않다가, 충북 음성을 잠깐 거쳐, 같은 평창에서만 두 번째로 옮긴 거주지였다. 교장 선생 집에 남겨진 편지 중 최근 세 통의 편지가 바로 그곳 우체국 소인이었다.

내가 민박집을 겸하고 있는 그 집에 닿았을 때 그 친구는 집을 비운 채였고, 그 집에 숙식하면서 일한다는 아낙 둘만 있었다. 유동식이란 이름을 대자, 한 아낙은 전혀 알 수 없는 이름이란 듯이 눈을 끔뻑거렸고, 다른 아낙이 집 주인이 요즘 쓰지 않는 본명이라고 알려주었다.

"찾는 사람 많이 왔지만 그 이름 아는 사람은 처음이네요."

찾는 사람이 많다는 말은 과장이 아닌 듯했다. 식당 밖 평상에 앉아 있는 젊은 남자 둘도 그런 사람이라고 아낙은 밖을 가리켰다.

"누가 찾아오기만 하면 자취를 감춰버린다고 해도, 자꾸들 찾아오네요."

"왜, 무슨 죄를 지었어요?"

그런 말을 할 때는, 수갑이 매달려 있는 허리로 손이 갔다.

"푸! 죄요? 뭐, 산 물고기를 잡는 일을 하니까 부처님 보기엔 죄네요. 우리 주인, 숨어서 좋은 일 많이 하신다고들 저렇게들 찾아오신다니까요. 손님은 다른 볼일로 오셨어요?"

더이상 내 신분을 묻거나 하지도 않고 음식 장만에 바쁜 손을 놀리는 아낙에게 억지로 캐물어 유동식이 혼자 쓰는 방이 어딘가를 알아 두긴 했지만, 민박하는 방으로 쓰는 이층 한 구석에 위치한 그의 방은 여닫이 문이 안으로 굳게 닫혀 있었다.

"실례지만, 정 선생님과는 어떤 관계세요?"

형사인 나를 2층까지 뒤따라 온 사람들은 평상에 앉아 있던 남자들이었다. 좀 전엔 낚시도구인 줄 알았는데, 그들 중 하나는 어깨에 커다란 카메라 가방을 메고 있었다. 닫힌 문을 따는 일이야 내게는 식은죽 먹기였지만, 정작 방안 구경이라도 해야 할 사람들은 나보다 그들로 보였다. 반면에 나는 그들이 유동식을 정 선생으로 지칭하는 연유를 우선 알아보기로 마음먹었다.

그들 중 한 얼굴이 흰 사내가 되물었다.

"사랑의 편지라고 못 들어 보셨어요?"

나는 너에게 사랑의 마음을 전한다, 그러니 너도 이 마음을 빨리 다른 사람에게 편지로 전하라, 그렇지 않으면 너는 파멸할 것이다, 라고 협박하는 〈사랑의 편지〉를, 유동식이 쓰고 있었다는 말이 아니었다.

불행한 일을 당해 고통스러워하는 사람들을 찾아내, 이를테면 소녀 가장이라 든지 장애인들, 사고로 자녀를 잃고 방황하는 사람들, 주간지를 통해 공개적으로 펜팔을 요구하는 외로운 청춘 남녀들, 탈북 귀순자들, 그들에게 희망과 용기를 주는 참으로 감동적인 편지를 쓰기 시작한 것이 벌써 다섯 해 이상이 되고, 점차 그 편지 이야기를 하는 사람들이 늘어나면서 그 '사랑의 편지'의 주인공 정여진이라는 이름이 알려지게 되었으며, 마침내 몇 군데 여성지에서 정여진을 찾아 취재에 나서게 된 것. 처음에는 여러가지 이름을 동시에 쓴 듯도 했지만, 요즘에는 주로 정여진이라는 이름만 쓰고 있고, 강원도 원주나 평창, 정선 등지가 발신지로 찍힐 뿐 답장을 허용하지 않아서, 추적이 쉽지 않았고, 겨우 소재지를 알아 취재를 시도했지만 그 누구도 성공하지 못했다는 것. 다만 정여진에게서 편지를 받은 사람들의 협조로 정여진이 쓴 편지 세 장이 지면에 소개된 게 있다는 것. 그 편지들은 각각 수신인의 신분과 환경에 걸맞게 때로 다정다감한 어조로, 때로는 과격하고 급진적인 인생론을 펼쳐가며 끝내 감동을 자아내게 만드는 글이었다는 것. 중앙 일간지 두 지면에 간단한 기사로 '사랑의 편지' 이야기가 실리기도 했다는 것.

정여진은 민박업과 식당업은 대충 아낙들한테 맡겨 두고 주로 밤낚시로 고기만 잡아오는데, 특히 사람이 찾아오는 날이면 강 하류로 깊이 내려가거나 아니면 아예 원주나 정선 같은 데로 나가 지내다 온다는 것…… 그들은 이미 몇 차례 전화로 취재 요청을 했다가 실패를 한 경험이 있었지만, 이번만은 반드시 성사시키겠다는 의지로 하루 전부터 와서 기다리고 있었다는 것……

그들의 이야기를 들으며 매운탕에 소주를 놓고 얼큰하게 취해갔지만, 나는 끝내 잠자리에 들지 않았다. 자정 넘어서는 강에 나가, 어망으로 물고기를 잡는 불법 어로 행위를 구경하다가, 새벽에 정여진의 방문을 따고 안으로 들어갔다. 예상대로, 많은 잡지와 신문에 둘러싸인 방 한쪽에 좀 낡아 보이는 컴퓨터 한 대가 놓인 책상이 있었다. 쌓아놓은 잡지만큼이나 두툼하게 쌓인 파지들을 몇 장 훑어 보기도 했고, 책상 서랍을 열어 이것저것 뒤적거려도 보았다. 한참 동안은 책상 앞 의자에 앉아 담배 한 대를 물고 멍청하게 있어도 보았다. 책상 위 흩어진 책 사이에는 작은 사진틀 하나가 세워져 있었다.

우리 시절의 교복을 입은 여학생 사진이 들어 있는 사진틀이었다. 이상야릇한 냄새가 풍기기 시작했다. 퀴퀴하달까, 아니면 눅진눅진한 밤꽃 내음 같다고나 할까, 그런 냄새 속에서 나는 혼몽한 기운에 빠졌다. 그 친구가 내게 삿대질하며 뭐라고 소리지르다가 갑자기 흐느끼는 표정이 되어 뒤돌아서는 모습이 떠오르면서, 일순간 팔다리가 전압이 높은 전기에 감전된 듯이 찌릿해져 왔다.

그때였다. "실례합니다!" 하는 소리와 함께, 자정까지 나와 함께 술을 마시다 일어섰던 기자들이 방안으로 들어와 사진기를 들이대고 있었다. 플래시가 금세 몇 번 터졌다.

"방 풍경이라도 찍어가는 수밖에 없겠어요, 아저씨. 이해 좀 해주세요."

마약 기운을 밀어내는 기분으로 나는 갑자기 소리질렀다.

"이 자식들이, 어디서 함부로 남의 방에 들어와! 이건 너희들 보라는 편지가 아니야. 당장 나가지 못해, 이 새끼들아!"

술기운이 남아 있어선지, 단순한 내 몸 동작에 그들은 복도로 밀려났다가 계단으로 굴러떨어지고 있었다.

음주운전인 셈이었다. 새벽 별빛이 어지럽혀 놓은 계곡길을 급하게 차를 몰고 나갔다.

결국 특별한 명분을 만들지 못하고 만 출장에서 돌아가 무슨 얘기를 할까 하는 걱정도 잠깐뿐이었다. 한바탕 격전을 겪고는 자신이 살아 있다는 사실을 조금씩 확인하고 있는 병사처럼 나는 아무 생각도 할 수 없었다. 유동식, 정여진, 채영일 그런 이름에, 강현진이라는 내 이름까지 뒤섞이며 떠올랐다. 한때 유동식이 열심히 구애편지를 보냈던 대상이 책상 위에 놓여 있던 사진의 주인공일 것이며, 그 여자의 이름이 바로 정여진일 거라는 추측이 그럴 듯하게 이루어졌다.

그제서야 마음이 푸근해졌다.

2) 창작의 배경

러브레터를 소재로 하는 영화나 소설이나 신문기사 따위가 거듭 우리의 눈길을 끌고 있다. 러브레터란, 말 그대로 한쪽에서 다른 쪽에다 사랑을 고백하는 내용의 편지를 미국 식 말로 일컫는 말이니, 그건 어쩌면 너무 흔해서 유치하게 비칠 수도 있고 반대로 누구든 그 말만 들어도 당장 엿보고 싶기 마련인 그런 소재라고 볼 수도 있다.

죽은 애인에게 보낸 편지에 죽은 애인과 이름이 같은 여자에게서 답장이 오고 이로부터 오래 전 학창 시절에 숨겨진 '러브레터'가 드러나는 과정 속에 죽은 이와의 추억의 시간이 담겨지는 이와이 순지 감독의 영화 「러브레터」, 얼굴 모를 뜨내기 야쿠자와의 계약 결혼으로 체류 기간을 연장하면서 작부 생활을 하다가 병을 얻어 죽은 중국 출신 여인이 남긴 자신을 향한 감사의 러브레터 때문에 사랑의 감정에 휘말려 버린 그 남편의 사연을 담고 있는 아사다 지로의 단편소설 「러브레터」…… 이런 것쯤은 이미 본 사람이 많을 것이다.

또 『첨밀밀』을 감독한 진가신의 영화 『러브레터』도 있는 모양이다. 마을에 떠도는 수신인도 발신도 없는 편지 한 통…… 그것을 받은 사람들은 자신을 사랑해 주는 누군가가 있다는 생각으로 기쁨에 충만해 있다가 각기 자신의 사랑을 찾아 나서게 되면서 벌어지는 이야기인 모양이다…… 한편, 그런 유의 사랑의 편지라 할 수는 없지만, 자신에게 애인에게 정치인에게 태어나지 않은 자기 아이에게 보낸 마음의 편지 이야기도 있다. 터키 체신부가 1986년에 기획해서 실행한 〈2000년을 위한 편지 캠페인〉이 그것. 13-4년 전 약 1만 5천명이 쓴 그 편지를 올해 배달하기 시작했는데, 그것이 화제가 된 모양이다. 이미 남의 남편이 된 이의 편지, 이미 고인이 된 애인의 구애의 편지 등등……

내 기억에 남아 있는 어린 시절의 사랑의 편지 중에는 이런 것도 있다.

"당신은 사랑의 마음을 전해 받은 0000번째 사람입니다. 이 내용을 그대로 편지로 써서 다른 사람에게 전달하지 않으면 불의의 죽음을 당할 것입니다……"

그 편지를 받고 몹시 불쾌해서 곧 버렸지만, 내가 그 편지에 적힌 대로 다음 사람에게 똑같이 사랑의 편지를 쓰지 않으면 실제로 무슨 일을 당하지나 않나 한동안 걱정한 적이 있었다.

또 이런 편지도 구상해 본 적이 있었다.

'사람들은 위대한 문학작품을 보고 감동하고 삶의 태도를 바꾸었다고들 말을 하는데 만일 그런 식으로 사람을 감동시키는 거라면 굳이 문학작품이 아니더라도 가능하지 않겠는가. 가령, 불치병으로 절망 속에서 죽음을 맞고 있는 이를 사랑의 편지로 감화시켜 생의 의지를 불태우게 한다든지 아니면 즐겁고 기쁜 마음으로 고통 없이 죽음을 맞게 한다든지 할 수도 있지 않을까. 그런 편지라면 그게 곧 위대한 문학작품이 될 수 있지 않을까……'

내 생각은 점점 새로운 방향으로 나아가게 되었다.

'만일 내가 글을 쓰는 사람이 되지 않았다면 적어도 그런 식으로 편지라도 써서 남을 감화시킬 생각을 하고 있지 않았을까. 그러다가 우연한 기회에 내가 쓴 편지로, 고통스러워하는 남들이 조금씩을 생명의 불꽃을 태우는 일도 일어날 수 있는 일 아닐까.'

그런 생각 끝에 내가 작품 속으로 불러낸 인물이 하나 있었다. 한때 자타가 공인하는 촉망받는 작가 지망생이었지만 그는 어떤 일로 충격을 받은 끝에 붓을 꺾고 십수년 종적을 감추고 말았다. 그가 세상에 모습을 드러낸 것이 바로 편지를 통해서였다. 그의 편지는 두 종류로, 하나는 내가 꿈꾼 바대로 절망에 빠진 사람에게 빛을 던지는 놀라운 감화력을 가진 사랑의 편지요, 다른 하나는 더욱 놀랍게도 자신에게 붓을 꺾게 만든 한 인물을 향해 저주를 퍼부어 끝내 죽음에 이르게 하는 수준의 죽음의 편지였다.

한 사람의 손끝에서 뿜어낸 두 가지 극단적인 위력 - 죽음을 감싸는 사랑과 생명을 죽음에 이르게 한 증오…… 그런 내용과 그런 주인공을 나는 이미 1996년에 발표한 단편소설「소설 쓰는 친구」에 담아 보였다.

아닌게 아니라 이번에「소설 쓰는 친구」를 그 속에 넣어 준비하는 세 번째 소설집에는 편지에 얽힌 사연들이 많이 등장한다.

1999년에 발표한 단편소설「포구에서 온 편지」에서의 편지는 어떤가 하면, 주변인들의 사랑을 독차지하는 한 여인이 그 사랑 속에 깃들어 있는 부도덕이랄까 몰가치랄까 적당주의랄까 하는 것을 자신을 사랑해준 당사자들에게 다 까발려 놓고 자성(自省)을 촉구하는 내용이다. 1999년 말에 발표한「한글학자」에서의 편지는 남의 잘못을 지적해 주는 충고의 편지니까 여기서 앞에서 말해온 러브레터와는 거리가 있는 매개물이긴 하지만, 주인공은 그런 편지를 빠지지 않고 쓰는 소년의 마음을 사랑의 감정으로 이해해 주지 못하고 외면해 버렸다가 결국은 현실적으로 막대한 손해를 보게 되는 줄거리를 이끌게 된다.

역시 「다시 사랑할 순간1」은 아예 소설 전체 글이 모두 사랑하는 이에게 보내는 편지 내용으로 되어 있다. 하지만 이 편지도 사랑 만능주의의 그런 러브레터가 아니다. 주인공은 상대에게 이렇게 말한다.

> 그리고 이제 너에게 할 말은 이렇게 정리되었다. 너와 내가 만나 정염을 불태우며 미래를 설계하는 일보다 더 소중하게 여겨야 할 일이 이 세상에는 참 많다는 사실을 너 이해할 수 있겠니?
>
> (중략)
>
> 아주 늦어지더라도, 너의 답이 예, 아니오 식의 짧은 답이라도, 나의 너의 그 답을 기다려 볼 작정이다.
>
> 너를 진정으로 만나기 위해.

「다시 사랑할 순간2」에서도 사랑의 편지가 매우 중요한 모티브가 된다. 몸도 마음도 완전히 황폐해져 버린 한 인간이 자기 앞의 모든 모순에 대해 있는 그대로 정직하게 부딪쳐 나갈 힘을 얻게 되는 이유가 고등학교 때 펜팔로 연애편지를 쓰던 기억 속에 자리해 있다.

세상은 실제로 사랑의 위대한 힘을 부르고 있다. 더욱이 예상보다 빨리 21세기를 시작하면서 생명을 축복하고 죽음까지 감싸줄 그런 사랑의 이야기, 사랑의 노래가 더 필요한 때라고 생각하고들 있는 듯하다. 그러니 우리는 마땅히 사랑의 노래를 불러야만 한다. 필시 지금은 다시 사랑할 순간임에 틀림이 없다.

그러나, 진정으로 순수한 사랑을 하기 위해 우리는 우리 안에 내재된 무수한 독버섯을 인정해야만 한다. 그렇지 않으면 우리가 다시 사랑하는 그 사랑 역시도 지금까지처럼 가짜요 위선인 그런 사랑에 머물고 만다. 내가 사랑의 편지를 말하는 반면에 죽음의 편지를 함께 이야기한 이유가 그런 데 있었다.

내 작업 또한 그렇다. 한쪽에서는 여전히 러브레터를 쓰면서, 다른 한쪽에서는 사랑이라는 이름으로, 화해해서는 안 될 상황인데도 화해하고(그리고 나서는 또 서로 욕을 하고) 용서하지 말아야 할 것까지 용서하고(그리고는 억울해 하고) 인정하지 말아야 할 것도 인정해 버리고(그리고는 여전히 불만과 불신 속에서 살고) 하는 우리의 가짜 러브레터를 찢어 버리면서 심지어는 죽음과 파멸의 색채로 우리들의 적당주의 사랑에 경종을 울리는 일을 동시에 진행할 것이다.

3. 「지렁이, 지렁이떼」

1) 창작의 실제

> 온몸이 발가락뿐인 벌레
> 남자들은 그의 슬픔을 이해하노라.
> 새들은 아무것도 모르고
> 그저 쪼아먹을 궁리만 하지.
> ― 최승호의 시 「지렁이」 전문

(1) 카메라맨

"헛!" 하고 스스로 내뱉은 웃음 소리가 뜻밖으로 인생살이의 비밀을 일시에 풀어 줄 것 같다는 느낌이 잠깐 들었다. 그 때문에 영욱은, 초면으로 만나 인사도 다 나누기 전에 웬 코웃음이냐는 듯 눈썹을 치켜올린 여자에게 미안해 하는 표정을 지을 기회를 놓쳤다.

"이것 참, 제가 실수를 한 것 같은데……"

겨우 말을 시작한 영욱이 디지털 비디오 카메라가 든 가방에서 여전히 손을 못 떼고 있어서 여자도 '속았잖아, 이거' 하는 식으로 판단하지는 않는 눈치였다.

"어떻게 하실 건데요?"

그래도 여자는 처음 받은 인상대로 만만찮은 강도로 찔러왔다.

"어쨌든 오늘 촬영을 마쳐보고, 그러구 연락을 드리면 어떨까 싶은데……"

"그럴 거면 미리 메일로 알리거나 그랬어야죠."

어느 쪽에 더 미련을 두고 있는 건지, 영욱은 여자에게 가방을 열거나 해서 카메라 상태를 설명해줄 뜻을 접었으면서도, 몸을 일으킨 여자를 붙들고 있었다.

"그게 아니라, 저기, 염정은 씨."

속으로 수없이 되뇌어지던 이름이 툭 튀어나온 게 아닌가 싶어 영욱은 순간 당황했다. 여자는 노란 물을 들인 커트 머리를 눈에 띄게 찰랑 하면서 돌아보았다. 여자의 몸에서 새삼 느껴지는 향수 냄새에 공연히 눈물이 핑 돌았다.

"용건이 있으면 메일로 하세요. 당분간은 아이디를 바꾸거나 하지는 않을 거니까. 하지만 카메라가 아깝다는 생각이 든 거라면, 뭐 연락이고 뭐고 할 것도 없겠죠."

지하철역 양 개찰구 사이의 지하 광장이었다. 영욱은, 여자가 일어선 순간부터 갑자기 분숫물이 치솟은 아담한 분수대 둘레로 빙 둘러 이어진 벤치 한 곳에 그대로 앉아 있었다. 오전 시간이라 한산한 편이었지만, 모여서 전철을 이용하려는 어린 여대생들이 여럿 앉거나 서거나 하면서 두 패를 이루어 수다떠는 모양을 한동안 무연히 바라보았다. 그 중 어떤 아이하고는 두 번이나 눈길이 마주쳤다.

연정이…… 또 그 이름이 되뇌어졌다. 그만 만나자는 말을 하면서도 쩍쩍 소리를 내며 씹는 껌을 입 밖까지 드러내던 여자애여서, '까짓것 너 아니면 여자 없냐' 식으로 마주 뻗대 보았건만 헤어지고 일 년을 허비하고도 아직도 이렇듯 그 이름이 입 안을 뱅뱅 돌았다. 멍청하게, 가버린 애인의 이름과 별자리 이름과 세계 여러 나라의 수도 이름을 뒤섞어 중얼거리며 은행잎 쌓인 길을 걷고 있는 한 남자의 영상이 머릿속에 잡혔다. 황혼빛을 배경으로 한 그의 머리가 잠시 희미하게 지워졌다.

일단 카메라부터 팔아치워야 무슨 일을 해도 하겠다는 생각으로 인터넷 상의 중고시장을 방문한 것이 닷새 전이었다. 이후 며칠간은 구인구직 광고 난에 올라 있는 각종 여행 정보, 직업 정보 따위가 며칠 간 영욱의 노리개가 되어 주기도 했다.

카메라를 판 돈으로 혼자 울릉도나 홍도쯤으로 여행을 다녀온 뒤에 모든 걸 새로 시작해 보리라는 막연한 계획으로 이리저리 여행전문 사이트를 둘러보다가, 여행 가이드를 모집한다는 곳으로 링크해 들어가 갖가지 신종 직업을 열람해 보게 되었다. 그러자 영욱의 머릿속에서 이런저런 청사진이 너무 쉽게 그려지고 지워지고를 반복했다. 되도록 밑바닥 인생일수록 좋다는 오기 섞인 심정인데도 눈에 당장 띄는 사업도 몇 있었다. 화장실 위생처리업이나 가정 실내 청소업 같은 것이었는데, 그게 사실은 밑바닥 인생이 아니라, 혼자서 창업 비용 천 오백만 원에 월 수익 3,4백만원은 올릴 수 있는 썩 신사적인 사업이었다. 또 가맹비를 내지 않고 창업할 수 있는 피에로 인형 뽑기 가게도 우습게 볼 게 아니었다. 지금 있는 원룸에서 변두리로 옮기는 전세금 차액에다 누나들한테 조금만 지원을 받으면 내일이라도 당장 할 수 있는 사업처럼도 보였다.

아니아니, 큰누나는 몰라도 작은누나는 곤란했다. 영화판이 유치원 재롱잔치인 줄 아느냐고, 영욱이 대학 졸업하고 '영화 아카데미' 연출반 수강생이 되어 디지털 비디오 카메라를 살 때부터 작은누나의 비아냥거림이 거셌다. 실제로 영욱은 같은 수강생 선배들과 단편영화를 제작한다고 뛰어다니다가 어머니한테 얻은 천 만원을 아주 간단히 날린 바 있었다. "어, 어 하다 보니까 날라갔다구? 이게, 천 만원이 머슴집 병든 개 이름인 줄 알아?" 작은누나의 평이 그랬다. 그러니 문제의 발단이랄 수 있는 비디오 카메라를 팔아치우고 새 사업을 시작하면서까지 작은누나의 '수다 고문'까지 들을 이유가 뭐가 있겠는가. 도대체 여자란 무엇이고, 또한 남자란 무엇이란 말인가, 이런 생각 때문에 분통이 터질 듯한 느낌이 들기도 했다.

영욱이 그러고 있는 사이에 영욱이 내놓은 디지털 카메라을 사겠다는 사람들이 하나둘 나타나기 시작했다. 영욱 쪽에서 제시한 값이 너무 싸다는 점이 오히려 경계심을 가지게 한 듯했다. 대화를 시작한 여섯 사람이 하나같이, 괜찮은 물건인 것 같은데 왜 팔려고 하느냐는 식의 질문을 빼놓지 않았다. "당장 팔아서 여행을 가려고 한다." 영욱의 이런 유치한 대답에 그래도 흥미롭다는 듯이 발랄한 어투로 응해 준 여자가 있었고, 그 여자가 마침 영욱이 정하는 약속 장소에서 불과 두 정거장 떨어진 곳에 직장을 두고 있었다. 약속은 이틀 전에 이루어졌고, 어젯밤에 확인 쪽지까지 주고받은 처지였다. 재학 중인 대학 후배 하나가 비디오 촬영을 해줄 선배를 찾는 메일을 접한 것은 그 뒤의 일이었다. 메일이 올 곳도 없었고 메일이 왔다는 표시가 돌출되는 경우가 드문데도 인터넷을 접속할 때마다 괜스레 한 차례씩 전자우편방을 확인하는 버릇을 못버린 덕분이었다.

영욱은 오늘 아침 설렘 속에서 눈을 떴다. 카메라도 팔아치우고 그 길로 전철을 타고 오랜만에 모교를 방문해서 싱싱한 후배 여자애들 얼굴도 본다. 도중에 염정은이라는 미지의 여인을 만나고 가는 것도 나쁘지는 않은 일정이다. 인터넷 상에서 만난 '다섯콩'이라는 익살스러운 닉네임을 쓰는 간밤 후배의 귀염성 있을 얼굴도 절로 떠올랐다. 염정은을 만나 서로 카메라를 팔고 살 사이라는 걸 고갯짓으로 확인하고 난 순간까지 그런 심정이 그대로였다. 그런데 한 순간이었다. 분수대 주변으로 여대생들이 몰려드는 걸 보면서 영욱은 그 무리 중에서 버릇처럼 헤어진 연정이를 찾으려 했거나 아니면 얼핏·다섯콩이라는 후배 아이가 저 무리 속에 끼여 있을지 모른다는 생각을 했을 것이다.

영욱은, 어이없게도 염정은을 만나 카메라를 팔아치우려고 했고, 그리고 다섯콩과의 약속대로 그 카메라를 들고 자신이 졸업한 학교로 가서 후배들의 공연 장면을 촬영하고 오려고 했다는 사실을 그때서야 깨달은 것이다. 인생이란 그렇듯, 한쪽에서는 풀려고 기를 쓰고 있는데 한쪽에서는 항상 그보다 빠른 속도로 꼬이고 있는 실타래 같았다. 그 한순간이 영욱에게 인생이 무엇인지를 알려주었다 해서 틀린 말은 아닐 터였다.

(2) 공연장

짧은 소설 한 편 읽어주는 것을 보고 들어주는 일로 세 시간짜리 강의를 채운다. 학생들로서는 귀밑까지 벌어진 입을 추스르기 어려운 발상이었다. 강사도 스멀스멀 입가로 번지는 미소를 어쩌지 못하다가 "참신한 생각이군. 그런데 어떤 소설인데 그래?" 하고 짐짓 조심스러운 질문을 만들어야 할 일이었다. 내친 김에 그걸 '공연'이라 이름 붙인다 해서 나쁠 게 없었다. 입장료를 받을 일도 아니었으니, 당초부터 성공이다 실패다 할 것도 없는 해프닝이었다. 기왕 시작한 일, 그들 자신의 공연을 비디오로 촬영을 해 두자는 의견도 썩 멋진 것이었다. 그들 중 디지털 캠코더 하나 가진 사람이 없다는 아쉬움도 공연 전날 '다섯콩'의 활약으로 비디오 카메라를 가진 선배를 모셔 올 수 있게 됨으로써 해소할 수 있었다.

완벽했다고는 말할 수는 없지만, 소박하게나마 갖출 건 다 갖춘 셈이었다. '동양사상과 현대'라는 교양 선택 과목의 이번 주 강의는 그 과목 수강생들인 영문과생 둘과 중문과생 하나가 함께 준비한 '소설 읽어주는 공연'으로 채워진다. 공연장은 쉰 명이 함께 화상 강의를 할 수 있도록 꾸며진 도서관 시청각교육실, 하지만 관객이라고는 그 과목 담당 교수와 다른 수강생 열 하나, 그 외에 비디오 촬영을 위해 온 졸업한 지 3년째 되는 영문과 출신 박영욱 선배가 전부였다. 무대 중앙에 대형 모니터가 전면을 향해 설치되어 있고, 그 화면을 왼쪽에서 조금 가리는 지점에 소설을 낭송할 정실과 민규가 나란히 앉았다. 오른쪽에 놓인 책상 앞에서 대형 모니터에 뜰 자막과 사진을 조작하고 있는 다섯콩 오숙의 모습은 작은 키 덕분에 컴퓨터 뒤로 묻히다시피 해서 관객석에서는 보이지 않게 되었다. 영욱 선배는 관객석 한 가운데로 옮긴 책상 위에 촬영기를 올려 고정해 둔 상태였다.

실내는 어두워져 있고, 대형 모니터에 '고양이 살리기'라는 소설 제목이 큰 글자로 새겨지고, 곧 원작자의 이름이 뜬다. 원작자 이름이 나오고 '낭송 강정실, 이민규', '기술 권오숙', '촬영 박영욱' 순으로 이어지면, 몇몇 관객이 '영화 촬영하는 건가?' '이거 동성애 영화 보는 것 같아, 킥킥……' 하고 중얼거리고…… 그러다 화면 가득 흐르는 자막에 눈을 크게 뜨는 관객들…… 그 자막의 내용을 민규가 조금 과장된 저음으로 읽기 시작했다.

이 소설은 지난 학기까지 우리 학교 겸임교수이시던 김하근 선생님이 '환경과 문화' 강의 시간에 읽고 토론하는 텍스트로 우리에게 제공해 주셨던 작품입니다. 우리는 이 작품을 읽고 토론하면서, 우리가 오늘날 지구 환경을 어떻게 지켜야 할지에 대해 나름대로 의미 있는 생각을 많이 하게 되었습니다. 낭비적이고 소모적인 우리의 생활 습관이 이 소설과 김하근 교수님의 강의 때문에 상당히 개선되고 있다고 생각하고 있습니다. 게다가 우리 국민 모두가 다같이 이런 각성을 해야 할 때가 되지 않았나 하는 생각을 해 보았습니다. 그런데……

자막에 쓴 말은 여기까지였다. 그 다음의 사연은 민규가 좀더 높은 톤으로, 준비된 원고로 일 분 정도 읽어주게 되어 있었고, 그 다음은 아스팔트 위에서 차에 치어 내장이 다 드러난 몸으로 누운 고양이의 사진이 화면을 가득 채운 동안 본격적인 소설 낭송에 들어가게 되어 있었다. 그래도 공연은 공연인지라, 몸을 일으킨 민규의 몸이 눈에 띄게 **뻣뻣**해 보였다.

"그런데 이번 신학기가 시작되고, 우리한테 그런 뜻깊은 체험을 하게 해주신 김하근 교수님이 겸임교수 계약기간을 한 학기 남겨 둔 채 더 이상 우리 학교에 출강하고 있지 않다는 사실을 알게 되었습니다. 처음에는 다른 대학에 전임교수로 임용이 되신 것으로 생각했습니다. 그런데, 그것이 아니었습니다. 교양학과장 교수님께서는, 개인 사정이 있어서 그만 나오기로 했다는 김하근 교수의 연락을 받은 것이 개강 직전이었다고 했습니다. 그 뒤로는 소식을 모르겠다고 했습니다. 김하근 교수님이 관여하시던 환경운동단체 사무실로 전화를 걸었지만, 요즘 나오시지 않는다는 답변이었고, 우리가 가지고 있는 댁 전화번호는 결번으로 확인되었습니다. 우리는 혹시, 김하근 교수님의 갑작스런 휴직이 최근에 우리 대학 내에서 일어난 교수 임용 비리 사건과 관련이 있지 않을까 하고 생각하기에 이르렀는데……"

민규가 그런 대로 국어책 읽는 수준에서는 벗어나는구나 하고 느껴질 때였다. 갑자기, 관객석에서 가래침 돋우는 듯한 이상한 외마디 소리가 났다. 이번 강의를 담당하고 있는 중국문학 전공의 조용봉 교수였다. 순간적으로 진짜 영화 촬영을 지휘하는 감독이라도 된 것으로 착각했는지 그 소리는 분명 "캇!" 하고 내지른 소리였다.

"불 켜라, 누가 뒤에 가서 스위치 올려! 너희들, 지금 뭐하고 있는 거야? 난 너희들이 동양사상과 관련되는 소설을 읽어주는 공연을 한다고 해서 시간을 할애한 거지, 학내 문제로 데모하라고 이런 것 아니다!"

"아, 교수님. 그게 아니라……"

이 모든 것을 발의하고 지휘한 다섯콩이 자신을 가리고 있던 컴퓨터 모니터 위로 상기된 얼굴을 빠끔 올려 보이고 있었다.

가장의 실직 등으로 경제적 압박을 받게 된 가정에서 기르던 애완 동물을 길에다 내다 버리는 일이 늘어나고 그 중 일부 고양이들이 근처 야산으로 올라가 살게 되면서 그 지역의 자연 생태계가 훼손되는 일이 생겨난다. 한 대학에서 아르바이트생들을 시켜 학교 뒷산에 출몰하는 고양이들을 잡아들이게 되었는데, 덫이나 올가미에 걸려 붙잡혀 온 고양이의 모습이 너무 처참해서 놀라 울던 한 여학생이 무의식중에 그 고양이들을 모두 풀어주고 만다. 그 여학생이 자신의 그때 심정을 이해하려 하지 않는 남학생 애인과 결별 선언하고…… 읽어줄 소설 '고양이 살리기'의 내용이 그랬다. 다섯콩이 처음에는 당황한 듯 횡설수설하며 소설 줄거리를 설명하다가 어느새 예의 당당한 어조를 찾고 있었다.

"……환경 보호라고 해서 눈앞의 사실만을 생각하다가는 오히려 더 큰 환경파괴를 저지르게 된다. 그러니까 이제 이러한 환경 문제나 생명 문제를 생각할 때는 이 세상 만물을 다 함께 생각할 줄 알아야 한다. 이걸 이해 못하는 사람은 애인 만들 자격도 없다…… 이런 소설이에요, 교수님. 서양의 물질문명 때문에 환경 오염이 시작된 건데 이제 와서는 자기네 나라만 오염 안되면 그뿐이라는 식이고 겉으로는 그린라운드 어쩌구 하면서 후진국들만 괴롭히고 있는 실정이잖아요. 그러니까 이 소설도 동양사상을 다시 생각하게 하는 점이 있는 거예요. 교수님 강의하시는 노장사상이나 공자 말씀하고도 관련이 있다고 저희들이 생각했는데요."

김하근 교수라면 모를까, 한 무명작가의 소설 한 편이 과연 동양사상과 관련이 있는 건지 어떤 건지 설명하기란 쉽지 않았다. 하지만 별명처럼 작은 콩알들이 땅바닥에서 콩콩 튀어 오르고 있는 듯한 말투로 다섯콩은 말했다.

(3) 지구인

김하근 교수…… 작은 키에 조금 뚱뚱해 보이는 체구…… 그는, 야구 감독이 손으로 자기 몸 여기저기를 두드리며 선수들에게 작전 사인을 보내듯 자기 몸 여러 부위를 툭툭툭툭 치고 있었다.

"이 내 몸이 이 지구상에서 가장 모범적인 생물일 수 있는 이유 다섯 가지가 있으니…… 그게 무엇 무엇일까?"

학생들의 답변을 기다리는 질문이 아니었으므로, 학생들은 웃기는 얘기를 기다리는 아이가 되어 눈빛을 빛냈고 김 교수는 대답했다.

"나 같은 사람이 지구를 이롭게 하는 좋은 생물일 수 있는 이유, 첫번째, 적게 먹는다. 두 번째, 적게 싼다. 세 번째, 작게 입는다. 네 번째, 낮게 짓는다. 네 번째 것은 보충 설명이 필요하겠지? 내가 타는 버스, 내가 사는 집, 내가 잡혀 들어가 살 감옥…… 이 모두 천장이 낮아도 되잖아. 낮게 만들어도 좋은 거야. 북한 농구선수 이명훈, 그 친구 어때? 그 사람 때문에 천장 높은 전용버스를 새로 만들어야 하는데 그게 안 되니까 북한이 자꾸 원조를 바라는 것 아니겠어? 날 봐, 강아지처럼 나지막하게 지은 집에서도 나는 살아가요. 그 다음 다섯 번째, 으흠, 이건 좀 심오한 얘기인데, 내가 이 지구상에서 가장 모범적인 존재일 수 있는 이유 다섯 번째, 이 몸 비록 작아도 앞으로 볼록 튀어나온 이 똥배, 이게 그 정답이 된다는 사실……"

김하근 교수는 체구에 어울리지 않게 동그랗게 튀어나온 아랫배를, 웃옷을 양옆으로 걷으면서 앞으로 쑥 내밀었다.

"이 똥배는, 혹시 많이 먹고 많이 싸게 되는 날도, 되도록이면 이 안에서 음식물이 오래 머물게 해서 완전 소화를 실행한다는 말이지. 그런 뒤의 배설물은 쿵쿵, 이거 어디서 무슨 냄새가 나는 거야? 내 배설물은 그렇지 않은데…… 이 똥배를 거쳐서 나가는 배설물은 곧바로 거름이 되어도 좋을 만큼 완전 분해된 거야…… 죽은 지렁이 몸이 산성화된 토양을 중화시켜 땅을 기름지게 하는데, 내 똥이 바로 그래."

인간은 모름지기 땅하고 가까워지는 삶 속에서 가장 건강한 생명이 된다는 식 얘기를 상식을 뛰어넘는 우스개를 섞어 전하고 있었는데, 사실은 그 말들이 무슨 과학적 근거가 있는지 이해하기는 쉽지 않았다. 분명한 것은 하나밖에 없는 지구가 병들고 있고, 인간이 또한 오래지 않아 종족을 보존할 수 없는 위기에 빠지게 되는 만큼, 지구인 모두가 각자의 생활 터전에서 지구를 살리기 위한 구체적이고 실천적인 노력을 다각적으로 펼쳐야 한다는 사실이었고, 또 그런 강의 내용이 이상하게도 가슴을 콕콕 찌르듯 들려온다는 사실이었다.

일학기 때 '대중문화의 이해' 두 강좌, 이학기 때 '환경과 문화' 두 강좌를 맡고 있던 김하근 교수가 실천적으로 보여주는 대표적인 운동이 이런 것들이었다. 과제물은 반드시 이면지를 활용하고 겉표지는 따로 만들지 않아야 제대로 된 과제물로 인정한다. 술자리에서 건배를 두 번 이상 외치는 사람은 즉석에서 퇴장시킨다. 또, 실제로 그랬는지 모르지만 자기처럼 몸집이 작은 사람에게는 학점에 특혜를 준다고도 했다. 강의를 시작할 때는 꼭, 일주일 동안 있었던 환경오염 실태와 지구 사랑 실천 사실에 대해 조사한 내용을 몇 사람한테 물어보고 시작하곤 했다.

"아, 그 땅콩!"

영욱은 두 잔째 받은 생맥주를 들고 건배를 제의하려다 말고 멈칫했고, 그러다 갑자기 잔을 탁 소리내어 놓았다. 제대를 하고 3학년 2학기로 복학했을 때, 개설 강좌도 다양해지고 낯설어진데다 수강신청을 컴퓨터로 해야 했던 탓에 상당한 혼란을 겪었다. 얼떨결에 신청한 강의 중 하나가 '대중문화의 이해'라는 강의였다. 친구 따라 강남간 격으로 강의실에 들어가고 보니, 그때 벌써 상당한 인기 강좌로 부상하고 있었던지 오륙십 명 앉을 만한 강의실이 빡빡하게 차 있었다. 친구가 "야, 이거 우리가 서서 강의 듣게 되었냐?" 하고 투덜대기에 영욱이 "이 나이에 말이지." 하고 맞장구를 쳤다. 그게 화근이었다.

"하근인지, 화근인지…… 아무튼 우리가 그랬는데, 강사가 진작에 강의실 안에 들어와 있었던 걸 키가 작아서 안 보였던 거야. 늦게 들어와 떠든다고 지적을 하기에 얼른 의자를 가져오려는 척하고 그냥 나와 버린 거야. 입대 전에는 못 보던 교수였는데, 땅땅한 모습이 정말 땅콩 같다는 느낌이었어."

다섯콩은 오히려 다른 과목을 신청했다가 철회하고는 궁지에 몰린 끝에 듣게 된 것이 '환경과 문화'였다. 강의 명칭이 딱딱하고 막연한 것에 비하면 뭔지 모르게 강의 시간 내내 어떤 의욕을 느끼게 되었다. 강의실 안에서도 그랬지만, 자칫 산만해지기 쉬운 야외 강의나 주점 강의를 하는 동안에는 앞으로 이 강의를 한 시간도 빼먹어서는 안 될 것이며, 다음 학기도 그 다음 학기도 계속 개설되게 해서 후배들 모두가 꼭 듣도록 해야 한다는 묘한 사명감이 일기까지 했다. 하지만 키가 작다는 이유로 학점을 잘 받은 것 같지는 않다고 했다.

"지구는 하나, 지구인은 한 가족, 지구 생명 우리 핏줄, 자손대대 이어가자."

다섯콩이 김하근 교수가 어느날의 주점 강의에서 가르쳐 준 환경운동 노래 중 기억나는 한 대목을 음정을 제대로 잡고 불렀다. 영욱이 선배 자세를 잡았다.

"가사는 유치하고 가락은 좋구나. 다 좋은데 말이야, 우리 후배님들, 그 교수님은 어디로 숨었다는 것이고, 또 이 비디오를 어떤 식으로 전하겠다는 말인가?"

'무번지'라는, 학교 앞 로터리에 몇 달 전에 새로 생긴 생맥주집이었다. 선배의 추억을 되살려 줄 만한 집을 찾아 들어가려고 했더니 영욱이 굳이 그럴 필요 없다고 해서 아예 새 집으로 왔다. 대학가 분위기를 내느라 애쓴 흔적은 보이지만, 아직 그런 걸 기대할 만한 지역이 아니라는 걸 학생들은 잘 알았다.

"그래도, 이거 많이 발전한 거다. 내가 처음에 입학했을 때는 전철이 여기 서지도 않았고, 이런 술집이 뭐야, 그냥 시골집 같은 집 평상에서 생맥주 마시고 그랬는데 뭘."

영욱의 대학 시절 추억담이며 연애담이 잠깐잠깐 끼여들기도 하면서 주로는 오늘 공연 얘기에 김하근 교수 얘기였다. 조용봉 교수의 느닷없는 '캇' 소동 탓에 공연이 좀 우습게 되기는 했지만, 그 뒤로 그럭저럭 재미있는 공연이 된 것 같다고 스스로를 대견해 하는 분위기였다. 뒤풀이에 온 다섯 중 공연의 관객이던 사람은 하나였는데, 그 친구만이 화제에 어긋나는 말을 자꾸 했다. 그래도 그 친구가, 공연이 끝났을 때 조용봉 교수도 입을 좀 삐죽 내밀고는 있었지만 적어도 공연에 대한 오해는 완전히 푼 낯빛이더라는 얘기를 해주긴 했다.

어쨌든, 두 편의 단편영화 제작에 참여한 바 있는 영욱의 디지털 카메라에 오늘의 공연이 조용봉 교수의 '캇' 장면까지 고스란히 담겼다. 그걸 편집해서 인터넷의 환경운동이나 문학과 관련된 사이트에다 올려놓으면, 김하근 교수님이 어디 있든 언젠가는 한 번 보게 될 것이 아니겠느냐는 것이 공연 팀들의 생각이었다.

"교수님한테 가르침 받은 것을 우리가 이렇게 소처럼 되새김질하고 있습니다, 이런 뜻을 밝혀두는 데 의의가 있다고 생각해요. 이제부터 열심히 인터넷 구석구석에다 올려놓는 일만 남았어요. 혹시라도 교수님이 보시면 흐뭇해하실 테고, 또 힘도 나실 거고, 다른 사람들도 많이 볼 수 있으면 좋잖아요. 그때가 되면 교수님이 우리 앞에 나타나지 않을 리 없지 않겠어요?"

다섯콩의 말을 민규가 받는다.

"솔직히 우리가 더 무얼 바라겠어요. 그 교수님은 이 지구 위에 그 어디에 계셔도 기죽을 분이 아닐 텐데요. 그렇지 않겠습니까? 그 분이 우리 대학 같은 작은 데 계실 분도 아니고, 우리같이 무식한 학생들하고 놀고 계셔도 안 될 분이잖아요, 솔직히."

"이 친구, 농담을 그렇게 정확하게 하면 어떡해!"

민규의 자조 섞인 말을 농으로 막아 놓고는 영욱도 정작 다른 말을 못하고 생맥주 잔을 들고 마시면서 힐끔 탁자 끝에 놓인 주문표의 계산 내역을 훔쳐보았다.

"선배님, 혼자만 드시기예요? 우리도 같이 건배하자."

남자가 하는 대사를 빼면 다른 모든 대사와 지문 부분을 혼자 낭송하고 나와 기운이 쭉 빠진 상태라던 정실이 갑자기 환한 표정을 지었다.

(4) 지느러미

"많이 컸다. 처음에는 내 눈을 의심했어."

어 아저씨는 하나도 안 늙으셨어요, 라고 맞장구를 치려다가 정실은 참았다.

오년 만에 처음으로 얼굴을 제대로 보고 있었다. 아니, 그 이전에도 이처럼 얼굴을 찬찬히 살펴본 적은 없는 것 같다. 매서운 눈가로 가끔 패이던 인자하게 느껴질 만한 주름이 이제는 너무 완연하게 깊어져 그 매서운 기마저도 잃게 만들었고, 굵고 많은 숱을 자랑하던 머리는 흰 머리카락이 삐죽삐죽 삐쳐 나왔을 뿐 아니라 전체적으로 어딘지 밀도가 옅게 느껴졌다. 맥이 풀린 듯하면서도 다행히도 은은히 바라보는 눈길에 더 맞설 수 없었다. 정실은 얼굴을 붉혔다.

"니가 아까 들어왔을 때 나를 알아 봤을 수도 있겠다 생각했다. 피할까 하다가, 오늘 한 번뿐일 텐데 하고 기다렸다. 몇 잔 마시는 것 같더니, 술 더 할래, 아니면 녹차?"

정실은 명치끝에서 뭔가가 꿀럭 하는 느낌을 받았다.

이 사람이 어떻게, 직업과 돈을 이용해 어린 여자애들을 상습적으로 성적 노리개로 삼고 또 그런 일을 빌미삼아 많은 사람에게 폭행을 하고 돈을 뜯어온 성격파탄자였다는 말인지 아직도 이해할 수 없다. 그 사실만은 지금도 충격이다.

정실은 함께 가출한 남녀 학생 친구들과 폐쇄된 만화가게 방에서 혼숙하고 지내다가 파출소에 잡혀간 적이 있었다. 그때가 고등학교 1학년 때였다. 가족이 직접 신병을 인도해 가는 조건으로 훈방 조치가 내려지자 가족이 아무도 나와 주지 않은 정실을 따로 집까지 데려다 주겠다며 오토바이에 태운 사람이 어 아저씨였다. 그때 아저씨 몸에서 나던 담뱃진 같은 냄새가 기억날 듯도 하다. 지갑 아닌 편지봉투 같은 데 넣은 수십 장의 지폐를 꺼내 보여 주기는 했지만, 꼭 그것이 필요했던 것은 아니었다. 한 며칠 욕실이 딸린 깨끗한 침실에서 지내고 싶은 정실의 욕심을 어 아저씨가 채워 주었다. 정실은 그 후 세 달을 어 아저씨가 옮겨주는 대로 호텔급 숙소를 전전하며 지냈다.

처음에 아저씨는 매일 밤 와서 정실의 몸을 올라타고 학대하듯 했지만, 갈수록 그런 일은 줄어들었다. 찾아오는 일이 준 것이 아니라 정실의 몸을 학대하듯 하는 일이 줄었다. 정실이 임신한 것 같다는 말을 듣고 나서였을 것이다. 이상하게도, 그때 이후로 얼마나 정실의 몸을 아끼던지. 스스로 욕정을 누그러뜨리려고 애쓰다가 참지 못하고 조심스럽게 손을 뻗어오는 동안 내내 어색해하고 부끄러워하는 낌새를 감추지 못하기까지 했다. 정실의 몸에 돋은 솜털 한올 한올을 더듬듯 하는 동안 그 손끝에서 황홀해 하는 기운이 무슨 정전기가 이는 것처럼 보이던 때도 있었다. 그럴 때면 간지러워서가 아니라, 쾌감 같은 건 별로 느끼지도 못하면서도, 이 남자의 몸이 진정으로 나를 원하고 있구나 하는 생각만으로 마음이 푸근해지고 들뜨고 또 부끄럽고 그래서 얼른 한쪽 다리를 들어 남자 몸을 바싹 휘감아 버리곤 했다. 남자의 등허리 한가운데 척추 줄기를 따라 난 손가락 한마디 길이만한 까칠까칠한 털을 만지작거려 보기도 했다. "이거 꼭 물고기 지느러미 같잖아." 정실이 그런 말을 했을 것이다.

이런 남자가 여자에게 보살핌을 받지 못한다면 세상은 너무 부조리한 것이라는 그런 생각을 했다. 부부 사이가 썩 좋지 않았다는 남자의 집 여자를 생각했다. 누적된 적자를 견디지 못해 부도를 내고 자살한 아버지를 생각했다. 어 아저씨도 자살을 하려고 했던 것 같다. 정실은 어 아저씨가 주는 삼십만 원의 돈을 받아 월셋방을 얻었다. 어 아저씨로부터 벗어난다는 생각은 하지 않는데 그때 이후로 어 아저씨는 다시 찾아오지 않았다. 어 아저씨가 관내 불법 영업을 하는 주점으로부터 정기적으로 돈을 상납 받아 온 일이며, 업소에 고용된 미성년 여성 취업자 여러 명을 상습적으로 협박하고 성폭행해 온 사실을 알게 된 것은 정실이 아르바이트 일을 하게 된 컴퓨터 부품 가게에서 우연히 신문을 보아서다. 허리춤에 차고 다니던 수갑이 손목에 채워진 어 아저씨의 사진이 나 있었다.

"어 아저씨……"

하다 말고 정실은, 점원이 날라다 놓은 녹차를 입에 댔다. 세 잔이나 마신 술로 얼굴이 좀 화끈거린다. "잠깐만……" 하던 어 아저씨가 고개를 빼들고 카운터 쪽을 보다가 일어나 카운터로 다가간다. 술값을 치르는 손님과 카운터 점원 간에 승강이가 벌어진 듯했다. 예상대로 이곳이 어 아저씨가 경영하는 주점임에 틀림이 없었다. 아저씨는 승강이를 간단히 해결하고 파장 분위기가 나는 주점 안을 한 바퀴 둘러보고 있는 기색이다. 그 시절, 구속되고 재판을 받고 그랬을 테지만, 정실은 어 아저씨가 감옥에 가 있는 장면이거나 초췌한 몰골로 출감을 해서 거지꼴로 사는 모습을 상상해 본 적은 없다.

다만, 혼자서 아저씨를 생각할 때마다 어항 속에서 거칠게 몸을 흔들며 헤엄치는 물고기를 연상하고는 했다. 그러고 보니 어 아저씨라는 별명을 붙인 것이 아저씨와 헤어지고도 한참 뒤의 일 같다. '어차피 그에게는 인생이 감옥이었다.' 오늘 공연한 소설에 그 비슷한 말은 있지도 않았던 것 같은데 절로 소설 문장 비슷한 것 몇 개가 되뇌어졌다. 김하근 교수가 떠오른다. 무슨 말끝에 그 교수는 말했다.

"이 지구 전체가 하나의 감옥이 되어 있다고 생각해 봐."

좀전까지는 내내 신세대풍 노래더니, 이제 흐르는 노래는 20년 전쯤 유행하던 발라드다. 웃음이 난다. 그 웃음 끝에 눈물이 묻는다. 텔레비전을 보다가 어떤 노래에 이끌려 그만 울어버린 걸 어 아저씨가 기억하고 저러는 거다. 아버지가 억지로 배워 부르던 노래였다. 오년 동안, 정실에게도 많은 변화가 있었다. 이미 미성년자는 아니었다. 성년이 되기 전에 친구 오빠와 또 한 차례 성애 여행을 떠났다가 퍼뜩 정신이 들어 돌아와 대학 입시를 준비했었다. 여전히 궁핍했고, 여전히 살아갈 목표를 잡지 못했다. 나 혼자서, 여자인 나 혼자서 무엇을 하고 살 수 있을까. 막막한 질문이 가슴을 치곤 했다. 돈이 필요했지만, 이런저런 아르바이트로 돈을 좀 모았다고 해서 아껴서 쓰거나 하질 못했다. 헌금을 강요하지만 않았다면 대학 신입생 시절에 빠졌던 사이비 종교에 그대로 빠져 있었을 것이다. 남학생들이 쓸데 없이 잘난 척하지만 않았어도 교내 연극반에 그대로 남아서 연극에 미쳐 버렸을지도 몰랐다.

"돈이 없는 남자는 삶이 곧 죽음이겠지. 그럼 돈을 잘 벌기 위해 사는 삶은 뭐냐, 그건 노예라. 온몸이 발가락뿐인 지렁이지. 캬, 이건 죽이는 시 구절인데…… 이 세상 남자들, 지상으로 잘못 나와 땅속으로 돌아갈 길을 잃은 지렁이 꼴 아니야? 여러분 아빠, 군대간 오빠, 애인…… 다 생각해 보라구. 아, 이렇게 되면 얘기가 자꾸 빗나가는 건데…… 그런데 실은 말이지, 원래 지렁이는 어떤 존재냐 하면, 그 가치와 실용성 면에서 최고의 생명체지. 일명 지구의 허파라 불리는 존재야……"

지렁이는 땅속에서 유기성 폐기물과 가축 분뇨를 먹어치우고…… 그 몸에 필수 아미노산이 다량 함유되어 있으며…… 그런 얘기는 필기를 하고도 금세 다 잊어버렸지만, 재기발랄하고 사리분별이 뚜렷한 지구인 김하근 교수의 입에서 흘러나오는 슬픈 지구인 얘기만은 정실은 지금도 잘도 기억하고 있다.

그 김하근 교수 얘기를 어 아저씨한테 꺼낸다. 수첩을 꺼내 김 교수의 인적사항을 불러주는 동안 어 아저씨는 고개만 끄덕인다.

"또 올래?"

또 오지 않을 거면서 사람 찾아달라는 부탁을 한 것이 우습지 않으냐는 뜻일 테지만, 어 아저씨는 사람의 행방도 찾고, 그 결과를 자신에게 어떤 식으로든 알려줄 거라고 정실은 믿어 버린다. 오년 전에도 그랬으니까. 구속된 이후에도 사람을 보내 돈 십만원을 전해 준 사람이니까. 게다가, 어 아저씨는 지금 정실에게 돈이 필요하다는 사실을 알고 있다. 좀전에 일행과 함께한 술자리 셈을 정실이 치르고 나가는 걸 보고 있었고, 그리고 혼자서 다시 올 거라는 것까지 알고 있었던 사람이다.

"고마워요, 어 아저씨."

정실은 아저씨가 카운터에서 가져온 두툼한 지폐를 받아 백에다 넣고 몸을 일으키다가, 잠깐 주춤한다. 어 아저씨라는 말에 어 아저씨가 야릇한 표정을 지어서가 아니다. 갑자기 터지는 울음을 막을 길 없다. 정실은 반쯤 일으킨 몸을 앞으로 꺾어 어 아저씨의 얼굴을 손으로 잡고 그 입술을 힘차게, 힘차게 빨아 당긴다. 음악소리가 터져 나온다.

(5) 신원조회

중년 사내가 기침을 하면서 상을 찌푸린다. 담배 연기 때문만이 아니라, 소음 때문이기도 하다. 건너편에 몰려 있는 세 아이들을 중년 사내는 몇차례 힐끔거리다가 한 마디 하고 만다.

"니네들, 너무 시끄러운 거 아냐?"

생각 같아서는 "담배 끄지 못해!" 하고 소리지르고 싶은 심정이다. 기껏 해 봐야 고등학교 2학년 정도라는 걸, 중년 사내는 쉽게 알아차리고 있다. 아이들은 아주 잠깐 소리를 낮출 뿐이지, 집중 중인 스타크래프트에서 전면적인 전쟁 국면을 일으켰는지 마구 탄성을 질러댄다.

"나, 참!"

중년 사내는 참지 못하고 일어나 카운터 쪽을 돌아보았다. 젊은 사장이 지폐를 헤아리고 있다가 올려본다.

"야, 나 자리 옮길게."

"회장님, 오늘은 웬일이세요? 푹 빠지셨나봐."

젊은 사장이 지폐를 금고에 넣고 걸어온다. 중년 사내는 구석 자리로 옮겨가 의자를 뺐다.

"이거 접속 잘 돼? 저기 것은 두 번이나 중간에 다운됐어."

"그래요?"

하면서도 젊은 사장은 대수롭지 않다는 듯이 중년 사내가 사용하게 된 컴퓨터 하드디스크 케이스에다 사용 시간표를 옮겨 걸어 놓는다.

"저 자식들 고등학생 맞지? 금연 좀 시키면 안 되냐?"

"쟤들요? 에휴, 요즘 애들 잘못 건드렸다가 나만 손해게요? 근데, 정말 오늘은 여기서 날밤 새실 거예요?"

"자료 찾아서 공부 좀 하려고 그런다. 떫으냐?"

"떫긴요. 저야 회장님만한 고객이 어디 있겠어요. 집세도 깎아 주실 건데."

"너는 꼬박꼬박 돈 받을 것 다 받으면서, 집세를 깎아?"

"그건, 회장님이 서비스 안주도 안 주고 술값 꼬박꼬박 다 받으시길래 공은 공이고 사는 사로구나 하고서 저도 이러는 거죠."

"공은 공이고 사는 사?"

모처럼만에 들어보는 말이지만, 새삼 관심이 끌릴 리 없다. 이번에는 검색 속도가 빨라졌다. 졸음기가 싹 사라질 듯하다. 문단속 지시를 하고 PC방으로 올라온 지가 벌써 세 시간이 넘었다. 주점에 손님이 없을 때 부동산이나 증권 정보나 찾아보겠다는 심정으로 들어와 보다가 제법 친숙해졌다. 젊은 사장이 아르바이트생을 고용해 가며 경영하는 모양인데, 주변에 큰 PC방이 연이어 두 개나 생겨 크게 재미를 못 보는 눈치다. 지난 달에는 월세를 일주일이나 미루기에 그러려면 당장 방을 빼라고 으름장을 놓아두었다.

"아아아아아, 씨팔 다 죽었네, 다 죽었어!"

어린애들 모인 쪽에서 또 소리가 났다. 이번에는 중년 사내도 그 쪽으로 고개를 돌릴 기분이 아니다. 손에 바짝바짝 땀이 나고 있다. 좀전에 찾아낸 잠입 경로로 서너 번 클릭해서 들어갔을 뿐인데, 한 나라의 경찰국 대외비 정보가 너무 싱겁게 검색되기 시작한다.

"그래 그래…… 좋구나들, 환경운동들 좋아하시는구나. 김하근…… 여름의 뿌리로구나…… 주민등록번호가 육공공육오하나……"

1960년생이니까, 다섯 살이 아래였다.

그 나이 때, 중년 사내는 아내와 딸 둘을 부양하는 가장이었다. 의경부터 시작한 경찰관 생활이 17년째였다. 가계를 돕는다고 수년 전 아내가 지하철 역사 안 신문 가판대를 얻고부터 오히려 집안에 목돈 들어갈 일이 많아져서 날로 부수입이 커져가야 했다. 불법 업소로부터 몇번 돈을 상납받고 그 중 한 여주인을 잘못 건드렸다가 좌천되는 곤욕을 치르기도 했다. 옮긴 구역이 그 무렵 서서히 유흥업소가 밀집되고 있던 곳이었다. 우연찮게 어린 창녀 하나를 건드려 보고 나서

자기도 모르게 이래저래 여자한테 탐닉하는 신세가 됐다. 하지만 정실이를 알고부터는 누구한테도 그러지 못했다. 감옥에서 일년 육개월을 살고 나온 뒤 얼마 동안까지도 여자를 가까이 하지 않았다. 숨겨두었던 부동산을 끌어모아 이곳에 빌딩 하나를 가지고 나서야 한 며칠 처음으로 여자들과 놀아 보았다. 그러고는 지금껏 또 어이없이 '수절'이다.

중년 사내는 가끔씩 한 손으로 턱을 괸다. 아랫입술이 피멍이라도 든 게 아닌가 싶게 잘근잘근 깨물어 본다. "아……" 하고 한숨이 뿜어진다. 이제야, 그 어떤 쾌감이 입술을 때리고 있다. 정실이…… 정실이…… 그 몸에 남아 있던 인간이 살아온 모든 흔적을 지우고 새롭게 시간을 시작하고 있는 것 같은 아이의, 그 순결한 하얀 몸, 새하얀 젖가슴이 모니터에서 잠깐 출렁인다.

그 위를 김하근이라는 친구의 사진이 뜬다. 언제 찍은 사진인지 모르지만, 이목구비가 오종종해 보이는 앳된 얼굴이다. 사회학과 석사 학위를 받은 것이 4년 전, 환경운동단체의 간사로 일한 경력으로 겸임교수가 된 모양이다. 처와 딸 둘과 한 가족인데, 주민등록지가 서로 다르다. 그렇다면……

중년 사내는 얼핏 자신이 감옥에 있을 때 떠나버린 아내와 두 딸을 생각해 본다. 구치소에 있을 때 아내가 두 번 면회를 왔다. 아내는 자기 때문이었느냐고 물었다. 중년 사내는 아니라고 말했다. "내가 신혼 초부터 성격파탄자라는 거 당신이 잘 알았잖아?" 하고 되물어 주었다. 두 번째 면회를 왔을 때는 한 여성지에서 수기를 싣자고 찾아왔더라고 했다. 하고 싶은대로 하라고 했다. 그 뒤로, 가족을 다시 볼 수 없었고, 출감 후에도 결코 찾지 않았다.

중년 사내는 가족의 신원을 조회해 볼까 하는 충동을 눌렀다. 김하근의 행방을 찾을 만한 몇 개 주소를 한글 방으로 부지런히 옮겨간다. 무슨 대단한 범법 행위를 하고 있는 게 아니다. 자라나는 세대를 위해 뜻깊은 가르침을 주어온 한 교육자를 찾아보려는 것뿐이다. 중년 사내의 머릿속으로 그 주소지 경찰서에서는 근무하던 옛 동료들의 이름과 얼굴을 떠올려진다. 다들 공과 사를 구분할 리 없는 사람들이다.

"회장님, 저기요!"

갑자기 젊은 사장이 옆에 와 서는 통에 깜짝 놀랐다.

"야, 임마. 공부하는 사람한테 말 시키지 마."

"동업하려고 하는 친구가 이 동네 왔다는데요. 택시를 잘못 내려서 이 근처에서 헤매고 있나 봐요. 나가서 데리고 올 테니까, 카운터 좀 봐주세요."

"공부 중이라니까!"

"누가 계산을 하거나 하면 시간 확인하고 돈만 받으면 돼요. 알았죠, 회장님."

젊은 사장이 PC 방으로 나갈 때 보니 한 사람이 셈을 하고 나가는 모양이다. 남은 손님은 게임을 하면서 연신 시끌벅적한 세 친구들뿐이다.

중년 사내가 김하근이 썼다는 환경문제 관련 논문 목록을 훑어보는 중에 처음으로 '검색 불가능' 표시를 본다. 다시 접속을 시도했지만 아까와는 달리 '열람 자격 없음' 이라는 글자만 계속 떴다. 그런데, 더 접속할 것 없이 이만하면 되겠다 싶은 자료가 이미 한글방에 있겠거니 했는데, 미리 파일 이름을 정하지 않고 닫아 버려서 되찾을 수 없는 처지가 되어 버렸다.

"아, 나, 이것 참."

중년 사내는 키보드를 주먹으로 한 번 때리면서 일어난다. 카운터 옆으로 가 캔 음료수 하나를 꺼내들었다. 그때였다.

"아카카카! 이게 무슨 좆같은 경우냐!"

"푸하하하! 요걸 몰랐지, 카우카우카우!"

셋이다가 둘만 남아 있구나 했더니, 남은 녀석들이 더 야단이구나 싶었다.

"야이, 이놈들아! 여기 니네들만 있는 게 아닌데 떠들어? 어허, 이 담배연기 좀 봐. 이 새끼들 어느 학교야, 이것들!"

주의만 주려다가 공연히 아이들 가방까지 뒤적거려본다. 이제 보니 담배에 캔 맥주까지 갖다 놓고 게임 중이었다. 가방에서 뭔가 뭉툭한 쇳덩이 같은 게 느껴졌다. "이게 학생이야, 뭐야!" 하다 말고 중년 사내는 허리를 채 펴지 못한다.

"아이, 시팔 좆도! 별 게 다 지랄이네, 이게, 확!"

확 하는 소리와 함께 중년 사내의 몸이 한쪽으로 기우뚱하면서 빈 컴퓨터 모니터로 쓰러진다. 쿵, 하고 머릿속으로 울림이 왔다. 한 손에 들고 있던 캔에 코등이 찍힌 것 같다. 순간, 중년 사내의 몸에서 뒷발차기 식으로 발이 쳐들어 올려지며, 얍 하는 기합 소리가 터졌다. 한 녀석이 뒤로 밀려나면서 의자를 쓸며 쓰러지는 게 보였다. 중년 사내는 몸을 일으켜, 주춤 서 있는 한 녀석의 아랫배를 다른 발로 걷어차며 구석으로 몰아붙였다. 어디론가 자리를 비운 또 한 녀석이 들어온다는 걸 중년 사내는 익숙한 육감으로 알아차린다. 몸을 돌렸다가 문 입구 쪽에서 몸을 날려오는 그 녀석을 슬쩍 피했다 싶은 순간이었다.

무언가 묵직한 것이 목덜미에 와 닿았다. "억!" 하는 소리가 입안에 갇혔다.

그리고는 자신의 머리에서 뿜어진 피가 바닥으로 스며들고 있다는 생각이 들었다.

"아이, 시팔! 죽었어?"

"이 새끼 생맥주집 사장 아냐?"

어린 친구들이 자신들의 발밑을 내려보고 있었다.

"주머니 털어봐, 어서!"

어디선가 어항 깨지는 소리같은 게 귀를 찢더니 곧 먹먹해졌다. 중년 사내는 자신의 지느러미가 피에 젖고 있다고 생각했다.

"야, 그 늙은 새끼가 아까 생맥주집에서 젊은 년이랑 진하게 키스라는 거 봤어?"

"근데 돈이 왜 이거밖에 없어!"

"돈 있는 놈이 현찰 갖고 다녀? 카드로 왕창 긁고 튀지 뭐."

어린 친구들이 계단을 뛰어내려가는 소리가 시끄럽다.(*)

2) 창작의 배경

이 소설은 2000년 3월 『포구에서 온 편지』(문이당)를 낸 이후 처음 쓴 단편소설이었다. 그 소설이 어떤 소설인가를 설명하는 일이 쉽지 않으니, 그것은 주인공이라 할 만한 사람 몇의 관계를 설명하기 쉽지 않고 중심 스토리로 내세울 만한 일 또한 몇 개나 되는 편이라서 그렇다. 그래도 그 소설이 어떤 소설인가를 설명해야만 내가 이 글을 쓰는 의도를 알릴 수 있겠다. 우선 이 소설에는, 작중의 현실(현재)에서는 등장하지 않고 등장인물의 기억 속에서만 등장하면서 소설 전개에 있어 가장 핵심적인 구실을 하는 한 인물이 하나 설정되어 있다. 그 인물은 어느 대학 겸임교수로서 환경 문제에 대한 인상깊은 강의로 학생들로부터 존경받던 중 새 학기 시작을 앞두고 갑자기 종적을 감춘 김하근이다.

소설은, 제자 학생들 중 셋이 김하근의 행방을 수소문하다 여의치 않자 김하근이 평소에 환경 운동 텍스트로 읽게 한 소설 한 편을 읽어주는 공연을 열려는 시점에서 시작된 상태다. 그 공연 실황을 촬영해서 인터넷에 게재하려는 그들의 뜻을 알게 된 선배 박영욱이 비디오 카메라를 들고 모교로 간다. 세 시간짜리 강의한 강좌를 공연을 위해 내어 준 교수가 공연을 보다가 무슨 '데모'라도 일으키는 게 아닌가 민감한 반응을 드러내는 일도 있었지만, 대체로는 큰 무리 없이 공연이 끝나고 참가자들은 함께 주점에서 뒤풀이를 하게 된다. 공연 중에 낭송을 거의 전담하다시피 했던 강정실은 여고 시절 원조교제를 했던 전직 경찰관 '어 아저씨'가 그 주점의 주인되어 있는 것을 알아본다. 그날 밤 강정실이 따로 어 아저씨를 찾아 김하근 교수의 행방을 알아달라는 부탁을 한다. 자신의 빌딩 2층에 세 들어 있는 PC방에 들어가 새벽까지 인터넷으로 김하근 교수의 신원을 조회하던 어 아저씨는 어린 불한당들과 시비 끝에 쇠몽둥이를 머리에 맞고 죽어간다.

이렇듯 사라진 한 인물을 에워싸고 각기 다른 인물들이 마치 주인공처럼 행동하고 있는 소설이 이 소설이라 할 수 있다. 이런 소설은 사실, 결코 쓰기 편한 양식은 아니다. 어떤 소설이 쓰기 어려운가 하는 것은 작가마다 또 소설 상황마다 다 다르지만, 특히 이런 소설은 주인공 한두 명의 삶을 축으로 하기보다, 그 주변인들 다수의 삶의 모습을 내면화해야 한다는 사실 때문에 특히나 쓰기 쉽지 않은 양식이라고 할 수 있다. 이를테면, 이 소설이 '김하근의 자취 감춤'에 대한 원인을 캐내면서 그의 현재를 추적하는 것을 핵심 사건으로 삼았다면 흔히 보는 전통적인 추리소설적 구조와 만났을 것이다. 그런데, 이 소설에는 정작 김하근보다도 촬영을 하러 온 박영욱의 삶이며, 과거 원조교제를 한 사이인 강정실과 어 아저씨가 해후한 일을 중심에 둔 두 사람 각각의 생애가 더욱 강력하게 내면화되어야 했던 소설이다. 그러니, 한두 사람을 중심에 둔 소설에 비해, 이 소설은 다수가 중심과 그 언저리에서 서로 우연하거나 필연적이거나 하는 연결고리로 연계되어 자기 삶의 현재와 과거를 드러내는 소설이었다.

복잡한 인물 관계를 내세웠다 해서 그것이 그 작품을 성공으로 이끈다는 보장
은 아무것도 없다. 게다가, 소설가로, 정말 소설가로 살아야겠다고 30대 후반에
이르러 다시금 작심을 하면서 소설 전선으로 뛰어들 때 "무조건 쉽고 재미있게
쓰자!" 하고 천명하던 일은 잊어버린 듯, 나는 지금 좀처럼 쉽게 쓸 수 없는 구도
를 만들고 그 연장선에서 좀처럼 재미있게도 읽히기도 힘든 소설을 쓰고 있다.
뿐만 아니라, 나는 지금도 쉽게 쓰지도 재미있게 만들지도 못할 가능성이 큰 나
의 글쓰기 방법에 고통스러워하면서 한편으로는 더욱 더 극단적으로 그 방법을
즐기고 있는 처지가 되어 있다.

　그렇다. 나는 '쉽고 재미있게'와 '복잡하고 미묘하게' 사이에 서서 고통에도 떨
고 희열에도 떨고 있다. 내 소설은, 껌을 쩍쩍 씹어대며 주기도문을 외다가 의외
로 자신의 희한한 몰골을 보고는 잠깐 자신의 나이에 대해 생각해 보느라 심각
한 표정을 짓게 된 중년 사내의 모습을 닮아 있다. 이 어정쩡함이 어째서 하나의
특징, 하나의 개성으로 너에게 다가가지 않는 것일까, 하고 한국문학을 향해 조
목조목 따지다 말다 하고 있는 내 모습이 내 소설이다.

II. 창작소설 · 소설창작론 목록

1. 소설 단행본

소설집 『날아라 거북이!』, 민음사, 1996.
엽편소설집 『귀여운 보디가드』, 국민서관, 1997.
장편소설 『시인들이 살았던 집』, 현대문학사, 1997.
소설집 『함께 있어도 외로운 사람들』, 웅진출판, 1998.
소설집 『포구에서 온 편지』, 문이당, 2000.
어린이소설 『옥수수 탐정』, 명예의전당, 2003.

2. 중단편소설

「날아라 지섭!」, 『상상』, 1994.봄.
「날아라 동혁!」, 『현대문학』, 1994.4.
「날아라 처남매부!」, 『한국문학』, 1994.5,6.
「날아라 도적떼!」, 『문학정신』, 1994.10.
「너와 나의 그림자」, 『작가세계』, 1994.가을.
「20세기 비 오는 날」, 『현대문학』, 1995.5.
「날아라 박노식!」, 『문학사상』, 1995.4.
「날아라 거북이!」, 『포스코신문』, 1995.7-8월.
「퀴즈, 20세기 한국문학사」, 『상상』, 1995.봄.
「우물 사나이」, 『공포특급3, 한뜻』, 1995.
「아름다운 사나이」, 『현대문학』, 1996.10.
「소설 쓰는 친구」, 『문학사상』, 1996.10.
「노루사냥」, 『한국소설』, 1996.가을.
「함께 있어도 외로움에 떠는 당신들」, 『동서문학』, 1996.겨울.
「기러기 공화국」, 『문학정신』, 1997.봄.

「교가제창」,『문학사상』, 1997.4.
「단식」,『문예중앙』, 1997.여름.
「청둥오리」,『문예중앙』, 1997.겨울.
「나무도둑」,『현대문학』, 1997.3-10월.
「단 한 송이의 장미」,『리뷰륨』, 1997.겨울.
「너무나 큰 지구」,『금호문화』, 1998.2.
「세 사람」,『동서문학』, 1998.가을.
「끝이 없는 길」,『내일을 여는 작가』, 1998.가을
「열 번째 계단」,『글로 만든 집』, 1998.11.
「포구에서 온 편지」,『문학사상』, 1999.8.
「자전거가 있는 풍경」,『문학동네』, 1999.가을.
「다시 사랑할 순간 1」,『시와 비평』, 1999.하반기.
「한글학자」,『문학포럼』 제1호, 2000.
「다시 사랑할 순간 2」,『자유공론』, 2000.1-3.
「지렁이 지렁이떼」,『21세기문학』, 2000.겨울.
「동화 읽는 여자」,『한국소설』, 2001.여름.
「싸락눈」,『내일을 여는 작가』, 2002.봄.
「옥수수 탐정」,『문학수첩』, 2003.봄.

3. 소설창작론

「소설 이렇게 써봅시다」,『문학이 들려주는 49가지 속삭임』, 한뜻, 1997.
「한글 문제를 소설로 쓴 이유」,『새책소식』, 1997.6.
「거북이가 있는 사랑 이야기」,『사랑을 노래하라』, 문이당, 1999.
「소설창작실기론 – 기초편(1)」,『한국문학논총』 제25집, 한국문학회, 1999.12.
「비 오는 날의 한국문학사 – 「20세기 비 오는 날」의 창작 과정」,『큐픽션』, 2000.
하반기.
「'쉽고 재미있게'와 '복잡하고 미묘하게' 사이」,『포엠큐픽션』, 2001.제2호.
「내 소설 속의 탈북자들」,『포엠큐픽션』, 2002.가을.
「'옥수수'를 소설로 쓰기」,『포엠큐픽션』, 2003.봄.

■참고문헌

Ⅰ. 실제 창작의 참고자료

김다은, 「공짜 치즈는 쥐덫 안에 있나」, 『넥스트』, 2004. 1.
김수현, 「청춘의 덫」, SBS-TV, 1999.1-4.
김승희, 「여성이야기 — 오빠라는 이름의 내 남편」, 조선일보, 2003.11.18.
민중서관 편집국 편, 『심리학소사전』, 현음사, 1988.
박덕규, 「값지게 사라지기」, 영남일보, 2002.4.9.
_____, 「북한의 교육현실과 남북한의 교육 이질화 극복 방안」, 『한국문예창작』 제2권 제2호, 한국문예창작학회, 2003. 12.
_____, 「첫사랑의 눈동자」, 윤후명 외, 『첫사랑, 가슴 속에 남은 빛』, 동인, 2000.
박수균, 「무림고수를 찾아서」, 문화일보, 2003.5-12월.
유종호, 『문학이란 무엇인가』, 민음사, 1994.
이무석, 『정신분석에로의 초대』, 이유, 2003.
정호승, 「나의 첫 키스」, 박노해 외, 『사랑의 첫 느낌, 그 설레임으로 살고 싶다』, 동인, 1998.
한국문원 편집실, 『왕릉』, 한국문원, 1995.
한국문화유산답사회 편, 『경기 남부와 남한강』, 돌베개, 1999.
_____, 『경기 북부와 북한강』, 돌베개, 1997.
황세희, 「강남 남편이 못된 죄」, 중앙일보, 2003. 11 .13.

Ⅱ. 소설창작론의 참고문헌

1. 평론과 논문

김윤식, 「소설적 진실, 작가적 진실」, 『현대소설과의 대화』, 고려원, 1992.

방민호, 「냉정한 세계 위에 얹힌 위태로운 꿈」, 『납함 아래의 침묵』, 소명출판, 2001.

송은영, 「〈지금 여기〉의 바깥을 상상하는 문학」, 『작가세계』, 2003. 가을.

정민, 「미문의 악취」, 『작가세계』, 2003. 가을.

Tomashevsky, B., 주제론, Shklovsky, V. 외, 한기찬 역, 러시아 형식주의 문학이론, 월인재, 1980.

2. 단행본

강인수 외, 『소설, 이렇게 쓰라 – 소설창작실기론 1』, 평민사, 1999.

김성곤, 『포스트모던 소설과 비평』, 열음사, 1993.

김수복, 『상징의 숲』, 청동거울, 1999.

김수이, 『풍경 속의 빈 곳』, 문학동네, 2002.

김열규 외, 『정신분석과 문학비평』, 고려원, 1996.

김영민 · 이왕주, 『소설 속의 철학』, 문학과지성사, 1997.

김윤식, 『현대소설과의 대화』, 고려원, 1992.

김윤식 · 정호웅, 『한국소설사』, 문학동네, 2000.

김윤식 · 최동호, 『소설어 사전』, 고려대학교 출판부, 2000.

김재홍 · 홍용희 엮음, 『그날이 오늘이라면』, 청동거울, 1999.

김정한 외, 『말삶글 – 우리 시대 소설가 특별 대담기』, 열음사, 1992.

김종회, 『문학의 숲과 나무』, 민음사, 2002.

김현, 『한국문학의 위상』, 문학과지성사, 1977.

문홍술, 『한국 모더니즘 소설』, 청동거울, 2003.

박덕규, 『사랑을 노래하라』, 문이당, 1999.

박정규, 『김유정 소설과 시간』, 깊은샘, 1992.

박헌호, 『한국인의 애독작품 — 향토적 서정소설의 미학』, 책세상, 2001.

방민호, 『납함 아래의 침묵』, 소명출판, 2001.

송하춘, 『발견으로서의 소설기법』, 현대문학사, 1993.

신덕룡, 『생명시학의 전제』, 소명출판, 2002.

우리 소설 모임, 『소설창작의 길잡이』, 풀빛, 1990.

우한용 외, 『소설교육론』, 평민사, 1993.

이상우, 『소설창작의 이론과 실제』, 집문당, 2003.

이숭원, 『초록의 시학을 위하여』, 청동거울, 2000.

이재복, 『비만한 이성』, 청동거울, 2004.

이재선, 『현대 한국소설사』, 민음사, 1991.

장석주, 『소설』, 들녘, 2002.

전상국, 『당신도 소설을 쓸 수 있다』, 문학사상사, 1992.

정한숙, 『현대소설 창작법』, 웅동, 2000.

정호웅, 『한국문학의 근본주의적 상상력』, 프레스21, 2000.

조건상, 『소설쓰기의 이론과 실제』, 집문당, 1998.

조정래 · 나병철, 『소설이란 무엇인가』, 평민사, 1991.

최동호, 『디지털문학과 생태시학』, 문학동네, 2000.

최유찬, 『한국문학의 관계론적 이해』, 실천문학사, 1998.

하응백, 『문학으로 가는 길』, 문학과지성사, 1996.

한승원, 『한승원의 글쓰기 교실』, 문학사상사, 1998.

한용환, 『소설학 사전』, 고려원, 1992.

한원균, 『비평의 거울』, 청동거울, 2002.

현길언, 『소설쓰기의 이론과 실제』, 한길사, 1994.

_____, 『한국 현대소설론』, 태학사, 2002.

오에 겐자부로, 김유곤 역, 『'나' 라는 소설가 만들기』, 문학사상사, 2000.

_____, 노영희 · 명진숙 역, 『소설의 방법』, 소화, 1995.

Chatman, S., 김경수 역, 『영화와 소설의 서사구조』, 1990.

Donovan, j., 김익두 · 이월영 역, 『페미니즘 이론』, 문예출판사, 1993.

Eco, U., 이윤기 역, 『'장미의 이름' 창작 노트』, 열린책들, 1992.

Foster, E. M., 이성호 역, 『소설의 이해』, 문예출판사, 1996.

Goldman, L., 조경숙 역, 『소설사회학을 위하여』, 청하, 1982.

Lukács, G., 문학예술연구회 역, 『우리 시대의 리얼리즘』, 인간사, 1986.

_____, 반성완 역, 『소설의 이론』, 심설당, 1985.

Lukács, G. 외, 황석천 역, 『현대리얼리즘론』, 열음사, 1986.

Rimmon-kenan, S., 최상규 역, 『소설의 시학』, 문학과지성사, 1985.

Shklovsky, V. 외, 한기찬 역, 『러시아 형식주의 문학이론』, 월인재, 1980.

Stanzel, F. K., 안삼환 역, 『소설형식의 기본유형』, 탐구당, 1990.

Wellek, R. & Warren, A., 송관식 · 윤홍로 역, 『문학의 이론』, 한신문화사,

1982.

Fitzgerald, j. & Meredith, R., 김경화 역, 『소설작법』, 청하, 1982.

Burnett, H. & Whit, H., 김경화 역, 『소설작법 Ⅱ』, 청하, 1984.

(Abstract)

The Creation Practice of the Novel *Meal & Love*

Park, Duk-kyu
Department of Literary Creative Writing
Graduate School
Dankook University

Guidance Professor : Kim, Soo-bok

This thesis consists of the creative novel *Meal & Love* and the creation methodology of elucidating in what principals and circumstances the work was created. The novel *Meal & Love* develops its story suggesting the concrete reality of 21st century Koreans who lost the coordinates of their lives due to sustaining economic depression and uncertainty for the future. The three main characters leading the story in the novel represent this.

Among the three main characters, the focal figure 'Yoo So-eun' pockets her husband's inheritance for the sake of her comfortable future while neglecting and leaving her husband to die from an illness. She attaches much importance in relationships through the instrumentality of 'money' even in her growth period. She marries the wealthy man to be an aristocrat. After her husband's death, however, she confronted a crisis as her brother-in-law comes down hard on her with suspicions of her husband's death and the flight of property. The constant runaways put her into extreme mental agony and finally under a psychical care. The brother-in-law, Lee Chul-! shik, who chases Yoo So-eun is a thug and the half-brother of Lee Cheol-woo(Yoo So-eun's husband), revered his half-brother like an emperor and has aspirations of succeeding his brother's old company. In order to take back the property from Yoo So-eun and reconstruct his brother's former company, he makes money by means of threats and violence besides chasing Yoo So-eun. While he believes in the power of money and violence and practices them, he always fails in true love and leads a riotous life suffering from the mental emptiness.

In addition to the 2 main characters, a man named Chu Kang-wook is added as another major character. Although he suffered from his parents' bankruptcy and his girlfriend's infidelity during his army service, he believes in that the real value of life lies in mentality and not in material wealth. He feels attached to Yoo So-eun, who he met by chance. Yoo So-eun is kidnapped by Lee Chul-shik and in the process of faithfully saving Yoo So-eun, he takes an active part in recalling this novel's theme, that the real value is not in the life for only 'I' but in the life with 'others'. This novel takes the forms of a love story, picturing the process of love be! tween a man(Chu Kang-wook) and a woman(Yoo So-eun) and of a mystery novel containing the tracking process of Lee Chul-shik, who seeks revenge by revealing Yoo So-eun's immoral acts. The heroine(Yoo So-eun) wanders at the loss of the true point of life and comes to realize the meaning of love by a young man(Chu Kang-wook), who is faithful and thankful for his present life. In the process, the mental world and the ethological values obtained by transcending materialistic desires comes to stand out. This novel takes on the characteristic of a ?road novel' in that it sets the relationship between the hunted and the hunter and paints ?the road' image during the pursuing and running away. The more peculiar thing about this novel is that it is related to 'Feminism', which is one of the most central codes explicating today's culture. Contrary to the pro-feminists' beliefs, Feminism found in our real lives looks like 'Feminism' on the surface, however, the inside of it see! ms to take a patriarchal convention conveniently to some degree. The h eroine of this novel is described as the very person who indulges in suspect feminism, dependent on such patriarchy.

The Korean novels made around the 1980's were once criticized for its subject matter propensity and its dealing overly on subjects strictly realistic, such as the dividing of the peninsula, popularism, or the petty bourgeois's daily life. On the contrary, the Korean novels made after the 1990's are being criticized for being not able to respond elastically to the nationalistic changes on the transformation from a partition matter to the unification theme, and to the diverse aspects of life appearing in the rapid globalization process after the Cold War or the full spread process of information correspondence. At this critical point, our novels should ur! gently restore the complete understanding on the middle stratum of contradictory situations and its concrete configuration.

The novel *Meal&Love* itself is a realized realistic novel, and it pictures the contradiction of now-the present life through 2 characters(Yoo So-eun and Lee Chul-shik) and suggests the alternatives of conquest of it through a contrasting character(Chu Kang-wook). 3 short stories, including On a Rainy Day in the 20th Century and its respective creative theories are added as a supplement to help explain the several contents and forms which experiments and alleges this creative novel transforms from and its meaning.

학위논문총서 ①

장편소설 『밥과 사랑』의 창작 실제

2004년 2월 25일 1판 1쇄 인쇄 / 2004년 3월 3일 1판 1쇄 발행

지은이 박덕규 / 펴낸이 임은주
펴낸곳 도서출판 청동거울 / 출판등록 1998년 5월 14일 제13-532호
주소 (137-070) 서울 서초구 서초동 1359-4 동영빌딩 / 전화 02)584-9886~7
팩스 02)584-9882 / 전자우편 cheong21@freechal.com

편집장 조태림 / 편집 곽현주 / 디자인 하은애
영업관리 김경우

값 20,000원

ISBN 89-5749-012-4